KB207002

마음의 길을 잃었다면 아프리카로

하쿠나 마타타
우리 같이 춤출래?

오소희 지음

북하우스

살아 있음과 살아남음이
가장 소중한 감사임을
너는 알고 있었어.
―바바라에게

숫아오르기

당신은 견디기 힘들었다.

견디기 힘들 만큼 많은 일들이 있었다. 그러나 생각해보면, 당신에게는 언제나 많은 일들이 일어난다. 사람이 찾아오고, 사건이 벌어지고, 그것에 짓눌리고, 당신은 허둥댄다. 허둥대며 정상적인 호흡법을 잃는다.

허둥대는 동안, 당신은 그저 들이킬 뿐이다. 세상을 다 빨아들일 것처럼, 그렇게 하지 않으면 세상 한구석 숨어 있는 해답을 찾을 수 없을 것처럼, 숨을 들이키고 또 들이킬 뿐이다.

당신이 더 들이킬수록, 당신은 더 무거워진다. 침잠하고 침잠한다. 당신이 서서히 침잠하는 그곳. 그곳엔 아무것도 없다. 오직 암흑뿐이다. 당신은 절망한다. 끝이라 생각한다. 점차 들숨조차 불가능해진다. 당신은 회복될 수 없다고 생각한다.

그렇게 바닥에 닿는다. 바닥에 닿고 나서야, 닿는 순간의 반동으로 인해 자동적으로 가느다란 숨이 당신의 기도를 뚫고 나오기 시작한다. 그제야, 어렵사리 당신은 오래전 호흡법을 기억해내기 시작한다.

들숨과 날숨.

당신은 살고 싶어진다. 당신을 살리고 싶어진다. 그것은 지나가는 사람이었을 뿐. 그것은 지나가는 사건이었을 뿐. 조금은 비열하고 조금은 이기적이며 그렇기에 적나라하게 생존에 충실해질 수 있는 그 순간, 당신은 자맥질하기 시작한다. 위로, 위로, 수면을 향해 솟아오르기 시작한다.
최초로 두 눈이 수면 밖 세상을 향할 때, 당신은 안도한다. 세상이 거기 그대로 있다. 아연하게,
깨닫는다. 당신이 해저에서 짓눌려 있을 때나, 수면 위로 떠올라 있을 때나, 세상은 그저 〈거기〉
에 있었다. 당신에게는 언제라도 세상에 대한 태도를 선택할 기회가 있었다.

생존에 충실한 자는 나아가기 마련이다. 세상을 향해. 주어진, 아직 남은 시간을 향해. 처음부
터 다시 시작해야 하는 낯섦을 이기고, 자석처럼 등짝에 들러붙은 무기력을 이긴다. 새 출발
을 위한 팡파르는 없다. 대단한 응원도 없다. 당신은 현기증을 느낀다. 혼곤한 피로를 느낀다.
그러나 차분하다. 바다에 발이 닿았을 때의 차가운 느낌을 기억할 뿐이다. 그 차가움이 머리
까지 차갑게 식혀주었음을 느낄 뿐이다.

이제 당신은 매우 먼 곳까지 시계가 훤하다. 두 팔을 뻗어 헤엄을 시작한다. 한 번의 내뻗음이
두 번의 내뻗음으로 이어지고, 두 번의 내뻗음이 세 번의 내뻗음으로 이어진다. 네 번째 내뻗음
으로 무엇을 이룰 수 있을지 당신은 아직 알지 못한다. 아직 알고 싶지 않다. 들숨과 날숨이 좋
을 뿐이다. 움직임이 좋을 뿐이다. 다시 더워지는 심장이 좋을 뿐이다.

당신이 아는 것은 다만 이것, 어떻게든 또…… 살아진다.

더워진 심장은 이제 가까운 뭍에서 쉬고 싶어하지 않는다. 살아 있음을 더 오래, 더 진하게 확인
하기 위해 본능적으로 가장 먼 뭍으로 향한다. 가장 멀고, 가장 뜨거운 뭍에 절망으로 식었던 발
을 데고 싶다. 아주 잠깐 뒤돌아볼까 하지만, 그뿐이다. 당신은 그대로 앞으로 간다.

한 챕터가 끝이 난다. 새로운 챕터가 시작된다. 늘 멀어진 끝은 차고, 다가가는 시작은 따뜻하다.

.
.
.
.
.

그래서 나는 아프리카로 갔다.

차례

여정

Lake Victoria

UGANDA

KENYA

RWANDA

BURUNDI

TANZANIA

달에살람 → 잔지바 → 펨바 → 잔지바 → 루쇼토 → 아루샤 → 마나라 호수 → 세렝게티

→ 응고롱고로 → 므완자 → 엔테베 → 진자 → 캄팔라 → 부뇨니 호수 → 엔테베 → 응감바 아일랜드

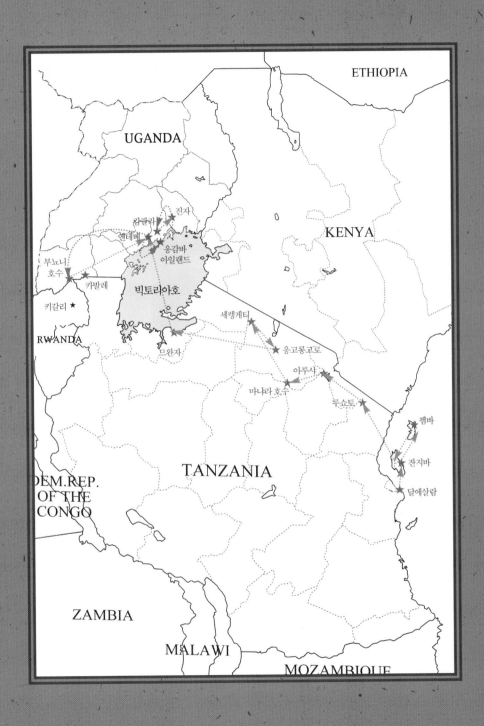

압둘
DJ

칼다
스톤타운 소녀

**칼다의
형제들**

무닐
응솔의 형

응솔
칼다의 아빠, 의류업자

알리
게스트하우스 직원

레오와 여동생
세계일주중인 프랑스 남매

레일라
무슬림 아가씨

**응솔의
농장 관리인**

미리엄
여고생

와헤이드
아기엄마

화딜라
와헤이드의 언니

이삭
축구신동

임뚜마
수단 좋은 할머니

파하드
입시생

노버트
전기기술자 자원봉사자

훌리오
국경없는의사회 간호사

키란
국경없는의사회 의사

바뚜리나
스톤타운 꼬마

마리오
컨설턴트

로버트
자원봉사자

메리
로버트의 약혼녀 대학생

사일리
뚝뚝기사

사레이
고등학생

제프리
화가

몬테소리학교
아이들

에드문드
킬리만자로 가이드

앤드류
사파리 가이드

마코토
회사원

그레이엄과 크리스티
호주 출신 런더너

마사이족

무쏠
보다보다 기사

스코비아
청소부 공예가

로니와 라티푸
소년카야커

제리 캔맨

곡예사

해롤드의
아이들

미리엄
호텔리어

럭키
카누를 모는 아이

던
고아원원장, 캠프장매니저

던의
고아원 아이들

댄
고아원원장

로버트
영리한 초등학생

바바라
미소가 많은 소녀

댄의
고아원 막내

마지막
축구 친구들

그밖에 눈빛과 마음을 나눠준 사람들……

아프리카! 오, 아프리카!

"재미난 얘길 하나 해드릴까요?"

압둘이 물었다. 탄자니아령의 매혹적인 섬, 잔지바에서였다. 압둘은 잔지바에서 나고 자랐으며, 이제 막 스물여섯 살이 된 청년이었다. 우리는 한때 왕궁이었던 박물관 테라스에 나란히 서서 쪽빛 바다를 내려다보고 있었다.

우리 뒤쪽으로는 잔지바를 지배했던 역대 왕족의 거대한 초상들이 벽을 장식하고 있었다. 아프리카의 다른 곳과 마찬가지로, 아랍과 유럽 곳곳의 사람들이 그곳 잔지바에 와서 욕심껏 주인행세를 했으므로 초상화 속의 모습은 피부색도, 이목구비도, 계통없이 제각각이었다.

"한 영국 여대생이 한 달간의 휴가를 얻었어요. 장학금과 같은 일종의 포상휴가였지요. 세계 어느 곳이든 골라서 한 달간 문화체험을 할 수 있었던 거예요. 그녀는 아프리카를 선택했어요. 부모님은 만류했지요. 왜 하필 아프리카니? 동유럽으로 가렴. 북미로 가렴. 호주는 어떨까? 그녀는 말을 듣지 않았어요. 부모님은 열 배 양보했어요. 좋아. 그렇담 남미로 가거라. 소매치기가 많긴 하지만 전쟁은 없지 않니? 그녀는 여전히 말을 듣지 않았어요. 부모님은 백 배 양보했어요. 그렇담 차라리 남극으로 가거라. 춥기는 하지만 전염병은 없잖니? 그녀는 끝까지 뜻을 굽히지 않았어요. 그리고 결국 아프리카로 왔지요. 부모님께 편지를 보냈어요. 엄마 아빠, 이곳은 제가 살던 곳과 '다른' 곳이지만 '멋진' 곳임에 틀림없어요. 하루하루가 즐겁습니다. 하지만 편지를 받은 부모님은 조금도 안심이 되지 않았지요. 그녀가 돌아가는 날까지, 매일매일 전화를 걸어 같은 질문을 했답니다. 악어는 없니? 아침에 말라리아약은 먹었고? 내전의 기미는 보이지 않니? 에이즈 걸린 사람과 악수를 한 건 아니겠지?"

압둘과 나는 함께 웃었다. 그가 웃을 때면, 머리에 올려놓은 선글라스가 함께 흔들렸다. 잔지바의 꿈결 같은 해변에서 DJ로 일하는 그는 컬러풀한 배낭과 작은 크로스백을 어깨에 가로질러 메고 팔찌와 목걸이를 한 멋쟁이였다. 웃음 끝에 씁쓸하게 그가 덧붙였다.

"사람들은 우리가 정글 속에서 발가벗고 사는 줄 알아요. 벌레를 잡아먹고 툭하면 살육을 하는 줄 알죠. 물론, 그 모든 일들이 아프리카에서 벌어지고 있는 것도 사실이에요. 하지만, 제 말은…… 왜곡되어 있다는 거죠. 마치 그게 전부인 것처럼. 지구 상에 완벽한 곳이란 없는 건데도 말이에요."

나는 고개를 끄덕였다. 그리고 그에게 고백했다.

"압둘, 실은 나 또한 그 여대생이기도 하면서 그 부모님이기도 했어요. 이곳에 오지 않았다면, 나는 끝끝내 그 부모님으로 남았을지도 몰라요."

압둘이 선뜻 이해가 되지 않는다는 듯한 얼굴로 나를 바라보았다. 나는 아들 중빈과 함께 아프리카에 도착한 뒤 처음 며칠간 벌어진, 어이없고도 한심한 '적응기'를 떠올리며 슬며시 미소지었다.

02 　　　　　불안의 시작, 말라리아

아프리카 대륙에서 동아프리카를 따로 분류하는 방법에는 여러 가지가 있다. 그러나 가장 흔하게는 빅토리아호를 사이에 두고 동아프리카공동체를 맺은 3개국, 케냐와 탄자니아, 우간다 일대를 동아프리카라 일컫는다. 그들 곁, 지도에서 눈에 띄지 않을 만큼 작은 나라, 르완다와 브룬디까지도 통상적으로 동아프리카의 식구로 분류된다.

2008년 1월 동아프리카에 가기로 결정했을 때, 안타깝게도 동아프리카의 대표주자 케냐는 부정선거에 저항하는 시민들의 봉기로 이미 처참한 유혈사태의 한가운데에 있었다. 눈물을 머금고 케냐를 제외하고 나니 여정은 한결 단순해졌다. 탄자니아의 남부로 들어가서 차츰 북서쪽으로 이동, 빅토리아호를 건너 우간다, 르완다를 거쳐 다시 우간다에서 빠져나온다면 한 달 남짓한 기간으로도 덤벼볼 수 있을 것 같았다. 잘하면 곧 초등학생이 되는 아이의 입학식 이틀 전쯤 인천공항에 도착할 수도 있을 듯했다.

아이가 그림책에서 아프리카에 서식하는 동물들 사진을 뒤적거리기 시작했을 때, 나는 계약기간이 남은 원고를 후다닥 정리해서 미리 넘겼다. 사자의 이빨을 더 잘 보기 위해 동대문의 노점상 할아버지로부터 망원경을 샀으며 아프리카 어린이들에게 줄 약간의 문구용품을 구입했다. 국립의료원에 가서 황열병 예방주사를 맞았으나, 모기에 의해 감염되는 말라리아 예방약은 따로 받지 않았다. 다양한 말라리아약에 대해 조사를 하면 할수록 회의가 들었기 때문이다.

한 번 접종으로 십 년간 예방되는 황열병과 달리, 말라리아 예방약은 종류에 따라 매일 혹은 일주일 간격으로 여행 내내 복용해야 했다. 하지만 그중 어떤 약도 100퍼센트 예방능력이 없었다. 그런데도 모든 약이 소화불량, 자외선 화상, 악몽, 심지어 정신질환 등 각기 뚜렷한 부작용을 가지고 있었다. 더구나 말라리아는 예방약과 치료약이 따로 구분되어 있는 것이 아니어서, 예방약 A를 복용하던 사람이 말라리아에 걸린다면, 그날부터 A를 복용하기를 멈추고 다른 예방약 B나 C를 치료제로 복용해야만 했다. 말하자면 각종 부작용과 깜짝 놀랄 만큼 비싼 약값을 감수하고 미리 복용한다 해도 말라리아에 걸릴 수 있으며, 그때엔 다시 새로운 예방약을 먹어야 한다는 것이었다. 걸릴지 안 걸릴지도 모르는 말라리아 때문에 아이를 날마다 화상과 악몽에 시달리게 할 엄두가 나지 않아, 나는 차라리 닥치면 약을 먹자고 결론지었다.

우리는 이미 열대지역을 여러 차례 여행했고, 그때마다 마구 먹고 어울리고 쏘다니면서도 아무 탈 없었으므로, 나는 가방 속에 바르는 모기약과 휴대용 모기장을 넣고 지퍼를 채워버리면 말라리아에 대한 막연한 두려움도 함께 채워질 줄 알았다. 그러나 어쩐 일인지 계속해서 불안했다. 여행을 떠날 때마다 응원해 마지않던 지인들마저 은근히 불안을 가중시켰다.

"그동안 운이 좋았어. 이번엔 정말…… 조심하는 게 좋겠다."

그러나 그곳이 아니라면, 이 세상 어느 곳에서 1백만 마리가 넘는 누떼 사이를 가로지를 수 있단 말인가. 이 세상 어느 곳에서 원시적인 카누를 타고 노를 저으며 스와힐리어로 노래를 부르는 소녀와 눈인사를 나눌 수 있단 말인가. 내가 그곳에 가고 싶은 이유는 셀 수 없이 많았다. 낮에는 아이와 그 이유를 하나씩 나열하며 행복한 설렘에 빠져들었다. 낮 동안 나는 압둘이 말한 그 영국 여대생이었다.

하지만 밤에 잠든 아이를 바라보노라면 '복통이나 감기 증세로 시작되는 말라리아는 24시간 내에 치명적인 상태로 발전되며, 최상의 중환자실에서 치료를 받아도 10퍼센트는 사망한다'라는 문구가 암울한 껌처럼 머리칼에 들러붙었다. 늘 그러하듯, 우리가 가는 대부분의 지역에 중환자실은커녕 병원조차 없을 것이었다. 아직 자신의 건

강상태를 정확히 표현해낼 수 없는 아이가 "그냥 다 아퍼……" 하며 눈물을 뚝뚝 떨어뜨리고 누워 있을 때 '이게 복통일까? 감기일까? 설마 말라리아……?' 내가 허둥대는 사이, 24시간이 훌쩍 지나가버릴 것이었다. 밤 동안 나는 그 영국 여대생의 부모였다.

결국, 여대생과 그 부모는 한 비행기를 탔다.

03 평화 없는 '평화의 안식처'

⋮

탄자니아의 달에살람 국제공항 청사는 작고 소박했다. 찌는 듯한 더위에도 불구하고, 물론, 에어컨은 없었다. 막 비행기에서 내린 외국인들이 입국신고서와 비자신청서를 작성하기 위해 비좁은 테이블에 구름같이 몰려들었다. 창구는 좁고 사람은 많아서 줄을 서도 이내 뒤죽박죽이 되었다. 여대생의 부모가 투덜거렸다. '거 봐. 내 이럴 줄 알았다니까.'

신고서에 기재할 항목은 많았고 땀은 뚝뚝 떨어졌다. 한참 줄을 서서 기다리다보니, 한국 집 주소와 달에살람 여인숙 주소를 뒤바꿔 써넣었다. 지나가는 탄자니아 직원에게 다시 써야 할지를 물으려 하자, 그가 들여다보지도 않고 말한다.

"괜찮아요. 괜찮아. 그냥 대충 내면 돼요."

그러곤 '너무 어렵지요? 그 맘 알아요.' 하는 미소를 짓는다. 전세계 어디를 가나 까다롭기로 유명한 입국심사직원이 대충 하라며 이웃집 할아버지 같은 미소를 짓다니. 여대생이 말할 차례다. '아, 난 이런 무질서가 너무 좋아.'

창구 안에는 서류가 산더미 같이 쌓여 있고 직원들은 느릿느릿 움직인다. 창구 밖에 서 있는 사람들의 수에 그들은 거의 동요하지 않는다. 잡담을 하거나 심지어 멍하니 있기도 한다. 시간이 흐를수록 울그락불그락 동요하는 것은 창구 밖 사람들이다. 안쪽의 직원들은 백 년 동안 그렇게 서류를 정리하고 있어야 한대도 룰루랄라 전혀 표정의 변화가 없을 듯 하다.

외국인이 한국에 와서 제일 처음 배우는 한국어가 '빨리빨리'라고 했던가. 탄자니아에 온 외국인들이 가장 먼저 배우는 스와힐리어는 아마도 '폴레폴레천천히천천히천천히'일 것이다. 상대방이 조금이라도 보채는 조짐을 보이면 탄자니아인들은 매우 중요한 사실을 상기시키듯이 "폴레폴레!"라고 이른다. 나는 앞으로 이곳에 머무는 동안 시계의 초침과 분침을 떼내고 시침만 남겨둬야 속이 편하겠구나 생각했다. 늘 초침과 분침 단위로 살아가는 나라에서 왔으므로 것도 나쁘지 않겠지. 시침 단위로 뒤를 돌아보면, 어느새 꽤 많은 수의 외국인들이 하나 둘 공항을 빠져나가고 있었다. 경험으로부터 눈치가 9단이 된 아이가 구석자리에 장난감 바둑판을 펼쳐놓고 저 혼자 오목을 둔다.

공항 건너편에는 몇몇 가게가 있었다. 수백 년 동안 주인만 바뀌었을 뿐 그 자리에 그대로 있었을 듯 낡은 판자 가게에 열대과일이 쌓여 있고, 이와는 대조적으로, 통신회사에서 핸드폰 판촉을 위해 만들어놓은 매대가 세련되게 페인트칠 된 채 그 곁을 지키고 있다. 길가에서 삼삼오오 모여 달라달라승합차 형태의 버스. 탄자니아의 가장 보편적인 대중교통수단를 기다리던 사람들이 우리가 길을 건너는 것을 지켜보며 낄낄거린다. 나도 마주 웃는다. 이런 식의 '정직한' 낄낄댐에는 이미 익숙한 지 오래다. 아시아 엄마와 꼬맹이 처음 봤지? 희한하게 생겼지? 우리도 이렇게 많은 흑인에 둘러싸여 보기는 처음이야. 그들은 쉼 없이 낄낄대거나 귀엣말을 하면서 우리에게서 눈을 떼지 않았다.

때는 마침 오후 하굣길. 강렬한 원색 교복을 입은 학생들이 마치 꽃처럼 달에살람 거리에 뿌려져 있었다. 할머니들조차 형광색 스카프를 머리에 두르고 오렌지색 셔츠에 보라색 스커트를 입었다. 화려한 칼라가 검은 피부와 대담한 대조를 이루면서, 도시로서는 남루한 공간에 엄청난 생기를 불어넣는다. 사람들의 움직임은 크고 거리낌이 없으며, 종종걸음을 멈추고 서서 춤을 추는 젊은이까지 눈에 띈다. 오, 그 유연함이란! 늘 다양한 종족의 다양한 아름다움에 헤프게 매료되곤 했지만, 아프리칸의 몸은 그중에서도 단연 아름답다 할 만했다. 머리는 작고 뒤통수는 완벽하게 둥글며, 목과 팔다리는 유난히 가늘고 길다. 게다가 마치 정육면체가 아닐까 싶을 만큼 볼륨감 있게 튀어나온 가슴과 엉덩이라니.

나는 우리를 쳐다보는 무리 가운데 한 꼬마에게 "잠보안녕!"하고 손을 내밀었다. 꼬마가 쭈뼛쭈뼛 망설이다가 내 손을 잡고 악수를 했다. 꼬마의 뺨을 어루만지자 진갈색 피부가 벨벳보다 더 부드러워 깜짝 놀랐다. 머리 위에 손을 올리자 달팽이집처럼 동글동글 말린 곱슬머리가 목화솜처럼 폭신하다. 이번에는 꼬마의 엄마가 중빈의 곧게 뻗은 머리카락을 살짝 당겨본다. 사람들이 와하 웃고 중빈은 "아이, 참!" 하며 머쓱한지 팔짱을 낀다.

달에살람은 '평화의 안식처'란 뜻이다. 지금은 인구 3백만의 아름다운 항구도시이지만, 19세기 중반까지만 해도 동아프리카 연안의 이름 없는 어촌 가운데 하나였다. 1860년, 일찍부터 인도양에서 중요한 지리적 거점을 차지했던 이웃 섬나라 잔지바의 술탄이 내륙과 연결할 길목으로써 이곳을 선택했고, 달에살람이라 명명하였다. 이후 독일 식민정부가 증기선 선착장으로 적극 활용함에 따라 탄자니아의 명실상부한 경제적·정치적 수도가 되었다. 1973년 행정부가 도도마로 이전하면서 수도라는 공식 타이틀만은 넘겨주었으나 여전히 실질적인 수도의 역할을 해내고 있다. 페리로 불과 한 시간 반 거리인 섬 잔지바에 비하면 즐길 거리가 많지 않아서, 대개의 여행자들이 머물지 않고 이곳을 스쳐 지나간다.

달에살람에서 우리가 짐을 푼 게스트하우스는 *잠보인이었다. 검박하고 깨끗했다. 천장에는 큼지막한 선풍기가 달려 있었으며 창문에 모기장도 있었다. 그러나 새로운 곳에 도착한 여행자의 들뜬 마음은 오래가지 못했다. 그곳의 분위기가 몹시 삼엄했던 것이다. 로비를 둘러싼 일층은 전부 단단한 쇠창살로 둘러쳐져, 외국인이 머무는 안과 내국인이 머무는 밖을 완벽히 유리시켰다. 게다가 총을 든 사설 경호원 두 명이 항상 출입구를 지키고 있었다. 그것으로도 모자라, 층마다 한 명씩 경비원이 밤늦도록 앉아 있었다. 싱글룸 1만 5000 Tsh탄자니아실링, 1달러는 약 1200탄자니아실링(2008년 2월 기준)의 저가 숙박업소였으나, 여행자들이 지닌 카메라 등 각종 귀중품과 현금이 항상 그곳에 있는 까닭이었다.

 * Jambo Inn. Libya St. / 211-4293 / jamboinnhotel@yahoo.com

사실 동아프리카에서는 대도시 어디에서나 군복 차림의 사설 경호원들을 볼 수 있었다. 환전소나 은행, 금은방이나 호텔, 하다못해 물건을 좀 잘 갖춰놓았다 싶은 슈퍼 앞에도 총을 든 그들이 있었다. 전기나 수도처럼 매우 기본적인 인프라조차 넉넉지 못해 스스로 자가발전기나 펌프를 돌려야 하는 자영업자들로서는 정부에 치안을 의탁할 수 없는 것이 당연한 현실이었을 터이나, 그 '당연한' 현실은 낯설고 부담스러웠다. 환전을 하고 나올 때에도, 지갑을 열어 물건값을 치를 때에도, 나는 주변을 두리번거렸다.

잠보인의 쇠창살 밖으로는 수십 명의 젊은 남자들이 앉아 있었다. 높은 실업률을 입증하기라도 하듯, 그들은 종일 일없이 서성거리며 지나가는 외국인들에게 한마디씩 말을 걸거나 야유를 던지거나 했다. 밤이 되면 요란한 음악 소리와 오토바이 소리가 잠보인 주변을 메우면서 그들이 여전히 그곳에 있음을 알렸다. 방출할 길 없는 젊은 혈기가 열대의 밤을 더욱 무덥게 했다.

달에살람의 그러한 분위기는 '평화의 안식처'라는 이름과는 거리가 있었다. 나는 묘하게 위축되었다. 첫째날, 게스트하우스 주변에서는 카메라를 꺼내지 않기로 했다. 길을 걸을 때면 무섭게 들이대는 자동차를 피해 아이 손을 꼭 잡았고, 저녁식사 후엔 곧바로 방으로 돌아와 홈매트를 켰다. 그러고도 침대 위에 매달려 있는 모기장을 내려 구멍이 없는지를 확인했다.

거리에서 또래 친구를 찾아낼 수 없었으므로, 아이도 군말 없이 따라 들어와 모기장 안에서 책을 읽었다. 천장에 매달린 선풍기는 덩치에 걸맞게 밤새 엄청난 소음을 냈다. 아침이 되니 머리가 띵한 것이 프로펠러가 돌아가는 비행기 격납고에서 밤을 지새운 기분이었다. 그러나 밤새 전기가 공급되는 곳에 머문다는 것만으로도 탄자니아에서는 감사해야 할 일이었다. 시차 적응이 되지 않아 새벽 세 시에 벌떡 일어나서 겨드랑이에 간지럼을 태우던 아이만이 격납고 안에서도 쿨쿨 늦잠을 잤다.

모기 한 방, 메일 한 장

아프리카에서의 첫 아침, 로비의 쇠창살 속에서 식사를 했다. 밑창이 덜렁거리는 운동화를 신은 소년이 길 건너편에서 창살 안쪽을 훔쳐보았다. 영원히 닿을 수 없는 먼 곳을 바라보는 시선이었다. 나는 달러가 든 전대를 맨 동물원의 원숭이가 된 기분이 들었다. 나의 새끼 원숭이는 창살 같은 것에는 전혀 개의치 않았고 오직 출입구의 사설 경호원이 든 총이 진짜일까 가짜일까에만 관심이 있었다.

식사 후 아이가 방에서 책을 읽는 동안 근처 인터넷카페로 갔다. 확인해야 할 메일이 있었고 잘 도착했다는 메일도 보내야 했기 때문이었다. 카페는 만원이었다. 주인이 내게 십오 분만 기다리라고 했다. 한국인들이 흔히 "5분만"이라고 얘기하듯이 이곳 사람들은 "15분만"이라고 이야기한다. 우리에게 오 분이 정확히 오 분이 아닌 짧은 시간을 의미하듯, 이들에게 십오 분도 마찬가지였다. 나는 아이가 읽는 책의 두께를 어림 짐작하며 초조한 마음이 되었다.

운 좋게도 정확히 십오 분 뒤에 자리가 났다. 그런데 웬걸. 내가 사용하는*한국의 포털사이트는 초기화면을 띄우는 데만 십오 분을 잡아먹었다. 간신히 초기화면이 뜨면 이후 엔터를 누를 때마다 다시 새로운 화면을 띄우면서 고스란히 십오 분을 또 잡아먹었다. 인내심의 한계를 시험하기엔 그보다 더 완벽할 수가 없었다. 전력까지도 문제가 되었다. 전력이 부족한 아프리카에서는 흔히 정전이 일어났는데, 인터넷카페도

---

* 여행 전 국내 포털보다는 구글, 야후 등 외국 검색사이트 메일로 전환해놓는 것이 편리함.

예외는 아니었던 것이다. 간신히 답메일을 보내려는 찰나, 펑! 화면이 깜깜해지기 일쑤였다. 한국에서는 꽤나 느리게 생활하는 축에 속했건만, 나아가 시간을 단축시키는 하드웨어를 지향하며 생의 대부분을 헌신하는 사람들을 연민하기까지 하였건만, 나는 손으로 그리는 것보다 느리게 화면을 띄워내는 컴퓨터 앞에서 한 시간 만에 미치고 팔딱 뛸 지경이 되고 말았다.

그렇게 처음으로 메일을 보내는 데 실패했다. 갓 도착한 나라에서 아이를 마냥 방안에 방치해둘 수도 없었고, 얄팍한 인내심도 곧 바닥을 드러냈기 때문이었다. 그날 저녁 이번에는 아이를 데리고 다른 인터넷카페에 갔다. 한 시간쯤 지나자 지루해진 아이가 "언제 끝나?" 몸을 뒤틀어댔다. 역시 메일을 보내는 데 실패했다.

어이가 없어서 카페에 앉아 있는 사람들을 둘러보았다. 내게 이 인터넷이란 완전히 무용지물에 불과한데, 저들은 이것으로 무언가를 해낸단 말인가. 나는 거의 십오 분 간격으로 격하게 자세를 바꿔대며 "우씨!" "오, 노!"하는데, 그곳의 탄자니아인들은 조용하기만 했다. 진지하고 신중한 얼굴로 엉덩이조차 달싹 않고 모니터를 바라보면서. 나는 옆 사람에게 물어보았다.

"뭐하세요?"

"메일 보내요."

"가능한가요?"

"그럼요."

"그런데 왜 저는 안 되죠?"

"다시 해보세요."

셋째날, 인터넷을 포기하고 게스트하우스의 수납원에게 국제전화를 걸겠다고 했다. 그녀는 지금 전화가 불통이라고 했다. 언제쯤 복구되느냐고 묻자 모르겠다고 했다. 나는 또 아이를 두고 나와야만 했다. 인터넷카페에 간다고 하자 아이가 고개를 설레설레 저었기 때문이었다. 메일 확인은 뒤로 미룬다 해도, 도착한 지 벌써 며칠이 지났으니 반드시 잘 도착했다는 메일을 남편에게 보내야만 했다.

나는 정말로 충분한 시간을 확보하기 위해, 아이를 샤워시킨 뒤 발가벗긴 채로 선풍기를 틀어주었다. 홈매트의 전원을 꽂고 꽤 두툼한 『시튼 동물기』를 건넸다. 그리고 밖에서 문을 잠갔다. 공교롭게도 그 방의 자물쇠는 매우 낡고 뻑뻑한 것이어서, 중세 시대의 것처럼 크고 무거운 금속 열쇠를 교묘한 각도로 비틀지 않으면 열리지 않았는데, 안에서 잠글 경우 아이가 나중에 혼자 문을 열어줄 수 없는 까닭이었다.

인터넷 스피드가 조금 낫다는 더 멀리 떨어진 카페로 갔다. 카페가 멀리 있는 만큼, 시계를 살피는 마음도 바빠졌다. 느릿느릿 걷는 사람들 사이를 재빠른 걸음으로 빠져나갔다. 그러나 상황은 조금도 다르게 전개되지 않았다. 약 한 시간 삼십 분 뒤, 나는 메일 전송에 실패하고서 카페를 빠져나와야 했다. 정말로 우울해졌다. 우울해진 사람들이 흔히 그러하듯, 나는 근본적인 질문으로 되돌아갔다.

내가 문제인가? 인터넷이 문제인가?

거리를 둘러보았다. 중세의 열쇠로 방에 아이를 잠가두고 나온 사람이 없기 때문일까? 아무도 나처럼 빨리 걷지 않았다. 무거운 등짐을 진 이조차 서둘러 걷지 않았다. 이 더운 날 벌건 숯 위에 뜨거운 물주전자를 올리고 차를 배달하는 소년들도 설렁설렁 걷고 있었다. 아무데서나 머리를 벽에 기대고 낮잠을 자는 사람들이 숱하게 눈에 띄었다. 이들에게 급한 일이란 없다. 바쁜 일도 없다. 모두가 느리게 대충 가는 장소에서는 비효율이 효율이 된다. 이들은 저 인터넷을 잘 사용하고 있는 것이다. 나는 '속도'가 곧 '선善'이 되는 세상에서 온 외계인이었다. 불타는 별똥별처럼 저 혼자 시뻘겋게 뛰어다니고, 저 혼자 불평하면서, 외계에서 설정한 속도의 하한선보다 더 느려질 때면 '이건 아무짝에도 쓸모 없는 거야!' 라며 단정짓고 포기해버렸던 것이다.

부지런히 잠보인에 도착하여 계단을 오르는데, 아이의 찢어지는 울음소리가 들려왔다. 전력질주하여 방으로 달려갔다. 대체 언제부터 울고 있었던 것일까. 쇠막대기처럼 큰 열쇠를 돌리는데, 젠장, 뻑뻑한 자물쇠가 말을 듣지 않는다. 미친 듯이 열쇠를 비틀어 마침내 문을 열어젖혔을 때, 아이는 숨이 넘어가기 직전이었다. 곧장 아이를 끌어안고 "엄마가 늦어서 미안하다, 이젠 괜찮아, 정말 괜찮아……" 하며 반복해서 달래

주는데, 아이는 폭포수처럼 눈물을 흘려대며 마음을 진정시키지 못한다. 한참 뒤에야 꺽꺽 마른 딸꾹질을 삼키며 하는 말.

"엄마가 없는 동안…… 책을 보고 있었는데…… 잘 보고 있었는데…… 모기가 다리를 물었어…… 말라리아에 걸리면 안 되니까…… 빨리 엄마한테 가서…… 말해 주려고…… 가방에서…… 팬티랑…… 바지랑…… 윗도리랑…… 다 찾아 입었는데…… 문이 안 열리는 거야…… 문을 막 두드리면서 울었어……."

아이가 새로 입은 옷은 어느새 땀과 눈물에 젖어 홍건했다. 필시 꽉 여며진 배낭 구석에서 조그만 손으로 낑낑대며 꺼내 입었을 것이다. 아이가 낯선 곳에 혼자 갇혀 느꼈을 불안과 공포를 생각하니, 덩달아 코끝이 시큰해졌다.

"어디야? 어디 물렸어?" "여기…… 어헝……."

물린 종아리를 살펴보니 벌겋게 부은 것이, 이놈의 모기, 세게도 물었구나 싶다. 살 많고 피 많은 나를 놔두고 망할 것이 어찌 이 어린것부터 스타트를 끊었을꼬.

"이제…… 난…… 죽는 거야……?"

아프리카로 오기 전, 아이에게 주의를 준 적이 있었다. 저녁 시간에는 모기약을 바르고 놀 것, 또 현지 아이들과 뛰어놀다 누구라도 피를 흘리는 상처를 입게 되면 너희들끼리 해결하지 말고 곧바로 엄마에게 와서 치료를 받을 것, 두 가지였다. 그러면서 말라리아와 에이즈의 감염경로에 대해 간략히 설명해주었다.

"무, 무슨 소리! 괜찮을 거야. 너무 걱정하지 마."

하지만 가슴에선 따닥닥닥 콩알탄 터지는 소리가 났다. 설마 '이' 모기가 '그' 모기는 아니겠지? 생각이 거기에 미치자, 다음 장면은 완벽한 코미디가 되었다. 왜 그런 순간이 있지 않은가. 지나고 나면 웃지 않고는 떠올릴 수 없지만 당시엔 너무나 심각해 눈물 콧물을 다 뽑아내는 순간. 잠시 이성은 옆방에 내려놓고서…….

오후의 햇살이 이울기 시작한 침침한 아프리카의 여인숙에서 나는 아이를 부둥켜 안고 울기 시작했다. 내가 아무것도 모르는 너를 이곳에 데리고 왔지. 메일은 되지도 않는 곳, 국제전화는 이유 없이 불통되는 곳, 안동 종갓집 외손자를 대책 없이 데려와 말라리아에 걸리게 했지. 저 인터넷 스피드로 메일을 띄우면 24시간이 되기 전에 애 아빠가 이 소식을 접할 수 있을까? 그동안 중환자실은 누가 지키지?

고립무원의 무서움과 갑갑함이 끝없이 솟아올라, 도대체 눈물꼭지는 잠길 생각을 하지 않았다. 나는 어린애처럼 주먹으로 눈을 훔쳐가며 울고 또 울었다. 얼마나 그러고 있었을까. 문득 고개를 들어보니, 아이가 훌쩍임을 뚝 멈추고 나를 바라보고 있었다. 멀, 쩡, 한, 얼, 굴, 로.

"엄마, 괜찮아?"

퍼뜩 정신이 들었다. 비록 나는 때때로 대책 없는 인간이지만, "엄마!"라고 불릴 때마다 대책을 강구해야만 한다. 그리고 강구해내고야 만다. 나는 후다닥 '엄마 모드'로 돌아와, 옆방에 내려놓은 이성을 챙기기 시작했다. 그냥 모기 한 방이다. 아이는 아무렇지도 않다. 앞으로도 수없이 모기에 물릴 것이다. 부득불 모기 많은 아프리카에 와서 모기 한 방에 겁에 질려 울고 있다니, 대체 나이가 몇 개이더냐. 천천히 몇 줌의 눈물이 비워진 자리에 몇 줌의 생각이 스며들기 시작했다.

고립무원의 느낌은, 실은, 모기 때문이 아니었다. 아프리카 때문이었다. 여행자의 관념 속에서는 언제나 뜨거운 로망이지만, 문명인의 관념 속에서는 두려운 미지의 검은 대륙 아프리카. 언제나 CNN이나 동물의 왕국, 유니세프처럼 제한된 경로를 통해 위험하거나, 야성적이거나, 불우한 소식만이 걸러져 전해지는 머나먼 이웃.

여대생과 그 부모 사이에서 출발 전부터 갈팡질팡하던 나는 막상 이곳 달에살람에서 메일 한 장 제대로 보내지 못하며, 드나들 때마다 카메라를 낚아챌 듯 노려보는 수십 명의 젊은 남자들과 마주하며, 완벽한 예방약도 치유약도 없는 병에 지레 전전긍긍하면서 나도 모르게 여대생 부모의 손만을 움켜쥐고 있었던 것이다. 세계 어느 곳을 가더라도 겁 없이 섞여들었건만 '아프리카'라는 큰 벽 앞에서는 겉돌았던 것이다. 한국에서부터 아프리카까지의 물리적 거리는 뉴욕까지의 거리와 맞먹을 뿐이다. 그러나 마음의 거리는 그토록 멀고 또 멀었다.

정말이지 때가 되었다는 생각이 들었다. 내 안에 있는 여대생의 부모를 보내야 할 때. 선입견과 두려움으로 가득 찬 그들을 보내지 않으면 우리의 여행은 행복할 수 없었다. 그들의 기준 하에서는 모든 것이 부족하거나 조악했고, 느리거나 더러웠으며, 미개하거나 위험했다. 무엇보다도, 그들의 시선이 아이에게 그대로 전염되고 있었다. 상대가 모기이든 무엇이든 간에, 내가 조바심을 내면 아이도 조바심을 내게 되는 것이다. 과연 그들을 어떻게 보낼 수 있을 것인가?

눈물이 지혜를 가져다 주기라도 했는지, 뜻밖에도 간단한 방법이 떠올랐다. 철없는 여대생이 내린 결정을 약간 수정함으로써 그 부모를 안심시켜 돌려보내는 방법이. 나는 아이 손을 잡고 약국으로 갔다. 그리고 사흘치의 말라리아약을 샀다. 말라리아에 걸릴 경우 치료제로 쓸 참이었다. 그렇게 함으로써, 상용하는 데서 오는 부작용도 피할 수 있었고 위급한 순간엔 응급처치가 가능해질 터였다. 왜 진작에 이 생각을 못 했지? 약을 기다리는 동안, 나는 아이의 퉁퉁 부은 눈을 보며 내 아둔함이 너무 속상해 혀라도 깨물고 싶은 심정이 되었다. 아이가 눈치를 챘다.

"엄마는 왜 그렇게 내 걱정을 많이 해?"

"그야, 내가 네 엄마이기 때문이지."

"왜 엄마 걱정보다 내 걱정을 더 많이 해?"

"엄마들은 원래 그런 거야."

"난…… 엄마가 엄마 걱정도 했으면 좋겠어."

그래, 네 말이 옳다. 비행기 사고가 났을 때에도 보호자 먼저 산소마스크를 쓰라고 하지. 보호자가 제대로 준비되어 있지 않으면, 제대로 된 보호도 있을 수 없는 거겠지. 우리는 소아용과 성인용 각각 사흘치의 약을 쥔 채로 약국을 나섰다. 어둠이 내릴 무렵이었다. 낮 동안 달구어졌던 거리에 한풀 식은 바람이 간간히 불고 있었다. 우리는 가게 앞 층계참에 앉아 말없이 거리의 풍경을 바라보았다.

한바탕 울고 난 뒤에 바라보는 풍경은 늘 울기 이전과 다르다. 맺혔던 것이 울음으로 대신 터져 가슴속에 후련한 여백이 생기는 까닭이다. 여백을 지닌 가슴으로 바라보면 같은 풍경도 그 흐름이 완만해진다. 완만함 속에 순순히 몸을 맡기게 된다. 그 순간 버리지 못할 것은 없다. 받아들이지 못할 것도 없다.

게스트하우스 주변에서는 다시금 밤맞이 준비가 한창이었다. 시끄럽게 음악이 울리고 일없는 젊은 무리들이 어둠에 탄력을 받아 본격적으로 어슬렁대고 있었다. 지난 며칠간 나를 위축시켰던 이 저녁의 풍경이 이들에게는 매일 벌어지는 또 한번의 되풀이임을, 나는 비로소 편안히 받아들였다. 내가 오기 전에도 계속되었던 작은 소란, 내가 가고 난 뒤에도 계속 될 작은 소란 속에 잠시 끼어들었을 뿐.

방어의 벽이 허물어졌다. 그들의 얼굴에서 낯선 조형성을 뛰어넘는 무언가가 보이기 시작했다. 그들 중 일부는 그저 놀고 싶은 마음에 아이같이 달뜬 표정으로 그곳에 와 있었고, 그들 중 일부는 어떻게든 여행자를 상대로 몇 푼이라도 벌어볼 양으로 뚫어져라 투숙객들을 주시하고 있었다. 또 그들 중 일부는 아프리칸 특유의, 시간을 견디는 힘으로 아무것도 의도하지 않은 채 그저 그곳에 있을 뿐이었다. 여대생의 부모가 빠져나간 자리에 서서히 진지한 호기심과 편견 없는 따스함이 차올랐다. 나는 한결 차분해진 어조로 아이에게 말해주었다.

"이제 우리는 약도 있고, 엄마 마음도 튼튼해졌어. 그러니 모기 걱정은 하지 않아도 좋아. 너는 즐겁게 여행을 즐기기만 하면 돼. 엄마도 그럴 작정이란다. 오늘은 저녁 먹고 나서 이 근처를 어슬렁어슬렁 산책해볼까?"

"그래, 좋아!"

아이는 개운해진 얼굴로 활짝 웃어주었다.

쌀밥과 치킨스튜를 먹고 우리는 오래 걸었다. 산책의 끝자락에는 잠보인 주변을 점령한 젊은이들 사이로 걸어들어가 앉았다. 그들은 우리가 어디서 왔는지 어디로 갈 것인지 궁금해했다. 아이를 번쩍 들어 안기도 했다. 또 내가 지닌 소지품들이 얼마짜리인지 조목조목 묻기도 했다. 하지만 눈빛만큼은 시종일관 정중했다. 단순하고 현실적인 꿈을 지닌 젊은이들이었다. 한결같이 가난한 차림새였으나, 우연히, 아무도 미래를 비관하지는 않았다. 더위를 완전히 잠재우지 못하는 바람이 우리 곁으로 심상하게 불어왔다. 나는 비로소 몸과 마음이 온전하게 아프리카로 들어섰음을 느꼈다.

그 저녁, 드디어 도착 메일을 보내는 데 성공했다.

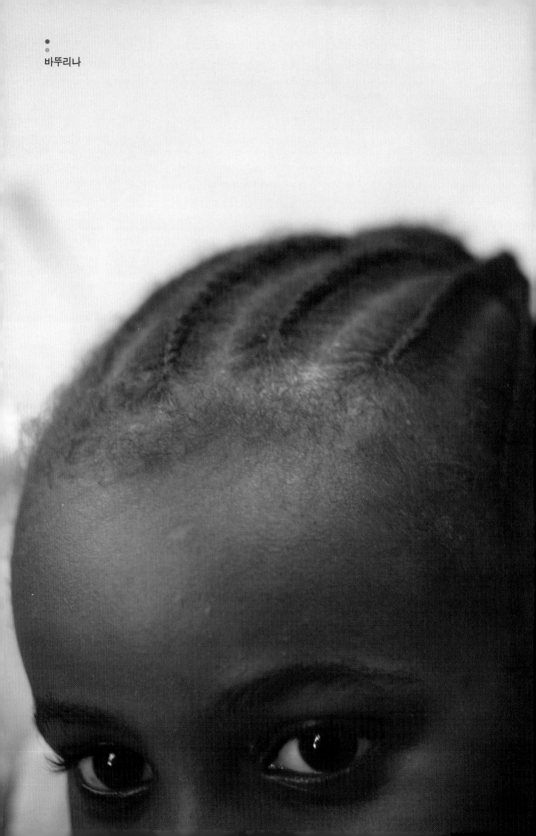

바뚜리나

팅가팅가 센터

Tingatinga Center

달에살람에서 해안도로를 따라 북쪽으로 가면 오이스터만에 이른다. 거기서 멀지 않은 곳에 *팅가팅가센터가 있다. 그곳에 가면 당신은 만날 수 있다. 그림을 그리고 있는 젊은 화가들을. 원색적인 아프리칸 그림들이 주렁주렁 매달린 거리에서 몇 걸음만 안쪽으로 접어들면 된다.

* '팅가팅가'란 탄자니아의 대표적인 화풍. 독학으로 미술을 공부, 60년대부터 유럽에서 인정받은 화가 에드워드 사이디 팅가팅가로부터 시작. 단색 배경에 원색적인 동물 모티브 사용.

처음, 당신은 충격을 받는다.

그처럼 가난한 예술가의 아틀리에를 본 적이 없기 때문이다. 덜 무너진 담벼락에는 지붕 대신 얼기설기 캔버스가 얹혀 있고, 완전히 무너진 담벼락은 잘게 부숴져 온갖 쓰레기와 함께 굴러다닌다. 새빨간 꽃잎만이 그 모든 결핍을 덮으며 아름다이 흩어져 있다.

그들이 뜨거운 태양 아래 검은 상반신을 드러내고, 세상에서 가장 가난한 아틀리에를 세상에서 가장 화려한 화풍으로 채워나가는 동안, 수백 송이의 꽃을 떨구고도 여전히 수백 송이의 꽃을 매단 나무가 엉성한 지붕 위에 내내 너그러운 그늘을 드리워준다.

거기 번듯한 것은 없어도, 계속해서 채워지는 것들이 있다.

계속해서 생성되는 아름다움이 있다.
예술이란 제아무리 열악한 곳에 놓여도 숨쉬기를 멈추지 않는 법.
숨쉬기를 멈추지 않음으로써 숨쉬기 힘든 공간을 숨 쉴 만한 곳으로 뒤바꿔놓는 법.

당신은 그토록 가슴 뻐근한 예술가의 아틀리에를 본 적이 없다.

05 풍부한 노년의 해저

— 크레이그

잔지바로 떠나는 아침, 서둘러 도착한 달에살람의 페리 선착장은 이미 몹시 붐볐
다. 커다란 짐을 들고 승선을 기다리는 승객들과 도착하는 승객을 기다리는 택시운전
사들, 그리고 승객들의 수만큼이나 많아 보이는 페리 호객꾼들까지. 특히 이 호객꾼들
은 매우 끈질겨서 저렴한 현지인 가격으로 표를 사게 해주겠다는 사람부터, 자신이
'항구세'를 걷는 사람이라고 우기는 사람까지, 실로 다양하게 외국인들을 교란시킨다.
그러나 가장 안전하고 현명하게 잔지바에 도착하는 방법은 이들에게 현혹되지 않고
매표소로 곧바로 향하는 일.

호객꾼들은 멀리서부터 우리를 알아보고 빙 둘러쌌다. 그 모두를 이끌고(?) 매표 창
구에 이르러 매표원과 이야기를 시작하는 시점까지도, 그들은 우리를 포기하지 않는다.

"제발 내가 이 사람과 말 좀 하게 조용히 해주겠어옷!!"

참다 못해 목에 힘을 주자 금방 조용해진다. 매표원에게 탄자니아실링으로 지불
하겠다 하니, 1달러당 1500탄자니아실링을 요구한다. 바로 며칠 전 달러당 1150탄자
니아실링을 주고 샀는데, 구멍가게도 아니고 공식 매표소에서 그런 엉터리 환율을?

"말도 안 돼!"

내가 볼멘소리로 중얼거리자, 옆에서 차분한 목소리가 들려온다.

"하지만, 별로 놀랄 일은 아니잖아요."

고개를 돌려보니, 은발의 백인 할아버지다. 편안해 보이는 린넨 셔츠와 반바지 차림에 옛 영화에나 나올 법한 커다란 구형 트렁크를 끌고 있다. 그가 옳다. 제대로 된 환율체계가 세워져 있다면 여긴 달에살람이 아니라 서울이겠지. 탄자니아에서 탄자니아 실링을 사용할 때 엉터리 환율을 적용한다면 그저 그런 것이다. 나라 밖에서 배운 것으로 그 나라 안에서 따지고 들기 시작하면 여행자는 불편해진다.

표를 산 뒤 아이와 대기실에 앉아 있는데, 할아버지가 곁으로 와 예의 트렁크를 세워놓는다. 크레이그. 웨일즈 출신이며 해양학자이다. 잔지바에 3주간 머무르면서 해양조사 등의 자원봉사활동을 할 계획이라고 했다. 그가 중빈을 보면서 미소지었다.

"아이들이 어릴 적부터 함께 여행하는 것은 정말 중요한 일이죠."

그는 자신도 아내와 두 딸과 함께 많은 곳을 다녔다고 말했다. 여행도 있었지만, 무엇보다도 해양학자로서 가족과 외국에 거주하는 일이 자주 있었기 때문이라고 했다. 주로 제3세계였는데, 스리랑카와 잠비아, 아랍 등지에서 가족과 함께 머물렀다고 했다.

"나는 유엔과 연계해서 저개발국가의 해양자원을 조사하고 연구하는 일을 했지요. 그들의 바다에는 어떤 생물들이 있는지, 그 가운데 식생활과 경제활동에 도움이 될 만한 바다생물은 어떤 것인지, 그 생물이 언제 몰려오고 언제 부화를 하는지, 즉 어떻게 하면 그것을 잘 보존하면서 동시에 이용할 수 있는지를 현지의 해양학자들과 함께 연구했습니다. 알다시피, 저개발국가의 정치상황은 불안정하잖아요. 때론 내전이 일어나기도 했고 연구가 중단되기도 했지요."

"그 모든 것을 가족과 함께 했나요?"

"미얀마만 빼고요. 당시 그곳엔 총성이 난무했고 무장한 보디가드가 나를 따라다녀야 했거든요. 아내가 그곳엔 아이들을 데리고 가지 않는 게 좋겠다고 했어요. 그외에는 다 함께였어요. 일단 새로운 프로젝트가 시작되면 망설이지 않고 새로운 곳에서의 삶을 시작한 거죠. 아이들은 모스크 옆에서 아잔이슬람교에서 신도에게 예배시간을 알리는 소리 소리에 잠을 설치거나, 스님들의 불경소리를 노래처럼 따라하며 자랐지요. 맨발로, 흙투성이로……

그렇게 자라났어요."

"쉬운 선택은 아니었을 것 같아요."

"어려운 선택도 아니었어요. 우리는 세계 어디를 가든 사람 사는 곳은 다 같다고 생각했고, 언제나 적응할 준비가 되어 있었으니까요. 물론, 친구나 친척들은 종종 나와 아내의 선택을 이해하기 힘들어했죠. 후후. 그렇게 여러 나라를 다니다가, 로마의 유엔식량농업기구에서 근무를 하게 됐어요. 사회적으로나 경제적으로나 엄청난 혜택이 주어지는 자리였지요. 사람들은 이제 우리가 제대로 자리를 잡았구나 했어요. 하지만 2년쯤 지났을 때 나는 비명을 지를 지경이 되었지요. '됐어! 이 정도면 충분해! 더는 숨을 못 쉬겠어!' 그리고 곧바로 잠비아로 간 겁니다."

나는 웃음을 터뜨렸다. 그런 사람들이 있다. 주변상황이 자신을 위해 빈틈없이 봉사할 때 목이 졸리는 듯한 느낌을 받는 사람들. 잘 기획된 시스템 안에 들어가기보다, 엉성하더라도 스스로 시스템을 구축해나갈 때 살아 있음을 느끼는 사람들. 안정과 명성보다는 새로움과 호기심에 높은 가치를 두는 사람들. 나는 그들이 좋다. 절대 다수가 세상을 존속시킬 때, 그들은 세상을 변화시키기 때문이다.

"나는 서른다섯 살이 되기 전에 오대양 육대주를 다 다녔어요. 가장 높은 산을 올랐고 남극에도 다녀왔지요. 그리고 얻은 하나의 교훈이 '나의 삶은 반드시 나의 선택으로 이루어져야 한다'는 것이에요. 나는 그다지 종교적인 사람이 못 되기 때문에, 이 삶이 단 한 번뿐이라고 생각합니다. 그러하니, 늘 살아 있다고 자각하며 사는 게 내게는 매우 중요한 일이지요."

그는 이제 은퇴했으며, 때때로 이런 봉사활동을 위해 세계 각지로 날아다닌다.

"지금은 가족들이 다 웨일즈에 있어요?"

"큰딸은 미국에 있어요. 애플사에 근무하죠. 아내는 웨일즈의 정치가입니다. 웨일즈를 떠나기 어렵게 된 셈이죠. 실은 나보다 더 바빠져서, 내가 이렇게 먼 곳으로 올 일이 생길 때마다 숨기지도 않고 속 시원하단 표정을 짓는답니다. 작은 딸 역시 웨일즈에서 가정을 꾸리고 살아요."

"딸들이 어릴 적 경험에 대해 이야기하지요?"

"물론이죠. 그중엔 좋은 기억도 있고 그렇지 못한 것도 있어요. 어떻게 기억하는 가는 그들의 몫이에요. 나는 다만 그애들이 가슴속에 추억할 거리를 많이 지니고 있다는 것에 만족해요."

구구절절이 옳은 말이라, 나는 그저 고개만 끄덕였다. 그는 마치 다큐멘터리의 내레이터처럼 완벽한 표준영어를 구사하면서, 도자기를 빚듯 한 마디 한 마디를 신중히 골라 부드럽게 말했다. 풍부한 성량을 지닌 저음은 듣는 이에게 철자 하나의 의미까지도 생생하게 전달해내는 힘이 있었다. 나는 그가 매우 겸손하지만 활력에 차서 스스로의 생을 내레이션하고 있다는 생각이 들었다. 인생사의 잡다함이 다 걸러지고 생에 꼭 필요한 미덕만이 남겨진 목소리로.

크레이그처럼 아름다운 노년과 마주친다는 것은 행운이다. 이야기를 나누는 바로 그 순간, 상대방의 인품이 나보다 한층 고결하다는 것을 절로 깨우치게 되는 순간은 많지 않기 때문이다. 같이 있음이 교훈이 되고, 한 마디 한 마디가 소중해지는 사람. 이런 노년은 마치 플랑크톤이 풍부한 해저처럼 자신의 어장 속으로 들어오는 모든 젊은 영혼을 풍성한 경험담으로써 부풀게 한다. 그리고 그 경험을 펼칠 때 보여주는 겸허함으로 젊은 영혼을 감화시킨다. 그리하여 대화가 끝난 뒤 어장을 빠져나갈 때, 젊은이는 긍정적 에너지에 휩싸여 기꺼이 스스로의 삶을 얼싸안게 된다. 그 어떤 장밋빛 입술을 지닌 젊은이들보다 아름다운 노년인 것이다.

그는 이제 나의 삶에 대해 물었다. 내가 그에 비하면 길지도 풍성하지도 않은 실타래를 거의 다 풀어냈을 때, 우리는 웃으면서 고국에 있는 그의 아내와 나의 남편이 서로 만난다면 할 말이 많을 거라는 데 동의했다.

승선이 시작되었다.

06 스톤타운에서 길을 잃고 시간을 잃다

달에살람에서 70킬로미터. 잔지바는 '향신료 섬'이라 불리면서, 이미 12세기 무렵부터 아랍과 페르시아만 사이를 잇는 교역지로 전성기를 구가했다. 저 멀리 인도와 아시아에까지 노예와 상아를 공급하였고 향신료와 옷감 등을 수입하면서 비약적으로 성장했던 것이다. 그 무렵 이슬람 문화도 함께 유입되어 오늘날까지도 군도의 건축물과 생활 면면이 이슬람 문화에 기초하게 된다.

잔지바의 볼거리는 크게 세 가지로 나뉜다. 스톤타운, 해변, 식민지 시절을 관통한 유적들. 그중 한 곳만을 선택하라 한다면, 사람들은 단연 스톤타운을 꼽을 것이다. 『론리플래닛』은 유네스코 문화유산으로 선정된 이곳을 다음과 같이 묘사하고 있다.

잔지바 군도의 심장이 잔지바라면, 스톤타운은 그 영혼이다.

스톤타운에 도착했을 때, 나는 숨을 멈췄다. 좁은 골목길이 미로와 같이 얽혀 있었다. 그 골목을 따라 오래된 석조 건물들이 빼곡히 열지어 섰다. 아랍과 인도 양식이 혼합된 육중한 목재 대문들이 유혹적으로 열려 있었고, 거기서 아이들이 뛰어나와 골목 끝으로 달음박질쳤다. 고개를 들면, 세월에 바래고 단단해진 나무 테라스에서 검은색 히잡을 쓴 여인들이 쏟아지는 빛을 받으며 색색의 빨래를 널고 있었다.

페리 선착장에서 우리를 스톤타운으로 데려다 준 택시기사는 *잠보인 앞에 차를 세우고 내게 뻔한 거짓말을 하고 있었다.

"글쎄, 플라밍고 게스트하우스는 어제 벽이 무너졌다니까요. 그래서 영업을 안 해요. 잠보인이 이 일대에선 최고예요."

아마도 그는 잠보 게스트하우스에 손님을 공급하고 주인으로부터 커미션을 받는 모양이었다. 가이드북을 보니, 잠보는 공동화장실을 나눠 써야 하는 것에 비해 가격이 높은 편이어서 나는 플라밍고에 가보자고 하던 참이었다. 그리고 스톤타운에 들어섰던 것이다.

"플라밍고의 벽은 멀쩡하겠지만, 알겠어요. 그냥 잠보인에 체크인 하죠. 한시바삐 이 골목을 걸어야 되니까요."

서둘러 가방을 들여놓고 중빈에게 축구공을 내주었다. 축구공이 땅에서 몇 번 튕겨오르자, 놀이를 감지하는 특수 더듬이를 가진 아이들이 골목 여기저기에서 몰려들었다. 개중 큰 아이가 멀리까지 뻥 공을 찼고, 아이들이 그 공을 향해 내빼는 것을 보는 동시에 나도 카메라가방을 들고 반대편으로 내뺐다. 그러자, 골목 구석구석에서 달큰한 삶의 풍경들이 말을 걸어오기 시작했다.

할머니가 이 층 덧문을 열고 밑에서 놀던 손자에게 뭐라 이야기를 한다. 아이가 손을 내뻗자 할머니가 밧줄로 장바구니를 내린다. 이제 아이는 장바구니를 들고 상점에 가서 저녁거리를 사올 것이다. 모퉁이에서는 어여쁜 스카프로 머리를 가린 여자아이들이 절반의 호기심과 절반의 두려움으로 나를 훔쳐본다. 눈이 마주치면 멈칫하거나 저희들끼리 깔깔대면서. 꼬마가 아기를 안고 있다. 아기를 안고서도 또래 친구들과 똑같이 뛰어논다. 소녀가 물동이를 이고 집으로 간다. 또다른 소녀가 색깔도 화려한 아이스크림을 빨며 천천히 걷는다. 좁은 가게에 다양한 곡물들이 앙증맞게 진열되어 있다. 문방구에는 만물잡화상처럼 없는 것이 없고 옆으로는 처녀 총각 여럿이 어둑한 실

 *Jambo Inn, jamboguest@hotmail.com/싱글 20달러, 더블 30달러

내에서 잡담을 나누며 미싱을 돌린다. 사내들이 길가에 나른하게 앉아 생김새가 다른 나를 주시하지만, 거칠지도 끈적이지도 않는 그들은 눈을 마주칠 때마다 나직이 "잠보" 하고 중얼거린다. 뒤돌아보면 페즈_{챙 없는 남성 무슬림 모자}를 쓴 사내아이 한둘쯤이 졸졸 따라오다가, 노오란 볕 속에서 기다렸다는 듯 웃고 있다.

나는 급속도로 스톤타운에 빠져들었다. 모든 게 작고 좁았다. 그리하여 긴밀했다. 모든 게 오래되고 손때 묻었다. 그리하여 시간을 정지시켰다. 현재 이곳에 사는 사람과 과거 이곳에 살았던 사람의 흔적을 차별 없이 전달해주었다. 발길 닿는 대로, 웃음소리가 들리는 대로, 몇 번 골목을 접어들었더니 벌써 길을 잃었다. 그러나 관계없었다. 한 굽이가 다음 굽이로 발길을 이끌었고, 나는 사방으로 뚫린 골목 가운데 어느 것을 선택해야 할지 행복한 고민에 빠졌다. 눈을 내리깐 아름다운 여인이 새빨간 히잡 속에 내재한 열정을 은근한 향기로 전하며 곁을 스쳐갔다. 그러면 마치 미로찾기 게임이라도 하는 것처럼, 그녀의 향기가 그 골목에 숨겨진 결정적인 단서라도 되는 것처럼, 나는 망설임 없이 그녀가 튀어나온 골목으로 선회했다. 거기에는 또다른 그녀가 있고 거기에는 또다른 향기가 있었다. 그렇게 온갖 다양한 향기와, 그녀들의 얼굴과, 그 자식들의 얼굴과, 그 남편들의 얼굴과, 그들의 속삭임 같은 수다와, 코란을 읽는 음률과, 이미 수만 번 디뎌 닳아빠진 나무계단의 삐걱임과, 마침내 학교 운동장으로 이어지는 어귀에서 밀려오는 수십 명의 응원과 박수갈채 소리로, 나의 가슴은 곧 터질 듯 꽉 차오른다. 내가 이 순간 바라는 것은 오직 한 가지. 동네아이들이 조금만 더 중빈과 함께 축구를 즐겨주기를, 그래서 이대로 조금만 더 길을 잃을 수 있기를.

묻고 또 물어 간신히 잠보인으로 돌아왔을 때, 아이는 여전히 축구를 하고 있었다. 나는 행여 아이 눈에 띌세라 골목 어귀에서 다시 돌아섰다. 새로운 골목은 매혹적이었고 이미 지나친 골목은 정겨웠다. 나 같은 골목 욕심쟁이에게 스톤타운은 완벽했다. 빵 장수가 수레에 하나 가득 빵 냄새와 종소리를 싣고 지나갔다.

한참 또 시간을 잃고 길을 잃다가 아이 생각에 돌아와보면, 변함없이 축구가 계속되고 있었다. 그러면 서둘러 돌아섰다. 아이가 목이 마를 때까지, 내가 배가 고플 때까지, 스톤타운에 도착한 첫날 오후는 그렇게 내내 숨바꼭질을 했다.

아이 손을 잡고 게스트하우스 근처의 식당을 찾아 나섰다. 우리가 걸음을 멈춘 곳은 감자를 튀기는 노점상. 유리상자 속에 식어가는 감자칩과 차파티_{부침개처럼 얇은 밀가루빵}, 샐러드용 야채가 있었다. 종일 뜨거웠던 햇살에 감자칩이 식어가며 내뿜는 열기가 더해져 유리에는 살짝 김이 서려 있었고, 샐러드용 야채마저 미적지근해 보였다.

우리가 다가가자, 로컬(현지인)들은 '엥?' 하는 얼굴로 주춤주춤 자리를 내주었다. 스톤타운의 중심가 상가니에는 유럽에서 오는 다수의 관광객을 상대로 하는 식당이 매우 잘 발달되어 있었지만, 나는 어쩐지 잔지바에서의 첫 식사는 반드시 로컬들과 함께 해야만 할 것 같았다. 잔지바의 영혼, 스톤타운이 내게도 조금은 깃들었으니까.

"뭘 먹을래?"

감자를 튀기는 청년이 경쾌하게 물었고, 나는 감자튀김과 쇠고기꼬치, 야채까지 왕창왕창 주문했다. 케첩도 듬뿍듬뿍 뿌렸다. 1달러가 조금 넘었다. 청년은 먼저 사람이 먹던 접시에 남은 것을 손으로 쓸어내고 다시 거기에 내 음식을 담았다. 난 순간적으로 눈을 크게 떴다가 쿡 웃었다. 말라리아에 비하면 배탈 따위는 무섭지 않다.

사람들은 노점상 곁 흙바닥에 앉아서 우갈리_{주식처럼 먹는 수프}를 먹고 있었다. 우리도 그들 곁에 가 플라스틱 접시를 무릎 위에 올려놓았다. 같이 음식을 먹는 여인네들이나, 길 건너에서 우리를 뚫어지게 바라보는 남정네들과 자꾸 눈이 마주쳤다. 내가 "잠보!" 하면 그들이 "잠보!" 하고 받았다. 일 초쯤 뜸을 들인 뒤 그들이 다시 "카리부_{환영합니다}." 하면, 이번엔 내가 "아싼떼_{고맙습니다}." 하고 받았다. 잔지바인들의 스와힐리어에 대한 사랑은 대단해서, 여기까지 해야 미소를 짓는다. '어쭈, 스와힐리어 좀 하는데!' 하는 흡족한 미소를. 만약 '카리부'에 대한 적절한 대답을 못 하면 쫓아와서까지 '아싼떼'를 가르쳐주고야 만다. 스와힐리어가 인도양에 접한 동아프리카의 해안에서 발원했고, 특히 이곳 잔지바를 중심으로 구체화되었기 때문이리라.

중빈이 먹다 말고 벌떡 일어나더니, 쉬가 마렵다며 감자를 튀기는 청년에게 화장실이 어디냐고 물었다. 그가 못 알아듣자 아이가 고추 위에 손을 올리며 발을 동동 굴러보였다. 청년이 웃으며 중빈의 손을 잡아끌었다.

"여기서 하면 돼."

청년이 중빈의 손을 놓은 곳은 길 가운데 흙이 두툼하게 올라온, 말하자면 관객들로 둘러싸인 무대 같은 곳이었다. 중요 부위를 가릴 나무 한 그루가 있기는 했지만, 중빈이 황당하게 나를 쳐다보았다. '나도 이제 형아인데 이건 좀 너무하잖아?' 하는 얼굴이었다. 청년은 '이게 우리 동네 남자화장실이야. 뭐가 문젠데?' 하는 얼굴이었다. 나는 그저 낄낄 웃으면서 남자들의 문제는 남자들끼리 해결을 보도록 모르는 척했다.

자전거를 빌리러 시장으로 향했다. 잔지바에서 가장 큰 도로인 크릭로드를 따라가면 나오는 다라자니마켓. 시장 바깥쪽으로는 차도를 따라 행상들이 시끌벅적하고 안쪽으로는 어둡고 좁은 골목을 따라 청과물과 생선가게가 복잡하게 자리잡고 있었다. 플라스틱 세숫대야부터 정체를 알 수 없는 약병까지 없는 것 없이 즐비했다. 이런 데서 자전거도 빌려준단 말이지?

자전거포는 시장 골목이 거의 끝나는 지점에 있었다. 주인은 이제 막 노년에 접어든 인도인이었다. 아들과 함께 자전거를 수리하거나 판매했다. 이곳의 다른 가게들이 그러하듯, 밖에선 좁은 듯 보이지만 안을 들여다보면 깊이를 알 수 없는 공간에 자전거 부품과 각종 스패너, 드라이버 등이 빼곡하게 벽을 채우고 있었다.

"여기서 자전거를 빌릴 수 있나요? 이틀쯤 탈 건데, 얼마나 하나요?"

내가 묻자, 그는 인도인 특유의 계산 빠른 눈매를 하고 내게 되물었다.

"얼마나 줄 거요?"

이틀에 13달러로 낙찰. 탄자니아의 물가는 가이드북보다 평균 20~30퍼센트가량 높았다. 흥정을 할 때면, 그들은 예외 없이 리터 당 1달러에 근접해가는 석유값을 언급하며 양보하려 들지 않았다. 주인은 내게 50달러의 예치금 또는 여권을 맡기라고 했다. 내가 예치금을 주고 영수증을 요구하자, 그가 예의 눈매로 웃음기 없이 내게 묻는다.

"나는 당신에게 내 새 자전거를 내주는데, 어째서 당신은 50달러의 영수증을 요구하나요?"

　나는 멈칫했다. 파리를 가든, 미얀마를 가든, 이런 경우에는 당연히 영수증을 주고받았다. 그런데 다시 생각해보니, 그의 말도 타당했다. 내가 얼마를 맡겼고 얼마를 거슬러받든 그 영수증은 '되가져온다'라는 전제 하에서만 의미가 있는 것이었다. 멈칫하는 사이, 그가 선심 쓰듯 종이를 가져와 자신이 자전거를 빌려주었고 내가 50달러를 맡겨놓았음을 적기 시작했다. 그리고 내게 펜을 내밀었다. 나는 사인을 했다.

　열 살 소녀 칼다는 잠보 게스트하우스 근처 계단에 앉아 있었다. 내게 사진을 찍어도 좋다고 한 몇 안 되는 아이들 중의 한 명이었다. 스톤타운의 아이들은 모두 카메라를 싫어했다. 히잡을 쓴 여인들은 말할 것도 없었고 남성들도 대부분 찍히기를 거부했다. 그런데 칼다는 대담하게 렌즈를 향해 웃어주었다. 드물게 대담할 뿐만 아니라, 드물게 얼굴도 예쁜 소녀였다.

　칼다는 방과 후 기도를 올린 뒤에 두 명의 남동생과 여동생 한 명을 돌본다고 했다. 그 말을 입증이라도 하듯, 곧 칼다 곁으로 어린 동생들이 다가왔다. 이어 사촌 동생들과 언니들까지 줄줄이 모여들었다. 우리가 다 같이 계단에 앉아 떠들고 있을 때, 눈처럼 흰 이슬람 전통 복장을 한 남자가 다가왔다. 한눈에 보아도 신실하며 단정한 사람 같았다. 아이들이 그의 손을 잡는 것을 보고 내가 물었다.

　"칼다의 아빠세요?"

　그가 고개를 끄덕였다. 이름은 무닐. 이번에는 그가 물었다.

　"잔지바가 어때요?"

　"좋아 죽을 지경이에요."

　무닐은 잔잔하게 미소를 띠며 함께 계단에 앉았다. 그는 더 좋았던 시절에 대해 이야기하고 싶어했다.

　"내가 어릴 때만 해도 잔지바는 아주 평화로운 곳이었어요. 길을 걷다가 졸리면 아무 곳에나 누워서 잠을 자도 그만인 곳이었지요. 이웃에게 해를 입히는 일은 생각도 하지 못했어요. 실수로 잘못을 저지르거나 하면 누가 먼저랄 것도 없이 용서를 구했고 용서를 받았지요. 기도하고 노동하고 휴식하는 것이 우리 생의 전부였답니다. 그런데 지금은 도둑이 너무 많아요. 내륙에서 실직자들이 와서 이곳 사람들이 꺼리는 천한 일들을 도맡았죠. 그들은 우리와 관습이 다르고 언제나 문제를 일으킵니다. 마약도 참 흔해졌어요. 약에 취해 거리를 돌아다니는 사람들을 심심찮게 볼 수 있으니……. 짧은 세월 동안 너무나 많이 바뀌어버린 거죠. 인구는 지나치게 늘어났고, 향신료 산업은 끝났지요. 경제의 대부분이 관광에 의존하게 되었고, 때문에 원치 않는 문화가 계속 유입됩니다. 젊은이들은 정체성을 잃어가고 있어요……."

어둠이 깔리는 저녁 길목에 그의 염려 어린 목소리가 또 한 겹의 무게로 가라앉았다. 나는 잠시 눈을 감고서 무닐이 말하는 '좋았던 시절'을 상상해보았다. 섬사람들이란 늘 내륙에 대해 다분히 적대적이란 것과 보수적인 사람일수록 과거지향적이라는 사실을 감안하더라도, 그가 묘사한 그 시절은 참 매력적으로 들렸다. 길을 걷다 누워서 잠을 자도 그만인 곳. 지구 상에서 그런 곳은 멸종해가고 있다.

무닐과 닮았지만 조금 더 건장하고 젊어 보이는 남자가 나타났다. 이름은 응솔, 무닐의 동생이라고 했다. 전통복장에 콧수염을 기른 무닐과 달리 화사한 무늬가 프린트된 셔츠에 청바지를 입었다. 중심가 샹가니에서 외국인을 상대로 옷가게를 한다고 했다. 무닐은 사실 그가 칼다의 아빠라고 일러준다.

"우리는 함께 살아요. 그리고 응솔의 아이들은 제 자식들이나 다름없죠. 당신이 칼다가 내 딸이냐고 물었을 때 아니라고 하지 않았던 건 그래서예요."

따뜻한 무슬림 대가족이다. 응솔은 의류업자답게 자주 중국에 간다고 했다. 그리고 딱 한 번 한국에 들러 동대문에 갔던 기억을 이야기했다.

"정신이 하나도 없었어요. 자정이 넘었는데도 대낮 같았죠. 그 시간에도 사람들은 먹고 쇼핑을 즐겼어요."

나조차 자극적으로 느껴질 때가 있는 그 공간이 응솔에게는 얼마나 생경했을지 짐작할 수 있었다. 내가 스톤타운에서 길을 잃고 시간을 잃었듯, 응솔 또한 그곳에서 길을 잃고 시간을 잃었을 것이다.

무닐과 응솔은 유치원 교사들처럼 아이들을 모두 인솔하여 집 안으로 들어갔다.

밤늦도록 중빈은 축구에 굶주린 아이처럼 공차기를 멈추지 않았다. 동네 아이들이 모두 자러 간 시각에는, 축구에 열광하는 아프리카인답게 어른들이 순서를 기다렸다는 듯 중빈의 축구 동무가 되어주었다.

나는 먼저 방으로 들어와 누웠다. 별이 너무 아까워 잠들 수가 없었다. 바람이 너무 아까워 잠들 수가 없었다. 멀리서 나직하게 들려오는 삐거덕 나무문이 닫히는 소리, 갓난아이가 선잠 깨어 우는 소리, 그 아기를 어르는 노랫소리, 맨발로 좁은 돌길을 달리는 소리, 두런거리는 무슬림 노인의 목소리, 깨끗하게 다림질된 그들의 긴 의복이 서걱이는 소리, 소리, 소리. 잔지바에서의 첫날밤, 나는 그곳이 아니면 다른 곳에서는 듣지 못할 소리가 아까워 잠들 수가 없었다.

잔지바에서 천천히 걷기

모하메드

노을이 지고 있었다. *올드포트와 **경이의 집 사이, 바다로 난 길목에 하나 둘 노점상들이 나오기 시작했다. 다양한 향신료로 끓인 차, 생선꼬치와 바닷가재구이까지, 잔지바의 특산물을 한껏 요리한 야시장이 형성되는 것이다. 손수레가 자리를 잡기 위해 움

* Old Fort 1700년경 지어진 축성. 잔지바의 주도권을 놓고 오만이 포르투갈에 대항해 싸우기 위해 건축. 현재는 잔지바 국제영화제와 국제음악제를 개최하는 장소로 사용. ** House of Wonders 잔지바에서 가장 큰 건축물 중 하나. 1883년 술탄 바르가시에 의해 건설. 1896년 영국으로부터 독립적인 술탄이 되고자 했던 할리드 빈 바르가시가 영국군에 저항하여 전열을 가다듬은 곳. 그러나 막강한 영국 해군의 폭격을 맞으면서 '세상에서 가장 짧은 전쟁: 45분'의 치욕적인 희생물로 역사에 기록됨. 현재는 잔지바 역사문화박물관.

직일 때마다 수레 지붕에 매달린 코카콜라병들이 유리종처럼 딸랑딸랑 소리를 냈고 커다란 프라이팬에서 기름이 바쁘게 끓어올랐다. 때때로 바닷바람이 그릴에서 솟아나는 매캐한 연기를 잡아채 하늘 높이 던져올렸다.

우리가 뜨거운 *잔지바 피자를 들고 어디 앉아 먹을까를 고민하고 있을 때, 발걸음이 날렵한 청년이 다가왔다. 그는 아직 장사를 시작하지 않은 테이블을 가리키며 말했다.

"여기 앉아서 먹으면 돼. 차 파는 아저씨 자리야."
"그럼 차를 마셔야 하지 않을까?"
"내가 잘 아는 아저씨야. 게다가 아직 준비가 안 됐으니까 괜찮아. 내가 말해줄게. 걱정 말고 여기 앉아."
"고마워. 넌 참 친절하구나."

"난 모하메드야. 자, 이제 우린 친구가 된 건가?"

새로운 친구는 수다쟁이였다. 우리가 피자를 먹는 동안, 내내 곁을 지키고 앉아 "너희는 어디서 왔니?" "어디로 갈 거니?" "피자를 먹고 난 뒤엔 또 무얼 먹을 거니?" 쉴 새 없이 묻고 떠들어댔다. 그 사이 테이블 밑으로 고양이들이 몰려들었다. 아이가 흘리며 피자를 먹고 있었기 때문이었다. 아이는 더욱 열심히 피자를 흘렸다. 그런데 우리의 수다쟁이 친구는 내내 묻고 답하다가도 한 가지 질문에는 입을 다물었다.

"넌 무슨 일을 하니?"
"…… ."
워낙 실업률이 높은 곳이었으므로, 나는 일 없이 시장을 돌아다니는 청년에게 같은 질문을 반복하지는 않았다. 하지만 그 질문에 대한 때늦은 대답처럼 모하메드가 조금 뜸을 들이다 말을 바꿨다.

*고기와 야채, 크림치즈를 듬뿍 얹어 만두피처럼 얇은 밀가루 반죽으로 싸서 기름에 부친 것

"아무래도 너희가 차를 마시는 게 좋겠어. 여기서 먹었으니까."

백 퍼센트 고마움으로 찼던 마음에 십 퍼센트의 의심이 비집고 들었다.

처음부터 의도를 가지고 우릴 여기에 앉힌 게 아닐까? 갓 데워진 우정이 약간 흔들렸으나, 나는 아직 남은 구십 퍼센트의 고마움으로 기꺼이 고개를 끄덕였다.
"차도 좋겠지."
아이가 느릿느릿 피자를 다 먹도록 차 장수 아저씨는 오지 않았다.
"십 분이면 돼. 금방 아저씨가 올 거야."
우리는 먼저 야시장을 둘러보고 오기로 했다. 모하메드가 우리를 따라붙었다.
"사탕수수주스야. 달콤해. 너도 먹어봤니? 새우꼬치야. 매콤한 소스랑 먹으면 그만이지. 왜 먹지 않니? 수박이야. 굉장히 맛있어. 먹어보지 그래?"
그의 음식 권유는 끝이 없었다. 길지 않은 야시장 골목의 끝에 이르렀을 때 나는 이제 알 것 같았다. 그래서 조금은 허탈한 퀴즈를 푼 듯 모하메드를 향해 말했다.
"너 여기서 일하는구나."
"아니야! 천만에. 난 여기서 일하지 않아."
"맞잖아. 너 여기서 일해."
"아니야."
아니라고 하면서도 그는 어색하게 웃었다. 나도 함께 웃었다.

하향곡선을 그리는 증시처럼 우정의 선은 구십 퍼센트 한참 밑으로 쑥 내려갔다.

그렇다고 기분이 나쁘지만은 않았다. 그에게 일자리가 있다는 것은 다행이었고, 그가 더 잡아떼는 대신 잠시 입을 다물고 '어떻게 알았지?' 하는 순진한 얼굴로 눈을 내리깔았기 때문이었다.

우리는 다시 차를 파는 테이블로 돌아갔다. 차 장수 아저씨는 다행히 거기 있었지만,

그는 이제 막 소복한 숯과 재 위에 주전자를 올려놓은 채 후후 불어 불씨를 살려내고 있는 중이었다. 엄청나게 큰 주전자였다. 찻물이 끓어오르려면 밤이 깊어야 할 듯했다.

"차가 끓으려면 멀었는걸."

"아니야. 아니야. 금방 끓어. 아주 금방. 오 분이면 돼."

우리는 다시 반대편으로 야시장을 반 바퀴 돌아왔다. 역시나 찻물은 그대로였다. 그는 필사적으로 말했다.

"삼 분이면 돼!"

아이가 짜증스럽게 내 손을 잡아끌었다. 그 정도면 얄팍한 우리의 우정에 성의를 다했다 싶었다.

"내일 올게."

"뭐, 이제 곧 끓을 텐데 내일 온다고? 고작 삼 분을 못 기다린단 말야?"

"모하메드, 네 시계는 내 시계와 달라. 네가 말하는 삼 분이면 이 아이가 내 소매를 잡아당기다 못해 물어뜯고 말 거야."
"하지만 너는 저 테이블에 앉아서 먹었잖아."

증시는 폭락했다.

목소리가 높아졌다.
"처음에 상관없다며 앉기를 권한 건 너였어! 난 고마워했고, 때문에 네가 말을 바꿨어도 몇 번이나 이 시장을 맴돌며 찻물이 끓기를 기다렸어. 그런데 봐. 차는 마시고 싶어도 준비가 안 되어 있고 아이는 돌아가고 싶어해. 너라면 어떻게 하겠니?"
모하메드가 갑자기 내 앞으로 한 걸음 다가왔다. 그러더니 불쑥 손을 내밀었다. 뭐야, 설마 고작 차 한 잔에 나를 치려고? 그러나 그는 나를 치는 대신 내 손을 꽉 움켜쥐고 말했다.
"알았어. 알았어. 우리 싸울 필요는 없잖아. 하쿠나마타타! 하쿠나마타타!"

하쿠나마타타.

문제 없어(No Problem). 〈라이언킹〉에서 처음 접했던 그 말을 나는 좋아한다. 심바가 그 말 속에 자신의 긴장과 고뇌를 녹였듯이, 스와힐리어를 사용하는 아프리칸들은 그 말 속에 대립을 녹이곤 했다. 그들은 논리를 좋아하지 않았다. 논리가 필요한 갈등 상황도 좋아하지 않았다. 말하자면, 그들의 말싸움에는 기승전결 대신 '기, 승, 하쿠나마타타, 그리고 (느닷없이 평화로운) 결'이 있을 뿐이었다. 그들 앞에서 목청 높여 상황을 논리적으로 펼칠 일이 있을 때마다, 나는 이미 전의를 상실한 상대 앞에서 "돌격 앞으로!"를 외치는, 저 혼자 끝까지 멍청한 장교가 된 기분이 들곤 했다.

멍청한 장교는 잔지바에 도착한 지 사흘이 지나고 나서야 '하쿠나마타타'가 몸에 익었다. 그리고 하루에 한 번쯤은 '하쿠나마타타'라는 날개를 달고 '가비얍게' 논리의 세계로부터 하늘 높이 높이 비약했다.

07 우리는 약하고 불완전하지만

- 인도인 상인

•
•
•

잔지바에서 맞는 네번째 밤이었다. 모처럼 침대에 엎드려 그동안 지출했던 경비를 기록하던 나는 벌떡 일어났다. 이럴 수가! 나는 몇 번이나 주머니에 든 돈을 다시 세어보았다. 어떻게 이런 일이……!

그 전날 나는 자전거를 반환하기 위해 시장에 갔다. 인도인 상인은 며칠 전 내게 자전거를 내줄 때 썼던 영수증을 가져왔고, 나는 거기 씌어진 대로 보증금을 돌려받은 뒤 렌트비를 지불했다. 탄자니아실링으로.

문제는 거기서 발생했다. 이틀에 13달러를 지불하기로 하였는데, 내가 그만 1달러 당 1150실링이 아닌, 1만 1500실링을 지불하고 만 것이었다. 아무리 새로운 화폐에 적응이 되지 않았다 해도 그렇지, 자그마치 열 배를 지불하다니! 130달러라면 탄자니아에서 자전거를 몇 대 사고도 남는 돈일 것이다.

시계를 보니 이미 자정이 넘은 시각이었다. 밖은 고요했다. 일단 날이 밝기를 기다려야만 했다. 다시 드러누웠다. 그러나 채 일 분이 못 되어 벌떡 일어나 앉았다. 그래, 나는 제정신이 아니었다 치자. 그때 아이가 시장에 따라오기 싫다며 게스트하우스 앞에서 저 혼자 놀고 있었기 때문에 마음이 좀 바빴다 치잔 말이다. 그런데 어찌하여 그 계산 밝은 인도 상인은 모르는 척 열 배의 돈을 집어삼켰단 말인가. 아니, 계산이 밝으니 모르는 척했겠지……

충격 때문인지, 간단한 셈도 못하여 문제를 일으킨 뇌가 갑자기 동영상을 재생하듯 돈을 지불하던 순간을 정확히 떠올렸다. 내가 영수증의 여백 위에 'Tsh 11,500 × $13 = 149,500'라고 쓴 다음 "맞지요?" 하고 그를 쳐다보았을 때, 그는 아무 말도 하지 않고 몇 초간 내 눈을 뚫어지게 쳐다보았다. 그리고 고개를 크게 끄덕였다. 내가 15만 실링을 내밀자, 그는 잔돈으로 1천 실링을 건넸다. 내가 잔돈 500실링을 더 받았다고 하자, 그는 또 대답 없이 나를 빤히 쳐다보았다.

지금 생각해보니, 그때 그는 잔돈 따위는 안중에도 없었을 것이다. 뜻하지 않게 다가온 횡재를 어떻게 받아들여야 할지 격렬히 갈등하면서, 동시에 그 격렬함을 내가 눈치채지 않도록 하기 위해 필사적으로 노력하고 있었던 것이다. 그가 천천히 침을 삼키던 것을, 마치 녹슨 도르래에 매달린 두레박처럼 유난히 느릿느릿 위아래로 움직이던 그의 목젖을 기억한다. 한참 만에, 나오지 않는 목소리를 억지로 긁어내듯 그가 말했다.

"……그, 그렇군요."

그는 잘못된 계산을 바로잡는 사람의 신중한 손놀림으로 1천 실링을 가져간 뒤 500실링을 내게 도로 건넸다. 그로써 마지막 500실링까지 착실하게 챙겼던 것이다!

과연 내일 시장에 간다면 그가 돈을 돌려줄까? 돌려줄 사람이라면 그렇게 시침을 뚝 떼고 잔돈까지 챙기지도 않았겠지. 거래를 본 사람은 가게 안쪽에 앉아 있던 그의 아들뿐이었다. 아들이 내 편을 들어줄 리 만무했다. 계산을 한 흔적이 남아 있는 영수증마저 나는 가게에 남겨두고 왔다는 것을 깨달았다. 어쩌면 내일 시장에 간다 해도 그가 아예 가게 문을 열지 않을지도 모른다. 계산이 서툰 외국 여자가 떠날 때까지 한며칠 가게 문을 닫아두는 것이 그에게는 가장 쉽고 안전하면서도 확실하게 돈을 차지하는 방법이 될 수도 있는 것이다.

혼자 침대에서 엎치락뒤치락했다. 130달러는 내게도 작은 돈이 아니며, 그들에게는 '눈을 똑바로 바라보면서' 거짓말을 할 만큼 커다란 돈인 것이다. 누군가 과오를 범했다면, 부주의하게 그 과오를 조장한 사람에게도 책임은 있다. 맥이 빠졌다. 그곳은 지난 며칠간 나를 그토록 기쁘게 하고 소박하게 하고 평화롭게 했던 잔지바였던 것이다. 이 세상 어느 곳에나 있는 탐욕과 거짓이 그곳에도 공평하게 있을 뿐이었건만, 나는 쉽사리 그 '사실'을 받아들이고 싶지 않았다. 어긋난 금전 문제의 마지막이 그러하듯, 상념의 끝은 어쩔 수 없이 인간에 대한 환멸로 이어졌다. 어둠은 깊고 밤은 길었다.

다음날은 일요일이었다. 자초지종을 들은 잠보인의 알리가 난감한 얼굴로 내게 반문했다.

"어디로 가는 게 좋겠니?"

"글쎄…… 너한테 물어보려던 참이었는데…… 여행자사무소Tourist Office는 어떨까?"

과묵한 알리는 대답 대신 노트를 꺼내 전후 사정을 적기 시작했다. 영어로 한 번 적고 같은 내용을 스와힐리어로 다시 적었다. 그는 그 페이지를 찢어 깨끗이 접어주었다.

"네 꼬마는 내가 돌봐주고 있을게. 걱정 말고 다녀와."

골목 한 굽이를 접어드는데 응솔과 만났다. 말쑥하게 차려입은 것이 상가니에 있는 옷가게로 출근하는 길인 모양이었다. 응솔과 무닐 형제, 그리고 칼다를 비롯한 그의 아이들은 어느덧 내게 친숙한 이웃이 되어 있었다. 저녁이 되면 칼다가 꽃무늬 원피스를 예쁘게 차려입고 날 찾아오곤 했고, 칼다의 남동생들은 중빈 축구단의 정예멤버가 되었으며, 친절하고 점잖은 응솔 형제와는 마주치지 않으려야 않을 수 없는 좁은 골목에서 출퇴근길마다 정겹게 인사를 주고받곤 했던 것이다.

"안녕하세요. 좋은 아침입니다. 오늘은 어떠십니까?"

"썩 좋지 않아요."

응솔은 깜짝 놀라며 이유를 물었다. 그는 알리가 적어준 편지를 읽더니 조금도 망설이지 않고, 그러나 예의 신뢰가 가는 차분한 목소리로 말했다.

"저랑 같이 가시죠. 제가 해결해드리겠습니다."

그가 출근을 미루고 성큼성큼 앞장서 걸었다. 건기의 하늘에 구름이 뒤덮이더니, 가는 빗방울이 드문드문 팔에 내려앉았다. 일요일을 맞이한 사람들이 한둘씩 대문 밖에 나와 앉아 아무렇지도 않게 비를 맞으며 간밤의 안부를 묻거나 하고 있었다.

"시간을 뺏어서 미안해요. 계산을 정확히 했어야 했는데…… 어리석었어요."

웅솔이 걸음을 멈추고 뒤돌아본다. 키가 훤칠한 그는 나를 내려다보며 또박또박 강조했다.

"어리석은 건 그 인간입니다. 당연히 당신의 돈을 돌려줬어야죠. 언젠가 제 가게에 돈 많은 러시아인이 온 적이 있었어요. 그가 속옷을 하나 샀는데 캘빈클라인 로고가 있는 것이었죠. 중국산이었어요. 당신도 알죠? 진짜 같은 가짜 말이에요. 나는 5천 실링이라고 말했지만, 그는 아마 잘못 들었다고 생각하는 것 같았어요. 그리고 5만 실링을 지불했지요. 나는 즉시 가격을 다시 말하고 나머지 돈을 돌려주었습니다. 우리는 무슬림입니다. 무슬림은 동전 하나라도 남의 것을 탐해서는 안 돼요."

웅솔은 이런 일이 일어난 것이 부끄럽다는 듯 덧붙였다.

"그 자전거 가게 주인은 외지인이에요. 잔지바 사람이라면……."

웅솔은 "그러지 않았을 겁니다."라고 말을 마치지는 않았다. 내가 아는 신실한 무슬림들은 언제나 말을 아꼈다. 자랑에는 겸손했고 폄훼에는 신중했다.

어느덧 시장에 다다랐다. 자전거 가게의 문은 열려 있었다. 웅솔은 곧바로 가게로 걸어갔다. 그리고 일단 예의 바르게 아침 인사를 건넸다. 인도인 상인은 웅솔 뒤에 서 있는 나를 보자마자 모든 상황을 눈치챘다. 뜻밖에도, 그는 소동을 일으키지도 변명을 늘어놓지도 않았다. 대신 곧바로 가게 구석으로 갔다. 열쇠로 잠긴 서랍을 여니, 반으로 접힌 흰 종이가 나왔다. 그날 내가 남긴 영수증이었다. 접힌 영수증을 펴자 문제의 돈이 가지런하게 들어 있었다. 마치 내가 돌아오길 기다렸다는 듯이. 아니, 만약 문제가 불거지면 자신의 결백을 입증하고 싶었다는 듯이. 그가 순순히 돈을 내놓았으므로, 이제 웅솔은 그의 체면을 살려주면서 사건을 마무리할 차례였다.

"둘 다 조금씩 헷갈렸어요. 얼마든지 있을 수 있는 일이죠. 잘 해결되어 기쁘군요."

상인은 자신의 몫을 뺀 나머지 10분의 9의 돈을 돌려주며 잠시 내게 시선을 주었다. 그러나 전처럼 '똑바로' 쳐다보지는 않았다. 웅솔과 나는 말없이 시장을 벗어났다.

미로 같은 골목을 몇 굽이 접어들고 나서야 응솔이 착잡하게 입을 열었다.

"그 사람은 계산이 잘못된 줄 알면서도 돈을 받았지만, 당신이 다시 온다면 돌려줄 마음은 있었던 것 같아요. 물론 오지 않기를 바랐겠지만."

"그랬던 것 같아요. 본의 아니게 그를 시험에 들게 한 셈이 되었네요. 돈을 서랍에 보관하고 있는 동안은 그도 자존감을 지킬 수 있었겠지요."

말하자면, 서랍은 그의 대외적인 양심이었다. 서랍을 통해 그의 양심은 열심히 정당화를 하고 있었을 것이다. 돌려줄 돈이라고. 정신 나간 여자가 스스로 놓고 갔을 뿐, 그 돈을 요구한 적은 없었다고. 여자가 정신을 못 차리면 수일 내 돈은 그의 것이 되지만, 그는 처음부터 그것을 알고 있었지만, 최선을 다했다고 생각할 것이다. 나는 끝까지 기다렸노라고…….

그를 비난하고 싶은 마음은 없었다. 비단 그뿐만이 아니지 않은가. 당신과 나, 범속한 우리는 흔히 그의 서랍처럼 '전시하는' 양심을 안고 살아간다. 타인에게 쉽게 꺼내서 보여줄 수는 있지만, 그 서랍에 보관하기 전 이미 보여줘도 좋을 만큼 자신에게 유리하게 편집된 이야기를 만들어둔다. 생존이라는 처절한 싸움꾼들의 세계에서 귀족처럼 품위 있는 정당성을 획득하기 위해, 우리는 순수함의 앞뒤를 쳐내고 볼품없이 뭉툭해진 양심일지라도 어떻게든 서랍에 보관해두려 하는 것이다.

응솔은 가게로 출근을 해야 했다. 나는 그에게 감사와, 감사와, 또 감사를 전했다. 알리에게도 고마움을 전하기 위해 잠보로 돌아가니, 그는 자리에 없었다. 나는 아이와 함께 뚜렷한 목적 없이 길을 나섰다. 아침부터 신경을 곤두세웠더니 좀 멍한 상태였다. 아이의 손에 설탕을 뿌린 밀가루 튀김을 하나 사서 쥐어주고 정처 없이 걷기 시작했다.

잠시 뒤, 우리가 걸음을 멈춘 곳은 성공회 성당 앞. 입구에는 다음과 같은 표지판이 세워져 있었다.

당신은 지금 동중앙아프리카에서 끌려온 노예를 팔던 악명 높은 노예시장에 서 있습니다. 남자, 여자, 아이 노예를 매매하는 것은 1873년 6월 6일 스코틀랜드인 데이비드 리빙스턴 박사의 탄원에 의해 잔지바 술탄이 법령을 만듦으로써 금지되었습니다. 이

성당은 1874년 에드워드 스티어 주교가 노예들이 채찍질을 당하던 바로 그 자리에 세운 것입니다.

동아프리카에서는 이슬람 문화가 팽창하던 시기에 이미 노예무역도 팽창하기 시작했다. 이슬람교가 무슬림을 노예화하는 것을 금하였기에, 아프리카인들은 졸지에 잡아가도 좋은 '비무슬림'이 되어 노동력을 착취당했던 것이다. 이후 설탕에 맛을 들인 유럽의 기독교도들이 아메리카의 식민지에서 설탕을 재배하면서, 아프리카인들은 또 졸지에 잡아가도 좋은 '이교도'가 되어버렸다.

노예들은 일 인당 폭 40센티미터의 비좁은 공간에 쇠사슬로 채워진 채 짐짝처럼 적재되어 최대 몇 달씩 걸리는 항해를 해야 했다고 한다. 당연히 항해 중에 다수가 죽었고 또 길들여지는 가운데 다수가 죽었다. 『서양 문명』(스티븐 하우스, 윌리엄 몰트비 공저)에 따르면 특히 카리브해에 팔려온 노예의 평균수명은 7년에 불과했다고 하니, 더 빈번한 공급을 위해 아프리카에서의 인간사냥은 더욱 악랄해질 수밖에 없었다.

18세기 절정에 이른 노예무역은 유럽에 달콤한 '설탕'을 가져다주었을 뿐 아니라, 그들이 착실히 중상주의 정책을 펴며 달콤한 '부'를 축적할 수 있는 절호의 찬스가 되어주었다. 유럽의 교회와 정부는 자신들의 행위가 "이교도 야만인들에게 친절을 베푸는 것"이라 믿어 의심치 않았으며, 이같은 분위기 속에서 18세기 후반부터 싹트기 시작한 인도주의는 짭짤한 이익을 보던 상인과 정치가들에 의해 의도적으로 무시될 수밖에 없었다. 19세기 후반에 이르러서야 링컨의 '노예해방선언'과 함께 사실상 노예무역이 폐지되었다.

입장료를 내고 들어서니, 널찍한 정원이 펼쳐졌다. 오른편에는 구덩이를 파 쇠사슬에 묶인 노예 석상을 세워놓았고, 왼편에는 동아프리카 최초의 성공회 성당이 화려하지도 초라하지도 않게 서 있었다. 내가 노예 석상을 향해 다가가자, 중빈이 주춤하며 한 걸음 물러난다.

"이 아저씨들은 나쁜 사람들이야."

쇠사슬을 차고 지하감옥에 가둬졌으니, 나쁜 짓을 한 것이 틀림없다는 게 단순한 선악관에서 나온 생각이었다. 나는 아이에게 노예의 역사에 대해 간략하게 설명을 해주었지만, 아이는 여전히 이해할 수가 없었다.

"왜? 어째서? 아무 잘못도 하지 않았는데?"

나는 아이에게 인간의 역사에서는 늘 선한 것이 악한 것을 이기는 것이 아니며, 그저 강한 것이 약한 것을 이길 때가 있다고 말해주었다. 사자가 사슴을 잡아먹듯이. 아이의 해맑은 눈동자가 새로운 '사실' 앞에서 혼란으로 흔들렸다.

한 개인의 서랍이 가위질당한 양심으로 두서없이 뒤섞여 있을 때, 그 모든 개인이 모여 만들어내는 역사란 것은 어쩔 수 없이 길을 잃고 진창에 빠지기도 하는 것이리라. 그러나 사자가 사슴을 잡아먹는 일은 오늘도 반복되지만, 오늘 이곳의 옛 노예시장에는 성당이 지어져 있다. 이곳에서 수없이 많은 노예들을 잡아간 것은 영국인들이었지만, 이곳에서 노예의 행렬을 멈추게 한 리빙스턴 박사 또한 영국에서 왔던 것이다. 나는 그것을 발전이라 불러야 할지, 아니면 단지 동물의 먹이사슬보다 훨씬 단위가 큰 순환이라 불러야 할지 여전히 확신하지 못한다. 다만 아이가 오늘 생애 최초로 맞닥뜨린 혼란에서 벗어날 만큼 자라났을 때, 그때에는 지금보다 많은 긍정의 흔적들이 세상에 널려 있어, 아이가 지금의 나보다 선뜻 역사를 확신하고 세상을 끌어안을 수 있게 되기를 바랄 뿐이다.

때마침 일요일이라 성당에서 미사가 있었다. 우리는 그늘과 평화로움을 찾아 성당 안으로 들어갔다. 일찌감치 자리를 잡은 것은 우리들뿐, 느긋한 아프리칸들답게 그들은 미사가 시작되고 나서야 우르르 들어와 앉기 시작했다. 사제가 큰 성수채를 들고 지나가며 성수예절을 거행했다. 힘차고 박력 있게 성수가 뿌려지자, 차가운 물방울들이 머리카락과 얼굴에 떨어지면서 한낮의 열기를 식혔다. 향신료의 고장답게 성수에서는 진한 식물의 향기가 솟아올랐다.

피부색과 극단적으로 대조되는 흰 성의를 입은 청년들이 성가를 부르기 시작했다. 특별히 신의 은총을 받은 목소리를 지닌 사람들, 아프리카인들이 부르는 그레고리안 성가는 아주 높은 고음까지 맑디맑게 올라갔다. 신도들 모두 가장 화려한 옷을 차려 입었다. 가장 예쁘고 단정하게 머리를 빗거나 묶어 올렸다. 모두에게 고르게 뿌려진 향기로운 성수가 증발되면서, 성당 안은 마치 거대한 천상의 향수병처럼, 추함도 악취도 없이 아름다웠다.

나는 맨 뒷자리에 앉아 있었다. 알아들을 수 없는 스와힐리어로 미사가 진행되는 동안, 아름다운 그들의 뒷모습을 하나하나 바라보았다. 그 옛날 자신들의 조상이 죽어가고 팔려가던 바로 그 자리에, 자신들의 조상을 죽이고 팔던 이들이 가져온 종교를 위해 그들은 최고로 단장한 채 함께 모여 있는 것이었다. 우리는 이렇게 모순되면서도 지침 없이 살아간다. 아니, 우리의 삶이 지침 없이 계속될 수 있는 것은 우리가 늘 모순됨을 받아들일 준비가 되어 있기 때문일 것이다. 남의 것을 탐하고, 탐하기 위해 거짓을 말하고, 때로는 살육까지 일삼는 스스로를 정당화하며, 그 와중에 소중한 것을 잃고, 어리석고 때늦게도 잃음으로부터 교훈을 얻어 되풀이하지 않을 것을 약속하며, 그 깨어질 약속을 또 한번 믿고 서로 용서하면서 다시금 대를 이어가는 것. 그렇게 '받아들임'은 우리의 숙명이 된다. 같은 이름으로 죽이고, 같은 이름으로 살린 종교를 위해, 무덤 위에 지어진 성전 속으로 극진히 차려입고 와 한 주의 죄를 성수로 씻으면서.

언젠가 많은 시간이 흐른 뒤에, 다가올 역사의 어느 한 지점에서, 우리는 또 거짓과 살육으로 얼룩진 실수를 하게 될 것이다. 그럼에도, 그것이 지나간 자리에서 다시 가장 나긋한 자세로 성스런 것과 닿아 있기 위해, 조금 더 낫게 살아남기 위해, 오늘처럼 기도할 것이다. 비록 어제 인도인 상인처럼 남의 돈을 취하였어도, 오늘 응솔처럼 어려움에 빠진 이를 돕는 자가 되기 위해, 이렇게 피투성이 자리에서 기도할 것이다. 우리는 약하며 불완전하지만, 멈추지 않고 지속될 것이다. 가냘프게. 끈질기게.

사람들은 순한 양처럼 의식을 따랐다. 몇 번이나 일어섰고 몇 번이나 앉았다. 그리고 순간순간 두 손을 모았다. 지난밤부터 계속되었던 마음의 피로와, 얼룩투성이 성전에서 대를 이어가는 지난한 아름다움에, 나는 뒷자리에 앉아 함께 두 손을 모으며 뜨거워지는 눈을 감았다.

두 마리 고양이

어미고양이의 집은 계단 아래였다. 새끼 한 마리를 돌보고 있었다. 지극정성이었다. 짬 나는 대로 핥아주었고 하루에도 여러 차례 드러누워 젖을 주었다. 철없는 새끼가 계단에서 멀어질라치면, 귀신같이 나타나 목덜미를 채서 안쪽으로 데려다놓았다.

어미고양이의 다리는 셋뿐이었다.

"날 때부터 그랬어."
게스트하우스의 알리가 일러주었다.
"좋은 엄마고양이 같아."

중빈은 먹다 남은 우유를 곽째 찢어서 계단 아래 놓아두곤 했다.

세 개의 다리로 세상을 헤쳐나가기 위해서는 네 개의 다리일 때보다 더 많은 주의와 총명함을 필요로 한다. 그래서인지 어미고양이는 웬만한 사람보다 더 알뜰살뜰 새끼고 양이를 살폈다. 계단 근처에서 아이들이 축구를 할 때마다, 공이 완전히 멈출 때까지 긴 시간을 새끼 앞에서 안절부절 거닐곤 했다.

셋뿐인 다리로 어떻게 수태한 몸을 지탱했을까. 내게는 안쓰럽고 가냘프기 짝이 없는 생명일 뿐인데, 새끼는 거기에 밀착해 제 모든 걸 의탁한다. 거기서 제 모든 걸 충족하려 든다.

턱없이 부족한 것이 세상의 전부인 줄 알고
기대는 천진한 새끼들을 보면 눈물이 난다.
턱없이 부족하지만 무너지지 않을 세계를 구축하기 위해
안간힘 쓰는 어른들을 보면 눈물이 난다.

지나가는 이들은 모두 계단 아래 두 마리 고양이가 있다는 것을 알지만, 장난으로라도 새끼를 괴롭히는 사람은 그 골목에 없었다. 다리가 모자란 어미에게 못된 장난을 거는 아이도 그 골목에 없었다.

상한 것은 상한 것대로, 낡은 것은 낡은 것대로, 그저 놓아둬 요령껏 어울리게 하는 것 이 실은 가장 그윽한 보살핌이 되기도 한다는 것. 그 골목의 서로 부족한 것들은 내게 가 르쳐주었다.

사랑, 태양을 품은 방

— 바부

바부를 만난 것은 사파리 때문이었다. 사실 동아프리카에 오는 관광객의 대부분은 사파리를 제일 큰 목적으로 삼는다. 동아프리카에서 가장 다양한 동물과 드넓은 국립공원을 보유한 곳이 케냐와 탄자니아인데, 때마침 케냐가 반정부 시위로 어지러운 시국이었으므로 탄자니아의 사파리 행렬은 더욱 길어질 수밖에 없었다. 가는 곳마다 'Safari(사파리)'라는 글자가 붙어 있었다. 게스트하우스의 이름도, 인터넷카페의 이름도, 심지어는 식당의 메뉴에도. 중빈은 처음부터 사파리 생각에 들떠 있었지만, 나는 사파리만 생각하면 머리가 지끈거렸다. 우후죽순 늘어서서 죄다 자기가 최고라고 우기는 여행사 가운데 어느 곳을 통해야 비교적 바가지를 덜 쓸지 막막하기만 했던 것이다. 가이드북에 의하면 모든 사파리가 선불이지만, 모든 사파리가 약속한 대로 구덩이를 잘 빠져나올 수 있는 사륜구동 지프를 대절해주고 제대로 된 먹거리와 잠자리를 제공해주는 것은 아니어서 해마다 수천 건의 불만이 접수되고 있다는 것이다. 고작 3박4일의 사파리 가운데 이틀씩이나 차가 구덩이에 빠져 꼼짝도 하지 않았다거나, 여행사에서 선금만 받고 튀었다거나 하는…….

내게 영국 여대생 이야기를 해준 압둘은 자신의 친구 바부가 여행사를 한다며 한번 만나보라고 했다. 우리는 왕궁박물관을 빠져나와 바부가 머문다는 카페로 갔다. 테라스에서는 잔지바의 해변이 내다보이고 실내에는 원색의 아프리칸 쿠션들이 놓인 분위기 있는 곳이었다. 나무창틀로 뜨거운 햇살이 쉼 없이 널름거렸지만 돌과 흙으로 마감된 실내는 시원하였다. 바부는 활달하게 나를 맞이했다.

"어디 출신이에요?"

"서울."

"서울 어디? 목동?"

"엥? 어떻게 그런 장소를 다 알아요?"

"한국 친구가 많아요. 그중에 별이(가명)란 친구가 목동에 살고요. 내 이름이 한국 발음으로는 '바보'에 가깝다는 것도 잘 알지요."

스물네 살, 유쾌한 친구였다. 그는 시원스럽게 우리의 3박4일 사파리 일정을 계획해주었다. 마냐라→세렝게티→응고롱고로 국립공원. 마냐라는 호수에, 세렝게티는 대평원에, 응고롱고로는 화산 분화구에 자리하여 각기 차별화된 자연경관과 생태계를 만나볼 수 있는 코스였다. 내가 가이드북에서 언급한 갖가지 돌발상황에 대해 묻자, 그는 조목조목 대답했다.

"우리 회사 차량은 전부 사륜구동입니다. 운전사는 그 지역과 동물에 해박한 지식을 지닌 마사이 출신이에요. 요리사는 당신의 아이를 위해 특별식을 준비할 겁니다. 추가비용은 절대 없으며 당신이 할 일도 아무것도 없어요. 텐트도 우리가 치고 요리도 우리가 합니다. 침낭도 제공하겠어요. 당신을 위해서는 새것이나 다름없이 깨끗한 제 침낭을 특별히 가져갈게요. 샤워요? 세렝게티를 빼면, 언제나 더운물 샤워를 할 수 있답니다."

그는 내게 선불로 200달러를 요구했다. 늘 그렇듯, 이런 상황에서는 믿음만이 거래의 주요한 근거가 된다. 내가 아루샤^{대부분의 사파리가 시작되는 북부 도시}까지 갔다가 그가 200달러를 들고 튄 것을 안다 해도 다시 잔지바까지 돌아올 확률은 거의 없으며, 설령 돌아온다 해도 그를 찾을 확률 또한 낮다. 사파리가 제대로 시작된다 해도 그가 말한 것처럼 '깔끔한' 내용이 되리란 보장 또한 없으며, 드넓은 세렝게티의 한복판에서 환불을 요청할 수도 없는 것이다. 게다가 환불이란 오직 선진국에서만 존재하는 기능이 아니던가.

결국 이 잠깐 동안 맺어지는 관계 속에서 그가 고른 어휘, 그때의 눈빛, 곧 거짓이 될 수도 있고 진실이 될 수도 있는 정보를 진열하는 그의 자세만이 '믿어도 좋을 것인가'에 대한 판단의 불충분한 근거가 된다. 불충분한 근거 하에서 무언가를 행해야 하는 순간일수록, 나는 여러 사람을 견주어보지 않고 그냥 행해버리는 편이다. 내 앞에 있는 평균치의 인간성에 기대는 것이다. 어차피 내가 결과에 별다른 영향을 미칠 수 없다면, 그저 결과로 달려가볼 일이다. 그동안 운이 좋았던 것인지, 아니면 인간성의 평균치가 아직 신뢰할 만한 수준의 것인지, 나는 그런 식으로 무작정 기댔다가 본전을 날려본 적이 없었다.

"우리 회사는 최고의 서비스를 제공합니다. 나를 믿으세요. 당신의 아이는 특별한 보살핌을 받을 거예요. 당신과 아이가 아루샤에 도착하는 날 내가 거기 버스터미널에서 기다리고 있을 겁니다."

그날 저녁, 잠보의 알리는 내가 신뢰하는 인간성의 평균치에 대해 경고했다.

"네가 계약한 가격이 높다거나 낮다거나 하는 말은 않겠어. 하지만 이것만은 알아둬. 네가 아루샤에 가까이 갈수록 가격은 낮아져. 중간에서 커미션을 떼는 사람의 수가 줄어들기 때문이지. 바부가 나쁜 녀석이란 뜻은 아냐. 하지만 그 녀석이 터미널에서 널 기다리는 일은 없을 거야. 여기서 커미션을 먹을 뿐인 거지. 며칠 전 자전거 문제로 곤란했었지? 그게 네가 얻은 첫번째 교훈이야. 이제 사파리는 네 두번째 교훈이 될 거야."

그가 자전거 문제를 다시 언급했을 때, 나는 머리칼을 쥐어뜯었다.

"우씨! 더이상 교훈 같은 건 필요 없어. 이제 와 돈 몇 푼 더 절약하는 것에도 관심 없어. 난 그저 바부와 내가 약속한 대로 일이 진행되었으면 해. 그뿐이야."

알리는 대답 대신 씨익 웃으며, 내게 아루샤에서 여행사를 한다는 친구의 전화번호를 주었다. 언제나 이런 식이다. 어쩌면 둘 다 거짓말을 하는 것일 수도 있고, 둘 다 진실을 말하는 것일 수도 있다. 분명한 것은 둘 중 내가 선택하는 하나만 커미션을 먹을 것이란 것뿐. 결국은 다시 평균치의 인간성 문제로 되돌아오는 것이다. 나는 어떠한 경우에도 알리와 친구로 남고 싶었기에 슬그머니 그가 적어준 전화번호를 버림으로써 '거래'의 가능성도 함께 버렸다. 그리고 바부에게는 그가 약속을 지킬지도 모른다는 희망만을 남겨두기로 했다. 그렇게 둘 모두에게 편한 마음을 지니고 닥쳐올 결과를 기다리는 것, 그것이 본전을 날리지 않는 나의 여행방식이었기에.

바부와 사파리에 대해 이야기한 것은 한 시간 남짓이었다. 우리의 본론이 대충 마무리되고 화제가 무성해졌을 때, 바부가 불쑥 물었다.

"한국인들은 외국인과의 결혼을 어떻게 생각하나요?"

"한국인들은 단일민족이란 걸 매우 자랑스럽게 생각해왔어요. 아직까지는 대다수가 외국인과의 결혼을 부담스러워하죠."

"아프리카인과의 결혼은요?"

곤란한 질문이었다. 나는 조금 더듬었다.

"흠흠…… 이렇게 말하면…… 한국인들이 인종차별주의자인 것처럼 들리겠지만…… 우리가 주로 접하는 외국인들은 백인이 대부분이에요. 텔레비전이나 영화 속에서도 그렇고 일상 속에서도 그렇죠. 한국인들은 흑인에게 익숙하지 않아요. 백인과의 결혼보다 더 큰 장애가 있죠. 더구나 아프리카는 멀리 떨어진 대륙이니, 교류가 적었던 만큼 더더욱 낯설겠죠."

말이 길어질수록, 나는 우리가 인종차별주의자라는 것을 부정할 수 없다는 생각이 들었다. 아시아의 끝자리, 그것도 중국과만 면한 반도국으로서 고립된 문화적 배경을 지닌 채 살아온 우리는, 오늘날 서구 중심적인 시류에 따라 간신히 백인에게만 친숙함의 문을 열었다고 봐야 할 것이다. 아시아 출신의 외국인노동자들에게도 아직은 불친절하며, 특히나 흑인에 대한 막연한 두려움과 낯섦은 고백하기 부끄러울 만큼 큰 것이 사실이다. 미국에 간 자식이 흑인 며느릿감이나 사윗감을 데려왔을 때의 반응을 생각해보면 이것이 적나라해진다. 더구나 그 흑인며느릿감이나 사윗감이 아프리카 국적이라면……. 요컨대 우리는 너무 빠른 시간에 버성긴 성장을 이뤘다. 경제라는 대의를 향해 뛰어왔을 뿐, 그 밑에 촘촘하게 흩어져 있는 작고 다양한 가치를 존중하는 법은 배우지 못했던 것이다.

"그래요…… 그렇겠죠……?"

바부는 몹시 실망한 듯했다.

"실은…… 아까 말한 별이가 제 '여자친구' 예요."

우리의 대화 속에서 바부가 별이를 언급한 것은 열 번쯤 되었다. 모두 '내 친구 별이'였다. 수상쩍어진 내가 "혹시 별이가 여자친구예요?" 물어봤을 때에도 "아니에요" 잡아뗐다. 만난 지 두 시간이 다 되어 가는 지금에야 그녀가 여자친구임을 밝히다니. 나는 벌떡 일어나는 시늉을 하며 "바부, 당신을 신뢰할 수 없어. 우리 계약은 무효야"라고 했고 바부는 붉어진 얼굴로 껄껄 웃으며 나를 붙잡았다.

"신뢰를 회복하고 싶으면 러브스토리를 한번 펼쳐봐요. 대충 펼치면 회복 안 됩니다."

바부는 금세 사랑에 빠진 수줍은 남자가 되었다. 눈을 내리깔고 입가에 멈출 수 없는 미소를 띤 채로, 여태껏 입이 근지러워 죽을 뻔했다는 듯 별이 이야기를 쏟아냈다.

"우리는 잔지바에서 만났어요. 만난 지 얼마 안 되어 사랑에 빠졌지요. 금방 알았어요. 매우 동떨어진 곳에서, 전혀 다른 환경 속에 살아왔지만 잘 통한다는 것을요. 말하자면, 그녀가 세상을 바라보는 방식과 내가 바라보는 방식이 굉장히 흡사했어요. 내가 '아, 난 지금 행복해!' 할 때 그녀 또한 '아, 나도 그래!' 했지요."

"흠, 나도 알아. 그런 느낌. 마치 거울을 보는 것 같죠. 내가 웃고 있으면 상대방도 웃고 있는 거예요. 텅 비어 있던 방이 갑자기 태양을 품은 것 같지."

"맞아요. 그리고 그 방은 점점 확대되죠. 나는 처음으로 아프리카 대륙을 여행했으니까요. 오랫동안 기차를 타고, 오랫동안 배를 타고서, 한 번도 가본 적 없는 곳들을 함께 쏘다녔어요. 우리가 다시 돌아왔을 때 아무도 결혼에 대해 말을 꺼내지는 않았지만 그냥 알 수 있었어요. 더 같이 있고 싶어한다는 걸. 그런데 그것이 너무 어렵다는 것도. 그녀는 곧 유럽으로 공부를 하러 떠날 계획이었거든요. 나는 또 여기서 부양해야 할 가족이 있고요. 나는 홀어머니 밑에서 자랐어요. 결혼한 누나들이 있긴 하지만, 아들이 해야 할 일은 따로 있는 법이죠. 어머니는 내가 하루 빨리 결혼해서 손주를 안겨 드리길 바라셔요. 물론, 잔지바 처녀와의 결혼이죠. 반드시 무슬림 처녀여야 하고요. 별이의 부모님들이 나를 원치 않을 것처럼 제 어머니도 별이를 보면 충격을 받으실 게 뻔했지요. 우리는 아무 약속도 하지 않고 헤어졌어요. 그녀는 유럽으로 갔고, 우리는 여전히 메일로 근황을 공유하지만…… 이대로는……."

그는 외롭고 불안해 보였다. 무엇보다도, 힘겨워 보였다.

"내 상황에서는, 새로운 삶을 도모한다는 것이 언제나 불가능으로 끝나는 것 같아 요. 이건 별이 이야기와는 다른 건데, 언젠가 캐나다 친구가 나를 초청한 적이 있었어요. 그쪽 대학에 입학할 수 있도록 모든 절차를 밟아놓겠다고 했어요. 하지만 떠나지 못했 죠. 역시나 홀어머니가 반대하셨고 저도 그 반대를 꺾을 엄두가 나지 않았던 거예요."

"이해해요. 나의 이십대에도 비슷한 경험이 있었어요. 캐나다도 멀고 두려운데, 소중한 사람의 반대까지 곁들여지면 두려움이 두 배가 되죠. 그래서 차라리 제자리에 머물며 소중한 사람의 청을 들어주는 쪽으로 스스로를 설득하게 되는 거예요."

그가 '맞아요!' 하듯 크게 고개를 끄덕끄덕했다. 그리곤 이내 먼 곳으로 힘없는 시 선을 돌렸다.

"바부, 어머니가 편찮으신 데가 있나요?"

"아뇨."

"많이 연로하신가요?"

"아뇨, 아직."

"그럼 내 말 잘 들어요. 아들을 둔 엄마로서 하는 말이에요."

바부가 내 쪽으로 좀 더 가까이 몸을 기울였다.

"어머니가 더 늙으시기 전에 떠나세요. 어머니 곁을 지키는 것은 지금보다 훨씬 연로해지신 뒤에 생각해도 늦지 않아요. 기회는 있을 때 잡는 게 가장 좋아요. 어머니 의 가치관을 존중해드리는 건 중요한 일이지만, 당신이 어머니를 존중하는 것과 어머 니의 복사판으로서 원치 않는 삶을 사는 것과는 다른 문제예요. 어떤 부모도 '기회를 잡은' 자식을 오래 원망하지 못하게끔 되어 있어요. 부모는 결국 그 자식이 행복할 때

가장 행복해지는 법이니까요."

바부의 눈이 커졌다.

"자식이 두려운 선택을 앞두고 있을 때 부모가 그 두려움을 이용해서는 안 돼요. 오히려 "너는 할 수 있다" 북돋아줘야 하죠. 비록 부모 자신 또한 두려울지라도 말이에요. 왜냐하면, 부모와 자식 사이에 있을 수 있는 최악의 상황은 떨어져 사는 것이 아니라, 함께 있으면서도 서로를 더이상 소중하게 생각하지 않고 나아가 원망하는 것이니까요."

그는 내 말이 끝나자, 스스로 묻고 대답하는 것처럼 "그럴까요?" 했고 곧 "그럴 거야!" 했다. 그리고 '?' 와 '!' 사이의 거리를 좁히려는 듯 한동안 침묵했다. 두 잔의 주스가 바닥을 드러내고 있었다. 아이가 놀고 있는 잠보로 돌아가야 했다. 압둘이 나를 데려다 주려고 바부의 오토바이를 가져왔다. 내가 오토바이 뒷좌석에 올라타자, 바부가 생각난 듯 말했다.

"중빈이가 아주 좋아할 만한 곳이 있어요. 일종의 공원인데 꼬마들이 탈 만한 재미난 것들이 몇 개 있죠. 괜찮다면 두 시간 뒤에 데리러 갈게요. 아, 오늘 정말 정말 고마웠어요."

레일라

스톤타운의 밤 골목을 걷다가 그녀를 만났다. 눈처럼 흰 탱크탑과 블루진, 거기에 아랍과 아프리카의 아름다움을 총동원한 듯한 이목구비.

오, 내가 모델 에이전시에서 일한다면 당장 그녀를 데려가겠어!

곧바로 카메라를 들었다. 렌즈를 통해 눈이 마주쳤다. 일 초간 기다렸다. 그녀가 싫다고 하면 카메라를 내려야 했다. 하지만 그녀는 가만히 있었다. 스톤타운의 다른 무슬림 여인들과 달리 나를 제지하지 않았다. 도리어 종용하듯 약간 고개를 쳐들었다. 그대로 몇 번이나 셔터를 누르기에 너끈할 만큼 기다려주었다.

마침 새로 사귄 두 명의 잔지바 아가씨들과 길을 걷던 중이었기에, 나는 그저 카메라를 가방에 도로 넣고 그녀를 향해 고맙다는 미소를 지었다. 그녀는 도도하게 내 미소를 받았다.

도도하면 더 매력적이 되는 것, 아름다움의 미덕이다.

다음날 아침, 길을 걷는데 한 여인이 내게 다가왔다.
"나를 기억하나요? 어제 당신이 내 사진을 찍었죠."
그녀를 기억해낼 수 없었다. 그 전날 나는 여러 여인의 사진을 찍었는데, 그날 아침 다가온 그녀는 히잡을 쓰고 까칠한 피부를 한 그곳의 다른 여인들과 조금도 다르지 않아서 도대체 어제의 여인들 가운데 누구였는지 분간해낼 수가 없었던 것이다. 그녀가 너무나 기대에 가득 찬 눈으로 나를 바라보고 있었기에, 나는 필사적으로 기억을 더듬어야만 했다.
"밤이었어요. 나는 여기 앉아 있었고 당신은 두 명의 잔지바 아가씨와 함께였지요."
"아……!"
그녀가 바로 그녀였다.

밤 사이 그녀는 열 살쯤 더 나이를 먹었다.

그 전날 그녀는 자유로웠고, 그날 아침 그녀는 히잡으로 되돌아왔기 때문이었다. 내가 자신을 잘 못 알아보는 것을 눈치채자, 그녀는 예의 대담함으로 히잡을 벗어던졌다.

"보세요. 이제 알아보겠나요?"

"기억하고 말고요. 미안해요. 그런데 어제는 어딜 가던 차림이었나요?"

"샹가니에. 춤추러요."

"누구와?"

"친구와."

"남자친구?"

그녀는 대답 대신 의미심장한 미소만 지었다. 이름은 레일라. 스물네 살이었다. 스톤타운의 크리스천 아가씨들은 고개를 저으며 말했다.

"무슬림 아가씨들의 삶은 끔찍해요. 데이트 한번 변변히 못 하고 집안에 틀어박혀 지내다 결혼을 하죠. 결혼을 하면 줄줄이 아이를 낳아야 하고 키워야 하고 그것으로 끝이에요."

스톤타운의 무슬림 아가씨들은 고개를 저으며 말했다.

"그렇지 않아요. 나는 쇼핑도 하고 남자친구도 만나요. 우리에겐 지켜야 할 규율이 있지만, 원한다면 그 규율을 벗어나 잠시 쉴 수도 있죠. 그렇게 사는 건…… 누구나 마찬가지 아닌가요?"

무슬림 아가씨들과 크리스천 아가씨들이 그토록 상반된 견해를 가지고도 그처럼 잘 섞여 지내는 건, 스톤타운에 셀 수도 없이 많은 골목이 있기 때문일 거라고 나는 짐작했다. 레일라는 내가 어디에 묵는지를 물었다.

"좋아요. 오늘 밤 내가 거기 꼭 놀러 가겠어요."

그녀는 몇 번이나 다짐하듯 약속했다. 그러나 그녀는 오지 않았다.

아프리카의 수많은 사람들이 내게 집 주소와 메일 주소를 물었다. 일단 관계가 열리면 그들은 서슴없이 다가왔다. 간절히 더 깊은 관계를 맺고자 했다. 한국에 돌아왔을 때, 나는 어쩌면 엄청나게 많은 메일이 도착해 있을 거라 생각했다. 하지만 그뿐이었다. 나는 그것이 섭섭하다거나 의아하다거나 하지는 않았다. 다만 그야말로 매우 '아프리카적'이란 생각을 했을 뿐이다.

09 길을 비켜난 자가 꾸는 꿈

— 응솔

잠보 게스트하우스 일대를 접수한 중빈은 지침 없는 체력으로 레오와 놀고 있었다. 프랑스 소년 레오를 만난 것은 사흘 전이었다. 중빈이 동네 아이들과 축구를 하고 있었는데, 다섯 살이나 되었을까. 한 금발머리 여자아이가 사내아이들뿐인 무리 속으로 냅다 뛰어들어와 공을 차기 시작했다. 세상의 굴러다니는 공은 모두 내 것이라는 듯한 태도였다. 지구 어느 곳이나 다 내 놀이터라는 식의 태도이기도 했다. 뒤따라 열 살 소년 레오가 나왔다. 부모와 함께 이제 막 잔지바에 도착하여 잠보에 체크인했을 뿐인데도, 금발머리 남매는 주저함이나 어색함 같은 것은 오래전에 내다버린 듯 골목을 누볐다. 간신히 찢어지지 않았을 뿐, 빛에 바래고 마찰에 닳아져 누더기나 다름없는 옷차림으로.

레오를 다시 만난 건 다음날 아침이었다. 잠보의 식당에서였다. 큼지막한 테이블 세 개가 좁은 공간을 채운 지극히 경제적인 식당이었기에, 우리는 합석을 해야 했다. 레오와 독일 출신의 커플과 함께였다. 창문 위에는 작은 텔레비전이 매달려 있었는데 아침식사 시간이면 내내 CNN으로 채널이 고정되었다. 각국에서 온 여행자들이 간혹 자신의 나라에 해당되는 뉴스가 나올 때마다 잠시 마가린을 바르거나 커피를 타던 손길을 멈추고 고개를 쳐들어 화면에 집중했다.

레오는 식사하는 사람들 사이에 혼자 앉아 공책에 무언가를 쓰고 있었다. 텔레비전이 크게 켜져 있는데도 개의치 않고 집중하는 모습이 좋아 보였다. 이런 분위기에 익숙한 것으로 보아 필시 장기여행 중인 듯했다. 짬을 내 부족한 학과 공부를 보충해야 할 것이었고, 값싼 게스트하우스에서 책상 역할을 해줄 수 있는 건 식탁뿐이었으리라.

"일기 쓰니?"

"네."

"어제를 기록하면서 오늘을 시작하다니, 멋진걸."

레오가 '이 정도야, 뭘' 하는 식으로 의젓하게 어깨를 으쓱해 보였다. 예상대로 레오의 가족은 세계일주 중이라고 했다. 지난 9개월간 남미와 오스트레일리아, 인도차이나 반도와 중국 등지를 여행했으며 이제 다음주면 프랑스로 돌아간다고 했다. 레오의 여동생 나이를 생각한다면 참 대단한 부모들이다 싶었다. 비록 여행의 막바지인 지금 레오 엄마 아빠의 얼굴이 말할 수 없이 지쳐 보이긴 했지만.

볼리비아, 아르헨티나…… 레오가 그동안 거쳐온 나라 이름을 자랑스레 나열하기 시작하자, 중빈이 이런 기회를 놓칠 수 없다는 듯 자신이 엄마 뱃속에서 가본 인도까지 억지로 셈에 넣으며 십 개국을 채웠다. 몇 살 더 먹은 형답게, 레오가 '그래, 너 참 대단하구나' 하는 미소를 지어주었다. 둘은 순식간에 친구가 되었다.

뛰어놀던 아이들이 조금 지쳤는지 길바닥에 철퍼덕 주저앉았다. 서로 다정하게 머리를 맞대더니, 손가락으로 동물 모양을 만들며 키득거렸다. 중빈은 레오가 시작하는 놀이면 무엇이든 멋져 보였다. 레오는 중빈이 제안하는 것이면 얼토당토않은 것까지 일단 받아주었다. 찰떡궁합이었다.

방으로 들어와 침대에 누웠다. 동아프리카의 거의 모든 게스트하우스 침대에는 캐노피 형태의 모기장이 달려 있었다. 그 안에 드러누워 미세한 구멍 사이로 스며드는 오후의 햇살을 바라보는 일은, 천천히 크림이 퍼지는 커피잔을 들여다보는 것처럼 안온한 일이었다. 도무지 정이 가지 않는 퀴퀴한 방도 일단 모기장을 내리고 그 안에 들어가 있으면 '세상으로부터 보호받는' 안식처를 찾아낸 듯한 느낌이 들었다. 언제라도 아프리카의 낭만성을 앗아갈 것만 같았던 말라리아가 안기는 뜻밖의 선물이었던 것이다. 크림이 커피에 완전히 녹아들 때까지 눈을 감고 있었다. 간혹 새들의 지저귐과 아이들의 외침이 들려왔다. 이곳에서 시간은 매우 더디게 흘러간다. '하루'라는 커다란 알사탕을 입속에 넣고 천천히 녹여먹는 듯한 기분이 든다.

"응솔이 농장에 가는데 같이 가재! 어제 송아지가 태어났는데 보러 간대!"

중빈이 헐레벌떡 뛰어들어와 외쳤다. 이미 잠보인 앞에 응솔의 지프가 세워져 있다고 했다. 내가 바부와의 약속을 이야기하며 공원과 새끼송아지 가운데 한 가지만 선택할 수 있다고 하자, 아이가 또박또박 새겨넣듯 말한다.

"그야, 물론, 새로, 태어난, 송아지지!!"

응솔이 바부에게 전화를 걸어 공원 약속을 취소해주었다. 쿡 웃음이 났다. 어쩌다 보니 스케줄까지 조정해가며 로컬들과 어울리게 되었구나. 이것이야말로 잔지바의 특별함일 것이다.

응솔의 차는 아마도 동아프리카에서 우리가 타본 차 중에 가장 좋은 것이었으리라. 시트도 찢어지지 않고 소음도 없으며 에어컨까지 나오는 차라니! 그는 자랑스럽게 알려주었다.

"일본 중고차 사이트에서 구입했어요."

영국 식민지의 영향으로 탄자니아의 차들은 운전석이 오른쪽에 있으며, 좌측 도로를 따라 운전한다. 대부분의 차량은 일본 중고차들이다. 응솔의 훌륭한 차는 금세 스톤타운을 벗어났다. 유리창 너머로 바라보는 교외의 모습 또한 금세 스톤타운의 아기자기함을 벗어났다. 며칠 전 해변으로 향할 때와 같은 방향이었으나, 자전거를 타고 땀을 뻘뻘 흘리며 가던 그날과 냉방된 차 안에서 바라보는 유리창 너머의 풍경은 사뭇 다른 느낌으로 전개되었다.

우리가 언제, 무엇을 입고, 누구와 함께, 무엇을 타고, 어디로 향해 가는가 등에 따라 풍경은 전혀 다른 정서를 전한다. 풍경은 늘 그곳에 같은 모습으로 있으나 작은 변화에도 이리저리 들썩이는 우리의 유동적인 마음이 전혀 다른 해석으로 풍경을 건져

올리는 것이다. 당신이 잘 차려입고 떠난 여행자라면 흙투성이의 꼬마는 안아주고 싶지 않은 그 무엇이 된다. 당신이 냉방된 차를 타고 가는 여행자라면 밖은 그저 덥고 먼지가 많은 불쾌한 곳이 된다. 들어가 있지 않으면, 물에 뜬 기름처럼 유리되는 것이다. 찢어진 곳 없는 실내의 가죽시트와 창 밖의 찢어진 옷차림은, 내게 어쩔 수 없이 밝은 것과 어두운 것으로 대비가 되었다. 무너진 흙집과 그 흙으로 놀이를 하는 아이들이 그 깊은 어둠 속에 남루하게 잠겼다.

응솔의 차는 한참 더 남루함을 따라 달렸다. 그러다 느닷없이 정글 속으로 선회했다. 정글과 같이 위대한 자연 속에서는 모든 '인간의 것'이 공평해진다. 1백여 미터를 엉금엉금 기어들어가던 지프가 쓰러진 나무에 막혀 전진을 멈춰야 했던 것이다. 그와 동시에 우리 곁으로 구멍 난 셔츠에 맨발을 한 사내가 날개라도 단 듯 날렵하게 나타났다. 우리는 차에서 내려 그를 따라 걷기 시작했다. 그는 응솔의 농장을 돌보는 관리인이라고 했다. 찻소리를 듣고 나타난 것이었다. 바닥에 뾰족한 돌과 가시덤불과 쉽게 살갗을 가르는 풀들이 가득했지만, 그의 맨발은 그 길에 가장 적합한 신발처럼 보였다. 신이 나 종아리가 베이는 줄도 모르는 아이가 그의 뒤를 바싹 따랐고, 응솔과 나는 자꾸만 그들과 벌어지는 간격을 어렵사리 유지하며, 새롭게 정글의 걸음마를 익히는 아기들처럼 뒤뚱거렸다.

송아지는 어미와 함께였다. 아직 태어난 지 만 하루가 되지 않은 송아지는, 그러나 살아가기 위한 선결조건을 이미 그럴 듯하게 갖춘 듯 보였다. 잘 서고 잘 걸었으며 '당신밖에 없어요' 하는 눈으로 어미를 쳐다볼 줄 알았다. 이제 어미는 그 눈길에 사로잡혀, 자신의 모든 본능을 다해 새끼에게 헌신할 것이다.

어미소의 목줄이 나무에 감겼다. 관리인이 그것을 푼 뒤 중빈에게 넘겨주었다. 턱없이 힘센 소의 고삐를 쥐고 있건만, 중빈은 마시멜로를 입안에 가득 물었을 때와 같은 표정을 지었다. 순한 어미소가 갓 새끼를 낳아 예민해진 신경을 가까스로 인내하고 있음을 눈치채지 못한 채.

응솔이 저 멀리 농장의 경계를 손으로 가리켜 보여주었다. 아직 농장의 대부분은 순식간에 자라 땅을 뒤덮는 열대의 풀과 나무들로 가득 차 있었고, 극히 일부만이 밭으로 개간되어 있었다. 응솔은 형 무닐과 함께 농장을 매입했다고 한다. 관리인이 그곳을 보살피는 조건으로 농장 입구에 있는 집에 거주하면서 농사를 짓는다고도 했다. 응솔이 우리를 안내하는 동안 소리 없이 뒤를 따르던 관리인이 어느새 자그마한 밭에서 호박과 고추와 가지를 따고 카사바를 캐내 한아름 안고 있었다. 모처럼 농장을 방문한 주인에게 줄 선물이었다.

"아직 카사바를 안 먹어봤다니…… 한번 맛보세요."

관리인이 응솔의 지시에 따라 칼로 흙 묻은 껍질을 쳐내자, 희고 즙 많은 카사바 속살이 드러났다. 한입 베어물자 달콤한 당분과 약간 떫은 전분이 입속 가득 퍼졌다.

"이렇게 날로 먹어도 되지만, 우리는 주로 쪄먹어요. 고구마와 비슷한 맛이죠?"

중빈은 카사바와 사탕수수를 한입씩 문 채 내내 조증 환자처럼 뛰어다녔다. 아기 송아지와는 진작에 헤어졌건만, 도대체 무엇이 아이를 그토록 기쁘게 하는지 도저히 알 수가 없었다. 알 수가 없었기에 더더욱 기가 막혀 응솔과 나는 다만 뒤따르며 웃을 수밖에 없었다. 아이는 꼬마 타잔처럼 나무에 매달리고 바위에서 뛰어내리면서 쉼 없이 외쳐댔다.

"나는 귀여운 소들의 왕이야!! 소들은 모두 내 거야!!"

녀석을 진정시켜 차에 태우기까지는 조금 시간이 걸렸다. 그동안 관리인은 응솔의 트렁크를 인심 좋게 거두어들인 채소로 채웠다. 차가 천천히 정글을 벗어나 차도에 이르렀을 때, 관리인은 예의 경이로운 맨발로 진작 당도해 기다리고 있었다는 듯 길가에서 우리를 향해 여유롭게 이별의 손을 들어올렸다. 아이가 그를 발견하고 미친 듯이 손을 흔들었다. 여전히 조증 무드에 흠뻑 젖어서.

스톤타운으로 이어지는 차도에서, 응솔의 차가 옆길로 벗어났다. 동시에 망고나무의 그늘이 시작되었다. 사람도 집도 사라졌다. 수령을 짐작할 수 없을 만큼 굵은 망고나무들이었다. 하늘을 찌를 듯 길 양편을 채우며 도열해 있었다. 매우 위엄 있는 존재들의 황송한 마중을 받는 듯했다.

길이 깊어졌지만, 과묵한 응솔은 처음부터 예고도 설명도 없었다. 나무들의 육중한 환대가 길어질수록 조금씩 설레기 시작했다. 이 길의 끝에는 무엇이 있을까? 나는 유리창문을 내리고, 낮에도 밤처럼 어두운 그늘 속을 달리면서 바람이 망고잎들을 흔들어놓을 때마다 흐릿하게 잎사귀 사이로 부서져 들어오는 햇빛을 손바닥으로 받았다. 바닥에서 촉촉하게 상해가는 낙엽과 그것을 자양분으로 하여 속속들이 솟아오르는 풀냄새가 생의 핵심적인 감각을 건드린 듯 입안에 침이 고이게 했다. 맛있는 공기였다. 맛있는 순간이었다.

갑자기 나무들의 행렬이 뚝 끊어지면서 드넓은 초지가 나타났다. 차가 멈췄다. 'Palace Ruin(왕궁 잔해)'라는 팻말이 보이는 것과 동시에, 나는 깊게 숨을 들이켰다. 오래전 분수였을 것으로 짐작되는 커다란 원형 욕조 두 개가 석양을 배경으로 찰방찰방 물을 흘리고 있었다. 그리고 거기 수십 명의 소년들이 반라로 노닐고 있었다. 석조로 된 욕조 가장자리를 따라 걷거나, 뛰어들어 헤엄을 치거나, 다리를 담그고 앉아 노래하면서. 시들어가는 햇살과 무너져가는 유적 그리고 소년들의 넘치는 생명력이 극도로 아름다운 대조를 이뤘다.

그들의 출현이 내게 느닷없었던 것과 마찬가지로 우리들의 출현 또한 그들에게 느닷없었던 것 같았다. 차 시동 소리가 멈춤과 동시에 소년들의 함성과 노랫소리, 물 첨벙거리는 소리도 멈췄다. 아이들이 숨을 죽이고 정지동작으로 우리를 노려보았다. 묘한 긴장이었다. 우리와 소년들 사이가 이편과 저편으로 갈라졌다. 갈라진 틈으로 새 소리와 젖은 흙 냄새가 예리하게 파고들었다.

"내리세요."

응솔이 앞문 손잡이에 손을 올려놓으며 말했다. 하지만 나는 어쩐지 그대로 있고 싶었다. 왕궁의 잔해는 망가졌으나 여전히 기품이 있었고 소년들에게선 태양광처럼 에너지가 뿜어져나오고 있었다. 마치 유적을 지키는 요정들이 범접하기 어려운 '그들만의' 잔치를 벌이고 있는 것처럼. 내게 그들의 정지동작은 예고 없이 끼어든 자들을 향한 경고처럼 느껴졌다.

내가 "잠깐만요!" 하려는 찰나, 응솔이 문을 열었다. 그와 동시에, 어디서 나타났는지 커다란 개들이 요란하게 짖으며 차문을 향해 뛰어오르기 시작했다. 지프의 유리창 높이까지 경중경중 뛰어올랐다. 소년들만큼이나 생명력 넘치는 개들의 포효였다. 응솔은 가까스로 개들을 피해 차문을 닫았다. 창문마저 급하게 닫아야 했다. 유리창이 올라오기 전, 나는 닥치는 대로 몇 차례 셔터를 눌렀다. 응솔이 시동을 걸고 차를 돌리자, 미처 상황 파악을 못 한 아이가 다급하게 외쳤다.

"왜? 왜? 나는 저 개들하고 놀고 싶은데!!"

응솔의 차에 반쯤 기가 죽었던 소년들이 개들의 기세에 힘입어 우리 뒷전에 대고 알 수 없는 함성을 질렀다. 응솔은 쏜살같이 망고나무 사이를 달렸다. 모든 것이 아주 짧은 순간이었다. 말하자면, 소년들과 그들의 개떼에게 쫓겨난 것이었다. 그럼에도 불구하고 나는 그곳을 벗어난 한참 뒤까지 감동으로 가슴이 벅찼다. 설명하기 힘든 무언가가 그 장소에 있었다. 매우 찾아내기 힘든 세상의 한구석에만 존재하는 것, 하지만 현대인이 오랜 시간과 공을 들여 기꺼이 찾아나서기를 주저하지 않는 무언가. 그것은 리얼한 '야생성'이었을까. 속세와 단절된 '신화성'이었을까. 아니면, 길을 비켜난 자가 숲에서 빠져든 한순간의 꿈이었을까. 왕궁과 요정에 얽힌 옛 이야기처럼……

조의 코너

스톤타운의 한가운데, '조의 코너(Zoe's Corner)'에는 언제나 남자들이 모여 있다. 이름에 딱 걸맞은 아담한 공간이 있고, 텔레비전이 있고, 언제라도 따끈한 차를 끓여 내는 차 장수가 머물러 있기 때문이다.

프리미어리그가 중계되는 날이면 스톤타운에서 마주치는 남자의 수가 확 줄어든다.

그들 중 누군가에게 볼일이 있다면 '조의 코너'로 가볼 일이다. 거기서 응원 팀의 예상점수를 놓고 그가 친구와 격론을 벌이고 있을 테니.

토트넘과 맨체스터가 붙은 그날, 나는 스톤타운 전체가 떠나갈 듯한 함성에 이끌려 조의 코너로 갔다. 막 맨체스터가 한 방 먹은 참이었다. 온동네 남자란 남자는 다 모인 틈바구니에 고개를 들이밀었을 때, 내 옆의 청년이 흥분된 어조로 물었다.

"넌 어느 팀을 응원하니? 맨체스터?"

"아니."

"토트넘?"

"아니."

"그럼 너 혹시…… 첼시?"

"난 아무 편도 아니야. 실은…… 축구를 그다지 좋아하지 않아."

청년의 턱이 툭 떨어졌다. 도저히 이해할 수 없다는 얼굴이었다. 그리고 곧바로 고개를 돌렸다. 마침 한 선수가 공을 골대로 몰아가고 있었으므로, 그토록 흥미진진한 긴장을 도통 즐길 줄 모르는 나 같은 인간과 계속 대화를 이어나가기에는 너무나 부적절한 순간이었으리.

코흘리개까지 맨 앞줄을 빈틈없이 메우고 앉았다. 어둠이 내리도록 꼼짝 않고 화면을 주시한다.

　　상대편이 골을 넣으면 '진짜' 절망에 빠진다.
　　자기편이 골을 넣으면 '진짜' 환희에 젖는다.

바쁜 우리가 간접체험을 할 때 건성으로 드러내는 익숙한 절망과 환희와는 차원이 다른 얼굴이다.

그러니 어쩌랴? 나는 조그만 화면 속에서 우왕좌왕하는 저들의 게임보다 눈앞에서 펼쳐지는 '진짜' 사람들의 움직임이 훨씬 흥미로운 걸. 지금 바로 여기, 시시각각 변화무쌍한 당신들의 표정이!

꼬마 여행자들의 담담한 이별

― 레오

잔지바에서의 마지막 밤. 레오가 중빈에게 물었다.

"내일은 뭐 할 거니?"

"아침에 잔지바를 떠나. 엄마랑 펨바로 갈 거야."

레오가 고개를 끄덕였다.

"형은?"

"우린 잔지바에 며칠 더 있을 거야."

중빈이 고개를 끄덕했다. 그뿐이었다. 단짝처럼 붙어지냈으면서도, 둘은 쉽게 이별을 했다. 둘 다 이미 길 위에서의 만남과 헤어짐에 길들여진 탓이었다. 중빈은 터키를 여행할 때 이별이 뭔지 잘 몰랐고, 다음해 아랍을 여행할 때 따스한 무슬림들의 무르팍에서 놀다가 이별의 순간이 오면 번번히 아파 울었다. 다시 다음해 라오스를 여행할 때 울지 않고 이별하는 법을 배웠다. 여행은 피할 수 없는 만남의 연속이자 이별의 연속이라는 것, 아쉬운 이별 뒤엔 반드시 새로운 만남이 기다리고 있다는 것을 알게 되었던 것이다.

레오와 중빈의 담담한 이별을 바라보면서, 나는 강해지는 것과 무감해지는 것 사이의 관계를 생각해보았다. 강해진다는 것은 단련된다는 것이다. 그렇다면 단련된다는 것은 덜 느끼게 된다는 것일까? 그런지도 모른다. 뜨거운 냄비를 자꾸 만지는 어머니들의 손이 뜨거운 것에 무감해지듯, 우리는 사랑과 이별을 거듭하면서 모든 사랑이 첫사랑처럼 진할 수는 없으며 모든 이별이 첫 이별과 같이 선명할 수는 없다는 것을 깨닫게 된다. 불가피하게도 약간의 무감각을 담보로 성장이라는 계단을 올라가는 것이다. '첫' 경험이 아파 거기에 머문다면, 경험은 그저 상처에 지나지 않게 되고, 상처는 우리의 성장을 잡아두고 그곳에 영원히 어린아이로 머물게 한다.

나는 아이가 이별을 한 번씩 반복할 때마다 조금씩 더 큰 그리움의 집을 짓게 되리라는 것을 안다. 나아가 그 집의 열쇠를 간수하는 법을 배우게 될 것이며, 종내는 필요할 때마다 자유로이 그 집의 문을 열고 들어가 쉬고 나오는 법 또한 터득하게 되리란 것도 안다. 강인해진다는 것의 의미는 그렇게 스스로를 열어둔 채 관계의 흐름 속에 내맡기면서도, 흐름이 구불구불 닿는 강 언저리마다 사랑과 상처를 두려움 없이 끌어안고 놓아줄 줄 알게 된다는 뜻이리라. 살아 있는 한, 항해는 멈추지 않아야 한다.

"윽!"

중빈이 외마디 소리와 함께 두 팔을 벌리고 서서 몇 초간 꼼짝도 하지 않는다. 레오가 찬 공이 중빈의 고추에 맞았던 것이다. 레오와 여동생이 놀라서 가까이 다가가자, 중빈이 기다렸다는 듯 앞으로 푹 고꾸라졌다. 그리고 미친 듯이 낄낄거렸다. 레오도 함께 길바닥에 누워 낄낄거렸다. 세 꼬마가 저녁 샤워 후에 갈아입은 새 옷은 이미 땀으로 흠뻑 젖어버렸다.

마지막 밤을 마감하기 직전, 바부가 왔다. 내일 아침 펨바로 가는 페리 선착장까지 데려다주겠다는 말을 전하러 온 것이다. 때마침 응솔도 낮에 캔 카사바 삶은 것을 접시에 담아 들고 왔다.

"제대로 된 카사바의 맛을 느껴보세요."

그러자 로비에 있던 알리가 카사바와 함께 먹으라면서 그의 친구가 가져온 사탕수수주스를 권했다. 세 친구에게 둘러싸인 채, 나도 모르게 중얼거렸다.

"내가 왜 이곳을 떠나려 하는지 알 수가 없어."

앉아 있으면 지나가는 이들이 순서대로 곁에 와 이야기를 나누고 가고, 심지어 음식을 들고 와 맛보기를 권하며, 아이는 최고의 친구를 맞아 밤늦도록 노는 이곳. 바로 옆에서 바부가 진지하게 말한다.

"그래, 가지 말아요. 우리 집에 손님방이 있어. 거기서 얼마든지 오래 묵어도 돼요. 우리 어머니는 언제나 손님을 환영한다니까요."

한 젊은이가 가벼운 걸음으로 골목을 걷다가, 서커스단의 광대보다 재빠르게 두 번 연속 재주넘기를 하더니 손도 털지 않고 내처 걷는다. 저절로 미소가 지어졌다. 정말이지, 놓고 가기 아까운 골목이다. 그 밤, 나는 수첩의 새 페이지를 펼쳤다. 그리고 맨 위에 이렇게 적었다.

가보자! 궁금하다!

다음날, 약속 시간이 삼십 분이나 지났건만, 바부가 오지 않았다. 월요일 아침, 아이와 나는 펨바행 페리 출발시간에 맞춰 서둘러 아침식사를 하고 잠보인 앞에서 그의 차가 나타날 때만을 기다리는 중이었다. 잠보의 주인장 에디가 고개를 내밀었다.

"아니, 아직도 출발 안 했어요? 누굴 기다려요?"

"바부요. 데리러 오겠다고 했어요."

그가 심각한 얼굴로 시계를 본다.

"표는 사났나요?"

"아뇨. 바부가 아침에 사도 된……"

"그렇담 틀렸어요. 너무 늦었어요. 이젠 표도 없을 거고요."

펨바로 가는 페리는 일주일에 고작 세 차례_{월목토}뿐이었다. 나는 가방을 뒤져 에디에게 바부의 명함을 건넸다. 그가 바부에게 전화를 걸었다. 전화를 받지 않았다. 나는 몇 차례 더 전화해주기를 청했다. 에디의 말대로라면 지금 택시를 타고 가봐야 뾰족한 수가 없을 것이었다. 바부를 붙잡아야 했다. 여행업에 종사하는 그가 뾰족한 수를 만들어내야 했다. 더구나 그가 책임지고 있는 것은 단순히 페리로 데려다주는 일만이 아니었다. 나는 우리들의 사파리가 어떻게 될지도 그 순간 함께 점쳐야만 했다. 끝까지

바부를 기다려야만 하는 이유였다.

열 번쯤 통화를 시도했을 때 바부가 수화기를 집어들었다. 늦잠을 잤다고 했다. 그리고도 그는 꾸물꾸물 삼십여 분을 더 잡아먹고 나타났다. 에디와 알리는 고개를 저었다.

"완전 틀렸어. 페리를 잡지 못할 거야."

바부는 못 들은 척하고 내게 말했다.

"미안해요. 하지만 승무원 중 한 사람을 알고 있어요. 그가 표를 구해줄 거예요."

나는 차 안에 가방을 던져넣으며 볼멘소리를 했다.

"반드시 그래야 할 거예요. 미리 말해두지만, 바부, 난 이런 스릴을 즐기지 않아요. 사파리도 이런 식이 된다면 곤란해요."

다행히 바부는 구구한 변명을 늘어놓는 대신 침묵을 지켜주었다. 볼멘소리를 하긴 했지만, 솔직히 나로서는 그가 나타나준 것이 무엇보다 다행스러웠다. 더구나 표를 구할 수 있다 장담하니 하루 운수를 믿고 가볼 일이다. 차가 출발하자, 이제 곧 항구에서 벌어질 일에 대한 걱정은 잠시 미뤄두고 그보다 더 먼 미래를 예견해볼 여유가 생겨났다. 우리의 사파리도 딱 이러할 것이다. 약속에 대한 커다란 배신도 없지만, 세심한 지켜짐도 없을 것이다. 그만하면 되었다. 그것은 매우 아프리카다운 일이었으니. 또 그만 하면 되었다. 평균치의 인간성에 대해서도 실망할 일이 없을 것이니.

바부는 차를 세우자마자 매표소로 뛰었고, 다시 항구로 뛰었다. 우리도 열심히 그를 따라 뛰었다. 아이가 숨이 턱에 차 "엄마!" 하고 불렀지만, 고맙게도 손에 들고 있던 바이올린을 어깨에 옮겨 메는 것으로 불평을 대신해주었다.

바이올린을 아프리카에 가져가는 것은 아이의 발상이었다. 풍선도 학용품도 좋지만, 이번 여행에서는 쓰고 나면 사라지는 '물질' 이외의 것을 아이들에게 선물하고 싶다고 했을 때 아이가 선택한 것이 음악이었던 것이다.

"정말 좋은 생각인 것 같아! 너는 이곳에서 아프리카 아이들보다 훨씬 많은 혜택을 누리고 있잖아. 바이올린도 그중 하나고. 이제 네가 받은 것을 아이들과 나눌 수 있겠구나!"

나는 온 힘을 다해 아이를 꼬옥 끌어안아주었다. 물론 바이올린은 험한 여행을 함께 하기에 적절한 친구가 아니었다. 줄도 잘 끊어지고 조율도 대비해야만 하는 예민한 녀석이었다. 언제나 셔츠 세 장, 바지 두 벌뿐인 '시녀'의 가방을 꾸리는 나에게는 '귀족'처럼 넓은 자리를 차지하면서도 특별한 보살핌을 요구하는 까다로운 녀석이었던 것이다. 그래도 내게는 자꾸만 생전 처음 그 악기를 보고 눈을 빛낼 아이들이 뇌리에서 지워지지 않았다. 악기를 나르는 수고는 일정하지만, 악기를 통해 재생되는 음악은 무한할 것만 같았다. 음악은 소리가 사라진 뒤에도, 그것을 갈구하는 열망 속에서 스스로 공명을 일으킨다. 숨통을 틀어막는 건조한 현실 속에서도 끈질긴 촉촉함으로 살아남는다. 비록 아이의 손끝에서 만들어지는 미천한 수준의 것이라 해도. 나는 바이올린의 줄을 갈아끼우는 법을 연습했고, 조율하는 법을 배웠다. 그리고 아이와 함께 열 개의 곡을 골라 연주곡 목록을 만들었다.

선착장에는 이미 발 디딜 틈 없이 길다란 사람과 짐의 행렬이 있었다. 여자와 아이가 한쪽에, 남자들이 다른 한쪽에 나누어 줄을 섰다. 보아하니 이미 펨바행 승선은 끝났고 그것은 달에살람으로 가는 사람들의 줄이었다. 바부가 곧장 쪽문으로 가 그곳을 지키는 사람에게 귀엣말을 했다. 그가 잠시 사라지더니, 이내 나타나 바부에게 손짓을 하자마자 바부가 우리를 불렀다. 쪽문으로 입장 허가. 때마침 페리 하나가 고장 나서 그날 페리의 정원은 두 배가 되었다고 했다. 어차피 엄청난 정원초과였으니, 요금이 몇 배에 달하는 외국인을 뒤늦게 더 받아주지 않을 이유가 없는 것이다.

긴박했지만 의외로 수월하게 배에 올랐다. 바부는 페리에 같이 올라 짐을 안전한 곳까지 옮겨주는 수고를 아끼지 않았다. 그리고 내게 "아루샤에 도착하기 전날 반드시 몇 시 버스로 도착하는지 연락을 해달라"라고 당부하고는 우리가 완전히 보이지 않을 때까지 손을 흔들었다. 아이와 내가 한국인이라는 이유만으로, 그는 별이를 향한 그리움을 조금쯤 나누어주고 있었다. 두터운 청춘의 사랑이 그녀에게 뜨겁게 가닿지 못하고 허공을 빙빙 맴돌다 파도에 밀려 사라져갔다.

차케차케엔 뭐하러 가?

펨바. 잔지바 군도의 또다른 섬. 잔지바에 밀려 거의 방문하는 여행자가 없으나, 일단 거쳐간 사람들 가운데 실망한 사람을 찾아보기 어렵다. 평평한 모래사장이 펼쳐진 잔지바와 달리, 겹겹의 언덕과 열대우림으로 가득하여 일찍이 아랍 상인들은 이 섬을 '초록섬'이라 불렀다. 스쿠버다이버들이 꿈꾸는 몇 안 되는 섬 가운데 하나로 손꼽히기도 하지만, 아직까지 관광자원은 거의 개발되어 있지 않다. 바꿔 말하자면, '불편하리라. 그러나 원시적이고 조용하리라.'

펨바에는 택시도 없으며 자가용조차 거의 볼 수 없었다. 대신 뒤에 좌석을 마련한 트럭이 마을과 마을 사이를 이어주는 버스 역할을 했다. 트럭들은 페리 도착에 맞춰 선착장에 모여 있었고 우리는 그 가운데 하나를 타고 펨바의 중심 차케차케로 움직일 생각이었다.

선착장이 있는 곳은 음코아니. 음코아니에는 단 하나의 게스트하우스 '존데니'가 있었다. 페리가 선착장에 토해놓은 외국인은 고작 넷뿐이었는데, 존데니의 주인장은 그 가운데 하나라도 잡으려 애를 쓰고 있었다. 두 명의 유럽 남자들이 먼저 사라져버렸기 때문에 그는 우리에게 집중했다.

"차케차케엔 대체 뭣 때문에 가나요? 가봤자 별것 없어요. 여기랑 똑같아요."

아, 정말 김빠지는 설득이다. 왜냐하면 내 눈엔 음코아니야말로 별것 없어 보였기 때문이었다. 집 몇 채와 바닷가뿐. 그런데 해변이라면 백사장이 눈부시게 펼쳐진 잔지바의 그것이 백 배는 더 아름다웠던 것이다. 일단 그의 말을 믿지 않기로 했다. 우릴 잡아두려고 거짓말을 하는 걸 거야. 차케차케에 가면 이보다 좋을 거야. 그래야만 했다. 세 시간 넘게 페리에서 흔들렸던 아이가 짜증스럽게 꼭 트럭을 타고 더 가야만 하느냐고 물었으므로.

차케차케로 가는 트럭이 출발했다. 키 작은 존데니의 주인장이 터덜터덜 빈 걸음으로 돌아가는 뒷모습이 보였다. 다음 페리가 올 때까지, 이제 며칠간 그의 게스트하우스는 적막하리라.

열대의 숲이 계속되다 몇 채의 집이 나타나고, 그러고 나면 다시 숲이었다. 그보다 더 단순한 구성이 있을까 싶었다. 때때로 다른 행선지로 향하는 트럭이 옆을 지나치기도 했으나, 그조차 퍽 드문 일이었다. 선착장 근처에서 허기를 달랠 만한 것을 찾아보았지만, 작고 못생긴 주황색 바나나와 더위에 미지근해진 물 외에는 마땅한 것이 없었다. 후끈한 트럭 안에서 바나나를 꺼내 아이에게 내미니, 시원한 것이 그리운 아이가 입을 삐죽 내민다. 그러나 일단 한입 베어물자, 못난이 주황색 바나나가 여봐란듯이 엄청난 당분과 향기를 퍼뜨린다. 아이는 페리에서 벌겋게 익은 뺨을 새앙쥐처럼 바삐 오물대며 세 개의 바나나를 군말 없이 해치웠다.

트럭이 멈춰서고 사람들이 오르내릴 때마다, 근처 흙집을 배회하던 꼬마들이 넘쳐나는 호기심으로 반드시 우리를 발견해냈다. 우리가 만원 트럭의 가장 안쪽 자리, 그것도 나무와 철제로 된 등받이 뒤에서 빠끔히 밖을 내다보고 있었다는 것을 감안하면 놀라운 일이었다. 어른들도 마찬가지였다. 밭일을 하다가도, 낮잠을 자다가도 놀라운 관찰력으로 트럭 속 우리를 주목했다. 먼저 "잠보!" 하던 잔지바인들과 달리, 우리를 발견한 펨바 사람들의 눈빛엔 대번에 긴장이 어렸다. 기이한 생명체를 처음 보았을 때처럼 그 자리에 얼어붙으면서. 하지만 우리가 먼저 인사를 건네거나 미소를 보내면, 깜짝 놀랄 만큼 흰 이를 드러내 웃음을 터뜨렸다. 마치 '얼음땡' 놀이를 하는 것 같았다. 트럭이 서면 "얼음!"이었고 우리가 미소를 지으면 "땡!"이었다.

차케차케는 매우 작고 단순했다. 열 개 남짓한 큼지막한 건물이 신작로 곁에 나란했으며, 거기서 펨바의 다른 곳으로 이어지는 트럭을 기다리거나 그들을 상대로 물건을 파는 사람들이 그럭저럭 '읍내' 다운 활력을 불어넣었다. 신작로를 따라서 양쪽으로는 양철지붕을 한 가옥들이 언덕 꼭대기까지 옹기종기 모여 있었다.

차케차케에는 세 개의 게스트하우스가 있었다. 그중에 하나가 임시 폐업 중이었으므로, 우리는 남은 두 개 가운데 하나를 골라야 했다. 펨바아일랜드호텔. '호텔'이란 이름에 걸맞게 방마다 텔레비전이 있었고 시간을 잘 맞추면 지직거리는 화면이나마 어린이만화를 볼 수도 있었으므로, 아이에게는 마침내 차케차케가 음코아니보다 더 좋은 곳이 되었다.

양철지붕이 있는 마을 산책에 나섰다. 따로 진입로를 찾을 수가 없어 무작정 신작로 아래쪽 비탈길로 걷기 시작했다. 돌무더기 길이었다. 슬리퍼를 신고 걷기에는 곧 미끄러질 듯 아슬아슬했다. 비탈에 심어진 바나나나무 사이로 흙벽돌집이 하나 둘 나타났다.

외지인은 발소리마저 다르게 내는 것일까? 우리의 슬리퍼 소리가 울려퍼지자 나무대문이 열리고 안쪽 어둠 속에서 미심쩍은 표정을 한 남자들의 검은 얼굴이 쓰윽 나온다. 먼저 건네는 인사에도 표정이 풀리지 않는다. 기이한 생김의 외국인이 집 앞까지 파고드니 자신들만의 영역을 침범당하기라도 한 듯 불편한 모양이었다. 아이가 이미 공처럼 데굴데굴 굴러 저만치 앞장서 나갔기에, 나는 약간 망설이면서 그대로 뒤를 따랐다.

그때 누군가 우리를 불렀다. 늘어진 바나나잎 뒤편에서였다. 새처럼 재잘대는 아이들의 소리와 함께였다. 두 명의 아기와 그 엄마들, 그리고 여섯 명의 아이들이 깔깔대며 우리를 맞았다. 한 아기엄마가 대뜸 스와힐리어로 물었다.

"그 카메라로 우리 사진을 찍어줄 수 있나요?"

펨바에 온 뒤로는 영어를 사용하는 사람들의 수가 현저히 줄어들어서, 이제 나의 언어는 '눈치'가 되었다.

"그럼요. 되고 말고요."

바야흐로 디카놀이 시간. 셔터를 한 번 누를 때마다 열 명이 우르르 액정화면으로 몰려든다. 셔터를 누르는 횟수가 늘어날수록 아이들의 장난기도 늘어난다. 혀를 내밀고 엉덩이를 쑥 빼고 사팔뜨기 눈을 만든다. 그러고는 바로 화면으로 몰려들어 자신의 우스꽝스런 모습을 확인하고 낄낄낄 뒤집어진다. 엄마들은 아기를 이쪽에 앉혀보고 저쪽에 앉혀본다. 아기의 찢어진 바지 사이로 드러난 고추가 화면에 가감 없이 잡힌 것을 확인하고는 또 깔깔깔 뒤집어진다. 그들은 이제 내 소매를 잡아당기고 어깨에 팔을 두른다. 나무 뒤로, 계단 위로, 스스로 배경을 옮겨가면서 흥겹고도 열정적으로 연출 사진을 만든다. 나는 기꺼이 고분고분한 찍새가 되었다. 폴라로이드 카메라였다면 얼마나 좋았을까, 생각하면서.

우리가 그곳을 떠날 때, 아기엄마가 스와힐리어로 무어라 이야기를 했다. 매우 섭섭한 얼굴이었다. 나도 아쉬워하며 한 번 더 마지막 인사를 건넸다. 그녀는 여전히 섭섭해했다. 나중에 '미리엄'을 만날 때까지, 나는 그 이유를 알 수 없었다.

마을 중앙으로 내려갔다. 가느다란 개천이 흐르고 있었다. 오염된 개천이었다. 상하수 개념이 따로 없는 것 같았다. 그래도 전체적으로는 반듯하게 정돈된 마을이었다. 새로 시멘트로 마감된 집 대문 앞에서 깨끗한 옷차림을 한 소녀가 무르팍 위에 공책을 놓고 숙제를 하다가, 나를 발견하고는 얼른 히잡으로 얼굴을 덮었다. 곁에 있던 친구가 소녀의 히잡을 홀떡 벗기며 깔깔거렸다. 소녀는 기겁을 하며 다시 뒤집어썼다.

단조로움 속에 잠겨 있던 동네가 일렁이기 시작했다. 아이들이 모두 튀어나왔다. 창문 안에서, 대문 뒤에서, 나무 위에서, 자전거 방향을 틀어가면서, 사람들이 우리를 지켜봤다. 몇 걸음 걷다 뒤돌아보면 다섯 명의 아이들이 따라오고 있었다. 몇 걸음 더 걷다 뒤돌아보면 열 명의 아이들이 따라오고 있었다. 다시 몇 걸음을 더 가면 어느덧 스무 명 남짓한 아이들이 거기 있었다. 동생을 업은 아이도 있었고, 닭을 안은 아이도 있었다. 모두가 눈을 동그랗게 뜨고 있었다. 반쯤은 이미 새로운 일이 벌어졌음에 흥분하고 있었고 반쯤은 어서 새로운 일이 벌어지길 고대하고 있었다. 마치 마법의 피리를 불어 동네 아이들을 모조리 뒤따르게 한 '하멜른의 사나이'라도 된 기분이었다. 이대로 계속 걸어가면 그들처럼 황금의 나라에 닿는 게 아닐까.

대열이 점점 길어지면서, 더이상 조용한 행진이 불가능해졌다. 아이들이 웅성거렸고 깔깔거렸기 때문이었다. 중빈이 길어진 대열에 놀라 "엄마, 애네 좀 봐!" 하면, 녹음기처럼 흡사한 발음으로 "어마 애네 조 바!" 흉내 내며 뒤로 뒤로 그 말을 전하는 '전달 게임'도 했다. 사적인 동선도 불가능해졌다. 우리가 옆길로 새면 아이들도 함께 옆으로 샜으며, 그럼 근처의 집주인이 '이게 웬 난리인가?' 어리둥절한 얼굴로 집 밖에 나와 섰기 때문이었다.

아이들은 내가 어딘가로 향하기만을 기다리며 뒤를 따르고 있었지만, 나는 사실상 그들로 인해 오도 가도 못 하게 된 셈이었다. 여길 어떻게 벗어나지? 궁리하고 있는데, 한 여고생이 내 앞으로 폴짝 뛰어내렸다. 반쯤 짓다 만 집 창틀에 앉아 책을 읽던 소녀였다.

"당신, 인기 굉장하네요."

나를 똑바로 쳐다보며 유창한 영어로 말한다.

"그러게 말이야. 이제 어디로 가야 할지 모르겠다."

"나라면, 하늘로 올라가겠어요."

무릎이 깨진 아이와 닭을 안은 아이, 급하게 히잡 대신 이불을 뒤집어쓰고 나온 소녀까지…… 이 특이한 멤버들과 하늘로 올라가려면, 그곳엔 매우 아프리카스런 자리가 널찍하게 준비되어 있어야만 하리라. 나는 피식 웃었지만, 소녀는 웃지 않았다. 명민한 인상의 소녀였다. 그녀는 섬사람답게 내가 어디서 왔고 몇 살이며 직업은 무엇인지 취조하듯 묻더니, 그제야 약간의 미소를 보였다. 그리고 선심 쓰듯 이름을 말해주었다.

"미리엄이에요."

미리엄은 이제 무리의 맨 앞에 섰다. 꽤 똑똑한 골목대장처럼 아이들이 지나치게 떠들면 주의를 주거나 하면서, 중빈과 나를 다시 마을 가운데 개천으로 데려다놓았다.

두 아기엄마와 재회한 곳은 개천가에서였다. 나는 다시 만난 것이 반가워 다가갔는데, 뜻밖에도 그들은 화가 나 있었다. 미리엄이 통역을 해주었다.

"이들의 사진을 찍었나요? 사진을 달라는데요."

그제야 헤어질 때 그들이 보였던 섭섭한 표정을 이해할 수 있었다. 나는 열심히 카메라에서 바로 사진을 꺼낼 수 있는 게 아니라는 걸 설명하고자 했다. 카메라와 연결할 컴퓨터가 있어야 하고 컴퓨터에 연결된 프린트기가 있어야 하고……. 아기엄마들은 도저히 이해할 수가 없다는 얼굴이었다. 자신들은 두 눈으로 똑똑히 사진이 내 카메라에 들어 있는 것을 보았으며 거기 그렇게나 사진이 많이 들어 있는데도 불구하고 내가 한 장도 내놓지 않고 떠나려 한다는 것이었다. 나는 그녀들에게 주소를 알려달라고 했다. 마음은 알겠지만, 당장은 할 수 있는 게 없으니 한국으로 돌아가거든 사진을 꼭 부쳐주겠노라고.

"주소가 없대요."

엥? 주소가 없다고? 다시 생각해보니 그럴 수도 있겠다 싶었다. 아무 빈집이나 보수하고 들어가 살 수도 있었고, 산기슭 빈터에 무허가 집을 짓고 자리를 잡았을 수도 있다. 요컨대 이곳은 아프리카, 그 가운데서도 인도양 한 귀퉁이의 펨바였던 것이다.

"그럼…… 학교나 관공서처럼 주변에 대신 사진을 받아줄 만한 곳의 주소라도……."

미리엄은 열심히 통역했지만, 그들은 계속해서 고개를 저을 뿐이었다. 당장 사진을 뽑아내지 않는 내가 얄밉고 원망스러웠던 것이다. 지금 자신들이 눈앞에 있는데도 사진을 주지 않으면서, 이 세상 어디에 붙어 있는지도 모를 코리아란 머나먼 곳으로 돌아가 사진을 주겠다는 것도 궁색한 변명처럼 여겨지는 모양이었다.

"'Now! Photo!' 계속 그 말만 하네요."

미리엄이 한숨을 쉬었다. 결국 그녀들은 화를 내면서, 어떠한 차선책도 거부한 채 산비탈로 올라가 사라져버렸다. 헐……! 미리엄이 어쩔 수 없다는 듯 어깨를 으쓱해 보였다.

무엇이 문제였는가, 누구의 잘못이었는가를 따질 필요는 없었다. 문화의 폭이 너무나 다르고 그로 인해 이해의 폭도 확연히 다를 뿐. 그럼에도 나는 마음이 욱신거렸다. 세상의 모든 엄마들은 자신의 아기를 사진으로 남겨두고 싶어한다. 눈에 넣어도 아프지 않은 어여쁜 모습을 영원히 간직해두고 싶은 것이다. 주소도 없는 흙집에 사는 그녀들에게 아기 사진을 갖는다는 것은 귀한 기회였고, 그녀들은 나를 통해 그것을 실현시킬 수 있으리라 희망을 걸었던 것이다. 그토록 즐겁게 깔깔대고 이리저리 돌려 앉히면서…….

떠난 자가 남긴 흔적을 더듬으며

— 와헤이드

어둠이 내리기 시작했다. 펨바의 신작로에 눈에 띄게 인적이 사라졌다. 트럭의 소음도 사라졌다. 터벅터벅 펨바아일랜드호텔로 돌아가고 있는데, 중빈이 탄성을 질렀다.

"세상에! 엄마, 이것 좀 봐!"

그 저물녘에, 와헤이드는 신생아를 데리고 인적이 끊어진 길가에 홀로 앉아 있었다. 우리를 향해 화사한 미소를 지으면서. 그녀는 공들여 이 세상에 내놓은 지 얼마 되지 않은 보물을 자랑스럽게 내밀었다.

"엄마, 어서 사진을 찍어!"

"찍어도 돼요?"

"왜 안되겠어요?"

그녀의 영어 실력으로 교육 정도를 짐작할 수 있었지만 그래도 혹시나 해서 미리 말했다.

"하지만 카메라에서 사진이 나오진 않을 거예요."

와헤이드는 어이없다는 듯 웃음을 터뜨렸다.

"알아요. 알고 말고요."

그도 그럴 것이 그녀는 펨바 출신이지만, 달에살람에 살고 있었다. 오랜만에 친정 나들이를 하러 고향에 온 것이었다.

"한 달 보름쯤 전에 엄마가 돌아가셨어요. 너무나 오고 싶었지만, 아기를 낳기 직전이라 올 수가 없었지요. 출산 뒤엔 이 녀석이 장거리여행을 견딜 만큼 자랄 때까지 또 기다려야 했고요."

겹겹이 어둠이 쌓여가는 거리에 어째서 그녀 홀로 아기를 안고 앉아 있었는지 알 것 같았다. 노모가 돌아가시고 새로운 생명이 그 자리를 메웠다. 떠난 이에게서 받은 것을 태어난 이에게 베풀어야 했기에 떠나는 이를 지키지 못했다. 그런 법이다. 우리는 받은 것을 준 자에게 주지 않고 다시 우리에게 주지 않을 자들에게 준다. 내리사랑이라는, 불공평한 듯하지만 결국 인류의 질서를 유지하는 공평한 사랑을 계속해나가는 동안, 우리는 때때로 차갑고 어두운 거리에 앉아 떠난 자가 남긴 흔적을 더듬는다. 더 잘해 드리지 못한 회한에 젖으면서.

곧이어 그녀가 자리를 털고 일어났다. 우리는 '아기 선보이기'에 함께 따라 나섰다. 어릴 때부터 그녀를 보아왔던 할아버지가 1번이었다. 그는 일생이 선하였고 알라의 뜻에 따라 순종하였음을 그대로 체현하는 얼굴을 가졌다. 그가 와헤이드와 아기에게 스와힐리어로 건네는 따스한 덕담을 나는 고스란히 알아들을 수 있을 것만 같았다.

2번은 그녀의 사촌오빠 집이었다. 그의 집에도 어린아이들이 있었고 그중 여자아기가 '잠자는 숲속의 공주'처럼 새근새근 잠들어 있었다. 공주의 어린 오빠는 자신의 여동생을 바람에 날아갈 깃털처럼 소중하게 다뤘다. 끝끝내 내게서 의심의 눈초리를 거두지 않으면서.

3번은 동네 아낙들이었다. 와헤이드는 그곳에서 잠시 수다를 떤 후에 언니네 집으로 가자고 했다. 펨바에 있는 동안은 언니네에 머문다고 했다. 산비탈 중턱에 있는 집이었다. 그녀는 조리를 신고 한 손으로 아기를, 다른 한 손으로 기다란 치마를 들어올렸는데, 그럼에도 불구하고 다람쥐처럼 산비탈을 올랐다. 뒤에서 비틀거리는 내 걱정까지 해가며.

쉰 살의 언니 화딜라는 스물일곱의 와헤이드와 나이차가 많았다. 3남4녀 중 와헤이드가 막내였고 화딜라가 장녀이기 때문이었다.

"이제는 언니가 제 엄마나 다름없어요."

와헤이드가 언니를 바라보며 말하자, 화딜라가 정말로 엄마같이 푸근한 표정을 하고 와헤이드를 향해 끄덕끄덕한다.

와헤이드가 침대에 앉아 아기를 내려놓았다. 곧이어 호기심 많은 꼬맹이가 방 안으로 쏘옥 들어왔다. 화딜라가 돌봐주는 손자라고 했다. 화딜라에게는 일곱 명의 자녀가 있는데 지금은 막내딸만 빼고 모두 잔지바에서 산다고 했다. 와헤이드는 언니와도 사진을 찍어달라고 했고 중빈과 꼬마도 같이 포즈를 취하게 했다. 그녀는 매사에 적극적이고 구김살 없는 사람이었다. 그리고 작은 부탁에도 정중할 줄 알았다. 내가 사진을 보내주겠다고 하자, 자신과 남편의 메일 주소를 또박또박 적어주면서 몹시 기뻐했다.

한편, 재미난 것은 언니 화딜라였다. 화딜라는 처음 내 손에 들려진 카메라를 보고 사뭇 긴장하더니, 소리 소문 없이 화장대 앞으로 달려가 립스틱을 발랐다. 그리고 좀 안심이 된다는 듯 내 앞에 앉았다. 나랑 와헤이드가 계속 이야기를 나누노라면, 다시 생각난 듯 조용히 화장대 앞으로 가 머리를 빗었다. 그런 식으로 그녀는 몇 번이나 우리의 대화 속에서 슬그머니 달아나 화장대 앞에 앉아서는 얼굴에 파우더를 발랐고 아이라인을 그렸으며 볼 터치까지 한 연후에야 이제 다 되었다는 듯 진득하게 내 앞에 앉아 있었다.

나는 화딜라의 '은근슬쩍' 화장법에 웃음이 나왔지만, 동시에 나이 든 그녀가 보잘것없는 손님을 위해 끝까지 성의 있게 몸단장을 한다는 것이, 같은 여자로서 고맙고 애틋했다. 그래서 그녀의 성의에 보답하기 위해 마치 여성잡지의 메이크업 사진기자처럼 열심히 단계별로 완성되는 그녀의 사진을 그때그때 찍어 보여줄 수밖에 없었다. 그녀는 칠 남매의 엄마이자 할머니라는 것이 도저히 믿기지 않을 만큼 수줍은 미소를 지으면서 화면 속 자신의 모습을 확인하였는데, 아마도 들여다보는 동안 다음 단계의 화장법을 고심했으리라.

화딜라가 장롱 위에서 커다란 상자를 꺼내더니, 두 개의 자그마한 플라스틱그릇에 담긴 음식을 주었다. 할루아라고 했다. 약과와 흡사했다. 우리가 몹시 달콤한 할루아를 입 안에서 녹이는 동안 와헤이드가 젖을 먹이기 위해 가슴을 드러냈다. 아기가 기특하게도 본능적으로 젖꼭지를 낚아채 오물오물 젖을 빨았다.

젖을 먹이는 동안 어미는 착해진다. 세상의 모든 근심과 욕망을 잊고 그 순간 오직 한 가지, 젖이 풍족히 잘 나오기만을 소망하게 되기 때문이다. 그 젖으로 아기 얼굴이 보름달처럼 둥글어지기만을 소망하게 되기 때문이다. 젖이 나오기 직전의 찌릿한 느낌은 눈물이 나오기 직전 콧잔등이 시큰해지는 느낌과 비슷하다. 나는 '지복至福'에 이른 와헤이드의 얼굴을 바라보면서, 한 여인이 어미로 살며 흘리는 눈물과 한 아이를 키우는 데 먹이는 젖의 양을 견주어 본다면 비슷하지 않을까 하는 생각을 했다.

젖을 먹이던 기억이 새삼스러워, 중빈의 얼굴을 바라보았다. 그런데 어느새 입학을 앞둔 녀석, 다 자란 총각의 얼굴을 하고서 '아기에게 젖을 주는 게 꼭 필요한 일이란 건 알겠는데……, 이 아줌마, 내 얼굴 바로 앞에서 젖을 꺼내는 건 좀 그런 거 아냐?' 하는 식의 표정을 짓고 있었다. 당황과 부끄러움과 어색함을 열심히 이성으로 납득시키는, 만 일곱 살짜리 녀석의 복잡한 표정이라니. 이넘아, 너 몇 년 전까지만 해도 저렇게 누워 젖 먹고 있었거등~!

화딜라와 와헤이드 자매는 신작로까지 우리를 배웅했다. 우리는 포옹으로 서로와 아이들의 앞날을 축복했다. 그리고 캄캄한 거리를 걷기 시작했다. 가로등은 찾아볼 수 없는 거리였다. 점점이 촛불만이 밝혀져 있었다. 촛불은 노점상들의 것이었다. 촛불을 중심으로 희미하게 사람들의 실루엣이 드러나고 거기서 나직한 두런거림이 들려왔다. 가이드북에서 '활기찬 야시장'이라고 했던 것이 바로 이 몇몇 촛불이었던 것을 깨닫는 순간, 웃음이 나왔다. 펨바에서 '활기차다'라는 건 이 정도 규모란 말이지. 지금껏 본 세계의 야시장 중 단연 최소규모였다. 저녁거리를 구해볼까 하고 가까이 다가가니, 대번에 단순한 메뉴가 파악된다. 튀긴 생선, 구운 문어, 차파티. 상인은 여럿이어도 메뉴는 같았다.

상인이 어둠 속에서 문어 살을 발라내는 솜씨는 마치 일식집에서 회를 뜨는 요리사의 손길과도 같이 한 점 한 점에 신중함과 정교함이 묻어났다. 신문지에 소량의 문

어를 싸들고 집으로 향하는 가장의 손길도 오랜만에 비싼 회를 들고 가는 아버지의 손
길과 같이 기대에 차 있었다. 틀림없이 별미일 것 같았다. 나는 남자 상인에게서 문어
500실링 어치를 샀다. 그리고 옆 자리 노파에게서 튀긴 생선 한 마리와 차파티 두 장
을 집어 들고 얼마냐고 물었다. 영어를 하지 못하는 노파가 동전을 꺼내 가격을 보여
주려는 사이, 옆에서 건들건들 구경하던 젊은이가 "2000실링!" 하고 외친다. 제 물건
이나 되는 양, 내가 바보라도 되는 양. 나는 그를 무시한 채 노파가 어둠 속에서 맞는
동전을 찾아낼 때까지 기다렸다. 막간을 못 참고 젊은이는 스와힐리어로 노파에게 무
언가 급박한 종용을 멈추지 않았다. 이 외국인에게 바가지를 씌우란 얘기겠지.

그러나 그녀가 꼬질꼬질하고 주름 많은 손바닥 위에 마침내 올린 것은 500실링짜
리 하나였다. 나는 500실링을 건네면서, 집에서 갓 구워온 자신의 차파티만큼이나 따
뜻한 그녀의 손을 꼬옥 쥐고 말했다.

"정말 고마워요."

신문지에 싸인 음식을 들고 돌아오는 길, 별들이 앞다투어 수놓인 밤하늘은 아름
답기 그지 없었다. 고요한 어둠 속을 아이의 작은 손을 쥐고 걸었다. 섬 언저리 맹그로
브숲에서 은은하게 원시의 내음이 날아왔고 나는 폐부 깊숙이 그것을 들이켰다. 저 멀
리 펨바아일랜드호텔 간판이 우리가 순항하는 길을 밝히는 등대처럼 어둠 속에서 빛
을 발했다. 길 떠난 자에게 길이 선사하는 행복감으로, 나는 가슴이 두근거렸다.

침대 위에 신문지를 펼쳐놓고 텔레비전을 켜니 온통 아프리카리그였다. 개중 가
장 화면이 깨끗한 채널을 고르니 앙골라 대 이집트 전이었다. 우리는 아무런 연고도
없이 오로지 맘에 드는 유니폼 색깔만으로 제각각 편을 들어 응원하기로 했다. 적막한
호텔 복도에까지 아이의 함성이 높게 그리고 낮게 새어나가는 동안, 나는 그저 입을
우물거리며 경탄하지 않을 수 없었다. 양념처럼 흙이 씹히는 문어의, 그러나 그 표현
할 길 없이 심오한 맛 때문에!

임뚜마 할머니

펨바는 해안이 맹그로브숲으로 뒤덮여 있어 시원스레 바다가 보이지 않았다. 처음 이틀간은 희미하게 보이는 해안선이 베일로 얼굴을 가린 여인처럼 매력적으로 보였으나, 사흘째부터는 끝끝내 베일을 벗으려들지 않는 여인을 대할 때의 갑갑함으로 바뀌었다. 어느 날 지대가 높은 마을을 지나면서 시원스레 바다를 조망할 곳이 있느냐고 물었다.

한 할머니가 자신 있게 내 손을 잡아끌었다.

그녀의 이름은 임뚜마. 앞장서 걸으면서 마치 가이드처럼 눈에 띄는 대로 내게 소상한 설명을 곁들였다.

"이건 닭장이라우. 이건 내 집이야. 이건 딸네 집이지. 일곱 식구가 살아요. 자, 여긴 창고라우⋯⋯."

화통한 목소리였다. 몇 마디 되지 않는 영어를 몸짓을 섞어 매우 효율적으로 사용했다. 말을 마칠 때마다 짧은 영어가 못내 쑥스러운지 '까르르르르껄껄'로 마무리해버렸다. 전원주 아줌마의 웃음처럼 드높은 고음으로 시작해서 저음으로 마무리되는, 누구라도 따라 웃지 않을 수 없는 독특한 웃음이었다. 내가 그녀의 웃음을 흉내 낼 때마다, 그녀는 '아이구, 이 짓궂은 양반!' 하는 식으로 친밀하게 내 팔을 한 번씩 잡았다 놓았다.

집 뒤쪽은 무성한 잡초와 돌 때문에 걷기가 쉽지 않았다. 하지만 그녀는 눈 위의 썰매처럼 미끄러져 나아갔다. 아래는 정글로 이어지는 산비탈. 그녀가 정글을 따라 십오 분만 걸으면 바다에 닿는다고 했다. 하지만 내 눈엔 두 시간은 족히 걸어야 할 거리였으므로, 나는 그녀의 '십오 분만'이 그저 '잠깐만'을 뜻하는 탄자니아식 표현이리라 생각했다. 아니, 그녀의 썰매 걸음으로라면 정말로 십오 분 만에 닿을 수 있었을까?

"여기라우."

그녀가 먼 곳을 가리켰다. 거대한 야자수들이 다른 곳보다 성기게 키재기를 하는 틈으로 은빛 반짝임이 펼쳐졌다. 여전히 목마른, 아스라한 바다의 실루엣이었다. 다른 곳보다 고작 몇 센티미터 더 넓은 바다일 뿐이었던 것이다. 실망스러웠으나, 그것으로 되었다 싶었다. 아무래도 펨바에서는 여인에게 베일을 벗어달라 사정하기보다 가려진 얼굴을 상상하는 편이 현명한 일인 듯했다.

감사를 표하고 자리를 뜨려는데, 중빈이 '십오 분만'을 믿고 바다에 가겠다며 산비탈을 뛰어내려갔다. 내가 걱정스런 표정을 짓자, 눈치 빠른 임뚜마 할머니가 중빈 또래의 손자를 얼른 딸려보냈다. 손자는 할머니 못지않은 썰매 걸음으로 순식간에 중빈을 따라잡았다. 둘은 곧 열대의 우림 속으로 사라졌다. 밀도 높은 정글이었으므로, 나는 아이가 오 분 내로 겁을 먹고 돌아오리라 예상했다. 그래서 너럭바위에 앉아 기다리기로 했다. 그때 임뚜마 할머니가 진지하게 내 팔에 손을 올리고 말한다.

"마이 프렌드, 난 가난하다네. 머니."

그녀의 접근이 그토록 열정적이었던 데에는 이유가 있었던 것이다. 그곳이 펨바라는 점을 감안한다면 난데없었지만, 수단 좋은 시골 할머니의 강인한 생활력을 언짢게 받아들일 필요는 없을 터였다. 다만 내가 친절이라 생각했던 것을 돈으로 매기고 싶지는 않았다. 펨바에서는 그런 선례를 남기는 것이 아직 부적절해 보였다.

"당신이 나를 프렌드라 불렀으니, 돈 대신 선물을 드리고 싶어요."

덥썩 그리 말해놓긴 했지만, 난감했다. 달랑 들고나온 힙색은 여권이나 수첩 같은 물건으로 단출하게 꾸려져 있었던 것이다. 아무리 뒤져보아도 그녀에게 줄 만한 선물은 단 한 가지, 가방 귀퉁이에 상비품으로 자리하고 있는 패드 '화이트' 뿐이었다. 그러나 펨바의 할머니가 '날개 달린 화이트'의 사용처를 알고 있을까? 나는 그녀에게 물었다.

"이게 뭔지 아세요?"

임뚜마 할머니는 크게 고개를 끄덕였다. 은밀한 미소를 지으면서. 내가 남녀공학에 다니던 중학교 시절, 남자 아이들이 들을세라 친구 귀에 대고 "너 패드 있어?" 하고 물을 때 주고받던 은밀함과 매우 흡사했다.

할머니와 나는 '여성'이라는 친밀감 속에 웃음을 터뜨렸다.

마치 자매처럼 고음과 저음을 아우르는 그 웃음을 똑같이. 패드를 건네면서, 나는 그녀의 양쪽 뺨에 입을 맞췄다.

예상처럼 아이들이 곧바로 올라왔다. 아나콘다라도 나올까 무서웠겠지. 아니나 다를까, 중빈이 호들갑을 떤다.

"엄마! 정글 속에 곰이 있었어!'

"뭐, 곰?"

"아니…… 말하자면…… 곰 '같은' 게 있었어!"

"봤어?"

"아니…… 그러니까…… 나뭇잎 뒤에서 우웅우웅 소리가 났어!"

그럼 그렇지. 이때 임뚜마 할머니가 깔끔하게 정리해준다.

"얘야, 그건 송아지란다. 내가 좀 전에 요 아래 송아지 한 마릴 묶어놨거든."

두 아이가 동시에 마주 보더니 어이없다는 듯 크하하 요절복통을 한다. 할머니와 나도 따라 웃는다. 우리는 할머니 가족의 배웅을 받으며 그곳을 떠났다. 한참 지나 뒤를 바라보면 할머니가 아직도 제자리에서 손을 흔들고 있었다.

간혹 생각하곤 한다. 임뚜마 할머니는 정말 패드가 무엇인지 알고 있었을까? 패드는 커녕 화장지조차 전무한 섬에서 일생을 보낸 그녀가 말이다. 어쩌면 그녀는 혹시라도 내가 도로 거둘까봐 덥석 "안다" 대답했을 수도 있다. 내게 보여준 은밀함은 단지 '거래'가 성립되었을 때 보인 흡족함에 지나지 않았을 수도 있는 것이다. 그렇다면 그것은 얼마나 부적절하고도 엉뚱한 선물이었을까? 폐경이 지난 할머니에게 한평생 구경도 못해본 패드라니!

때로는 엉뚱한 선물만큼이나 엉뚱한 상상을 해보기도 한다. 임뚜마 할머니가 고민스러운 얼굴로 화이트를 마당 한가운데 펴놓고 앉아 있다. 동네사람들이 모여들어 저마다 생각을 이야기한다. "수건이라우. 세수하고 얼굴을 닦으면 돼요. 봐요, 보송보송하잖아." "아니야. 아픈 데 붙이는 거야. 뒤를 만져봐. 끈적끈적하잖아. 병원에서 비슷한 걸 본 적이 있어." 그들의 토론은 멈추지 않는다. 어느 날 달에살람으로 시집간 처자가 고향에 놀러 와 시원스레 그 정체를 밝혀줄 때까지.

할머니는 펨바에서 단 하나뿐인 '화이트'로 과연 무얼 했을까?

13 그 천국에 없는 딱 한 가지는

> 펨바는 파리가 많다. 펨바는 사람이 적다. 펨바의 아저씨의 알통은 크다. 아기들은 귀
> 엽고 숲속은 울창하다. 바다까에 간다니까 난 기분이 좋다. 하지만 다라다라를 타고 가
> 야 되는 시간도 만만치 않다.
>
> ─ 중빈의 일기

건기의 아프리카에 새벽부터 비가 흩뿌렸다. 3월부터 시작되는 우기까지는 이제
한 달도 채 남지 않았다. 펨바아일랜드호텔의 루프탑 식당에 올라가 내려다보니, 마치
펨바 전체가 뿌연 물안개 속에 잠겨 꿈틀꿈틀 일어서려고 하는 것만 같았다. 중빈은
겁도 없이 테라스 난간 위로 훌쩍 올라가 안갯속에 묻힌 먼 곳의 바다를 오래도록 응
시했다.

바삭바삭 구워진 토스트, 시금치와 당근을 곁들인 스패니시 오믈렛, 갓 우려낸 블
랙티, 매끄러운 망고와 향기가 대단한 파파야. 비슷한 메뉴지만 정성스레 조리된 아침
식사를 마치고 나니, 기분 좋은 포만감으로 가동된 몸이 새로운 하루를 맞을 준비가
완료되었음을 알려온다. 우리는 오늘 자전거를 빌릴 것이다. 그리고 목적지 없이 펨바
의 구석구석을 누빌 것이다.

하나뿐인 여행사에서 자전거를 빌려준다고 해서 신작로로 갔다. 입구에 튼튼한

바퀴가 달린 스포츠형 자전거가 두어 대 세워져 있었으나, 내가 뒷자리가 있는 것을 원하자 주인장이 잠깐 기다리라며 마을에 다녀온다. 한참 뒤 그가 가져온 것은 옛 쌀집 자전거처럼 생긴 큼지막한 것. 겹겹의 언덕 지형으로 유명한 펨바에서……, 난 죽었다.

처음엔 의아했다. 왜 가이드북은 언덕투성이인 펨바에서 자전거를 타는 것이 꼭 해봐야 할 일이라고 했을까? 그러나 그 이유를 깨닫는 데에는 그리 오랜 시간이 걸리지 않았다. 첫번째 내리막길을 내달리면서부터였다. 나는 바퀴살의 청명한 소리에 매료되어버렸다. 그 길 양편을 무성하게 채우고 있는 열대의 녹음에 매료되어버렸다. 녹음의 너머에 녹음이 있고 그 녹음의 너머에 또 있는 녹음에 매료되어버렸다. 마지막 녹음 뒤로 은빛 바다가 신기루처럼 희미하게 반짝이는 것에 매료되어버렸다. 구름이 흘러가는 소리가 들릴 듯, 잎새들이 부대끼는 소리가 들릴 듯, 까마득한 그 길의 고요에 매료되어버렸다. 가끔씩 나타나는 마을의 마당이 뒹굴어도 흙 한 톨 묻지 않을 것 같이 깨끗하게 비질되어 있는 것에 매료되어버렸다. 비질 자국 위에 꽃잎이 융단처럼 깔려 있는 것에 매료되어버렸다. 다음 굽이에선 또 어떤 것이 나를 매료시킬까 궁금해져서 무릎에 과도하게 힘을 주고서 오르막길에서 페달을 밟아댔다. 무릎에 통증이 느껴졌지만 이미 늦어버렸다. 나는 펨바의 매력에 마쳐되어 무작정 달리고 있었던 것이다. 열대의 꽃들을 모아 놓은 듯 화려한 아낙들의 옷차림에 매료되어, 하굣길 소녀들이 내 시선을 피해 히잡을 더욱 단단히 매면서도 궁금함을 참지 못해 슬쩍슬쩍 뒤돌아보는 것에 매료되어, 그저 같은 방향으로 가는 것뿐인데도 소녀들이 우루루 웃으며 피해 달아나는 것에 매료되어, 드문드문 나타나는 마을마다 창가에 숨어 우리를 내다보는 여인들의 은근한 미소에 매료되어, 마을 휴게소에 모인 남자들이 중빈이가 "잠보!!" 할 때를 기다려 망설이듯 답하는 낮고 느린 "잠보……"에 매료되어, 나는 멈추려 해도 멈출 수가 없었다. 무릎의 통증 따윈 잘 기억나지 않았다.

굽이굽이 수십 굽이를 돌았다. 오르락내리락 수십 구릉을 넘었다. 저 아래 밀도 높은 녹색 들판을 내려다보며, 저 위의 구름에 닿을 듯한 야자수를 올려다보며, 저 멀리 희미한 해안선을 더듬으며, 하늘이 갓 버무려 세상에 내놓은 듯 신선한 공기를 몸속 가장 깊은 곳까지 들이킨다. 가슴속 가장 오랜 먼지 한 톨까지도 씻겨져나가는 느낌이다. 내리막을 달릴 때면 아이가 뒤에서 제 어미보다 더한 초절정 역마살 멘트를 터뜨린다.

"끝내준다!! 엄청나!! 수백만 달러가 든대도 아깝지 않을 것 같아!! 이렇게 훌륭한 곳에 올 수만 있다면!! 펨바는 환상이야!! 최고의 장소야!! 살아서 두 번 만나기 힘든 곳이야!! 이 느낌을 잊지 못할 거야!! 절대 잊지 못할 거야!! 세상 사람 모두에게 얘기해줄 거야!!"

마을이 나타났을 때, 우리는 70실링짜리 바나나 두 개를 눈 깜짝할 사이에 꿀떡하고 150실링짜리 코코넛 두 개를 갈라 벌컥벌컥 들이켰다. 오, 그 착한 가격과 그 착한 신선함이란! 중빈이 코코넛 즙이 뚝뚝 듣는 손을 들이밀며 "엄마, 휴지!" 한다. 나는 아주 당연하게 타이른다. "옷에 닦아. 여긴 아프리카잖니." 아이는 신나게 손을 옷에 쓱쓱 문지르고, 우리는 동시에 서로의 얼굴을 마주보며 낄낄거린다.

뒤이어 과일장수 아저씨가 시뻘겋게 녹슨 큼지막한 칼을 들고 오더니, 우리가 마시고 난 코코넛의 과육을 발라주겠다고 했다. 헉, 아저씨, 이 고소한 과육만큼은 너무나 탐나지만, 그 벌건 녹은 좀…… 그렇다고 버릴 나는 아니었다. 칼을 사양하고서 다람쥐처럼 이로 과육을 발라냈다. 아이는 야금야금 받아먹었지만, 미련한 어미라 그걸 보는 맛에 끝까지 다 벗겨냈지만, 코코넛을 이로 벗겨먹은 의지의 한국인은 중얼거리지 않을 수 없었다. "떫은 밤 껍질 백 개를 벗겨낸 기분이야. 중빈아, 이담에 엄마 틀니는 꼭 해줘야 한다!" 내가 엉망진창이 된 손을 처치 곤란한 얼굴로 들여다보자, 아이가 말한다. "옷에 닦아. 여긴 아프리카잖아." 우린 또 실성한 사람들처럼 낄낄거리기 시작했다.

몇 개의 마을을 지났는지 모르겠다. 우리가 다시금 인적 없는 길에 들어섰을 때, 저만치서 한 남자가 걸어오고 있었다. 자신의 키만큼이나 큰 코코넛 잎을 한 다발 묶어 질질 끌면서. 남자는 우리를 뚫어지게 쳐다보며 뚜벅뚜벅 다가왔다. 그의 손엔 무시무시한 칼이 들려 있었다. 그 칼로 여태 작업을 하다 온 듯, 짧게 깎은 곱슬머리에서부터 땀방울이 뚝뚝 떨어져, 검은 피부 탓에 유난히 희어 보이는 눈자위 사이를 지나, 거칠게 숨을 몰아 쉬는 굵은 콧잔등을 지나, 단단하게 힘줄이 잡힌 목과 어깨로 내리흐른다. 그는 웃통을 벗고 있었고, 대부분의 아프리카 남자들처럼 노동으로 다져진 근육이 울퉁불퉁했다. 인적 없음, 야성에 가까운 동물성, 그리고 무엇보다도 칼이 나를 긴장시킨다. 심장이 빨라진다. 쿠궁쿵쿵…….

그런데 그가 우리 앞에 멈춰서더니, 불쑥 유창한 영어로 묻는다.

"……What can I do for you?(제가 뭘 도와드릴까요?)"

오! 이것이 동아프리카의 매력이다. 우리는 예상할 수 없다. 빗나가기 때문이다. 문명화된 도시에서 온 우리의 예상이란, 책과 영화처럼 빈약한 간접경험을 통해 상투화되었을 뿐임에 반해, 아프리카의 실상은 훨씬 다양하고 역동적인 범주에 있는 까닭이다.

몇 번 예상이 빗나가 새로운 경험을 쌓은 뒤로, 나는 딱 한 번 예상과 똑같이 시골길에서 칼을 들고 돈을 요구하는 남자와 마주쳤을 때에도 당황하지 않을 수 있었다. 우리에게 칼이란 요리와 범죄 두 가지만을 의미할 뿐이지만, 아프리카의 시골에선 열살만 넘어도 칼이 남자들의 생활 전반에 걸친 필수품이 된다는 것을 이미 알고 있었던 까닭이었다. 그러므로 나는 그가 우릴 위협하려기보다 그저 늘 하던 대로 칼을 손에 들고 있었던 것뿐이며, 우리가 돈 많은 나라에서 온 외국인이기 때문에 "돈 줄래?" 하고 물어봤을 뿐이라 생각했던 것이다. 간단한 구조는 간단하게 파악해야 한다. 복잡하게 이해하려 들면 오해가 생긴다. 해서, 아프리카식으로 대응했다.

"싫어! 내가 왜 돈을 주냐?"

그는 칼로 머리를 긁적긁적 하더니, 싸움에서 진 아이 같은 표정을 짓고는 숲속으로 사라져버렸다.

차케차케를 한참 벗어났을 때에는 이미 점심때가 지난 시각이었다. 하지만 아무리 두리번거려 보아도 눈에 띄는 것은 흙집과 그 안에 그을린 아궁이뿐이었다. 바나나와 코코넛은 진작에 소화되어 뱃속에서 꼬르륵 소리가 났다. 미처 도시락을 준비하지 못한 사태의 심각성을 파악했다. 아이들이 뭔가 먹고 있으면 그게 무슨 음식인지 염치없이 힐끔거렸고, 본격적으로 남의 집 부엌을 넘보기 시작했다.

그러다 발견했다. 큰 양은냄비 두 개가 끓고 있는 것을. 오종종한 집들마다 꽃들이 흐드러지게 피어 있는 작고 어여쁜 마을에서였다. 나는 무작정 자전거를 세우고 그 집의 아낙에게 물었다.

"저…… 실례지만, 저 안에 뭐가 들었는지 봐도 될까요?"

아이와 내 빈 속을 채울 수만 있다면, 뭐가 들어 있어도 상관없다 생각했다. 설령 입에 맞지 않는다 해도, 끓고 있는 것이니 몸에 별 탈은 없지 싶었고 그거면 되었다. 그런데 친절한 그녀가 뚜껑을 열어 보였을 때 "우와~!" 나는 탄성을 내지르지 않을 수 없었다. 그 안에서 푹 고아지고 있는 것은 소갈비였던 것이다! 중빈이 허물어져가는 목재가옥을 쳐다보며 물었다.

"꼭 여기서 먹어야 돼?"

"응, 꼭 여기서 먹어야 돼."

구시렁구시렁대던 아이가 첫 숟갈을 뜨더니 돌연 말이 없어졌다. 그저 먹고, 먹고, 또 먹었다. 태어나서 먹어본 갈비탕 중에 '최고'의 갈비탕이었다. 태어나서 먹어본 '최저'의 갈비탕이기도 했다. 고작 400원 가량이었으니! 여자아이들이 옆집 담벼락에 붙어 시종일관 우리들이 먹는 모습을 호기심 어린 눈으로 지켜보았다. 주인집 남자 모하메드는 곁에 앉아 시종일관 시덥잖은 농담을 멈추지 않았다.

"JB, 우리 마을 아이들은 참 예쁘단다. 저 중에서 신부감을 골라보렴."

갓 화덕에서 구워진 차파티를 간조차 딱 맞는 갈비탕에 찍어먹으면서, 나는 이런 생각을 했다. 천국이 있다면, 그 천국이 열대를 배경으로 한다면, 그곳은 더도 덜도 말고 꼭 이곳과 같이 생겼으리라. 그리고 그곳에 없는 딱 한 가지는 '김치' 뿐이리라.

고깃국 덕분에 한참을 더 힘차게 달렸다. 뜨거운 오후, 드넓은 초지에 도착했을 때 여덟 명의 사내아이들이 축구를 하고 있었다. 축구공 대신 용도를 알 수 없이 오그라든 고무덩어리를 차고 있었다. 내가 거기 서 있기 시작한 지 오 분만에 손등과 팔에 수포가 일어나기 시작했는데, 아이들은 땡볕 아래 맨발로 고무덩어리를 따라 잘도 뛰어다녔다. 우리가 축구공을 내려놓자 아이들이 일제히 환호성을 올렸다.

아이들은 공을 뒷발차기로 올려 가슴으로 받았다. 가슴으로 다섯 번을 튕겨 헤딩하고 다시 뒷발차기로 가슴에 올렸다. 혼자 보기 아까운 현란한 테크닉에 어지러울 지경이었다. 어린이라고는 믿을 수 없이 날렵하며, 해부학서적의 모형도처럼 온몸의 근육이 빠짐없이 발달되어 있었다. 학교도 가지 않은 모양이었다.

교육환경이 열악하여 2부제로 운영되는 탄자니아의 초등학교는 워낙 교사 수에 비해 학생 수가 많아서인지, 땡땡이를 쳐도 그다지 제재가 가해지지 않는 듯했다. 학비가 무료임에도 불구하고 학교에 가지 않는 초등학생들을 어디에서나 심심찮게 만났다. "왜 학교에 가지 않느냐?"라고 물으면 오후반이라고 했다. 오후에 그곳에 가보면 아이들은 그대로 있었다.

그 아이들도 마찬가지인 것 같았다. 그들에게는 비좁은 학교 대신 드넓은 대지가 있었고, 거기서 밥 먹듯 숨 쉬듯 축구를 하는 것이었다. 중빈이 잠시 뛰어보더니 내 옆으로 와 흥분한 목소리로 속삭였다.

"얘네들 보통 실력이 아니야! 보통 재능이 아니야!"

중빈이 공을 찰 때, 아이들은 잠시 정지 버튼을 눌렀다. 미숙한 손님에 대한 배려였다. 중빈이 차고 나면 일제히 낄낄대며 다시 플레이 버튼을 눌렀다. 기다려주기까지 한 것에 비하면 너무 한심한 킥이었겠지. 다행히 아직 어린 중빈은 초강력 아프리카어린이축구단을 만나서도 자존심 상해하기보다는 열심히 들러붙는 쪽이었다. 한 시간 동안 "나 딱 세 번 차봤어!" 하면서도 포기하지 않았다. 대신 숨이 턱까지 차면, 물을 마시러 와서는 중간보고를 했다.

"엄마, 나 맨발로 차봤어. 신발이 벗겨져서 얘네처럼! 별로 안 아파!"

"저 아이 말야. 내 턱까지밖에 안 와. 다섯 살, 여섯 살밖에 되지 않았을 거야. 하지만 걔가 공을 차면 난 받을 수가 없어. 맨발인데도. 정말 신기하지 않아?"

사실 중빈만 눈치를 채지 못하고 있을 뿐, 녀석의 포지션은 부족한 달리기 실력과 공 장악력에 근거하여 끼어든 지 십분 만에 저절로 확정되었다. 외곽 볼보이.

저만치 골대 뒤 마을에서 여자아이들이 나타났다. 우리를 향해 공터의 3분의 1쯤을 건너오다가, 내가 장난스럽게 손을 번쩍 들어올리면 "끼아악~!" 소리지르며 달아났다. 한참 뒤 슬금슬금 다시 나타나고, 내가 손을 번쩍 들면 또 소리지르며 달아났다. 지난번 트럭에서의 '얼음땡', 차케차케에서의 '전달게임'에 이어 이번엔 '무궁화꽃이 피었습니다'가 된 것이다. 내가 모른 체하고 있다가 갑자기 고개를 돌려 손을 들 때마다 머리에 꽃을 꽂은 아이, 팬티가 다 보이도록 치맛자락을 단단히 움켜쥔 아이들이 재미난 비명을 지르며 골대 뒤로 달려갔다. 나는 여자아이들의 기대에 부응코자 계속해서 술래 역할을 자청했다.

다시 비가 올 듯 하늘에 먹구름이 드리웠다. 성마른 열기가 가라앉았다. 선선하고 촉촉한 바람이 벌판을 가로질렀다. 풀들이 일제히 드러누웠다. 짭짤한 바다향기가 후각을 메웠다. 동시에, 가진 것 없는 아이들의 놀이 정경이 완벽한 풍경으로 다가왔다. 사내아이들의 바지지퍼는 성한 것 없이 열려 있었고 여자아이들의 원피스 등지퍼도 훤히 열려 있었지만, 그리로 드나드는 바람이 펄렁펄렁 풍선처럼 옷을 부풀려 아이들을 나부끼게 했다. 그 순간, 낡은 옷으로 인해 부족함을 느끼는 이는 거기 아무도 없었다. 환하게 웃는 아이들의 흰 이가 먹구름이 드리운 낮을 환히 밝혔다. 있는 그대로 완벽한 자연 속에서, 살아 있어 그대로 완벽한 생동감을 아낌없이 발산하면서 아이들이 풍경 속에 들어와 있었다. 아이들은 바닥을 구르고 하늘 높이 점프했다. 바람을 거슬러 뛰어가다가 바람을 타고 밀려왔다. 넘어지고 일어나 털고 키득대고 다시 뛰었다. 잘못 날아간 축구공이 누워 있던 소의 엉덩이를 맞췄다. 성난 소가 벌떡 일어나 발작적으로 뒷발질을 했다. 아이들이 까르르 까르르 바닥을 굴렀다.

유독 한 아이가 처음부터 시선을 사로잡았다. 열두 살 소년 이삭. 초강력 아프리카 팀 내에서도 단연 두드러지는, 축구에 천부적인 재능을 지닌 아이였다. 어떤 상황에서도 이삭은 원한다면 공을 재빨리 자기 것으로 만들 수 있었다. 어떤 상황에서도 이삭은 원한다면 공을 바닥에 닿지 않게 할 수 있었다. 우리나라에서 태어났다면 매스컴을 타고 스폰서의 도움으로 조기유학을 떠났을지도 모를 그런 아이였다. 땡볕 아래 알아주는 이 없이 부려진 그 아찔한 재능은 놀랍고도 안타까웠다.

게임이 끝나고 아이들이 나무 그늘로 와 쉬기 시작했다. 그 사이 중빈은 몇 번이나 헐떡거리며 물을 마셨건만, 아이들은 게임이 끝난 뒤에도 물조차 마시지 않았다. 타는 듯한 더위와 갈증이 그들에게는 심상한 생활의 일부가 되어버린 것이다. 나는 중빈에게 한 가지 물어보았다.

"이 친구들에게 네 공을 주고 가는 게 어떨까? 얘네들에겐 축구가 정말 큰 의미를 지니는 것 같아."

여한 없이 땀을 뺐기 때문일까? 아이는 의외로 선선히 대답했다.

"그래!"

이럴 때면 녀석이 너무 사랑스러워 핥아먹어버리고 싶어진다. 나는 공을 건네면서, 이삭에게 공을 맡아달라고 부탁했다. 언젠가 유럽리그에서 뛰는 네 모습을 보고 싶다고도 했다. 유럽 리그는 뙤약볕 아래서 돌멩이나 고무팩을 차는 아프리카 거의 모든 아이들의 꿈이었다. 그들에겐 아무것도 건설되지 않은 가난하지만 드넓은 땅이 있었고, 제대로 된 장난감이나 학교가 없는 대신 밤낮으로 그 땅을 뛰어다니며 단련된 두 다리가 있었다.

이삭은 아프리칸 특유의 근심 없는 전망으로, 마치 유럽으로 스카우트가 내정된 아이처럼 당연하다는 듯 고개를 끄덕였다. 그리고 환하게 웃으며 공을 찼다.

그래, 일단은 뛰거라. 네가 지닌 보석을 알아보는 이가 있건 말건, 언젠가 그 보석이 세상을 깜짝 놀라게 할 때까지, 일단은 뛰고 또 뛰거라!

펨바에서 천천히 걷기

파하드

"정말 예쁘지 않나요?"

아버지가 딸의 사진을 보여줄 때처럼, 열여덟 파하드는 만면에 미소를 띠며 지갑에 있
는 막내여동생의 사진을 보여주었다. 파하드는 고등학교 졸업반이었다. 육 남매의 장남
이었고 아버지는 수의사였다. 농업 중심 경제구조에서 우리가 그러했듯, 동아프리카에
서는 장남에게 가장 많은 지원과 기대가 주어진다. 그래서인지 파하드에게서 사춘기의
반항 같은 건 찾아볼 수 없었다. 어른처럼 의젓했으며 이야기하는 중간중간 긍정적이고
도 확고한 의지로 눈을 빛내곤 했다.

"내 목표는 연말에 음리마니대학에 가는 거예요. 달에살람에 있는 우리나라 최고의 대학이지요. 저널리스트나 변호사가 되는 게 제 꿈입니다. 달에살람에서 살고 싶지는 않아요. 가능하다면 졸업 후에 펨바로 돌아와 살고 싶어요. 변호사가 된다면 아마 이곳에서 살 수 있을 거예요. 여기서도 변호사는 필요하니까요. 저널리스트가 된다면 얘기가 달라지겠죠. 펨바에서는 할 일이 없으니까요. 달에살람에도 잔지바에도 여러 차례 가봤어요. 저는 여기 삶이 훨씬 낫다고 생각해요. 가족이 있으니까요. 함께 있고 싶으니까요. 문제가 있을 때마다 서로 도와 해결할 수 있겠지요. 저는 장남이니까 잘되어야만 해요. 첫째가 잘되면 나머지를 잘 돌볼 수 있는 법이니까요. 공부요? 썩 잘하는 편이에요. 전교 5등쯤? 음리마니대학에 합격한다고 장담할 수는 없는 성적이지만 노력 중이에요. 계속 노력한다면 올 연말엔 좋은 결과가 있겠지요."

열여덟 살, 파하드와 같은 나이였을 때 나의 지갑에는 내 사진과 남자친구의 사진이 들어 있었다. 잘되어 가족을 돌봐야 한다는 생각 같은 건 없었다. 하루빨리 어른이 되어, 알고 싶지도 않은 것을 외우라고 강요하는 입시에서 도망치고 싶었다. 교과서 뒤에 몰래 『콜레라 시대의 사랑』을 세워 읽었고, 애국가를 사 절까지 부르는 조회시간이면 현기증을 느꼈다. 내게 어른이 된다는 것은 어른들이 만들어놓은 부조리한 억압을 뒤로 하고 홀로 훨훨 날아간다는 뜻이었다. 그토록 다른 청소년기를 보냈기 때문일까?

"네 시험에 행운을 빌게."

내가 그렇게 손바닥 만한 인사를 건넸을 때, 파하드는 그 손바닥이 찍힌 모래사장처럼 드넓은 인사를 건네, 내 얼굴이 붉어지게 했다.

"당신의 남은 전 인생에 행운을 빕니다."

도대체 나쏠은 누구일까

차케차케에서 트럭을 타고 다시 펨바의 선착장 음코아니로 돌아왔다. 다음날 새벽 달에살람으로 돌아간 뒤 이제 탄자니아 내륙을 여행할 계획이었다. 페리 티켓을 구하러 선착장 근처의 사무실로 갔다. 과연 사무실일까 의심이 드는 단층 흙집이었다. 창에도 낡은 나무덧문이 닫혀 있고 입구의 두툼한 나무문에도 빗장이 질러져 있었다. 뜨거운 정오의 햇살 아래, 몇몇 마을 사람들이 하릴없이 그 앞에 앉아 있었다. 문을 두드려 보지만 고요뿐. 앉아 있던 사람 가운데 하나가, 들어가 있으면 곧 직원이 온다 한다. 빗장을 밀어내니 끼이익 소리와 함께 안쪽의 차가운 공기와 새카만 어둠이 쏟아진다. 명실공히 '사무실'인데, 흙바닥 위에 낡은 닻줄과 오래 손보지 않아 이음새가 헐거워진 그물만이 널브러져 있다. 눈에 어둠이 익으니, 휑뎅그렁한 방구석에 모서리가 닳아버린 나무책상이 보인다. 사무실 맞구나.

잠시 후 육중한 체구의 남자가 들어왔다. 그가 입구에 서자 빛이 다 가려져 사무실이 다시 칠흑이 되고, 그가 창가의 덧문을 여니 실내가 거짓말처럼 환해진다. 그는 등받이 없는 나무의자에 육중한 엉덩이를 올려놓자마자 서랍을 열었다. 달랑 파일 하나와 볼펜 한 자루뿐. 파일을 보니, 조상 대대로 내려온 보물지도처럼 누렇게 바랜 종이가 몇 장 끼워져 있다. 그는 파일을 거들떠보지도 않고 다짜고짜 내일 새벽 표가 다 팔렸다고 한다. 나는 속으로 생각했다. 그럴 리가 없어. 펨바에서 백 퍼센트 사전예매가 이뤄질 리가. 차케차케의 하나뿐인 여행사에서는 음코아니에 가면 언제라도 표를 구할 수 있을 거라고 했다. 더구나 이들의 '정원'은 언제나 고무줄이 아니었던가. 나는 내일 꼭 떠나야만 하는 사정을 설명하고 간곡히 표가 있는지를 다시 알아봐달라고 부탁했지만, 그는 여전히 파일을 건드리지도 않은 채 퉁명스레 반복했다.

"다 찼다니까!"

나는 잔지바에서 바부가 펨바행 표를 구할 때 썼던 방법을 떠올렸다. 그래, 차케차케 여행사 사장의 이름을 대보자. 그런데…… 아무리 쥐어짜도 그 이름이 떠오르지 않았다. 뭐지……? 뭐지……? 뭐지……? 에라 모르겠다. 서울의 김 서방 식으로 아무거나!

"차케차케의 나쏠이 여기에 오면 표를 구할 수 있을 거라 했어요."

갑자기 그의 표정이 백팔십도 바뀌었다.

"누구요?"

"……나, 나쏠이요."

그가 벌떡 일어났다.

"잠깐 있어봐요. 매니저를 모셔올게요."

일 분도 지나지 않아 매니저가 출현했다. 그는 내게 다시 차케차케의 '그' 이름을 묻고는 더이상 토를 달지 않았다. 토를 달기는커녕 매우 정중했다.

"방금 막 취소된 표가 하나 있답니다. 특별히 그걸 드리죠."

드디어 서랍에서 파일이 나왔다. 매니저는 파일을 펴고 누런 종이 하나를 꺼내, 희한한 '아프리카식' 영수증을 만들기 시작했다. 중빈의 운임은 어른 운임 45달러의 절반이라면서, 중빈의 티켓에 '45÷2=$15'라고 적는다. 여기에 내 운임을 더한 총액으로 다시 '15+45=$50'을 적는 식이다. 내가 계산의 오류를 바로잡자, 그는 여전히 셈이 잘 안 되는 표정으로 영수증을 뚫어져라 보더니 "어쨌든 당신이 나쏠의 친구이므로 괜찮다"라고 했다. 얼떨떨한 채 사무실을 나서는데 중빈이 귀에 대고 묻는다.

"엄마, 나쏠이 누구야?"

"그러게……. 엄마도 그게 정말 궁금하단다."

나쏠은 펨바의 지위 높은 공무원 이름이었을까? 아니면, 매니저에게 돈을 빌려준 단짝 친구의 이름? 어쩌면 그가 안타깝게 생이별해야 했던 옛 애인의 오빠 이름이었을지도 모른다. 그렇다 하더라도 차케차케에 나쏠이 단 한 명일 리는 없을 것이다. 그런데도 그들은 '어떤 나쏠'이냐는 것조차 묻지 않았다. 어쩌면 나쏠이 아닌 다른 흔한 이름, 알리나 모하메드 같은 이름을 댔어도 그들은 같은 반응을 보이지 않았을까?

아프리카의 정확성은 대충 그 정도까지였다. 공항에서도, 학교에서도, 기타 공공기관에서도. 그래서 그 모호함이 내게 유리하면 아주 편리했고, 내게 정확함이 필요할 때는 머리 뚜껑이 서너 차례 열려야만 했다. 나는 점차로 모호함의 파도를 타는 법을 배웠다. 정확함의 피곤함을 내려놓는 법도. 그리고 때로는 아직 아프리카에서 불가능을 가능으로 만드는 가장 빠른 길이 웃돈도 아니고 뒷돈도 아닌, 그저 '아는 사람'의 이름과 같은 모호함이란 것이 다행스럽게 생각되기도 했다.

사무실에서 얼마 떨어지지 않은 곳에 이미 존데니가 서 있었다. 음코아니에서 유일한 게스트하우스를 운영하는 만큼 그에게는 외국인의 냄새를 맡는 매우 특별한 후각이 있는 듯했다. 우리가 페리 사무실에서 나오는 것을 보고 모든 상황을 펜 그는 잠자코 내 가방을 끌고 자신의 게스트하우스를 향해 앞장서기 시작했다.

"얼마나 멀어요?"

"오 분 거리요."

오 분은 금방 지났다. 아마도 한참을 더 걸어야 할 거리일지 모른다. 이렇게 새벽 페리를 타기 위해 어쩔 수 없이 하루를 머무는 여행자들을 고스란히 끌고 가 바가지를 씌우는 것이 그의 주된 역할이라 해도 어쩔 수 없는 상황이었다. 나는 조금쯤 자포자기한 심정이 되어 방의 가격조차 묻지 않았다. 변함없이 볕은 뜨거웠고 황톳길에선 먼지가 모락모락 솟아올랐다. 우리는 이제 꽤 가파른 언덕을 오르고 있었다. 중빈이 투덜대기 시작했다. 주인장은 다시 한번 무표정하게 말했다.

"애야, 오 분이야. 오 분이면 된다니까."

그때부터는 정말로 오 분이었다. 언덕의 정상에 그의 게스트하우스가 있었던 것이다. 아, 그런데⋯⋯! 그것은 구석구석 주인장의 손길이 닿지 않은 데가 없는 참으로 아름답고 아기자기한 집이었다. 나무로 만들어진 테라스에 서니, 언덕 아래 탁 트인 인도양이 오후의 햇살을 받아 눈부셨다. 그뿐 아니었다. 존데니에서 일하는 청년은 뜻밖에도 세련된 영어를 구사했으며, 도시 호텔에서나 볼 법한 깍듯한 매너로 우리를 환영했다. 부엌일을 하는 두 명의 아가씨가 얼굴 가득 상냥한 미소를 지었다. 수수하지만 깔끔하게 정리된 침실에는 조개로 장식된 애교스러운 욕실이 딸려 있었다. TV와 소형 냉장고까지 갖추어 놓았지만 썰렁하기 그지없었던 차케차케의 펨바아일랜드호텔보다 물론 가격도 훨씬 애교스러웠다. 나는 그제서야 펨바에 도착한 첫날, 존데니의 주인장이 내게 했던 말을 이해했다.

"차케차케엔 뭐하러 가?"

중빈이 테라스 가장자리에 매여 있는 해먹으로 뛰어들었다.

"밀어줘! 밀어줘! 빨리 밀어줘!"

해먹의 위치는 신중하게 선택되어, 일단 움직이기 시작하면 바다속으로 던져지는 느낌이 들었다. 아이가 마구 소리를 질렀다.

"지금까지 해먹 중에 이게 최고야!!"

오후의 햇살이 점점 더 화려한 빛가루를 바다에 뿌려놓았다. 해먹이 아이를 달콤하게 흔드는 동안, 나는 상냥한 청년이 내려놓고 간 메뉴판을 들여다보며 저녁으로 '각종 야채를 곁들인 닭요리'를 먹을지 '카레를 얹은 쇠고기구이'를 먹을지 행복한 고민에 빠지면 될 뿐이었다.

바다에서 선보이는 수중발레

— 음코아니의 소년들

"진짜로 바닷가에 가자!"

아나콘다도 아닌, 곰도 아닌, 겨우 송아지에 놀라 펨바의 바다를 포기했던 아이가 해먹에서 내려오며 자신 있게 외쳤다. 코앞에 바다가 보이는데다, 거기서 아이들 소리까지 들려오고 있었던 것이다. 우리는 차케차케에서 그러했듯, 길을 찾지도 않고 산양처럼 바다를 향해 일직선으로 비탈을 내려갔다.

몇 채의 콘크리트 가옥이 나타났다. 가옥을 지나자 꽤 너른 밭이었다. 밭을 가로지르려는데, 우리가 선택한 밭두렁이 곧 한 무더기의 쇠똥에 막혀 끊어져버렸다. 먼 데서 할아버지 농부가 무어라 소리 지르며 반대편 길을 가리킨다. 그리로 돌아가니 바로 바다에 닿는다. 길이 10미터나 될까? 귀여워 웃음이 날만큼 조그만 백사장으로부터 시작된 바다.

그때 우리의 등장을 화려하게 환영해주는 이들이 있었다. 바로 싱크로나이즈드 스위밍을 선보이는 동네아이들이었다. 그들은 저 멀리 꽤 깊어 보이는 물속에서 우리를 향해 커다랗게 환호를 보내며 일제히 두 팔을 들어올렸다. 이어 한쪽 다리까지 머리 위로 들어올려 손으로 잡는 기염을 토했다. 내가 똑같이 두 팔과 한쪽 다리를 들어올려 (물론 절대 머리 위까지는 못 올린다) 답하자, 신이 난 돌고래처럼 끼룩끼룩 즐거운 소리를 내며 물속으로 들어갔다. 그리고 이번엔 수면 밖으로 두 다리만 불쑥 내미는 게 아닌가. 나는 폭소했다. 중빈은 입을 쩍 벌렸다. 다시 머리를 내민 아이들은 쑥덕쑥덕 다음 묘기를 의논했다. 횡렬로 서더니 순서대로 두 사람씩 짝을 지어 한 명이 다른 한 명의 어깨에 올라선다. 올라선 아이들이 노래를 부른다. 노래가 끝나자 동시에 물속으로 뛰어든다. 오, 이렇게 고맙고 황홀한!

잠시 뒤 아이들이 우리에게로 왔다. 모두 여섯 소년들이었다. 그런데 다섯 명만 물밖으로 나와 옷을 입는다. 옷을 입은 다섯 명이 낄낄거리며 나머지 한 명을 놀린다. 한 명은 나와 친구들을 번갈아 쳐다보며 난처한 표정을 짓는다. 가만 보니, 다섯 명은 팬티나 바지를 입고 물속에 들어갔고 한 명만 홀딱 벗은 채 물속에 들어갔던 모양이었다. 그런데 불쑥 불청객이 나타났으니! 다섯 명 가운데 가장 너그러운 한 명이 물속 소년에게 바지를 던져준다. 그런데 수중발레 못지 않게 신기한 수중마술이다. 바지를 낚아챈 소년이 물속으로 사라졌다가 눈 깜짝할 사이 물밖에 나와 섰는데, 어느새 바지를 입고 있는 것이다. 조금도 젖지 않은 마른 바지를!

펨바의 아이들답게, 소년들은 막상 얼굴을 마주하고 서자 조금쯤 부끄러워하고 조금쯤 낯설어하며 우리를 탐색했다. 언제 자신들이 저쪽 바다에서 익살맞은 싱크로나이즈드 스위밍을 선보였느냐는 듯이. 그러다 점차 경계를 누그러뜨리고 자기들끼리 놀기 시작했다. 마침 소년들의 놀이는 펨바에서 한창 유행 중인 이소룡의 쿵푸. 오호라. 중빈이 침을 흘렸다. 저거 내가 제일 좋아하는 건데! 아빠랑 툭하면 하던 싸움놀이! 중빈이 머리통 하나는 더 큰 형아에게 다짜고짜 덤벼들었다. 처음에 소년들은 웃지 않았다. 쟤 좀 이소룡하고 닮지 않았냐? 저렇게 눈 찢어진 인종들은 다 무술을 잘할지도 몰라. 실력이 탄로나는 데는 일 분도 걸리지 않았다. 소년들이 허리를 꺾어가며 마구 웃기 시작했다. 두 명의 소녀들도 구경을 왔다. 소녀답게, 멀찍이 팔짱을 끼고 서서 살풋살풋 웃었다. 중빈은 십 년 만에 링 위에 선 왕년의 복서처럼 그 어떤 웃음에도 개의치 않고 덤비고, 덤비고, 또 덤볐다. 소년들은 모래사장 위에서 순서대로 중빈을 나뭇잎처럼 뒤집었고 종이처럼 후 불어 날렸으며 돌멩이처럼 데구루루 굴렸다. 그러나 한결같이 '봐주는' 조심스러운 손길이었다. 너무 기량 차이가 나니 재미가 없을 법도 한데, 약이 오를 대로 올라 좀처럼 지치지 않는 꼬마를 위해 인내심 있게 스파링 상대가 되어주었다. 동네 어른들이 지나가며 미소를 지었다. 어떤 아저씨는 폴짝 뛰어들어 보란 듯이 이소룡을 완벽 재현한 뒤에 다시 토끼처럼 폴짝 뛰어 사라졌다.

홀로 쿵푸판에서 몇 걸음 떨어져나왔다. 한 농부가 빈 페트병에 소젖을 짜고 있었다. 그가 엄지와 검지만을 이용해 젖꼭지를 당길 때마다 퉁퉁 불어오른 젖에서 본 적없는 진한 우유가 뿜어져나왔다. 페트병 하나를 채우는 데는 생각보다 오랜 시간이 걸렸다. 엄마소는 묶여 있었다. 하염없이 순한 눈을 하고 젖을 짜 가도록 얌전히 서 있어주었다. 송아지는 바로 엄마 곁에서 제 밥이 사라지는 줄도 모르고 귀를 팔랑거렸다. 농부가 병 하나를 다 채우고 사라지자, 송아지가 주린 배를 채울 차례가 되었다. 우유가 남아 있는 젖꼭지를 찾아 물 때까지, 어린 것의 목구멍에선 빈 마요네즈통을 열심히 짜낼 때와 같은 쉰 소리가 계속 되었다. 사람이 배가 고픈 곳에선 소들도 배가 고프구나. 그러나 늘 배부른 세상 저편의 소들은 푸른 초원의 냄새가 어떤 것인지 모르지. 어디에 놓였든, 생은 부단히 애달픈 것이다.

노을이 내린다. 돌아갈 시간이라고 얘기하자 아이들이 모두 함께 일어났다. 중빈의 얼굴은 벌겋게 달아올랐지만 온몸의 힘을 아낌없이 써버린 사람답게 매우 개운해 보였다. 중빈이 맨 앞에 서서 노래를 부르기 시작했다. 좁은 밭두렁 위를 아이들이 한 줄로 걸었다. 어느새 모두 다 노래를 하고 있었다. 중빈의 노래를 따라 하는 아이도 있었고 평소 알던 노래를 부르는 아이도 있었다. 그저 즉흥적으로 지어낸 단순한 멜로디를 반복하는 아이도 있었다. 모두가 다른 노래인데, 오랫동안 조율해온 것처럼 잘 어우러졌다. 아니, 어쩌면 그들은 열심히 조율을 한 것인지도 모르겠다. 물속에서, 바람속에서, 모래 속에서, 데구루루 구르며 바라본 하늘 속에서 몸과 마음을 나누며 지금의 합창을 한 소절씩 맞추어보고 있었는지도 모르겠다. 아이들의 노래가 새들의 지저귐처럼 숲속에 울려퍼졌다. 사라져가는 저녁 햇빛이 그들의 얼굴 위에서 마지막으로 영롱했다.

아까 똥무더기를 피해갈 수 있도록 길을 알려주었던 할아버지도 하루 일과를 마치신 모양이었다. 괭이를 어깨에 올리고 마을 입구에 서서 우리 일행을 바라보신다. 중빈을 턱으로 가리킨다.

'자네 아들?'

'네.'

내가 끄덕한다. 그가 다시 깊게 끄덕한다.

'잘했군.'

나도 깊게 끄덕한다.

'네, 행복하네요.'

소리가 없어도 통하는 대화. 사람으로 태어나 갈팡질팡하면서 사람으로서의 본분을 다하다보면 절로 깨치게 되는 사람됨의 소박한 행복, 그것에 대해 나누는 인류 공통의 대화. 나는 그가 사라지기 전, 그의 얼굴 가득한 모방할 수 없는 온유함에 고개를 숙여 인사했다. 그의 몸이 그의 삶이었다. 말없이 닳아가는 낫과 괭이가 그의 벗이었다. 스스로 동력을 만들어냈을 뿐, 그 어떤 기계의 동력도 훔치지 않았다. 태양과 그늘을 오가며 한평생 담금질했을 마른 몸에는 한 점의 불필요한 살도 없었다. 한 점의 불필요한 꾀도 없었다. 가벼운 발걸음이었다.

위낙에 작은 동네였기에 노래 행렬은 길게 이어지지 못했다. 아이들이 하나 둘 집으로 흩어졌고 우리는 다시 비탈을 올라 존데니로 돌아왔다. 존데니 근처에는 이미 훌륭한 냄새가 퍼지고 있었다. 중빈이 "고기를 굽는구나" 하며 킁킁거렸다. 나도 "야채를 볶는구나" 하며 침을 닦았다. 우리는 부엌 곁을 미련 많은 개처럼 어슬렁거리다 "아직 멀었다"라는 요리사 아가씨의 말에 불쌍할 정도로 의기소침해져서 샤워를 하러 갔다.

다시 테라스로 나갔을 때, 한 남자가 아는 척을 했다. 수개월 돌보지 않은 금발의 곱슬머리가 덥수룩했고 금발의 수염도 웃자라 턱과 윗입술을 거의 덮고 있었다. 새파란 눈동자가 정감 있게 반짝거렸다.

"페이레스토랑에서 당신을 보았어요."

페이레스토랑은 차케차케에서 하나뿐인 식당이다. 곰곰이 더듬어보니, 어제 그곳에서 혼자 식사를 하는 백인 남자를 보았다. 아무리 여행 중이라지만 상식적으로 이해할 수 없을 만큼 더러운 셔츠와 반바지를 입고 있어서 의아했던 기억이 났다.

"아, 기억나요……!"

"노버트예요. 어제는 자전거를 타고 펨바를 한 바퀴 돌았어요. 레스토랑을 찾는데 정말 힘들었죠."

그제야 그가 왜 그토록 더러운 옷차림이었는지 알 것 같았다. 페이레스토랑이 얼마나 구세주 같았을지도 짐작할 수 있었다. 그때 주인장 존데니와 함께 두 명의 남자가 들어왔다. 운동으로 다부진 몸을 한 중년의 훌리오, 날카롭고 지적인 인상의 키란. 그들 또한 나를 알고 있었다.

"펨바로 오던 날 페리에서 당신을 보았어요."

아, 그 두 명의 유럽 남자들! 결국 페리가 떠나는 날짜에 맞춰 선착장 옆 하나뿐인 게스트하우스에서 모두 재회하게 된 것이다. 둘 다 그동안 펨바에서 스쿠버다이빙을 즐기고 있었다고 했다. 그렇다면 노버트는 어디서 왔을까?

"밤비섬에서 왔어요. 친절한 로컬이 자신의 보트에 태워줬지요."

음식이 나왔다. 그토록 애간장을 녹이는 냄새이더니, 커다란 접시에 수북하게 볶음밥과 쇠고기꼬치구이, 각종 데친 야채가 담겼다. 입 안에서 살살 녹았다. 그로써 '존데니 게스트하우스'에 대해 가졌던 불길한 예감은 하나도 들어맞지 않게 되었다. 아니, 실은 단순히 들어맞지 않는 정도가 아니었다. 그날 저녁식사를 함께 한 그들이 자신들에 대해 털어놓기 시작했을 때, 나는 선택의 여지 없이 묵게 된 존데니에서의 하룻밤이 내게 대단히 특별한 추억으로 남을 것임을 알았다.

16 나는 자기 만족을 위해 봉사해

- 국경없는의사회

노버트는 오스트리아 출신이었다. 홀리오는 스위스에서 살고 있었다. 키란과는 함께 일하는 동료지간이라고 했다. 휴가를 맞아 같이 여행을 온 것이라고.

"키란은 어디 출신이에요?"

내가 물었을 때, 홀리오는 멈칫했다.

"글쎄……, 그건 잘 모르겠는데. 키란이 어디 출신이더라? 이름은 인도식 이름인데……."

"당신들은 함께 일한다면서요. 휴가도 같이 보내고 있고. 그런데 서로 어느 나라 사람인지도 모른다고요?"

노버트도 같은 생각이었는지 내 말에 웃음을 터뜨렸다. 홀리오는 웃지 않았다.

"아, 그건 사연이 있어요. '우린 국경없는의사회(MSF, Medecins Sans Frontières)' 사람들이에요. 둘 다 소말리아에 있긴 했지만, 하는 일이 달라 친할 기회가 없었어요. 나는 마취 전문 간호사이고 키란은 가정의학과 의사거든요. 최근 소말리아 내전이 심각해지면서 우리 캠프가 철수됐어요. 말하자면, 강제로 귀국하게 된 거고 귀국 전 잠시 휴가가 생긴 셈이죠. 키란은 런던으로, 나는 제네바로 돌아가는 길인데, 내가 스쿠버다이빙을 워낙 좋아해서 펨바에 오자고 했어요."

소말리아는 케냐의 동부와 접한, 아프리카 대륙에서 아라비아 반도와 가장 근접한 나라 가운데 하나이다. '아프리카의 모범생'으로 불리던 케냐가 마침 어지러운 시국이었기에, 그들은 탄자니아의 달에살람에서 암스텔담행 비행기를 탈 예정이라고 했다. 내일 잔지바르로 가 며칠간 남은 휴가를 즐긴 뒤에.

"정말? 그렇게 멋진 일을 하는 분들인 줄 미처 몰랐는걸요."

나는 감탄하고 노버트는 부러워하며 자신의 경험을 이야기한다.

"나도 펨바에 오기 직전 밤비라는 섬에서 석 달간 자원봉사를 했어요. 실은 MSF 기술 부문에 먼저 자원했지만 받아들여지지 않았기 때문에 차선으로 밤비를 선택한 거였어요. 나는 모토로라에서 일한 경력이 있는 전기기술자거든요."

키란이 고개를 끄덕인다.

"맞아요. 요즘 MSF엔 자원봉사자들의 수요보다 공급이 넘친다고 하더군요. 심지어 의사인 저도 한 번은 거절당했는걸요."

훌리오가 깜짝 놀란다.

"정말이야? 자네도?"

"예. 작년에 자원했다가 물먹고 다시 지원해서 올해 가게 된 거였어요."

훌리오의 경우는 어땠을까?

"응. 난 좀 달라요. 마취 전문 간호사의 경우는 희소성이 높은 편이죠. 소말리아에 오기 전에도 나는 매년 세계 곳곳의 분쟁지역에 가서 일을 했어요. 그때마다 먼저 초청을 받고 나서 수락을 한 케이스였죠."

나는 어쩌면 그가 이미 여러 차례 받아 보았을 질문을 하고 싶었다.

"무엇 때문에 매년 분쟁지역으로 갔는지 물어도 돼요?"

"아, 그 대답은 의외로 간단해요. 사람들은 희생 같은 단어를 먼저 떠올릴지도 모르겠는데 실은 그렇지 않거든. 우리는 누구보다도 먼저 '우리 자신'을 위해 일해요. 말하자면, 내가 봉사를 하는 가장 정직한 이유는 자기만족 때문인 거죠. 뭐, 소수이긴 하지만 그럴듯한 경력을 만들기 위해 MSF에 오는 사람들도 있어요. 하지만 나는 꼭 그들을 부정적으로만 보진 않습니다. 반드시 동기까지 아름다울 필요는 없는 거죠. 시작이야 어떻든 간에, 결과적으로 '나눌' 수 있다면 아름다운 것이니까."

봉사를 하지 않는 사람들이 봉사에 대해 더 엄격한 기준을 적용하는 경향이 있다. 환상만을 키우기 때문이다. 그러나 자신의 '현실' 속에 봉사를 심어놓은 훌리오는 매우 유연했다. 이제 그들이 내게 물을 차례였다. 에고, 어쩌자고 나는 숨을 곳도 마땅치 않은 이곳에서 봉사를 소명으로 삼는 세 명의 남자들에게 둘러싸였단 말인가.

"당신도 여기서 봉사활동을 할 건가요?"

"흠흠……, 그게…… 우리 일정에 고아원과 학교가 있기는 해요. 거기서 봉사활동을 할 예정이기도 하고요. 하지만…… 길어야 이틀이나 사흘 정도가 될 거예요. 나눔은 우리 여행의 일부일 뿐, 주된 목적은 아니랍니다."

유연한 훌리오가 두둔해준다.

"하지만 당신은 여행을 글로 남긴다면서요? 거기엔 당신이 고아원에서 만날 아이들 이야기도 포함될 거잖아요. 나는 그것도 퍽 의미 있는 일이란 생각이 들어요. 내가 아는 외과의사 이야길 해줄게요. 그는 MSF에서 환자들을 치료했어요. 그러다 외과의로서 자신이 돌볼 수 있는 사람은 한 번에 한 사람뿐이란 걸 깨달았어요. 그는 더 많은 이들을 위해 헌신하고 싶었고 그래서 공공자원 부문에 자원했지요. 용수 공급이나 생필품 운송 같은 걸 관리하는 일이었어요. 그러다가 그 일에 대해 몇몇 매체에 기고하게 되었지요. 저널리스트가 된 거예요. 그리고는 몇 년 뒤에 직업 작가가 되었답니다. 결국 일대일에서 조금씩 수를 늘려 가장 많은 사람과 접촉하는 일을 하게 된 거죠."

나는 수긍했다.

"그래요. 저마다 역할과 의미가 다른 거겠죠. 나 또한 당신이 언급한 그 '의미'를 부여하며 스스로 정당화를 하곤 하니까요. 하지만…… 여행이 깊어질수록 점점 정당화가 힘들어져요. 명백히 도움이 필요한 사람들을 눈앞에서 보고 명백히 내게 그들을 도울 지적·물적 여유가 있다는 것을 알면서 그 자리를 후다닥 떠나오기가 미안해져요. 나는 절대로 부자가 아니에요. 하지만 한국에서 집을 마련하기 위해 대출한 은행 돈에 붙는 연간이자만으로도 이곳에 작은 고아원을 세울 수 있을 거예요. 거리에서 자는 몇몇 아이들을 매트리스 위에서 자게 할 수 있을 거고, 몇몇 아이들을 학교에 보내 장차 좋은 직업을 갖게 할 수도 있을 거예요. 한국에서는 수많은 중산층 가운데 한 명일 뿐이지만, 여기서는 전지전능한 신이라도 된 것처럼 자그마한 마을에 큰 변화를 일으킬 수 있다는 것도 알게 되었죠. 전기를 끌어올 수도 있고 우물을 팔 수도 있을 거예요. 그래도 나는 이곳을 떠나며 내게 "나중에……" 하고 말하는 거죠. "글을 쓰는 일도 그 못지않게 중요해"라고 자신 있게 말하는 것이 아니에요. "미안하지만, 나중에……" 하고 말하는 거죠. 그리고 돌아가 후원하는 아이 수를 한둘 늘릴 뿐이에요. 늘 내가 보고 느낀 것보다, 할 수 있는 것보다 덜 돕는 거죠. 그리고 최선을 다하지 않은 미안함은 일을 하고 대출금 이자를 갚느라 시나브로 잊는 거예요."

노버트가 깊은 곳에서 진지함에 잠긴 목소리를 끌어낸다.

"음……, 나도 비슷한 경험을 했어요. 프리랜서로 일했기 때문에 다음 프로젝트가 시작되기 전에 시간을 내어 짬짬이 여행과 봉사활동을 겸했지요. 그런데 돌아와 일을 시작하고 나면, 늘 뭔가 더 중요한 것을 그쪽에 두고 왔다는 생각에 괴로워졌어요. 점점 프로젝트의 비중이 적어지고 여행과 봉사활동이 길어졌어요. 나중엔 일 년에 반반이 되었다가, 결국은 일 년 넘게 자원봉사를 다녀왔지요. 그게 작년의 일이고 지금 이렇게 또 떠나온 거예요. 훌리오, 당신은 싱글이니 자유롭겠지만 나는 가정이 있어요. 두 아이의 아빠이자 남편이죠. 그 사이 아내가 놀이방을 시작했는데, 솜씨 있게 꾸려가기 때문인지 다행히 예전에 내가 벌던 것보다는 나아요. 하지만 사람들은 드러내놓고 걱정하기 시작했죠. '넌 네 원래 길에서 너무나 벗어나 있어. 돌아가야 하지 않겠니?' '이젠 지켜보는 내가 다 조마조마해' 하지만 내 머릿속은 늘 새로운 봉사활동에 대한 구상으로 바쁠 뿐이지요."

훌리오가 새로운 봉사활동에 대한 아이디어를 내놓는다.

"이런 건 어때? 내가 늘 아쉽게 생각해오던 건데, 물만 다루는 NGO를 한번 생각해봐요. 용수공급은 어딜 가나 가장 시급하고 가장 절실한 거거든. 비상상황에서도 약보다 먼저 물이 해결되어야만 하지. 그런데도 모든 NGO에는 물을 전담하는 부서가 전체 속의 일부로 있을 뿐이어서, 순발력과 효율성이 떨어져요. 전문적으로 물과 관련된 문제만 아웃소싱해줄 수 있는 그런 NGO가 필요해요. ……그런데 노버트, 나라고 자유롭기만 한 건 아니야. 예를 들어 우리 형은 내 삶의 방식을 절대 이해 못해요. 볼 때마다 고개를 젓죠. 부모님은 아무 말씀도 하지 않으시지만, 뵐 때마다 부쩍 흰머리가 늘어 있어요. 이번에 소말리아에 간다고 말씀드렸을 때는 속으로 힘겹게 인내하고 받아들이는 모습이 안쓰럽고도 감사했어요.”

사람들에게는 가던 길로만 가려는 습성이 있다. 같은 방식으로 사는 사람들을 보면 안도하고 다른 방식으로 사는 사람들을 보면 불안해한다. 그래서 남다른 꿈을 꾸는 사람들을 보면 앞다퉈 충고한다. 변화는 대가를 지불한다고. 헛된 꿈을 꾸지 말라고. 네가 애써 이뤄놓은 것들을 잃게 될 거라고. 나는 놀이방을 한다는 노버트의 아내가 그의 구상에 대해 어떤 생각을 지니고 있는지 궁금했다.

“내 아내는 ‘오, 아프리카! 너무 좋아요. 우리 다 같이 갑시다’ 하는 유형은 아니에요. 하지만 ‘당신, 제정신이에요?’ 하지도 않지요. 내가 무언가 하겠다면 큰 반대 없이 하게 해주는 정도랄까?”

“그 정도만으로도 충분히 관대한 배우자로군요. 지금 이 시간에도 경제적 책임과 살림, 육아까지 혼자 떠맡고 있는 거니까요. 결혼생활이 길어질수록 서로에 대한 의무만 뼈다귀처럼 남아서 배우자를 옥죄는 경우를 많이 보았거든요.”

노버트는 눈썹을 올린 채 내 말에 뭔가 덧붙이려다 그냥 말없이 고개를 끄덕였다. 나는 어쩐지 그가 덧붙이려 했던 말도, 그러나 침묵이라는 긍정으로 마무리한 이유도 다 알 것 같았다. 불완전한 두 사람이 만나 함께 하는 결혼생활은 ‘만족’으로 이루어지는 것이 아니다. ‘덜 바라고 끌어안음’으로 이루어지는 것이다. 우리의 인생이 그러하듯이. 나는 그가 더 바라는 것에 대해 말하려다가 끌어안음으로 침묵했다는 것을 알 수 있었다. 적어도 그의 아내가 현명한 만큼은 그도 현명한 것이다.

말수 적은 키란이 침묵을 깼다.

“밤비에서의 생활은 어땠어요?”

“오전엔 집을 짓고 오후엔 지역개발을 위한 토론이나 스터디를 하는 일정이었어요. 참, 한국 사람도 몇 있었어요. 모두 성실하고 유능했지요. 나는 노동하는 시간이 좋았어요. 군더더기 없이 헌신하는 느낌이 들었기 때문이죠. 반면에 오후의 토론일정은 가끔 나를 혼란스럽게 하기도 했어요. 지역민과의 토론이 있었는데, 봉사자들이 에이즈와 소녀임신 등에 대해 심각하게 의견을 개진할 때, 로컬들은 그저 이렇게 받아버리더군요. '그건 우리 전통이야.' 그 토론 자체가 무의미한 듯했어요. 장기 체류 봉사자들 가운데는, 로컬들의 절대 변하지 않을 것만 같은 가치관과 되풀이되는 구습 때문에 자포자기하게 된다고 말하는 이들도 있었어요."

이 분야의 베테랑, 훌리오가 이미 거쳐간 고민인 듯 주저하지 않고 자신의 견해를 들려준다.

"이들은 삶과 죽음과 병듦에 대해 우리와 다른 문화적 인식을 가지고 있어요. 우리 서양에선 몇 차례나 수술을 한 아흔 살 먹은 노인에게도, 그 선명한 수술자국을 꾹꾹 눌러가며 심폐소생술을 하잖아. 어떻게든 수명을 늘이고 살려내는 것이 최선을 다하는 거라고 생각해요. 도전이고 포기하지 않는 일이라 생각하는 거죠. 하지만 이들은 달라요. 아픔이나 죽음에도 자연스럽게 순종하는 거지. 나무가 더 살기 위해 심폐소생술을 하지 않듯 사람도 마찬가지인 거예요. 우리의 문화는 그저 세상의 작은 일부일 뿐인데, 우린 그것이 전부인 양 착각하고 있어요."

나는 그의 말에 전적으로 동의했다. 사실 인류의 수명을 늘여온 서구의 과학사와 인류가 지구를 자신들에게 유리하게 변형시켜온 생태파괴의 역사는 동일할 것이다. 수정이나 양육의 본분을 다하고 나면 얼마 살지 않고 사라지는 다른 생명체들에 비해 이제 곧 100년을 채울 인간의 수명은 지나치게 길고 이기적이란 생각을 하곤 한다. 그럼에도 우린 더 늘일 것에 골몰한다.

옆에서 이어폰을 꽂고 '해리포터'를 듣던 중빈의 눈에 졸음이 잔뜩 들었다. 침대로 데려가자마자 천근만근 눈꺼풀을 감아버린다. 입을 맞추자, 잠에 취해 잘 떨어지지 않는 입술로 간신히 "Good night, Mom……(잘자, 엄마……)" 한다. 캐노피 모기장을 내려주고 보니, 여기저기 주먹만한 구멍투성이다. 주변을 날아다니는 시커먼 모기도 여러 마리 눈에 띈다. 전기 모기향과 코일 모기향을 둘 다 꺼내 피워놓고 테라스로 나왔다. 화제는 바야흐로 다양한 NGO의 문제점에 관한 것이었다.

"아주 작은 NGO들은 정치적, 외교적 때로는 경제적인 이유로 급조되기도 해요. 끔찍한 사례로는 쓰나미 때 100명의 현지 아이들을 납치해서 많은 돈을 갈취한 프랑스의 사기집단도 있었어. 아이들이 더 불쌍하게 보이도록 가짜 상처까지 만들어가면서 사진을 뿌렸다고 해요. 또 거대 NGO들은 기업이나 정부 출연인 경우가 대부분이어서 위험부담이 있어. 개인적으로 난 그런 NGO에선 절대 일하지 않아요. 기업 소속 NGO는 파견 국가에서 장차 거둬들일 기업 이윤과 무관할 수가 없고, 정부 산하인 경우는 방만하고 비효율적으로 운영되기가 쉬운데다, 파견국과의 외교관계가 또 묘하게 작동되거든요. MSF는 대체로 개인 기부로 운영돼요. 게다가 오직 '응급상황'에서만 일하는 것이 원칙이기에 부패가 끼어들 여지가 비교적 적지. 하지만 때로는 바로 그 이유 때문에 파견국의 정부가 우리를 이용해먹기도 하죠. 언젠가 남미의 한 내전 중인 나라에 파견됐을 때의 일이에요. 정부에서 아무런 지원도 해주지 않더군. 약도 의사도 간호사도 절대적으로 부족하고 자기네 국민들은 죽어나가는데 끝까지 모른 척하는 거야. 마침내 분쟁이 끝났을 때, 대통령이 말하는 거예요. '여러분, 그동안 고마웠어요. 이제 우리가 일할 차례로군요.' 사실 우리는 너무도 잘 알고 있어요. 우리가 하는 일은 넓은 바다에 물 한 방울을 떨어뜨리는 것과 같은 일이지요."

훌리오는 소말리아에 오기 위해서 일 년치 휴가인 육 주를 모조리 긁어모아야 했다고 한다. 몇 달간 야근과 추가근무를 쉬지 않고 했단다. 휴가 이야기로 화제가 모아지자, 노버트가 불평을 한다.

"오스트리아 사람들은 일을 너무 열심히 해. 일 년에 휴가가 고작 오 주뿐이라니까. 한국은 어때요?"

헐, 이 사람들……, 오 주면 방학이잖니? 내가 남편을 비롯한 한국의 바쁜 샐러리맨들에 대해 이야기하자 키란이 웃지도 않고 묻는다.

"그러면 JB는 어떻게 생겼어?"

인도계 영국인인 키란은 영국인답게 곧잘 무표정한 얼굴로 농담을 한다. 나도 웃지 않고 대답한다.

"그래서 그게 벌써 칠 년 전 일이잖아."

세 남자가 와르르 웃는다. 노보트가 덧붙인다.

"JB는 정말 운이 좋은 녀석이군. 경쟁력이 뛰어난 녀석이야."

이어 세 사람은 유럽인이 되었다. EU의 멤버로서, 모두 각 나라의 성장세와 GNP 등을 등수별로 꿰고 있었다. 각 나라의 정치경제적 상황에 대해서도 이웃 집안 사정처럼 훤했다. 내게는 그들이 주고받는 대화가 마치 이렇게 들렸다.

"철수네는 아빠 월급이 그렇게 많이 올랐어? 좋겠다. 우리 동네에서 젤 많네. 그 아빠 최근 열심히 일하더니만. 영희네는 둘째 오빠가 들고 일어나서 요즘 분위기가 안 좋아. 학교 성적도 10등 밖으로 떨어졌다는데."

EU의 위력을 실감할 수 있었다. 부러웠다. 분단된 조국에 이웃 일본과도 불화하는 우리……. 그들의 반경은 세계를 향해 열려 있는 것 같았고 우리의 반경은 우리를 향해 닫혀 있는 것만 같았다. 나는 슬그머니 철수와 영희네 동네 이야기로부터 의자를 뒤로 밀고 물러났다.

세 남자의 나지막한 목소리를 제외하고는 적요한 밤이었다. 때때로 이름 모를 풀벌레 소리가 적요함 속에 던져진 돌처럼 어둠을 뚫고 나왔다가 도로 깊이 깊이 빨려들어갔다. 어느덧 바다 내음조차 오래 끌어안은 몸 냄새인 양 익숙하고 포근했다. 멀지 않은 곳에서 열매 떨어지는 소리가 나고 화들짝 놀란 닭이 잠시 돌아다닌다. 드물게 불순물 한 점 섞이지 않은 바람이다. 드물게 밤 하늘의 별들이 모조리 머리 위에 놓였다. 별빛뿐인 어둠 속을 잠시 걷다가 세 남자의 목소리가 완전히 들리지 않게 되었을 때 뒤돌아 테라스 쪽을 바라보았다. 마음이 말랑말랑해지는 느낌이었다. '이 세상은 선으로 가득 찬 것'이란 착각이 들게 하는 세 명의 선인들과 함께 했기 때문일까. 그 밤, 썩 선하지 못한 나의 내면까지도, 우연히 몸담은 선인들의 세상 덕택에 덤으로 곁불을 쬐며 데워지는 것 같았다. 나는 조금 더 따스함을 오래 간직하기 위해 말랑말랑해진 마음의 손을 잡고 별빛 속을 계속 걸었다.

지구의 심장은 아프리칸 비트로 띈다

먹구름이 낮게 깔렸다. 비가 올 것 같았다. 쿵푸를 하고 놀았던 아래쪽 마을에서 아이들 소리가 들려왔다. 일찌감치 등교를 하는 모양이었다. 아마도 꽤 먼 곳에 있는 학교까지 걸어가야 하리라. 간밤의 멤버들이 다시 테라스에 모였다. 모두 여섯 시 반까지 페리에 승선해야 했지만, 아침식사는 느긋한 조리사 아가씨의 손에서 폴레폴레천천히 천천히 준비되고 있었다.

　중빈이 기다렸다는 듯 해먹으로 뛰어갔다. 해먹이 우리 쪽으로 들어올 때마다 "Good morning, everybody!(안녕하세요, 여러분!)" 외쳤고 해먹이 우리와 멀어질 때마다 "Good bye, everybody!(안녕히 계세요, 여러분!)" 외쳤다. 해먹이 꽤 빨리 움직였으니 그렇게 번갈아 외치는 작은 입도 쉴 틈이 없었다. 해먹과 박자가 맞지 않아 굿모닝과 굿바이가 어긋날 때마다 아이가 깔깔대며 해먹 안에서 굴렀다. 세 남자는 펨바의 고요를 이미 충분히 즐겨두었기 때문인지, 이른 아침, 새소리를 몽땅 덮어버리는 아이의 웃음소리가 조금도 싫지 않은 듯했다. 아니, 사실 우리는 그 아침 깔깔대는 아이만큼이나 아이 같아져 있었다. 키란이 또다른 해먹 위에 왕거미가 있다고 했을 때, 중빈보다 먼저 우루루 몰려갔던 것이다. 그리고 아이와 함께 여덟 개의 다리를 모두 세어보았으며, 각자 자신의 생에서 보았던 가장 커다란 거미에 대해 과장스레 이야기를 늘어놓기 시작했다.

일등 뺑꾼은 중빈이었다. 이등 뺑꾼 훌리오가 손바닥만 한 거미를 본 적이 있다고 했을 때, 훌리오의 손바닥을 자신의 얼굴에 가져다 대며 이렇게 우겼던 것이다.

"보세요. 내 얼굴이 조금 더 크지요? 난 내 얼굴만 한 거미를 본 적이 있다고요!"

일등 뺑꾼은 거기서 그치지 않았다. 그동안 몸에 생긴 상처를 훈장이라도 되는 양 하나하나 보여주면서 얼마나 피가 났는지, 얼마나 아팠는지 떠벌려댔다. 이등 뺑꾼 훌리오가 자신이 중빈만 했을 때 뼈가 부러졌던 이야기를 했다. 그래도 울지 않았다고 했다. 일등 뺑꾼은 주춤했다.

차와 빵, 과일과 계란 순으로 음식이 나왔다. 우리는 자리에 앉아 키란이 가져다 놓은 미니 스테레오에서 흘러나오는 모차르트를 들었다. 영화〈아웃 오브 아프리카〉가 아니더라도, 모차르트의 천진한 생동감은 아프리카와 좋은 짝을 이뤘다. 아이가 오믈렛을 크게 한입 베어 물고 명랑하게 말했다.

"꼭 집 같다. 우린 언제나 음악을 들으며 밥을 먹잖아."

나는 아이에게 미소지었다. 새벽바람만큼이나 가볍고 얇은 무언가가 미소 주머니에 가득 차 있는 기분이었다. 내가 할 일이라곤, 자꾸 웃으며 조금씩 주머니를 비워내는 일뿐인 것 같았다. 구름이 더 낮아졌다. 훌리오가 검은 하늘을 보더니 입을 열었다.

"밥 먹고 모두 수영복으로 갈아입자고. 배가 엄청 흔들릴 거야. 사람들이 자꾸 토해서 배가 토사물로 꽉 차기 전에 바다로 뛰어들자고."

아이가 딱 자기 취향인 그의 농담에 데굴거리며 웃는다. 훌리오가 노버트와 나를 보며 양해를 구한다.

"이해해줘요. 우리는 직업상 늘 밥 먹으면서 배를 가르거나 내장을 꺼내거나 토한 이야기 같은 것을 아무렇지도 않게 하죠."

젖은 공기가 무거우리만치 풍부한 바다의 향을 몰고 왔다. 바쁜 아침 시간이었지만, 우리는 서늘한 바람 속에서 차분하게 차를 권하거나 설탕을 건넸다. 농담과 부드러운 웃음이 이어졌다. 빵에 약간 곰팡이가 슬어 있었고 그걸 모르는 사람은 없었지만, 아무도 개의치 않았다. 모든 것이 좋았다.

페리가 출발했다. 수영복은 필요없었다. 먹구름을 가르고 태양이 모습을 드러낸 까닭이었다. 장엄한 광경이었다. 회색빛 바다가 노란 빛을 받아 점차 푸르러졌다. 푸른 물살을 다림질하듯 배가 밀고 나아가면 곧 새로운 파도가 그 자리를 하얀 포말로 메우며 들어왔다.

얼마쯤 뒤, 노버트가 다급하게 외쳤다.

"돌고래다!!"

번개같이 그가 있는 쪽으로 뛰어갔다. 하나, 둘, 셋, 넷, 다섯, 여섯, 일곱! 모두 일곱 마리였다. 영화 〈그랑 블루〉에서 봤던 그 모습 그대로 수면을 박차고 유유히 날아올라 수면 속으로 사라졌다. 몇 번이고 날아오르고 사라지기를 반복했다. 그때마다 나도 아이도 "There! There! (저기! 저기!)" 하며 있는 힘껏 소리를 질렀다. 영리한 돌고래 가족이 페리의 승객들에게 인사를 해준 것인지, 아니면 우연히 그 부근에서 먹이를 찾고 있었던 것인지는 알 수 없었다. 뾰족한 등지느러미가 물 위로 나타날 때마다 아이와 나는 순전한 환희에 젖어 돌고래를 맞았고 그들이 물속으로 사라지면 다시 나타날 때까지 손에 땀을 쥐며 기다렸다. 몇 번이나 뛰어올랐던 것일까. 돌고래들이 사라졌다. 모였던 사람들도 흩어졌다. 가장 끝까지 미련이 남은 것은 중빈이었다. 그저 솟아오르는 파도일 뿐인데도, 중빈은 거기서 돌고래의 등지느러미를 보았다며 "There! There!" 몇 번이나 더 아쉬움 속에 외쳤다.

아홉 살쯤 되어 보이는 사내아이가 굉장히 무거워 보이는 가방 두 개를 들고 이 층 갑판으로 연결된 계단을 오르고 있었다. 가방의 무게 때문에 아이의 팔은 물론 앙상한 목덜미에까지 힘줄이 불끈 튀어나와 있었다. 그러나 이들은 걸음마만 떼면 누구라도 짐을 지고 나르는 생활을 하므로, 아무도 소년에게 관심을 두지 않았다. 유럽에서 온 훌리오와 노버트만 빼고. 그 둘은 누가 먼저랄 것도 없이 얼른 뛰어가 소년의 가방을 들어주려 했다. 하지만 그 다음 장면에서 나는 배꼽을 잡았다. 소년이 의아하고 의심스러운 눈으로 두 남자를 번갈아 보더니, 절대 뺏기지 않겠다는 듯 가방을 한껏 움켜쥐고 뛰다시피 계단을 올라갔던 것이다. 훌리오가 멋쩍게 말했다.

"도대체 이 아저씨들이 왜 이러나 했을 거야."

노버트도 멋쩍게 웃으며 말했다.

"어쩌면 도둑이라고 생각했을지도 몰라."

뒤이어 키란이 계단을 내려오면서 뭔가 재미난 것을 본 얼굴로 "이 층에 장이 섰어요" 한다. 누군가 봉지에 담아 놓은 닭들이 빠져나와, 푸성귀가 담긴 자루 사이를 돌아다니는 모양이었다. 그는 이 층에서 벌어지고 있는 일들을 세부적인 것까지 정감 있게 묘사했다.

이 무질서 가운데 질서를 볼 줄 알고, 그것을 존중할 줄 알며, 나아가 그것을 보존하고, 그것과 함께하기 위해 기꺼이 머나먼 아프리카까지 온 그들. 나는 어쩌면 다른 곳이 아닌, '펨바'에서 이들을 만난 것이 우연이 아닐 거라는 생각을 했다. 펨바는 누구나 "그곳이 좋다는 말을 듣긴 했어요. 그런데……" 하면서 가지 않는 곳이다. 잔지바에서 또다시 왕복 90달러의 페리 값이 부담스럽기도 하고, 어쩌다 한 번 있는 페리 스케줄에 자신의 빡빡한 일정을 맞추기도 어려울 뿐 아니라, 좋다고는 하지만 막상 해변이나 유적 같이 '뚜렷한' 그 무엇이 없기 때문이다. 그 '없음'에 대해 스쿠버다이빙을 한 훌리오는 이렇게 말했다.

"아, 장비? 형편없었지. 산소통을 메자마자 호스에서 바람이 슝슝슝 새는 거야. 오리발은 내게 맞는 짝이 없더라구. 더구나 다이빙 업체에서 데려간 호텔은 호텔이 아니라 도미토리였어. 열두 개의 침대가 있는데 우리 둘이 그 방을 쓰니, 그 방값, 그러니까 열두 개의 침대 값을 내라는 거야."

하지만 그의 결론은 이랬다.

"나는 소말리아에서 캠프와 숙소만 왔다 갔다 했어. 그것도 바로 입구에서 차가 대기하고 있다가 실어나르는 식이었지. 다른 곳을 가는 것은 신변안전상 금지되어 있었고. 그러니 공기가 좀 새고 오리발이 좀 안 맞으면 어때? 오고 싶어 왔고, 올 수 있었으니 된 거지. 물속에 들어간 순간, 다 잊는 거야. 거긴 완전히 다른 세상이거든."

노버트도 마찬가지였다. 다른 점이 있다면, 그는 말 대신 진흙탕에서 구르다 온 아이처럼 더러운 옷차림으로 어떻게 펨바를 즐겼는지 보여주었다는 것뿐. 가고 싶은 곳에 어떻게든 당도하는 사람들, 일단 당도하면 끝까지 남아 몸과 마음을 놀리며 소정의 의미를 찾고 자족하는 사람들, 그들만의 공통분모가 있었기에 가능한 만남이었던 것이다.

우리가 타고 있던 페리는 먼저 잔지바에 서고 그 다음 달에살람까지 가는 것이었다. 세 남자의 목적지는 잔지바였다. 키란이 중빈에게 물었다.

"잔지바는 어떤 곳이니?"

"아항~! 좋은 곳이에요. 전에 잔지바에 갈 때는 크레이그와 함께였는데. 크레이그는 할아버지예요. 해양학자이고요. 나한테 다시 만나면 흰긴수염고래를 보러 가자고 했어요. 난 크레이그가 좋은 호텔에 묵고 있으면 좋겠어!"

다소 엉뚱한 대답이었지만, 그것이 도리어 키란에게는 잔지바에 대한 긍정적인 예감을 심어준 모양이었다. 키란은 환하게 웃었다. 이번엔 노버트가 내게 물었다.

"그래, 결정했어요?"

잔지바에서 펨바로 온 중빈과 나는 당연히 달에살람까지 내처 갈 예정이었다. 거기서 다음 행선지인 루쇼토행 버스를 탈 계획이었던 것이다. 그런데 전날 밤, 노버트가 중요한 사실을 알려주었다.

"내일부터 엿새 동안 잔지바에서 뮤직페스티벌이 있어요. 아프리카 전역에서, 심지어 유럽에서도 사람들이 오는 꽤 유명한 음악축제예요. 안 갈 거예요?"

월드뮤직이라면 사족을 못 쓰는 나였다. 더구나 아프리카음악은 금세기 유행하는 거의 모든 음악 장르의 시원이 아니던가. 잔지바에서 이미 많은 시간을 보낸 터였지만 축제는 너무나 큰 유혹이었다. 노버트도 나만큼이나 음악을 좋아하는 사람이었다. 전날 밤, 우리는 각자가 좋아하는 음악에 대해 침을 튀기며 열변을 토했다. 전체 일정과 축제 사이에서 갈등하는 내게 노버트가 다시 물었다. 내 대답을 알고 있다는 듯 싱긋 웃으며.

"결정했죠?"

먹구름으로 뒤덮인 하늘이 깨어지며 태양이 나타나고 이어 돌고래가 솟아올랐을 때, 나는 아이 못지않게 전율을 느꼈다. 돌고래의 몸처럼 매끄럽고 반짝이는, 지구의 심장을 만지는 기분이었다. 그때의 촉감 때문에 아직도 손끝이 얼얼한데, 더구나 그 심장이 아프리칸 비트로 뛴다면 어떨까? 나도 노버트에게 싱긋 웃어 보였다.

"네! 갈 거예요!"

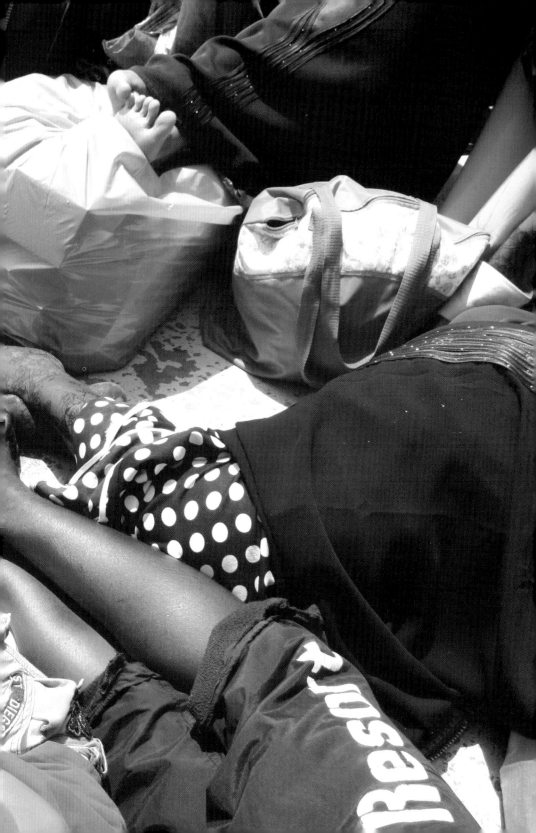

바세쿠 쿠야테 응고니 바

18 점프하고 흔들고 소리 지르고 키스하고

— 뮤직 페스티벌

축제의 첫날. 잔지바의 거리는 축제 분위기로 한껏 무르익어 있었다. 원색의 비니를 썼거나 레게머리를 한 젊은이들이 힙합바지 차림으로 곳곳에 서성였다. 활력과 기대로 들뜬 표정이었다. 백인 관광객들도 현격히 많아졌다. 좀처럼 눈에 띄지 않던 동양인들도 몇몇 보였다. 대체로 일본인들이었다. 그들은 아시아에서 가장 큰 월드뮤직 시장을 가진데다, 탄자니아 전통음악을 연주하는 일본인 사카키 망고가 아시아 뮤지션으로서는 유일하게 페스티벌에 참여하기 때문인 것 같았다.

페스티벌의 주무대는 올드포트. 선착장에서부터 올드포트까지, 축제를 알리는 포스터와 깃발이 해변을 수놓았다. 나는 일찌감치 중빈과 함께 올드포트로 향했다. 진행요원들이 막바지 좌석 배치와 무대 정리에 한창이었다. 아직은 좌석들이 텅텅 비다시피 한 터여서 중빈과 나는 제일 좋은 자리를 차지하고 앉았다. 홀리오와 키란, 노버트는 각자 잔지바의 이곳저곳을 구경한 뒤 저녁 무렵에야 온다고 했다.

일찍 도착한 팀들이 하나 둘씩 무대 위로 올라와 리허설을 시작했다. 워낙 다양한 민속악기들이 등장하는데다, 보컬의 수도 천차만별이어서 진행요원들은 계속해서 마이크를 이동하는 등 분주하게 움직였다. 알다시피, 뮤지션들은 리허설에서 본공연을 위해 힘을 비축해둔다. 연주가 시작되어 중빈과 내가 "우와~!" 할 때쯤이면 무대 위의 뮤지션이 음악을 멈춰버리곤 했다. 나는 하품을 하는 중빈에게 축제 판매부스에서 파는 아이스크림을 가져다주었다. 그리고 주변을 돌아본 뒤 금방 오겠다고 했다.

무대 앞 너른 잔디밭에서 한 로컬 청년이 리허설 음악에 맞춰 춤을 추는 것이 눈에 띄었다. 아직 잔디밭은 텅텅 비었고 몇몇 인파가 가장자리에서 기웃거리기만 할 뿐이었지만, 그는 조금도 개의치 않고 잔디밭 중앙에 서서 몸을 흔들었다.

우리는 유치원에서 '단체율동'을 배우고, 한창 몸이 유연한 초중고 시절에 몸과 유리된다. 몸으로 표현 가능한 리듬을 잊는다. 이후 20대 초중반에 집중적으로 '클럽형' 춤을 익힌다. 정해진 몇몇 동작을 매뉴얼처럼 암기하여 반복하는 식으로. 몸으로 자유로이 내면을 표현한다기보다는 상황에 걸맞은 유희체조를 배우는 식이다. 그러나 아프리카인들에게 춤이나 노래는 그들의 피부와도 같은 것이다. 몸에서 떼어내려야 떼어낼 수가 없는 무엇. 그들 내면을 투과한 것들이 밖으로 발산되기 위해서 반드시 거치는 무엇. 청년의 춤도 그러하였다. 검고 매끈한 피부 아래서 그의 관절이 파도처럼 유연하게 출렁거렸다. 그가 눈을 감자 그를 둘러싼 우주가 그 피부 아래로 끌려들어갔다. 주먹을 쥐고 허리를 굽혔다가 손바닥을 펴서 하늘로 들어올렸다. 피부 밑으로 끌려들어간 우주가 그의 내면을 감싸더니 손바닥을 따라 다시 하늘로 던져졌다. 잔디밭 한가운데서, 그의 집중은 놀라웠고, 그의 고독은 당당했으며, 그의 무게는 깃털보다 가볍게 하늘을 날아갈 줄 알았다.

감탄하며 셔터를 눌러대고 있는데, 올드포트의 입구 쪽에서 갑자기 천둥과도 같은 북과 꽹과리 소리가 울렸다. 고개를 돌릴 새도 없이 흰 가면을 쓴 젊은이들이 춤을 추며 몰려왔다. 날카로운 이빨을 보이며 사납게 입을 벌린 가면이었다. 그들의 동작은 크고 거칠었다. 그들이 힘차게 잔디밭의 중앙을 차지하는 것과 동시에, 이번에는 한 무리의 부족이 들이닥쳤다. 반바지만 걸친 몸에 윤기 있는 먹칠을 하고 창을 들고 있었다. 위협적으로 도색된 몸은, 그들 가운데 하나인 어린 사내아이의 근육과 골격까지도 매우 잘 발달된 맹수의 그것처럼 보이게 했다. 그들은 창을 휘두르며 공격적이면서도 정교하게 일치하는 춤을 선보였다. 피부색과 완벽히 대조되는 눈자위가 무섭도록 희번덕거리다 못해 빨간 혈관을 드러냈다. 그들은 주술사를 한가운데에 에워싸고 춤을 췄다. 주술사의 가슴 언저리에서는 짐승의 뼈와 조개로 만든 목걸이가 치렁치렁 흔들렸고, 가면으로 가려진 얼굴은 주술사다운 신비로움을 배가시켰다. 엉뚱하게도 주술사의 모자 위에서는 바퀴가 돌아가고 있었는데, 그가 키다리 광대처럼 긴 목각을 끼고 있었기에, 올려다보노라면 바퀴의 원심력에 의해, 그를 둘러싼 먹빛 무리의 야성적인 박력에 의해, 곧 하늘로 솟아오르기라도 할 것 같았다.

연쇄적으로 노란 유니폼을 입은 7인의 기예단이 입장했다. 기예단은 무대 바로 앞에 자리를 잡고 사 층 인간 탑을 쌓거나 연속 공중돌기와 같은 묘기를 선보였다. 시나브로 올드포트를 꽉 메운 군중의 반쯤이 그리로 분산되어갔다. 그때쯤이었던 것 같다. 아이스크림을 먹고 있던 아들이 생각난 것은. "금방 오겠다"라고 했으나 '금방'보다 긴 시간이 흘렀을뿐더러, 그 사이 축제가 본격적으로 시작되었으니 아이가 제자리에 앉아 있을 리가 없었던 것이다. 이 많은 사람 가운데 어떻게 찾지?

아이를 찾아 잔디밭의 끝에서 끝으로 가로질렀다. 수백 명쯤 되는 인파를 헤쳐 나가야 했다. 그러나 막상 반대편에 도착했을 때 아이가 있던 자리엔 먹다 남은 아이스크림 컵과 내가 남겨둔 카메라가방뿐이었다. 그 시각, 들이닥친 축제의 무리에 섞이지 않고 자리에 앉아 있는 사람은 하나도 없었던 것이다. 후다닥 가방을 챙겨 인간의 숲으로 돌진했다.

때마침 입구에서는 또 한 무리가 입장하고 있었다. 이번에는 아프리카식 깃털모자에 비닐로 만든 전통의상을 입고 서양식 북을 여러 개 메고 있었다. 북소리는 요란했으나, 군중은 그다지 매력적이지 않은 이 국적 불명의 그룹에게 별 관심을 주지 않았다. 진로를 잘 결정해야 했다. 지금까지 입장한 무리 가운데 중빈이 가장 좋아할 그룹은? 나는 곧바로 기예단 쪽을 뚫었다.

"Excuse me! Excuse me! Excuse me!(실례합니다! 실례합니다!)"

어깨로 밀고 손으로 헤치며 흥분한 군중을 파고들었다. 가슴이 쿵쾅쿵쾅 뛰었다. 간신히 기예단 앞으로 다가갔을 때 정신없이 묘기를 보고 있는 아이가 눈에 잡혔다.

다리에 힘이 좌악 빠지고 쿵쾅쿵쾅 뛰던 심장이 쩌억 갈라졌다. 갈라진 틈에서 과열된 엔진에 찬물을 끼얹었을 때처럼 허연 연기가 모락모락…….

"JB!!"

아이는 묘기에 정신이 팔려 내게 시선도 주지 않은 채 대답했다.

"엄마, 나 이거 보고 있어! 끝내줘!"

"네가 없어져서 깜짝 놀랐잖아!"

"걱정 마. 엄마 저쪽서 사진 찍는 거 다 보고 있었어."

단둘이 여행을 시작한 지 다섯 해. 어느새 무개념의 여행 짝꿍은 사라지고 50퍼센트쯤의 개념을 갖춘 여행 짝꿍이 내 곁에 있었다. 카메라가방까지 챙기진 못하지만, 벗어나선 안 될 동선쯤은 알아서 챙기고 있는. 나는 50퍼센트 개념 짝꿍에게 각자 보고 싶은 것을 보다가 기예단 묘기가 끝나면 무대 앞에서 만나자고 했다.

해가 지고 잔지바의 바닷바람에 어둠의 내음이 실려올 무렵 본무대가 시작되었다. 들뜬 관객들은 의자 대신 잔디밭에 앉거나 무대 바로 앞에 선 채였다. 백인 아가씨들이 좀이 쑤신 듯 음악이 시작되기도 전에 슬렁슬렁 상반신을 흔든다. 로컬 청년들은 끼리끼리 모여 맥주를 마시거나 하며 일 년에 *세 번뿐인 특별한 여흥을 즐긴다. 동네 꼬마들은 자연스럽게 모여 원무를 추며 노래를 불렀다.

잔지바 사람들은 아주 상냥하다네.
잔지바의 날씨는 사시사철 좋다네.
잔지바의 음식은 환상적이라네……

그들의 고향을 찬양하는 노래를. 그들이 부모에게서 배웠고, 부모가 또 그 윗세대에게서 배운, 단순하고 흥겨워 누구라도 고개를 까딱거리게 되는 노래를.

무대 앞 한편을 차지한 VIP석을 보니, 페스티벌에 초대된 문화계 인사들이 자리를 잡았다. 성장盛粧을 한 흑인 여성들이 얼마나 아름다울 수 있는가를 보여주기라도

---

* 잔지바의 축제: 사우티 자 부사라(Sauti Za Busara) 뮤직 페스티벌 2월, 잔지바 필름페스티벌 (ZIFF) 7월 초, 음와카 코그와(Mwaka Kogwa) 무슬림력 새해맞이 축제 7월 말

하듯, 여성 인사들은 한결같이 부풀린 머리와 글래머러스한 몸매, 원색적인 드레스로 눈길을 사로잡는다. 무대 앞에는 빨간 테이프로 포토라인을 지정해놓았는데, 기자가 아닌 사람들조차 카메라를 들고 더 좋은 자리를 차지하기 위해 포토라인 안쪽으로 슬금슬금 진입을 시도한다. 경비원들이 그들을 제지하지만, 아프리카에서 끝까지 안 되는 것은 없다. 연주가 시작되고 경비원들도 함께 춤추기 시작했을 때 포토라인 같은 것은 이미 사라지고 없었다.

탄자니아의 '얀제 얀제 트리오Yange Yange Trio'가 연주를 시작했다. 두 손에 사각형의 미니 건반악기를 쥐고 엄지손가락만으로 연주하는 악기 '일림바'와 기타처럼 쥐고 바이올린처럼 활로 연주하는 현악기 '제제'. 세 명의 남성 뮤지션들이 연주하며 노래한다. 혼신을 다하는 서양의 발성과는 근원이 다르다. 힘을 들이지 않고 노래한다. 악기를 꼬옥 부여잡고 집중하는 서양의 연주와도 태도가 다르다. 금방이라도 내려놓을 듯 가볍게 악기를 쥐고 연주한다. 이들은 예술을 '만들어' 내고자 하지 않는다. '즐기는' 사이 어느덧 예술이 된다. 악기의 소리가 시나브로 사람의 목소리가 되고 사람의 목소리가 시나브로 악기의 소리가 된다. 눈앞에서 빚어지는 제대로 된 조화로움은, 우리 눈에 보이지 않는 머나먼 곳으로 우리를 데려다놓는다. 보이지 않아 있는지조차 몰랐던 곳으로.

다음은 잔지바 출신의 '마울리디 야 호무Maulidi Ya Homu' 남성 합창단. 아랍풍 이슬람 종교음악을 연주한다. 반주는 오로지 바닥에 놓인 북뿐. 소년에서부터 노년에 이르는 남성들이 모두 새하얀 이슬람 전통복장을 입고 바닥에 한줄로 무릎을 꿇으면서 노래가 시작된다. 부드럽고 고요한 음색을 정지동작 상태에서 뿜어낸다. 점차로 음역이 확장되고 리듬이 빨라지며 멜로디가 가팔라진다. 정지동작도 풀린다. 통일된 결속력으로 몸을 기울이거나 팔을 뻗치거나 고개를 돌린다. 정연한, 그러나 영혼을 휘젓고야 마는 독특한 마력이 있다. 마지막에 그들이 모두 일어서서 억제된 강렬함으로 절도 있게 움직이며 노래할 때면, 이슬람을 전혀 모르는 아웃사이더들마저 깊은 곳에 감춰

두었던 감정의 딱딱한 응어리가 용해되는 것을 느낀다.

아이는 언제 훌리오와 키란, 노버트가 오느냐고 묻더니, 어느새 음악을 들으며 잠이 들었다. 프랑스에서 온 북아프리카음악 연주자 '아흐메드 엘 살람Ahmed el Salam'이 무대 위에서 기타를 연주할 때였다. 음악을 들으며 잔디밭에서 자는 것도 나쁘진 않겠지. 처음엔 그랬다. 그런데 밤이 깊어질수록 점점 사람이 많아졌다. 앉아 있는 사람들의 수도 점점 줄어들었다. 모두 일어나 춤을 추었다. 아이가 누워 있는 반경 안으로 자꾸만 춤추는 사람들의 발이 들어왔다. 그러나 나로 말하자면, 아이를 춤추는 사람떼로부터 지켜야 하는 엄마이자, 단지 페스티벌을 즐기기 위해 잔지바에 되돌아온 월드뮤직 매니아이기도 했다. 그러니 그 상황에서 내가 할 수 있는 일은 무엇이었을까?

나는 똑같이 일어서서 춤을 추었다. 솔직히 '똑같이'보다 조금 더 '오버'하는 수준이었다. 기분이 어땠냐고 묻는다면 '쩨지게' 좋았다고 대답하겠다. 그곳은 아프리카였고, 그 순간 아프리카 음악이 있었으며, 그것은 축제였고, 누구라도 그 시간 그 장소에 던져진다면 살아 있다고, 살아서 미치게 행복하다고 느끼게 되는 드문 순간이었기 때문이다. 그리하여 시원찮은 아프리카의 조명 아래에서 사람들이 어둠 속에 가라앉은 아이를 발견하지 못하고 좁은 공간을 파고들 때마다, 나는 우드스탁에 참가한 히피 엄마처럼 절대로 춤을 멈추지 않은 채 "조심해요! 애 있어요!" 외치며 기꺼이 즐겁게 교통정리를 했다.

그러나 히피 엄마에게도 위기의 순간은 찾아왔으니, 곧이어 비가 내리기 시작했던 것이다. 그때 영국 여대생 이야기를 해주었던 압둘이 나를 발견하고 반갑게 다가왔다. 그러나 광란의 무리 사이에 누워 있는 중빈을 본 그는 이내 뜨악한 표정을 지었다. 어이가 없었겠지. 영국 여대생 부모 운운하더니, 이건 뭐, 아프리카 부모 기준에서도 와일드하기 짝이 없는 양육방식이었으니. 그래서 히피 엄마는 비를 피해 애를 안고 호텔로 돌아갔을까?

때마침 다음 타자는 말리 출신의 바세쿠 쿠야테 응고니 바Bassekou Kouyate & Ngoni Ba였다. 보컬은 리더 바세쿠의 아내이자, '말리의 티나 터너'라고 불리는 아미 사코

Ami Sacko. 그녀는 무대에 올라서자마자 잔지바 전체를 집어삼킬 듯 포효했다. 그녀가 결정을 내려주었다. 나는 압둘에게 잠시 아이를 보아달라고 하고 곧장 토산품 판매부스로 달려갔다. 마사이족이 걸치는 망토가 눈에 띄었다. 귀여운 빨간색 기린이 그려진 파란 망토였다. 좋아, 중빈에게 딱이야. 아미 사코가 비에 젖은 암사자처럼 뛰고 돌며 무대를 장악하는 동안 나 또한 망토를 들고 치타처럼 전력질주하여 자리로 돌아왔다. 그리고 마사이 망토로 아이를 덮어 비를 가려주었다.

2008년 BBC 월드뮤직 시상식에서 최우수 신인상과 최우수 아프리카 아티스트 부문에 노미네이트된 화려한 이력을 자랑하기라도 하듯, 바세쿠 쿠야테의 카리스마는 막강했다. 올드포트에 모인 전 청중이, 어디에서 왔든, 무엇을 하며 살았든, 바로 이때만을 기다리며 무미건조한 일상을 견뎌왔다는 듯 닫혀 있던 모든 것들을 뜯어내기 시작했다. 그들은 부모도 아니었고 자식도 아니었으며 회사원도 아니었고 카페 종업원도 아니었다. 과거도 없고 미래도 없이 오직 그 순간의 무게만큼만 짊어진 공기처럼 가벼운 존재들이었다. 그들은 빗속에서 점프했고 뒤흔들었으며 소리를 질렀고 포옹하였으며 키스했다. 바세쿠 쿠야테가 그들을 흔들었으되, 그들은 바세쿠 쿠야테가 의도한 것보다 더 높은 곳까지 도달했다. 저마다 스스로의 존재를 테마화한, 이 세상 유일무이한 자신만의 음악이 되었던 것이다. 바세쿠 쿠야테의 연주는 효과적인 추임새처럼 그들의 발을 땅에서 살짝 들어올리기만 했을 뿐. 축제는 그렇게 진하디진한 하루치의 절정에 이르렀다.

아이가 눈을 떴다. 비는 계속해서 내리고 있었다. 마사이 망토를 단단히 여며주었다. 아이는 훌리오와 키란, 노버트를 만나지 못한 것이 섭섭했으나, 그 인파 속에서는 만나기 불가능하다는 것을 이해했다. 잠이 덜 깬 눈으로 절정에 이른 주변을 둘러보더니, 남은 잠을 마저 자고 싶은 모양인지 "엄마, 호텔로 갈래" 한다. 때는 바야흐로 열한 시. 아무리 절정의 활화산이 벌겋게 불타오르고 있어도, 히피 엄마가 눈 딱 감고 아이를 재우러 갈 시간이었다. 바세쿠 쿠야테가 아직도 무대 위에 있었으나, 나는 하는 수 없이 아이 손을 잡았다. 높이 던져졌다가 다시 땅을 디디려니, 순간 휘청하고 눈물이

221

찔끔 났다. 그래도 아이 손은 따뜻했다.

올드포트를 빠져나오자, 스톤타운의 젖은 골목들이 쥐죽은 듯 고요하게 잠들어 있었다. 간헐적으로 올드포트에서 메아리 치는 함성만이 골목의 정적을 깼다. 한 번 뚜껑이 열려진 자유로움은 그 함성을 따라 더 달리고 싶어했다. 신데렐라가 성을 빠져 나올 때 딱 이런 기분이었으리라. 차이점이라면 유리구두 대신 '자유로움'을 올드포트 의 성곽 안에 벗어놓은 것뿐. 철부지 아이를 달랠 때처럼 스스로에게 타일렀다. 축제 는 내일도 계속되잖아. 아이가 비칠비칠 걸으며 졸린 고개를 내게 기대왔다. 아이의 짧은 머리칼 속에 손가락을 넣어 비를 털고 망토를 적시는 빗물도 털어냈다. 아이는 내 보살핌에 무방비 상태로 자신을 맡기고서 졸린 눈만을 끔벅거렸다.

"마사이 망토를 걸치니까 진짜 전사같은걸!"

내가 두 눈에 입을 맞추며 말해주자, 아이가 슬몃 미소를 짓는다. 미로처럼 복잡한 스톤타운에서 우리가 게스트하우스를 찾아낼 때까지는 좀 시간이 걸렸다. 나는 칭얼 대는 아이를 위해 조그맣게 노래를 불러주었고, 그렇게 그 골목 어딘가에서 다시 온전 한 엄마로 되돌아왔다.

마울리디 야 호무

19　I Love You

— 노 버 트

다음날 아침, 아이가 몸이 좋지 않다고 했다. 히피 엄마는 뜨끔했다. 바야흐로 진짜 신데렐라가 되어 숯검정을 묻힐 차례였다. 나는 부지런히 수건을 찬물에 적셔 아이 얼굴을 닦아주었다. 비상용 인스턴트 수프를 데워 떠먹여주었다. 침대에 뉘고 책을 읽어주었다. 그래도 아이는 쉬이 회복되지 않았다. 자꾸 힘없이 고개를 떨어뜨렸다. 열도 있었다. 겁이 덜컥 나서 훌리오와 키란의 방문을 두드렸다. 우리가 묵고 있던 게스트하우스의 이름은 '코코니'. 훌리오가 자신들이 예약해놓은 곳인데 평판이 좋다며 소개해준 곳이었다. 저렴했고 청결했을 뿐 아니라, 품격 있는 목조계단을 올라가 발코니에서 밖을 내려다보노라면 자그마한 광장을 건너가는 이웃들의 모습이 정감 있었다. 훌리오도 키란도 방에 없었다. 이 아저씨들, 대체 아침부터 어디를 싸돌아다니고 있단 말인가? 나는 공연히 날카로워져서 콩알만해진 가슴을 초조히 쓰다듬었다.

시간은 더디 흘렀다. 침대에 누워 있는 아이를 볼 때마다, 녀석이 늘 하던 대로 터무니없이 까불어주기만 한대도 참 고마울 것 같았다. 다행히 그들이 돌아오기를 기다리는 사이, 중빈이 조금 힘을 찾은 듯했다. 광장에서 아이들 노는 소리가 들려오자 내려가보자고 했던 것이다.

우리는 코코니의 대문 앞, 층계참에 앉았다. 아무것도 하지 않으면서 광장을 지나가는 잔지바인들을 바라보았다. 가끔씩 사람들이 다가와 걸음을 멈추고 핸드폰으로 중빈의 사진을 찍었다. 잔지바인들이 유난히 카메라를 꺼려하였기에, 뒷모습을 몰래 찍으면서도 피사체를 훔친다는 불편함이 있었던 나는 그들에게 피사체가 되어줄 수 있어 기뻤다.

꼬마들이 하나 둘 우리 곁으로 몰려들었다. 도마뱀 한 마리가 내 머리에 기어올랐고, 꼬마들이 경쟁적으로 그것을 잡으려 했다. 도마뱀의 발가락만큼이나 귀여운 손가락들이 내 등과 어깨와 머리를 마구 눌러댔다. 나는 간지러워 웃었다. 도마뱀은 달아났지만, 꼬마들은 그대로 둥글게 에워싼 채 갈 생각을 하지 않았다. 나는 수첩과 펜을 꺼내 아이들 얼굴을 그려주기 시작했다. 네 살 꼬마 바뚜리나는 아빠가 땋아줬다는 머리를 내게 자랑스레 들이밀었다. 손바닥 만한 얼굴에 주먹만 한 눈이 달린 사랑스러운 아이였다. 내가 그림을 다 그릴 때까지 바뚜리나는 손 하나를 내 허벅지에 얹은 채 커다란 눈망울을 빛내며 훌륭한 모델이 되어주었다. 그림을 건네받고 나서는 고맙다는 표시로 벌떡 일어나 재주넘기를 선보였다. 헉, 연한 오렌지색 원피스 차림으로 다리를 쫙쫙 벌려가며.

나는 알리도 그렸고 화리다도 그렸다. 아이들이 기대에 부풀어 줄을 섰으므로 꼼짝할 수 없었다. 요때다, 하고 모기가 계속 다리를 물어뜯었다. 아이들은 하나같이 예쁘게 구부려져 올라간 숱 많은 속눈썹을 지니고 있었다. 그 속눈썹에 힘을 단단히 주고서, 변변치 않은 볼펜 초상화를 위해 참을성 있게 내 시선을 받아냈다.

라오스 여행과 마찬가지로 풍선이 가방 속에 들어 있었지만, 아프리카에서 나는 쉽사리 그것을 꺼낼 수가 없었다. 대부분의 라오스인들이 물질에 초연했던 반면, 아프리카에서는 너나 할 것 없이 물질을 갈구했기 때문이다. 도시에서는 작은 친절에도 대가가 요구되었고, 시골에서도 동네 아이들과 즐겁게 놀고 헤어질 무렵이면, "빨리 가서 펜 달라고 해!"라며 아이를 다그치는 부모가 반드시 한둘 있었다. 물질에 초연한 곳에서 풍선은 선물일 수 있었지만, 이곳에서 풍선은 구걸의 대가로 전락할 수가 있었다. 나는 달에살람에서 분위기를 파악하고 준비해간 옷가지와 학용품을 학교나 고아원 등 공식화된 경로를 통해 선물하기로 했다. 대신, 거리에서 마주치는 인연들에게는 그림을 그려주곤 했던 것이다.

중빈도 뭔가 선물하고픈 마음이 생겨났는지, 아니면 거의 다 회복이 된 것인지, 방으로 올라가 바이올린을 가져왔다. 아이들이 우루루 바이올린으로 쏠렸다. 비록 4분의 1사이즈의 메이드 인 차이나 바이올린이었지만, 케이스가 열리자 안 그래도 큰 눈들이 더 휘둥그레졌다. 케이스 안쪽 융단을 만져보고 바이올린을 두드려보았다. 연주가 시작되자 누가 먼저랄 것도 없이 아이들이 한 줄로 앉았다. 단순하고 엉성한 연주였지만, 중빈은 사뭇 심각한 얼굴로 최선을 다했다. 광장을 지나가는 사람들이 미소로 들어주었다.

잠시 뒤, 훌리오가 나타났다. 나는 벌떡 일어났다.

"내가 얼마나 찾았는데요!"

"왜요?"

"중빈이 몸이 안 좋아요."

그런데 웬일? 중빈은 때맞춰 바이올린을 팽개치고 사내아이들 틈에 끼어 축구를 하고 있었다. 아이들은 종종 엄마를 거짓말쟁이로 만든다. 훌리오가 한쪽 눈썹을 장난스럽게 추어올렸다.

"안 좋아 보이지 않는데?"

나는 "하지만 아침에는……" 하며 엄마들이 의사 앞에서 아픈 아이에 대해 설명할 때 흔히 그러하듯, 장황하게 아침의 증세들을 줄줄 읊었다. 마침 전문 간호사인 훌리오가 웃었다.

"말라리아에 걸린 아이는 절대 축구를 못해요. 축구는커녕 앉아 있지도 못해요. 걱정 말고 있어요. 내가 키란을 불러올게요. 그가 전문의니까. 나는 잠 못 자는 사람이 있을 때 찾아주시고……"

키란이 왔다. 중빈이 보란 듯이 강슛을 날렸다. 키란도 한쪽 눈썹을 추어올렸다. 이로써 나는 완벽한 거짓말쟁이가 되었다. 그래도 아이가 회복되어 푼수처럼 좋았다.

이제 화제는 말라리아로 넘어갔다. 우리가 말라리아약을 복용하지 않는다는 사실을 안 훌리오가 걱정을 하기 시작했던 것이다. 내가 부작용을 언급하자, 키란이 속이 메스꺼워 고생했던 자신의 경험을 이야기하며 공감을 표했다. 훌리오는 고가의 말라리아약인 '말로론'의 경우 아무 부작용도 경험하지 못했다고 했다. 내가 다시 "약을 복용해도 어차피 말라리아에 걸릴 수 있잖아요" 하자, 훌리오가 확신에 찬 얼굴로 말했다.

"걸릴 수는 있지. 하지만 사망률이 현격히 낮아져요."

그는 이미 말라리아에 걸려본 경험이 있었다. 며칠간 정신없이 앓아누웠다고 했다. 키란이 내가 달에살람에서 산 약을 살펴보더니, 그 약은 보조제로서 또다른 약과 함께 쓰일 때만 효과를 발휘하는 것이라며 또다른 약의 이름을 꼼꼼히 적어주었다. '아테세네잇'이나 '이미오도퀸' 같은 복잡한 약 이름 앞에서 내가 '이걸 어디 가서 구하나?' 망연자실한 표정을 짓고 있자, 훌리오가 자신의 약봉지를 열었다.

"선택은 당신의 몫이에요. 하지만 여러 임상결과를 보아온 전문가로서 나는 약을 먹는 게 좋다는 견해를 가지고 있어요. 어차피 내일이면 난 암스텔담행 비행기를 타요. 그러니 내 약을 주고 갈게. 남은 여행을 하는 동안, 특히 중빈에게 반드시 필요할 거야."

그는 3일치의 비상용 말로론, 그리고 함께 쓰면 효과적이라는 해열제 '다팔간'을 건네주었다. 3일이라는 시간은 아프리카의 어디에 있든 병원에 도착할 수 있는 시간이었다. 나는 강아지처럼 팔짝 뛰어 그의 목을 안으며 "고마워! 고마워!" 했다. 나는 지금도 아프리카 여행을 계획하나, 장기간 독한 약을 복용하기가 꺼려지는 사람에게 훌리오의 처방을 권하고 싶다.

때때로 생각해보곤 한다. 잠시 동안의 여행이었음에도 불구하고 나를 그토록 불안하게 만들었던 질병에 항시적으로 노출되어 살아간다는 것은 어떤 기분일까? 아프리카에는 유독 예방도 치료도 되지 않는 질병이 많다. 만약 말라리아가 뉴욕에 창궐했어도 인류는 아직 완벽한 말라리아 예방약을 만들어내지 못했을까? 뉴욕의 월드트레이드 센터가 무너졌을 때 인류는 그토록 경악했으면서도, 가난과 질병과 내전이라는 재앙 속에 그에 못지않은 수의 아이들이 나날이 죽어가는 것에 대해서는 신기할 정도로 담담하다. 오늘날 우리들에겐 '덜 안타까운' 죽음과 '더 안타까운' 죽음의 등급이란 게 따로 있는 것이 아닐까?

홀리오는 특유의 친화력으로 누구하고라도 금방 친구가 된다. 그날도 새로 사귄 친구와 벌써 저녁 약속을 한 모양이었다.

"잔지바의 전통음식을 하는, 분위기도, 음식도, 정말, 정말 훌륭한 식당이 있대요. 테이블이 고작 두 개뿐이어서 미리 예약해놓지 않으면 먹을 수도 없다는데, 같이 갈래요?"

그렇게 분위기 있는 곳에 폭탄 딸린 나를 초대해주다니 정말 고마운 노릇이었지만, 나는 대충 저녁을 먹고 어제 던져둔 '자유'의 유리구두를 찾으러 가야만 했다. 아쉽지만 나도 다음날 아침이면 페스티벌을 뒤로 하고 잔지바를 떠날 예정이었던 것이다.

"애도 피곤해하는데 오늘 저녁 또 페스티벌에 가겠다고요?"

"응⋯⋯. 나도 알아요⋯⋯. 나는 나쁜 엄마야⋯⋯."

나쁜 엄마는 부리나케 저녁을 먹고 아이와 함께 올드포트로 갔다. 맨 앞 포토라인에 처진 울타리에 키 작은 아이를 앉혔다. 나는 아이가 떨어지지 않게 뒤에서 한 팔로 아이 허리를 끌어안은 채 다른 한 팔로 사람들과 함께 춤을 추기 시작했다. 아이는 쉽게 그 분위기에 동화하지 못했다. 그저 예술의전당에라도 온 양 막대기처럼 뻣뻣하게 무대를 관람했다. 발산보다는 억제를 미덕으로 삼는 동방예의지국의 아이에게 축제는 낯선 경험이었던 것이다. 아이는 자꾸만 두리번거렸다. 아마도 평소에 익히 보아 그다지 새롭지 않은 '엄마의 광란'과 생전 처음 보는 '어른들의 단체 광란' 사이에서, 자신이 지난 일곱 해 동안 어렵사리 쌓아온 이성과 품위를 어느 시점에 내려놓아야 할지 갈등하는 듯했다. 툭하면 이성을 저버리는 엄마의 가이드라인을 무턱대고 따랐다가는 망신을 당할 것 같았고, 일면식도 없는 어른들을 따라하자니 불안한 것 같았다. 그러나 본능적으로, 아프리칸 음악이 아이의 몸을 자극하고 있었다. 아이에겐 그저 '시작

버튼'을 눌러줄 누군가가 필요했다. 나쁜 엄마 말고 믿을 만한 누군가가.

기니아 출신의 밴드 응활리 쿠야테Nfaly Kouyate가 연주를 마쳤을 때 아이가 잠깐 놀다 오겠다며 울타리에서 내려왔다. 그리고 잠시 뒤 노버트의 손을 잡고 환하게 웃으며 나타났다. 다음 밴드의 연주가 시작되었다. 키가 큰 노버트는 키 작은 중빈을 덥썩 들어올려 목마를 태웠다. 그리고 중빈의 양다리를 잡은 채 춤을 추었다.

"엄마, 나 좀 봐!! 거인이 된 것 같아!!"

아이는 내게 돌아와서도 자꾸만 노버트쪽을 돌아보며 미소를 지었다. 그때마다 내게 속삭였다.

"노버트도 막 춤을 춰."

드디어 '시작 버튼'이 눌러졌다. 아이가 울타리에서 내려오겠다고 했다. 그리고 다시 노버트에게 가더니 곧장 손을 끌고 왔다.

"엄마도 노버트 손을 잡아!"

자연스레 삼인원무를 추게 되었다. "One, Two, Three!"를 외치면서 Three에 셋 중 하나를 들어올려주고, 올려진 사람을 남은 두 사람이 차례로 당겨 안으며 "Hello!" 하고 놓아주는 원무. 들어올려질 때 히호! 외쳤고 당겨안을 때 깔깔거렸다. 무대 위에 누가 올라왔는지는 관심도 없었다. 음악이 우리의 춤을 계속 돌아가게 했으니, 그냥 음악이 있으면 되었다. 월드뮤직을 침 튀기며 찬양하던 노버트도, 나도, 어느덧 모두 중빈이가 되어 있었으므로, 그들이 〈산토끼〉를 연주했대도 〈엘리제를 위하여〉를 연주했대도, 그 순간 우리는 흡족했으리라.

세 명의 크고 작은 여덟 살 어린이들은 무대 맨 앞에서 단순한 원무를 계속했다. 빙빙 도는 어지러움 속에서 유년의 기억이 달콤했다. 처음 회전목마를 탔던 기억, 새로 산 플레어스커트를 동그랗게 만들며 돌던 기억, 하늘을 향해 두 팔 벌려 흰 구름과 파란 하늘이 완전히 서로 용해될 때까지 돌다 쓰러져 가쁜 숨을 내쉬던 기억……. 시간과 공간의 개념이 와해되었다. 세 어린이는 이제 누가 먼저랄 것도 없이 손을 놓고 막춤을 추기 시작했다. 막춤의 마지막은 언제나 인류공통의 한 동작으로 마무리된다. 제자리에서 있는 힘껏 점프하기. 점프하고 또 점프하기!

음악이 멈췄다. 막간 휴식시간. 우리는 땀에 흠뻑 젖어서 음료수를 마시러 판매부스로 갔다. 땀이 멈추지 않았고 웃음도 그치질 않았다. 간신히 정신을 차려 수박주스와 망고주스를 주문했다. 중빈이 내 손을 잡고 말했다.

"엄마, 난 노버트가 너무 고마워. 그러니까 엄마가 돈을 내줘."

노버트가 정색을 했다.

"JB, 절대 안 돼. 내가 낼 거야."

"엄마가 사야 돼요."

"절대, 절대, 안 된다니까. 입 좀 닥쳐줄래?"

우리는 까르륵 웃었다. 수박주스를 마시며 아이가 말했다.

"첨부터 춤을 안 춘 거 후회해. 우리 오늘 밤새도록 추자! 추고 추고 또 추자!"

아이는 노버트와 눈을 맞추며 말했다.

"오늘 아저씨를 만나서 난 너무나 행복해."

노버트가 허리를 굽혀 아이와 얼굴을 가까이했다.

"넌 참 멋진 아이란다. 나도 널 만나 행복해."

"아저씬 더 멋진걸요!"

"아니야, 네가 더 멋져."

"아니에요. 아저씨가 더 멋져."

"참, 네가 더 멋지다니까. 입 좀 닥쳐줄래?"

모두 또 까르르 웃었다. 중빈은 너무나 커다란 행복감에 가슴이 벅차올라서 어찌할 바를 모르는 것 같았다. 노버트와 내 손을 잡더니 함께 당겨 세 사람의 얼굴이 서로 닿게 했다. 그리고 꼬옥 끌어안았다.

인터뷰를 할 때마다 빠지지 않는 질문이 있다.

"그렇게 어린 나이에 여행을 하면 나중에 기억이 나지 않을 텐데요?"

그러면 나는 대답한다.

"중요한 것은 기억이 아니라 태도예요. 자신을 열어야 할 순간에 열어버리는 것,

그래보는 것, 그럼으로써 열 줄 아는 사람이 되는 것, 그것이 중요하지요. 오늘 머문 이곳의 지명과 이곳에 있던 아름다운 성곽 따위는 잊어도 좋아요. 그러나 오늘 열어본 경험은 '태도'가 되어 퇴적층처럼 정직하게 쌓일 겁니다. 그 태도는 앞으로 아이가 살아가면서 '지금 이것이 삶이다'라고 느끼는 순간, 질질 끌지 않고, 미뤄두지 않고, 자신을 통째로 던져 '확 살아버릴' 줄 알게 하겠죠. 그러한 경험 없이 성인이 되면, 반쯤 죽은 듯 살게 됩니다. 일상의 노예가 되지요. 저는 생명으로 자식을 이 세상에 데려왔으니, 살아 있음을 느낄 수 있도록 도와주는 게 부모의 할 일이라고 생각합니다."

삶은 순간과 순간의 연결로 던져진다. 반드시 저축하듯 살 필요는 없다. 순간은 돈처럼 보존되고 모아지는 성질의 것이 아니다. 지금 한순간을 희생해서 다음 한순간을 얻을 뿐이다. 언제나 제로섬 게임인 것이다. 그러므로, 어느 순간을 자신을 위해 쓸 것인지 선택할 수는 있다. 젊음을 저축하여 노년을 예약할 수도 있으며, 자유를 담보로 하여 아파트 한 채를 얻을 수도 있다. 그러나 그때에 얻는 순간이 지금 이 순간보다 더 크리란 사회적 약속은 잘못된 계산이다. 하나를 잃고 하나를 얻는 것이다. 어떤 것이 먼저 오고 어떤 것이 나중에 오느냐의 차이일 뿐, 모든 순간은 동등하다.

주스를 마시고 무대 앞으로 돌아가는 길은 엄청난 인파로 뒤덮여 있었다. 그러나 신이 난 중빈은 두더지처럼 잘도 파고들었다. 금세 무대 앞까지 이르러, 어느새 우리 자리를 차지한 아가씨 무리를 솜씨 좋게 밀어내고 노버트와 나를 불렀다. 아직 음악이 시작되지도 않았는데 중빈은 혼자 춤추기 시작했다.

"아, 나는 축제가 좋아, 아, 나는 춤추는 게 좋아, 아, 노버트는 멋진 친구야, 아, 오늘은 내 인생 최고의 날이야……."

재잘재잘 조잘조잘 끝도 없이 떠들어대면서 그렇게 분위기를 잡더니만, 정작 다음 연주가 시작되자마자 중빈이 갑자기 가슴을 부여잡으며 통증을 호소했다. 아이는 급격하게 피로를 느끼고 있었다.

"안 되겠다, 중빈. 돌아가야겠어."

조금 다급하게, 그러나 뜨겁게 중빈과 노버트는 마지막 인사를 했다. 더이상 만날 수 없을 것이었으므로, 노버트와 나는 서로의 남은 일정을 축원했다. 힘이 빠진 작은 손을 잡고 인파를 헤쳐나오는데, 아이가 걸음을 멈추고 내게 말한다.

"난…… 아무래도 노버트를 사랑하는 것 같아……."

오, 이런. 그날 사랑에 빠진 사람과 그날 이별을 하다니. 나는 어쩌면 아이의 가슴 통증이 막춤 때문만은 아닐 거라는 생각이 들었다. 아이의 손을 놓으며 말했다.

"그럼 가서 그렇게 말해주지 그러니?"

중빈이 다시 사람의 숲을 헤치고 들어갔다. 노버트가 춤을 멈추고 허리를 굽히는 게 보였다. 막 멋진 음악이 시작된 참이었기에, 나는 그가 꼬맹이의 사랑 고백을 듣고 안아준 뒤 그냥 돌려보낼 줄 알았다. 그런데 잠시 뒤, 그가 아이의 손을 잡고 숲 밖으로 나왔다. 그는 올드포트의 한구석, 한적한 풀밭에 아이를 세우고 눈을 맞추기 위해 그 앞에 무릎을 꿇었다.

그런 사람이 있다. 비록 상대가 어리고 약하며 보잘것없다 해도, 상대방을 위해 하던 일을 멈추고 한 걸음 옆으로 빠져나와 응시해야 하는 순간을 분명히 아는 사람.

노버트는 자신의 목에서 목걸이를 풀어 중빈의 목에 걸어주었다. 나무를 깎아 염료를 입힌 마사이 부족의 목걸이였다. 노버트와 중빈이 말을 주고받았으나, 그들만의 사적인 공간을 마련해주기 위해 몇 발짝 물러선 내게는 음악소리에 묻혀 들리지 않았다. 그러나 진지하고 애틋한 그들의 눈빛으로부터 어떤 사랑의 말이 오갔는지는 충분히 짐작할 수 있었다. 가슴이 뭉클했다. 노버트와 아이가 내게로 왔다. 노버트의 눈이 빨갰다. 우리는 한 번 더 이별의 포옹을 했다.

스톤타운의 골목을 걸으며 중빈이 말했다.

"노버트는 정말 좋은 사람이야. 한국에 가도 난 이 목걸일 항상 하고 다닐 거야. 목욕할 때만 빼놓고. 이 목걸이가 젖는 건 싫어."

아이의 목소리는 여느 때와 달리 깊은 우수에 잠겨 있었다.

"엄마, 내가 말라리아로 죽거든 노버트에게 알리지 마. 아저씨가 너무 슬퍼하는 걸 보고 싶지 않아."

응활리 쿠야테

이순신 장군의 마지막 유언과 흡사해서 쿡 웃음이 나올 뻔했지만, 웃으면 안 될 것 같아 "그래, 알았어" 하고 애써 참았다. 아이는 더 생각해보더니 말을 바꿨다.

"아냐. 그냥 죽었다는 걸 알려주고 오게 해줘. 내가 죽었을 때 노버트가 곁에 있으면 좋을 것 같아."

나는 이번에도 "그래, 알았어"라고만 했다.

코코니로 돌아와 샤워를 하는데, 문틈으로 내다보니 아이가 침대에 가만히 누워 목걸이를 만지작거리고 있다.

"이 목걸이가 날 지켜줄 거래."

혼잣말처럼, 아이는 그 말을 세 번 반복했다. 이제 아이에게 '축제'는 '사랑'과 동의어였다. 몹시 피곤한 얼굴을 하고서도, 쉬 갈무리되지 않는 사랑의 여진 때문에 아이는 그날 밤 늦도록 잠들지 못했다. 그리고 그 이후 한 번도 목걸이를 몸에서 떼지 않았다.

금시계를 위해 우리가 팔아버린 것

우리의 다음 행선지는 루쇼토. 우삼바라산 해발 1200미터의 고원지대에 위치해 있는 읍이다. 일 년 내내 쾌적한 기후가 이어져 열대식물뿐 아니라 소나무와 유칼립투스 같은 녹음까지도 넉넉한 곳. 우삼바라산은 킬리만자로만큼 유명하지 않지만, 전망이 광대하고 기후가 서늘하여 독일 식민지 시절 외국인들이 휴양지로 많이 찾았다. 구불구불 이어진 오솔길마다 마법처럼 아름다운 마을들이 나타나곤 하여, 하이킹을 즐기는 사람들에게 적합한 탄자니아 북동부 최고의 하이라이트 가운데 하나이다.

뮤직페스티벌에서 다시 만난 바부는 내가 달에살람에 도착하면 자신의 사촌이자 택시기사인 프랜시스를 항구에 대기시켜놓겠다고 했다. 그가 우리를 시외버스터미널로 데려다줄 것이며, 거기서 *루쇼토로 가는 버스를 탈 수 있도록 도와줄 거라고 했다. 프랜시스에게는 할인된 택시비만 주면 된다고, 사파리 고객이자 친구인 우리에게 그 정도 서비스는 아무것도 아니라고 했다.

항구에 도착하자 벌떼처럼 택시운전사들이 몰려들었다. 그 속에 프랜시스는 없었다. 그를 기다리는 동안, 온갖 제안들이 난무했다. 프랜시스에게 줄 가격의 절반을 부르는 기사도 있었고, 자신이 프랜시스의 친구이며 그는 오늘 사정이 있어 오지 못한다고 주장하는 기사도 있었다. 한참 더 시간이 흐르자, 다섯 명의 기사들이 사실은 자신이 프

---

* 대부분의 시외버스는 우벙고Ubungo 버스스테이션에서 출발. 저렴하게 가려면 달에살람 시내 우체국Posta 앞에서 달라달라를 이용. 우벙고에서 티켓은 반드시 버스스테이션 반대편 깊숙이에 자리한 매표소에서 구입할 것. 루쇼토 직행은 오전에 한 대뿐이나, 몸보행 버스(8시간)는 오후에도 있다. 몸보에서 루쇼토까지는 달라달라로 한 시간.

랜시스라고 했다. 바부에 대한 믿음에 금이 가는 것을 느끼며, 다섯 명의 가짜 프랜시스를 젖히고 처음부터 끝까지 이름과 택시비를 바꾸지 않은 기사의 택시에 올라탔다.

 루쇼토까지는 약 아홉 시간. 버스 창밖으로 펼쳐지는 풍경은 거의 일관되었다. 뙤약볕 아래 드넓은 평야. 적당히 녹음이 뿌려져 있었으나 건기의 땅은 메말랐다. 인구 밀도는 매우 낮아서, 탑처럼 불쑥 솟아오른 개미집이 인가보다 더 자주 눈에 띄었다.

 옆자리에 앉은 여자아이가 두 눈을 동그랗게 뜨고 계속 생김이 다른 나를 주시했다. 몇 번 미소를 보냈지만 아이의 표정은 바뀌지 않았다. 네 살쯤 된 야윈 아이였다. 이제 막 태어난 동생에게 엄마의 무릎을 양보하고, 아기 노릇도 물려주고, 엄마 곁에 의젓하게 앉아 장거리 여행을 해야만 했다. 엄마는, 물론, 딸아이의 자리를 사지 않았다. 때문에 버스가 설 때마다 엄마의 옆자리에는 새로운 사람들이 앉았다. 여자아이는 계속해서 이 사람 저 사람의 무르팍에 앉아 가야만 했다. 청바지를 입은 청년이나, 찰랑찰랑한 생머리 가발로 곱슬머리를 가리고 분홍 티셔츠를 입은 아가씨나, 당연하다는 듯 여자아이를 답싹 들어올려 자신의 무릎에 앉혔다. 그때마다 아이는 그들이 자신의 삼촌이나 이모쯤 되는 양 고분고분 안겨 있었다.

 잠시 밖을 내다보는 동안, 그 아이가 토를 해놓았다. 마침 아이를 무릎에 앉힌 사람은 멋쟁이 아주머니. 아프리카인다운 대담함으로 손목에 열 개가 넘는 원색 팔찌를 걸쳤고, 다른 손목엔 화려한 금빛 시계를, 외출용 투피스 위로는 보랏빛 스카프를 늘어뜨렸다. 아이는 그녀의 옷과 장신구에 두루두루 토사물을 펼쳐놓았을 뿐 아니라, 입가에 아직도 탁한 액체를 흘리고 있었다.

 하지만 이들에겐 '휴지'란 개념이 존재하지 않는다. 전통적으로 화장실에서도 휴지를 쓰지 않았을 뿐더러, 휴지를 생활화할 만한 경제적 여력도 없다. 아주머니는 대충 토사물을 털고 그대로 아이를 안고 있었다. 아이 엄마가 손수건 한 장을 꺼냈으나, 수습하기엔 턱없이 부족했다. 다행히 내게 휴대용 티슈가 있어 서둘러 아이 얼굴부터 닦아주고 아주머니에게도 몇 장 건넸다. 스무 개들이 티슈는 금방 바닥을 드러냈다. 아이 얼굴을 닦은 휴지로 다시 버스 바닥에 퍼진 토사물을 닦았다. 내 손가락과 팔에도 토사물이 흘렀지만, 아이들의 배설물이 더럽게 여겨지지 않고 도리어 애틋하게 여겨지는 것은, 어머니라는 자리가 내게 준 선물 가운데 하나였다.

　인상적인 것은 아주머니의 대응이었다. 소중한 외출복과 장신구를 모두 버리고서도, 그녀는 조금도 당황하지 않았다. 불쾌해하지도 않았다. 어린아이니까, 버스를 탔으니까 토를 하는 건 당연하다는 얼굴이었다. 옆자리의 아이 엄마 또한 인상적이었다. 이미 엎지른 물, 아기를 안은 채로 담담했다. 손수건을 건네는 엄마나 받는 아주머니나 마치 오랫동안 여자아이를 같이 키우며 똥오줌을 씻어주고 침을 닦아왔던 가족처럼 자연스러웠다.

　신비로웠다. 무엇이 그녀를 토사물에 더럽혀진 금빛 시계 앞에서 침착하게 하는가? 우연히 한좌석에 앉은 인연일 뿐인데, 무엇이 아기 엄마를 저토록 당당하게 하는가? 나는 어쩌면 그들이 우리와 다른 관계로 맺어져 있는 게 아닐까 하는 생각이 들었다. 우리가 잃어버린 연대감으로, 어리거나 아프거나 늙거나 모자란 것에 대한 너른 이해로, 나아가 탄생과 죽음과 같은, '자연'에 대한 익숙한 체념과 받아들임으로…….

　같은 상황에서, 내가 사는 세상에서는 당연히 금빛 시계가 아픈 아이보다 우선시된다. 더러워진 시계를 놓고 아이 엄마가 사과를 해야지, 시계 주인이 아이를 걱정해야 할 필요는 없는 것이다. 걱정은커녕 세탁비를 요구한대도 아이 엄마는 할 말이 없다. 오직 극소수의 성숙한 인격체만이 그 순간 자신의 시계보다 아이를 걱정할 것이다. 금시계를 얻기 위해 우리가 팔아버린 것은 무엇이었을까? 우리는 무엇을 얻고 무엇을 잃어버린 것일까?

　잠시 뒤, 아이는 다시 게워냈다. 이번에는 내가 아이를 보고 있었고 적절한 타이밍에 비닐봉지를 갖다대 깔끔하게 마무리되었다. 곧이어 어린것이 지친 듯 멋쟁이 아주머니의 품에서 잠이 들었다. 아주머니는 내게 턱을 쳐들어 고마움의 표시를 했다. 그리고 잠든 아이를 정성스레 품어 안았다. 언제 또 토할지 모르는 시한폭탄 같은 아이를.

　버스가 몇 차례 더 섰다. 깊은 잠에 빠진 아이가 축 늘어졌다. 더 많은 공간을 아이에게 양보하기 위해, 마침내 아주머니가 일어섰다. 버스가 울퉁불퉁한 곳을 달릴 때마나, 좌석 귀퉁이를 붙잡고 선 아주머니의 더럽혀진 팔찌가 달그락달그락 소리를 냈다.

부족한 휴지로 마무리한 토사물이 쉬 마르지 않은 채 바닥을 이리저리 굴러다녔다. 그렇게 지극히 아프리카적인 풍경을 한데 담고서 낡은 버스는 북쪽으로, 북쪽으로 달렸다.

몸보에서 버스가 멈췄을 때, 우리는 루쇼토행 달라달라로 옮겨탔다. 이제부터 한 시간, 고원지대의 루쇼토를 향해 본격 산행이 시작될 예정이었다. 달라달라는 이미 만원이었다. 사람들이 조금씩 움직여 간신히 중빈과 내 자리를 만들어냈으나, 나는 중간쯤에 아이는 맨 뒤에 거의 핀처럼 '꽂히듯' 제각각 엉덩이를 들이밀 수 있을 뿐이었다. 더 들이닥친 승객들 속으로 아이의 모습이 이내 파묻혀버렸다. 아이가 불안한 목소리로 "엄마!" 한다. "엄마 여기 있어. 곧 자리 나면 같이 앉자!" 하였지만, 아이는 두어 번더 "엄마!" 하고 나서야 잠잠해졌다.

출발한 지 얼마 지나지 않아 또다른 세상이 문을 열었다. 급작스럽게 풍광이 달라졌다. 가슴이 뛰기 시작했다. 거대한 산이 보이기 시작했고 열대의 정글과는 다른 녹음이 펼쳐졌다. 기온도 달라졌다. '고도가 200미터 높아질 때마다 1도씩 낮아진다'는 사실을 피부로 측정하며 올라가는 듯했다. 가파른 산기슭을 울창하고 뾰족한 삼림이 뒤덮었다. 커다란 바위들이 계곡을 이뤘다. 폭포수가 우렁차게 계곡을 가로질렀다. 드문드문 계단식 밭이 보이고 집들이 흩어져 있었다. 달라달라가 설 때마다 타고 내리는 사람들의 눈이 사슴처럼 순했다. 여인들의 외양도 달랐다. 큰 천으로 온몸을 감싸 원피스를 만든 전통 옷차림이었다. 손질하여 펴거나 부풀린 머리도 사라졌다. 일하기 좋도록 짧게 민 머리를 두건으로 질끈 동여맸을 뿐이다. 머리는 더이상 아름다움을 표현하는 도구가 아니었다. 노동을 분담하는 신체부위일 뿐이었다. 어른 아이 할 것 없이 자루를 하나씩 머리 위에 이고 산길을 걷고 있었다. 간단한 영어도 잘 통하지 않았다.

불과 삼십 분 만에 전혀 다른 세상이었다. 장관이라고밖에 표현할 수 없는 우삼바라산의 위용, 굽이굽이 산길을 돌 때마다 거대한 나무 밑동 사이에서 숲의 정령들처럼 걸어오는 원색 천을 두른 여인들, 그들의 머리 위에 심상하게 얹혀 있는 나뭇짐, 살얼음처럼 차가워지는 촉촉하고 차가운 저녁공기……. 더위에 늘어져 있던 정신의 깊은 곳까지 깨어나면서, 나는 루쇼토의 첫인상에 완전히 압도당했다.

우삼바라산에 심는 희망

— 마리 오

우리는 몬테소리센터 앞에서 내렸다. *세인트유진스호스텔이 그 안에 있기 때문이었다. 루쇼토 읍내와 다소 떨어져 교통도 불편하고 가격도 그다지 저렴하지 않은 그곳에 묵기로 한 것은, 그곳이 수녀님들에 의해 운영되며 수익이 현지 어린이들을 돕는데 쓰인다는 가이드북의 설명 때문이었다. 몬테소리센터에서는 고아들을 위한 학교와 기숙사를 운영하고 있었고, 비단 호스텔 사업뿐 아니라 루쇼토에서 생산되는 농산품으로 바나나와인과 잼, 치즈를 만들어 파는 사업을 병행하고 있어 지역경제 활성화에도 한몫하고 있다고 했다.

몬테소리센터에서 내린 사람은 우리 말고도 더 있었다. 은발의 백인 할머니. 로컬들로만 가득하고 외지인이 드문 장소에서 여행자끼리 마주치면 간단히 자기소개를 하거나 눈인사라도 나누기 마련인데, 그녀는 좀 전 달라달라 안에서 나와 눈이 마주쳤을 때 곧바로 고개를 돌렸다. 내가 몬테소리센터가 어디인지 아느냐고 물었을 때에도 "아뇨." 한마디 한 뒤 옆자리의 현지여성과 간단한 스와힐리어로 말을 주고받았다. 그리고 몬테소리센터에서 먼저 내렸다. 나는 뒤늦게 길가에 세워진 푯말을 보고서야 혼비백산 아이를 챙겨 내려야 했다.

말하자면, 그녀는 나와 같은 곳을 향하고 있었고 옆자리 여성을 통해 언제 내려야 할지를 알아냈으면서도 우리에게 도움을 줄 생각이 전혀 없었던 것이다. 도움은커녕,

조금은 귀찮아하고 피한다는 느낌까지도 들었다. 나는 혹여 중빈이 눈치 없이 그녀를 가까이할까 싶어 부러 멀찍이 떨어져 걸었다.

센터 내 정원은 깜짝 놀랄 만큼 훌륭했다. 웬만한 개발도상국가의 대학 캠퍼스만큼이나 잘 꾸며져 있었다. 잔디밭과 만개한 꽃들을 누리며 굽이굽이 내려가자 호스텔이 나왔다. 프런트데스크에는 남자 직원이 한 명 있었다. 그는 방이 없다고 했다. 해가 지고 있었다. 은발의 할머니가 곤란한 표정이 되어, 비로소 내게 눈을 맞췄다.

"이런, 한참을 내려왔는데 방이 없다니. 근처에 이 정도 수준의 묵을 만한 곳을 알고 있나요?"

"글쎄요. 이런 시설은 드물 것 같은데요. 더구나 마을까지 가야 할 텐데, 버스가 언제 올지도 모르고……."

나는 남자 직원에게 어떻게 방법이 없겠느냐고 물었다. 그는 단체손님이 온다고 했다. 하지만 몇 명인지는 파악이 덜 되었는지 무작정 기다리라고만 했다. 더이상의 질문은 묵살되었다. 불친절하고 거만한 직원이었다. 예상 가능한 결과는 둘 중 하나였다. 운 좋게 방이 남거나, 아니면 어둠이 내린 뒤 다른 게스트하우스를 찾아 헤매거나. 곧이어 일군의 미국인들이 들이닥쳤다. 근처의 자매학교를 돕는 후원자들이라고 했다. 그들이 소란스럽게 체크인을 마친 뒤 거만한 직원은 선처를 베풀 듯 딱 두 개의 방이 남았다고 알려왔다. 내가 저녁식사를 주문하는 동안 기다림에 지친 중빈이 잽싸게 키를 받아 우당탕 방으로 뛰어갔다.

"와~!"

방에 들어선 나는 감탄했다. 커다란 통유리 창문이 있었다. 창문을 열면 발코니로 연결되었다. 우람한 식물 잎사귀들이 발코니 쇠창살을 뒤덮었다. 잎사귀 사이로 반달이 은은한 자태를 드러냈다. 갑작스런 인기척에 놀란 듯 새들이 노래했다. 수십 개의 악기가 일제히 연주되는 오케스트라처럼, 이제껏 한 번도 들어본 적 없는 화려하고 다양한 지저귐이었다.

창문을 닫고 방으로 들어와 깔끔하게 정돈된 침대에 앉았다. 로컬들이 직접 수작업했다는 퀼트 담요는 부드러운 감촉과 아름다운 색감이 조화로웠다. 감탄하고 있는 것은 나뿐이 아니었다. 화장실에서 아이 목소리가 들렸다.

"우와~! 엄마, 이리 와봐!"

샤워용 대형 수건이 수건걸이에 걸려 있었다. 심지어 늘 변기 위에 올려져 있기 마련인 휴지도 휴지걸이에 걸려 있었다. 아예 없거나, 있다 해도 여러 사람의 체모를 온몸에 붙인 채 세면대 근처를 배회할 비누조차 비누받침 위에 우아하게 드러누워 있었다. 얼룩 한 점 없이 널찍한 화장실이었다. 세면대 위로 앙증맞게 열린 창문에서는 꼬마 커튼이 바람에 살랑거렸다. 어느 것도 사치스럽지 않으면서, 머무는 사람의 필요와 사생활 보호를 섬세하게 충족시키는 공간이었다. 커튼을 젖혀보니, 쌀쌀한 밤공기 사이로 저녁 별이 반짝거린다. 우리는 누가 먼저랄 것도 없이 옷을 벗어던지고 아프리카에 온 뒤 처음으로 따뜻함에 감사하며 핫샤워를 했다.

식사 또한 훌륭했다. 뷔페식이었는데, 오이 수프를 시작으로 으깬 감자, 샤프란밥, 스파게티, 익힌 양배추, 당근샐러드, 토마토샐러드, 치킨, 디저트용 자두와 수박에 커피와 밀크티까지……. 이렇게 푸짐하고 맛깔스러운 저녁은 터키의 올림포스 이래로 처음이지 싶었다. 저녁 식사비 5000실링가 숙박비에 포함되어 있지 않다는 것은 올림포스와 큰 차이점이었지만 자애로운 원장 수녀님께서 중빈의 밥값을 받지 않겠다 하셨으므로 나로선 만면에 미소를 띠고 닭다리를 뜯는 아이를 마주보며 똑같이 만면에 미소를 띨 밖에.

식당은 미국인 단체 투숙객들에게 완전히 장악당했다. 그들은 내내 크게 말하거나 웃었으며 요란스레 포옹하거나 악수했다. 중빈은 불평을 늘어놓는 대신 이어폰을 귀에 꽂으며 '해리포터'를 듣겠다고 했다. 뒤늦게 은발의 할머니가 식당문을 열고 들어섰다. 뜻밖에도 그녀는 우리 테이블로 와 같이 앉아도 되겠느냐고 물었다.

그녀의 이름은 마리오. 네덜란드 출신이었다. 첫인상답게 자신에 대한 정보를 아끼듯 흘릴 뿐인 그녀는 "어떻게 이곳에 오게 되었느냐?" 하는 질문에 이르러 한참 뜸을 들였다. 그리고는 생각지도 못한 대답을 내놓았다.

"남편과 나는 이곳에서 노년을 보내려고 해요. 우삼바라산에 오두막을 지을 계획이지요."

"정말요?" 나는 미국인들 못지않게 목소리를 높였다. 대부분의 사람들이 노년의 전원생활을 꿈꾼다. 하지만 그것을 실행에 옮기는 사람은 많지 않다. 살던 방식과 장소에 대한 미련을 버리기 어렵고, 그러한 미련 속에서 충분히 계획하고 준비하지 않기 때문이다. 더구나 이곳은 그녀가 사는 네덜란드의 부렌 근교가 아니었다. 생의 마지막 꿈을 타협 없이 실현시키기 위해 혈혈단신 노구의 몸으로 가방을 끌고 아프리카까지 온 그녀가 나는 존경스러웠다. 내 열렬한 반응이 의외인 듯 "이런 이야기 듣는 걸 좋아할지 몰랐어요" 하더니, 그녀는 처음으로 옅은 미소를 지었다.

"나는 남편과 같이 통신회사를 운영하고 있어요. 자그마한 회사인데 컨설턴트로 일하고 있지요. 우리는 늘 여행을 좋아했어요. 특히 캠핑을 좋아했지요. 작은 텐트를 쳐놓고 별을 바라보는 것을요. 그러다 동아프리카에 여행을 오게 되었고 이곳이야말로 우리가 노년을 보내기에 최적의 장소라는 것을 알았어요. 남편과 내가 꿈꿔오던 노년 말이에요. 아름다운 자연 속에 게스트하우스를 짓고 뜰을 가꾸거나 여행자들을 돌보면서 늙어가는 것 말이지요. 우리는 케냐와 우간다, 탄자니아 등지를 돌아다니면서 적당한 장소를 물색했어요. 정치적인 상황도 충분히 고려해야 했지요. 결국 탄자니아가 물망에 올랐어요. 광활한 자연을 지녔지만 케냐에 비하면 관광자원이 거의 개발되지 않아 땅값이 저렴했고, 또 정치적으로도 안전했으니까요. 우삼바라산으로 결정하기까지 육 주 정도 동아프리카를 돌아다녔어요. 차가 진창에 처박히고 연락은 두절되어 막막했던 순간이 한두 번이 아니었죠. 맞아요. 탄자니아의 대표적인 산은 킬리만자로이고 그곳에서도 매력적인 농장을 하나 발견하긴 했지만……, 아직 개발되지 않은 우삼바라와는 가격 차가 너무 컸지요. 우리가 보아둔 땅은 여기서 한 시간 거리에 있는데, 아, 정말 멋진 곳이에요. 처음 본 순간 홀딱 반해버렸죠. 네덜란드로 돌아가서도 매일 꿈에 그곳이 나타나는 거예요. 그래서 좀더 구체적으로 살펴보기 위해 다시 왔는데, 오는 길 내내…… 말하자면…… 난 숨도 쉬지 않고 '달려' 왔어요. 한시바삐 그 멋진 장소를 다시 보고 싶어서."

달라달라에서 그녀를 처음 만났을 때 왜 그토록 무뚝뚝했는지 알 것 같았다. 열정에 취한 사람들은 앞만 본다. 옆도 뒤도 돌보지 않는다.

"우린 점차 네덜란드에서 일을 줄여나갈 거예요. 그리고 여기에 더 많은 시간과 공을 들여 여러 채의 생태 오두막Eco-Lodge을 지을 거예요."

'에코'라는 말이 또 한번 나를 매혹시켰다. 비록 전문 환경운동가는 아니지만, 개미 환경운동가쯤은 되기에. 나는 잔칫집에서 무차별적으로 버려지는 어마어마한 일회용 용기를 보면 지구가 가여워 잔치음식이 잘 넘어가지 않으며, 좁은 공간을 시원하게 하기 위해 넓은 공간을 더 뜨겁게 하는 에어컨은 아직도 이기적인 제품이라고 생각한다. 자연이 주는 불편함이란 조금씩 나눠 짊어져야 할 대상이지, 첨단의 제품을 만들어 눈 가리고 아웅 식으로 한쪽을 덮어버린다고 해서 완전히 사라지는 게 아니라 생각하는 것이다.

세상의 이편에서 점점 더워지는 지구에 대항해 점점 더 세게 에어컨을 틀어댄다면, 세상의 가난한 저편에서는 두 배로 늘어난 열기를 오롯이 맨몸으로 감당해야 하는 것이다. 우물이 말라붙어 더 먼 곳까지 물통을 이고 걸어가면서. 밭이 사막으로 변해가는 것을 속수무책으로 지켜보면서.

사람들이 고유가 시대의 물가에 대해 불평을 할 때에도 나는 "한정되어 있는 것을 그만큼 퍼썼으면 이젠 대가를 치러야 할 때가 아닌가"라고 말하곤 한다. 곤충이 나무의 즙을 빨아먹듯 우리는 지구를 빨아먹었다. 나무는 고사 직전이다. 너도 나도 더 적극적으로 불편함을 겪어야 한다. 걸어야 하고 자전거를 타야 한다. 더우면 좀 땀을 흘리고 추우면 좀 떨면서, 덜 얻으려 하고 더 천천히 가야 한다. 더 큰 '불편'을 우리의 일상 속으로 진지하게 들이면서, 가난한 세상의 저편에 대해, 불편을 넘어 '생과 사'의 문제로 귀결되는 지구의 고통에 대해 더 자주 공감해야 한다.

"우리는 태양열을 이용할 거예요. 관개시설에 대해선 아직 더 고민을 해봐야 하는데, 일단 이웃 마을의 남자가 적극 도와주기로 나선 상태예요. 그 마을 사람들은 물을 얻지 못해 오랫동안 고생해왔어요. 하지만 마을에서 멀지 않은 곳에 물을 댈 만한 수원이 있지요. 마을사람들이 노동력을 제공한다면 나는 투자자를 찾아 관개시설을 확

충할 수 있을 것이고 마을사람들은 집 앞에 급수시설을 갖게 되는 것이죠. 또 하수를 자연정화하는 방법과 우기의 빗물을 받아 쓰는 방법에 대해서도 고민 중이에요. 이 부분은 전문가의 도움이 많이 필요할 것 같아요."

마리오는 앞으로 할 공부가 많다고 했다. 알고 보니 그녀는 수다쟁이였다. 창백한 얼굴은 발그레해졌고 무표정한 얼굴엔 연신 미소가 어렸다. 그녀는 꿈꾸는 소녀 같았다. 꿈을 꾸고, 그 꿈을 향해 저돌적으로 나아간다는 것은 청춘에게도 쉽지 않은 일. 나는 소녀처럼 말간 그 얼굴을 귀하게 바라보았다.

아이는 퀼트 담요 속으로 들어가자마자 잠이 들었다. 조용히 방문을 열고 나와 밤하늘의 별들을 바라보았다. 맑고 깨끗한 고지대의 밤하늘은 반구형에 가깝다. SF영화 속에서 조종사가 우주를 내달릴 때, 조종석 앞 유리를 향해 눈송이처럼 다가왔다 멀어지던 별들. 우삼바라의 별들은 그렇게 끝없는 눈송이처럼 다투어 빛을 내려주었다.

호스텔 왼편에서 소녀들의 낮은 노랫소리와 재잘거림이 들려왔다. 간혹 소리를 죽여 뛰는 발걸음과 뒤를 잇는 킥킥거림도 들려왔다. 그쪽에 수녀님들이 돌보는 기숙사가 있는 모양이었다. 가까이 가보니, 아직 반쯤밖에 지어지지 않은 건물이었다. 그 건물의 일 층, 마감되지 않은 시멘트 방에서 소녀들이 잘 준비를 하는 듯했다. 복도를 따라 수십 켤레의 자그만 구두가 깔끔하게 정리되어 있었다. 위쪽에서 보았던 또다른 기숙사는 아주 훌륭했다. 아마도 늘어난 인원에 따라 기숙사 건물을 증축하고 있는데, 기부로 운영되는 기관들이 흔히 그러하듯, 돈이 조달되는 대로 조금씩 공사가 진행되는 것 같았다. 잘 곳 없는 아이들은 이미 그 한구석을 차지했고……

그래도 이는 아프리카에서 매우 럭셔리한 환경에 속한다. 덜 지어졌다고는 해도 비바람에 끄떡없는 건물이 아닌가? 아이들은 모두 개인 매트리스 위에서 자며 창문엔 방충망이 있어 말라리아의 걱정도 거의 없다. 매일 제대로 된 식사를 할 수 있고 옷과 학용품을 받는다. 무엇보다도, 이들에게는 배움의 기회가 열려 있다. 열심히 하는 아이들은 고등교육도 받을 수 있으며 졸업과 함께 직업까지도 연계해준다. 부모가 없거나 있어도 결코 제대로 돌봐줄 수 없는 환경에 처한 아이들에게, 이는 거의 '구원'과도 같은 또다른 삶이다.

　　조금씩 아이들의 소리가 잦아들었다. 시멘트 건물에 온기를 부여하던 창가의 불빛도 사라졌다. 호스텔로 돌아와 키를 꽂는데, 옆방 창문을 통해 마리오의 목소리가 들려온다. 남편과 나누는 독일어 대화인 듯했다. 그녀는 끊임없이 깔깔대면서 이야기 보따리를 푼다. 저토록 활기차고 다정한 노년이 있을까. 사랑을 속삭이는 청춘처럼, 그들에게는 함께 만들어가는 미래가 있다. 미래를 속삭이는 연인들의 목소리는 언제나 감미롭다. 계획한다는 것은 희망에 사로잡히는 일이다. 생의 어느 지점에서 계획하는지는 중요하지 않다. 시작하는 것만이 중요하다. 새들의 오케스트라가 완전히 연주를 멈춘 밤, 홀로 잠들지 않는 새처럼 늦게까지 이어지는 그녀의 감미로운 속삭임을 뒤로하고 나는 방으로 들어왔다.

가스파라
원장수녀

몬테소리센터의 원장수녀님은 가스파라 카샴바였다. 굳은 신념과 뛰어난 사업수완을 두루 갖춰 현재의 몬테소리센터를 일궈낸 분이었다.

이곳은 본래 커피밭이었어요. 약 십오 년 전에 이곳에 교육기관을 세워야겠다 생각했고 정부로부터 허가를 받았지요. 처음엔 아이들 스웨터를 구할 길이 없어 케냐에서 수입해다 입혔어요. 그러다 생각했어요. 돈도 없는데 왜 사 입히지? 직접 만들 수는 없을까? 기계를 샀어요. 지역민에게 직조기술을 가르쳐 일자리를 제공할 수 있었지요. 아이들에게 스웨터를 입히는 것은 물론, 타지역으로 판매해 수익까지 올릴 수 있었던 거예요. 아이들이 먹는 잼도 마찬가지였어요. 루쇼토에는 과일이 많은데 왜 사먹지? 직접 만들기로 했지요. 다시금 현지인들에게 일자리가 생겼고 수익도 늘어났어요. 바나나와인도 치즈도 마찬가지 발상이었습니다.

늘 믿었지요. 왜 안 돼? 하면 되지! 반드시 더 좋은 방법이 있을 거야.

나는 우리 센터에 가톨릭 신자만 고용하지는 않아요. 무슬림도 있고 크리스천도 있습니다. 종교는 상관없어요. 제 기준은 세 가지뿐입니다. 정직할 것. 성실할 것. 타인과 조화로울 것.

현재 이곳엔 186명의 소녀들이 있어요. 그 가운데 50명은 기숙사에 머물지 않고 통학합니다. 부잣집 아이들이죠. 우리 학교가 시설이 좋고 영어로 수업하므로 이곳에 보내는 거예요. 저는 그 아이들에게 적절한 학비를 받습니다. 그 돈으로 에이즈로 부모를 잃은 아이들을 들이죠. 고작 여덟 살에 가정부로 보내질 형편에 있는 아이들을 데려와요. 후년에 이곳에서 선생님으로 일할 계획인 소녀들 가운데 한 아이는 처음 이곳에 왔을 때 정신병을 앓는 부모 밑에서 씻지도 먹지도 못하던 아이였어요. 지금 열일곱 살이 되었지요. 완벽하게 영어를 구사하는 건 기본, 가장 촉망받는 학생 가운데 하나랍니다.

왜 이 일을 시작했냐고요? 세상은 문제투성이입니다. 헐벗고 병들고 다투지요. 헐벗은 자에게 집을 주어보세요. 그걸로 끝입니다. 병든 자에게 약을 주어보세요. 역시 그걸로 끝입니다. 그러나 교육은 달라요. 세대를 거듭해서 확대되지요. 당신의 믿음과 지혜가 당신이 공들인 몇 배로 증가합니다. 양적으로뿐 아니라 질적으로도 증가하지요.

당신보다 나은 자신이 계속해서 늘어난다고 생각해보세요.
더 보람된 일이란 게 있을 수 있을까요?

절벽 위에서 접어 날리는 꿈

— 사례이

이른 아침, 낮은 구름이 산골짜기마다 들어차 있었다. 소녀들은 어느새 부지런히 등교를 마친 모양이었다. 몬테소리학교에서 때이른 합창소리가 메아리 치고 있었던 것이다. 방문을 활짝 열어젖히고 신선한 아침 햇살을 들이자, 중빈이 일어나 눈을 비빈다. 아이는 아프리카에 온 이후 처음으로 밤새 담요를 꼭 붙들고 잤다. 마리오는 이미 도와주기로 한 이웃마을의 남자와 땅을 보러 나갔고 식당은 다시 미국인들로 북새통을 이뤘다. 중빈은 눈뜨자마자 또 빵인 것이 불만이었다.

"한국으로 돌아가면, 나는 십 년 동안 빵을 먹지 않을 거야."

자못 비장한 말투였다. 나는 빵을 다시 아이 손에 쥐어주며 똑같이 비장하게 대꾸했다.

"그래, 우리 십 년을 꼭 채우자. 하지만 가기 전까진 열심히 먹어두자."

오늘은 루쇼토 시장을 구경한 뒤 이렌테 농장Irente Farm을 거쳐 이렌테 전망대Irente Viewpoint까지 올라갈 계획이었다. 이렌테 농장에 가면 그곳에서 신선하게 만들어내는 치즈와 요구르트를 맛볼 수 있다고 했다. 마치 한 번도 신선한 치즈나 요구르트를 못 먹어본 사람처럼, 나는 이름마저 로맨틱한 이 농장에 가보지 못해 안달이 났다.

어느새 골짜기를 메웠던 구름이 걷혔다. 쩅하고 등장한 햇살이 십수 미터는 족히

됨직한 나무 위에서부터 잎들을 덮히기 시작했다. 딱 기분 좋은 상쾌함이었다. 그래서였을까. 몬테소리센터를 빠져나와 언제 올지 모르는 버스를 기다리다가, 나는 '에라 모르겠다' 지나가는 트럭을 향해 손을 흔들었다. 새파란 바나나와 목재를 싣고 가는 대형 트럭이었다. 운전사는 시원스런 미소를 지으며 육중한 차를 세워주었다. 중빈은 짐칸에 타고 있던 청년들의 도움을 받아 두레박을 탄 선녀처럼 스르르 올라갔다. 나는 혼자 힘으로 타기 위해 안 그래도 짧은 다리를 볼썽사납게 찢어 늘여야 했다.

트럭이 달리기 시작하자, 마치 숲에서 갓 광합성하여 만들어낸 아침의 첫 산소가 우리를 향해 마구 덤벼드는 것만 같았다. 중빈이 트럭 난간을 붙잡고 쭈그려 앉아, 히치하이킹용 비명을 질렀다.

"끝내준다아아아아~~!!"

시장에서부터는 차도가 끊기고 도보용 산길이 시작되었다. 시장 안쪽으로는 정육과 옷, 문구 등 다양한 물품이 있었다. 판잣집이기는 해도 어엿하게 터를 차지한 가게들이었다. 수백 개의 파인애플을 쌓아놓고 그 자리에서 칼로 쩍쩍 갈라 과육을 발라내는 아주머니 앞에서 걸음을 멈췄다. 아주머니가 살을 발라 누군가의 공책이었던 종이에 싸주었다. 내 손으로 채 옮겨지기도 전에 종이가 흠뻑 젖어버렸다. 그토록 달콤하고 즙이 많은 과일이라니!

시장 부근에는 저렴하고 깨끗한 게스트하우스들이 많았다. 노점상들도 여럿 있었다. 고작 한 바구니의 땅콩, 몇 그릇의 설익은 열매를 들고 나와 종일 나무그늘 아래 앉아 있는 노점상들. 그들이 들고 나온 물품은 나무와 밭에서 얻은 뻔한 몇 가지인데 반해 그들의 연령층은 참으로 다양하였다. 중빈보다 고작 한두 살 많은 여자아이에서부터 할머니까지 종일 지나가는 사람들을 바라보고 있었다.

'시간'이 '변화'를 의미한다면, 어쩌면 오래전부터 이 시장에 시간은 흐르지 않았는지도 모르겠다. 저 작은 아이는 옆자리의 소녀처럼 가슴이 봉긋해지다가 또 옆자리의 할머니처럼 늙어갈지도 모르겠다. 아니, 서로 다르나 서로 같은 그들이 멈춰버린 시간 대신 다만 자리를 바꿔 앉는지도 모르겠다. 그러나 전능한 존재의 눈길로 내려다보면, 나의 자리 또한 나를 앞선 자의 대신이고 뒤선 자의 대신일 뿐이리라. 나는 다만 그들이 앉아 있는 나무그늘로 들어가 여자아이에게서 작고 신 사과를 몇 개 샀다.

이렌테 농장을 향해 산길을 오르는데, 오가는 마을 사람들 가운데 내 눈길을 사로잡은 것이 아이의 눈길도 사로잡은 모양이었다. 아이가 나를 부른다.

"엄마, 난 다섯 살, 여섯 살 된 아이가 머리에 커다란 자루를 올려놓고 가는 걸 보았어."

"봤지? 여기선 그렇게 작은 아이도 일을 해야만 하거든."

"나도 알아."

아이는 고개를 끄덕했지만, "봤지?"에 담긴 교훈성 질책을 눈치챈 모양이었다. 이내 지지 않겠다는 듯 대꾸한다.

"그런데 난 아까 스물일고여덟 살 된 아줌마가 머리에 더 더 커다란 자루를 올려놓고 가는 걸 봤어. 엄마보다 훨씬 더 어린데 훨씬 더 일을 잘해."

"흠…… 그래. 엄마는 머리 위에 자루는커녕 책 한 권도 제대로 못 얹어."

"그런데 아이들이 머리에 놓고 다니는 저 통 말이야. 뭐가 들어 있어?"

"물이야."

"왜 다 물을 들고 다녀?"

"들고 다니는 게 아니라 개울 같은 곳에서 물을 퍼서 집에서 쓰려고 옮기는 거야."

"집에는 물이 없어?"

"응. 수도가 없어. 가까운 곳에 공동우물이 있다면 우물물을 집으로 나르면 되지만, 우물을 만들 돈이 없다면 강이나 시내까지 멀리 가서 날라와야 해. 그런데 수도가 있는 우리가 지금까지 맘껏 물을 틀어 썼고 지구를 건강하게 가꾸지 못했어. 결과적으로 지금 지구에 있는 물은 많이 줄어들었지. 이제 이 사람들은 더 멀리까지 물을 찾아 걸어 다녀야 하고, 그러다 보니 더 어린아이까지도 부족한 일손을 돕기 위해 물을 길러 나서게 된 거야."

동아프리카에서 나는 샤워한 물을 받아 빨래를 했다. 빨래한 물로 다시 변기물을 내렸다. 그때마다 중얼거렸다. 미안하다. 진작에 이러지 않아 미안하다. 흐르는 물로 설거지를 해서, 두 번 세 번 머리를 헹궈서 미안하다. 이제 막 잘 달리게 된 서너 살짜리 아이가 5리터짜리 물통을 머리에 이고 먼지가 뽀얀 길을 한정 없이 걸어갈 때마다, 참회하는 기분이 들지 않고서 그 아이를 똑바로 바라보기란 불가능한 일이었다. 미안하다. 미안하다. 그런 아이들은 어디에나 있었다. 메마른 땅에서 꽃보다 더 흔했다. 그 아이들의 느린 걸음을 앞지를 때면, 제 몸보다 훨씬 커 팔뚝까지 어깨가 흘러내린 셔츠 앞에 '꿈나라 어린이집'이란 한글이 새겨져 있기도 했다. 한두 글자는 어김없이 구멍이 뚫려 제대로 읽히지 않곤 했다.

이렌테 농장은 매우 아름답고 정갈하였다. 꽃들이 소복이 만발하였고 넝쿨은 딱 보기 좋게 드리워져 있었다. 막 그림책 속에서 오려낸 아프리카의 집과 정원이었다. 점심을 주문하자, 짭짤한 요구르트, 버터와 다양한 치즈, 촉촉한 통밀빵, 각종 과일과 채소, 블루베리잼 그리고 패션프루트주스 등이 제각각 다른 색감과 풍미를 자랑하며 한정식 차림만큼이나 정갈하고 풍성하게 테이블 위에 올려졌다.

중빈이 요리를 하겠다며 빵 위에 온갖 재료를 올려놓았다. 요구르트와 잼, 치즈와 과일을 맥락 없이 섞어서 보기만 해도 속이 메슥거리는 샌드위치를 만들고 있었다. 그때 백인남자가 다가와 물었다. 흑인여자의 손을 꼭 쥔 채로.

"혹시 한국인 아니세요?"

"맞아요. 어떻게 알았죠?"

"한국에 가본 적이 있어요."

"그렇군요. 관광 차 왔었나요?"

"아니요. 한국인 여자친구를 사귀었죠."

그의 이름은 로버트였다. 미국인이었다. 여자친구를 따라 동북아시아까지 갔던 그는 지금 동아프리카에서 다른 아가씨의 손을 잡고 있었다. 어쩐지 지난한 사연이 있을 것 같아 도리어 가볍게 말했다.

"한국 아가씨들 강력하지요? 어디서 사귀었던 간에 꼭 한국까지 오게 만드니까요."

로버트는 전적으로 동의한다는 듯 눈을 감았다 뜨며 말했다.

"한국 여성들은 악마예요."

중빈이 요때를 놓칠세라 끼어든다.

"맞아요. 울 엄마는 악마예요."

로버트가 살짝 어미 체면을 살려준다.

"결혼한 여자는 악마가 아니란다. 결혼과 함께 삼지창을 버리거든."

그가 손을 잡고 있는 여성은 메리였다. 마사이족 출신의 탄자니아인이었다. 둘은 일주일 전에 약혼을 했다고 했다. 말하자면, 약혼여행 중이었다. 나는 그들의 약혼을 축하해주었다. 메리는 그저 행복해 보였다. 말을 하고 있지 않을 때도 웃었고 말을 하다가도 웃었다. 로버트도 행복해 보였다. 쉬지 않고 메리의 손을 어루만졌다. 로버트는 아루샤에 있는 학교에서 몇 년째 교사로 자원봉사하는 중이었다. 메리는 전문학교 학생이었다. 요리를 배운다고 했다.

"하지만 요리는 주로 내가 해요. 대체 학교에서 뭘 가르치는 건지 모르겠어."

로버트는 볼멘소리를 하면서도 메리의 이마에 입을 맞춘다. 나는 이 사랑스런 커플의 첫 만남이 궁금했다. 영어가 익숙치 않고 수줍음이 많은 메리 대신 로버트가 나섰다.

"오, 나는 언제나 우리의 첫 만남에 대해 말하는 걸 좋아한답니다. 처음 그녀를 본 건 아루샤의 거리에서였어요. 친구와 함께 길을 걷고 있었는데, 나는 그녀를 본 순간 이렇게 말했지요. '오, 마이 갓……!!' 저 아름다운 얼굴을 좀 보세요. 달리 뭐라 말할 수 있었겠어요. 나는 창피한 줄도 모르고 대뜸 그녀에게 다가갔어요. 나를 만나달라고 졸랐지요. 메리는 한참 망설이다가 좋다고 했어요. 언제 만나줄 거냐고 물었지요. 그녀는 대답하지 않았어요. 그냥 보내면 그대로 끝일 것 같아서, 끈질기게 물었죠. 정확히 언제 만나줄 거냐고. 메리는 28일 뒤라고 했어요. 난 내심 안 되겠구나 생각했지요. 사흘 뒤도 아니고 일주일도 아니고 28일 뒤라니. 차마 대놓고 거절할 수 없어 되도록 먼 아무 수나 말한 거구나 그렇게 짐작한 거죠. 실망스러웠지만 그래도 혹시나 해서 내 전화번호를 주었어요. 그리고 솔직히 말하자면 28일을 세지는 않았어요. 일주일쯤

뒤부터는 차였구나 생각하고 포기한 거죠. 그런데 정확히 28일 뒤에 전화가 왔지 뭐예요. 마침 나는 한 여성과 같이 있었는데, 메리를 알기 전부터 가끔 만나는 친구였을 뿐 대단한 관계는 아니었어요. 그런데 그 여성은 생각이 달랐던 모양이에요. 내가 메리의 전화를 다정히 받자, 전화기를 낚아채서는 "넌 누구냐? 난 이 남자의 아내다!" 소리를 지르는 게 아니겠어요? 식은땀이 좍 흘렀지요. 다행이 메리는 나를 만나주었고 그래서 해명할 수 있는 기회를 가졌어요. 사실 해명은 그다지 필요하지도 않았던 게, 두 번째 만남에서 우린 금방 알 수 있었죠. 이미 서로 사랑에 빠졌다는 걸."

"호오, 굉장히 로맨틱한걸! 메리, 하루하루 세고 있었구나. 기다리는 동안 기분이 어땠어요?"

"행복했어요."

그녀는 언제나 웃는다. 마사이답게, 그녀의 표현은 항상 간략하고 정직했다.

"왜 하필 28일이었는데?"

"일주일은…… 너무 짧고 한 달은…… 너무 길어서…… 그냥……."

그리고 또 웃는다.

아이가 나를 불렀다. 자신이 만든 샌드위치 맛이 너무 끔찍해 못 먹겠다는 것이었다. 물론, "없어서 굶는 아이들도 있는데……"로 시작되는 내 고정 레퍼토리가 쏟아져 나오자, 얼른 "알았어. 알았어" 대답하며 입속에 샌드위치를 쑤셔넣긴 했지만. 아마도 백한번째 똑같은 잔소리를 듣는 것보다는 끔찍한 샌드위치를 먹는 편이 나았을 것이다. 우리가 마저 식사를 하는 동안 로버트와 메리는 먼저 이렌테 전망대로 떠났다.

농장을 나서다, 중빈이 뚝뚝과 똑같이 생긴 것을 발견했다. 자꾸 타고 싶다고 졸라대기에 뚝뚝기사에게 우리가 전망대에 다녀온 뒤에도 그 자리에 있을지를 물었다. 우리가 그날 그에게 접근한 유일한 승객이었는지, 그는 "기다리겠다" 정도가 아니라, 아예 중빈의 손목을 잡고 전망대를 향해 걷기 시작했다.

그의 이름은 사일리였다. 스물다섯 살. 이렌테 전망대로 올라가는 짧지 않은 시간 동안 내가 그에게서 영어로 알아낼 수 있는 것은 그게 다였다. 그러나 그는 말 대신 행동으로 자신을 보여주는 사람이었다. 이를테면, 중빈이 조금만 뒤처져도 걸음을 멈추고 기다리는 사람이었다. 너무 처진다 싶으면 가서 부드럽게 손을 잡아끄는 사람이었다. 특별히 아름다운 들꽃이 있으면 한 송이 꺾어 아이 손에 쥐어주는 사람이었다. 그리고 들꽃의 이름을 말해주는 사람이었다. 산마을 아이들이 빈 페트병에 옥수수 속심으로 바퀴를 만들어 궁핍하지만 독창적인 장난감 자동차를 끌고 나왔을 때, 사일리는 중빈의 손을 잡고 경계하는 아이들에게 먼저 다가가는 사람이었다.

몇 개의 산중턱 마을을 지나 마침내 전망대에 이르렀다. 1500미터에 이르는 산 아래 까마득한 평원이 펼쳐졌다. 평원의 좌측으로 달리면 달에살람, 우측으로 달리면 아루샤에 이를 터였다. 맞은편에는 마피 산Mt. Mafi이 자리잡고 있었다.

우리보다 먼저 전망대에 와 앉아 있던 소년이 벌떡 일어서더니 하늘을 향해 종이비행기를 던졌다. 고등학교에 다니는 열여섯 살 학생이라고 했다. 이름은 사레이. 중빈이 비행기에 환호하며 성큼 소년에게 뛰어갔다. 전망대는 탁 트인 절벽일 뿐 아무런 보호장치가 없었다. "안 돼!!" 사일리가 소리지르며 중빈을 뒤쫓았다.

고지대에 부는 바람은 신기하게도 자꾸만 비행기를 우리 발밑으로 되돌려놓았다. 사레이가 제아무리 하늘 높이 날려도, 사일리에게 한쪽 손을 붙들린 중빈이 미친 듯이 좌로 우로 던져보아도, 비행기는 천 길 낭떠러지 위를 둥그렇게 날다가 리모컨으로 불러들이기라도 한 듯 우리에게 되돌아오는 것이었다. 우리들은 매번 아슬아슬한 공중의 궤적을 눈으로 좇다가, 손이 닿는 곳에 비행기가 착지하면 너나 할 것 없이 안도의 웃음을 터뜨렸다.

드디어 우리의 운이 다했다. 비행기가 절벽 저편 닿을 수 없는 곳으로 사라졌던 것이다. 아이가 탄식하자, 사레이가 속상해할 것 없다는 듯 주변의 나무를 가리켰다. 오호! 그리고 보니 전망대 부근의 나무들이 저마다 머리 위에 종이비행기 한두 개씩을 이고 있는 게 아닌가. 사일리가 방방 뛰는 중빈의 손을 꼭 붙잡은 채 이 나무 저 나무로 옮겨다니기 시작했다.

마침 일요일이었다. 나는 "주말이면 너무나 할 일이 없어요"라고 말한 사레이에게 물었다.

"사레이, 네가 이 비행기들을 다 만들어 날린 거야?"

사레이는 쑥스럽게 웃었다.

"대부분은요."

열여섯 산골 소년의 여가는 농구도, 여자친구 만나기도 아닌 종이비행기 날리기였다. 아스라히 남북의 도시들을 잇는 유일무이한 차도를 내려다보며, 함께 달릴 수 없는 시간들을 허공으로 던지는 것이었다. 내가 소년의 나이였을 때 맘껏 달릴 수 없는 마음을 어지럽게 낙서해놓았던 연습장처럼, 전망대 바위엔 그동안 왔다간 사람들의 흔적이 다양한 필체와 색깔의 이름으로 어지럽게 남겨져 있었다. 먼저 지나간 자의 흐릿해진 이름 위에 다시 선명하게 새기는 비슷한 이름들, 나침반 없이 헤매는 마음의 발자국들.

소년은 알까? 시간이 지나 더이상 돌보지 않는 수많은 낙서들도 한때는 고이 접어 날린 모두 우리의 꿈이었다는 걸.

전망대 끝자락에 앉았다. 휴일 오후, 드넓은 아프리카의 초록 평원이 빚어낸 엄청난 양의 대기가 위로 위로 올라와, 마치 소리없는 물처럼 네 사람 사이를 메웠다. 이 나라 어디서나 그러하듯 아이들 노랫소리와 새소리가 들려왔다. 조망할 수 있는 공간이 두 눈에 담을 수 없을 만큼 넓어지면, 나는 원근감을 상실한다. 때문에 소리의 근원지를 가늠할 수는 없었다. 들녘에 숨어 있는 몇몇 집들에서 생명의 수신호인 양 가느다란 연기가 피어올랐고, 거대하게 열린 대기 속으로 나비들이 솟아올랐다. 노란 버스한 대가 실처럼 가는 일차선 고속도로 위를 달렸다. 원시적인 대자연 속에 담긴 버스는 정물화 속에서 저 혼자 움직이는 점처럼 비현실적이어서, 마치 길 위에 바퀴를 대지 않고 마찰 없이 미끄러져가는 듯 보였다.

마지막 종이비행기마저 절벽 아래로 잃어버렸을 때, 아이가 사일리의 손을 끌고 왔던 길을 되짚어가기 시작했다. 주말마다 펼쳐보는 병풍을 접듯, 사레이도 꿈을 털고 함께 일어섰다.

천사의 척추를 손에 쥐고

— 로 버 트

이렌테 전망대에서 내려오는 길, 마을 청년들이 체스를 두고 있는 것을 발견했다. 병뚜껑 체스로서 생수병 뚜껑 대 맥주병 뚜껑의 대결이었다. 서구 식민시절을 겪고 물자가 귀한 곳에서 흔히 볼 수 있는 장면이다. 때마침 청년 한 명이 중빈을 불렀다. 활달하고 영리한 청년이었다. 그는 영어 단어 몇 마디만을 요령껏 사용해서 짧은 시간 안에 막힘 없이 게임의 룰을 설명했다. 중빈이 망설임 없이 대답했다.

"할 수 있어요! 해보고 싶어요!"

체스판을 사이에 두고 두 남자가 나란히 앉았다. 중빈은 맥주병 뚜껑, 청년은 생수병 뚜껑. 청년이 대번에 져주면서 중빈이 하나를 먼저 따게 했다. 그러나 그뿐, 이후 그는 사정없이 맥주병 뚜껑을 따갔다. 중빈은 가엾게도 하나뿐인 생수병 뚜껑을 소중하게 어루만지면서 뚫어져라 체스판을 쳐다보고만 있었다.

"내가 도와줄까?"

로버트였다. 그도 전망대에서 내려오는 모양이었다. 메리가 곁에서 예의 미소를 짓고 있었다. 게임은 결국 청년의 승으로 끝났다.

마을 청년들에게 안녕을 고하고 나서 우리는 함께 걷기 시작했다. 걷는 동안, 로버트는 중빈의 목걸이로 마술매듭을 짓는 법을 보여주었다. 알고 보니 그는 엄청난 재주꾼이었다. 마술매듭을 시작으로 주변에 있는 간단한 물건들을 이용해 온갖 묘기로 중빈과 나를 홀렸다. 정신을 차리고 보니, 어느새 우리는 사일리의 비좁은 뚝뚝에 엉덩이를 다같이 디밀고 세인트유진스호스텔로 와 있었고, 늦도록 차를 마시며 다양하게 펼쳐지는 그의 버라이어티쇼에 입을 벌리고 있었다. 그는 그 모든 것을 길 위에서 배웠다고 했다.

"아주 많은 사람들을 만났어요. 정말 지혜로운 사람도 있었고요."

메리를 만난 것이나, 이곳에 오게 된 것이나, 이곳에 오기 전 머물던 곳에 대한 이야기나, 그가 내게 말하는 일들의 대부분이 여행이었다. 묘하게도, 그에게는 삶의 베이스캠프가 없었다. 고국이나 가족 같은 것들이.

"왜 그렇게 오래 길 위에 있었나요?"

말하기를 몹시 즐기는 그가 내 질문에 잠시 머뭇거렸다. 그에 대한 답은 나중에 들을 수 있었다. 다음날 우리 넷은 시장의 한 로컬 식당에서 익혀먹는 바나나인 초록색 바나나와 쇠고기를 끓인 스튜를 나눠먹었는데, 식사를 마칠 무렵 비가 쏟아져 곧바로 근처에 있는 로버트와 메리의 게스트하우스로 황급히 뛰어들었다. 비가 그칠 생각을 하지 않았기 때문에 자연스럽게 서로 살아온 이야기를 풀게 되었던 것이다.

그의 부모는 일찍 이혼했다. 아버지는 미 대륙을 전전하는 장거리 트럭운전사였다. 그는 어머니와 정부보조금으로 살았다. 몇 년 전 그의 어머니는 암 선고를 받았다. 그리고 미처 죽음을 준비할 겨를도 없이 그의 곁을 떠났다. 이후 거짓말처럼 그에게 아버지 같았던 외삼촌에게 암 선고가 내려졌다. 외삼촌도 곧 그를 떠났다. 다음은 그의 조부모 차례였다.

"믿어지나요? 그 모든 일이 불과 일이 년 사이에 벌어졌어요. 내가 사랑하는 사람들이, 먼저 간 사람을 애도할 겨를도 없이 한 명, 또 한 명, 결국 남김 없이 떠난 거예요. 갑자기 혼자가 된 거죠. 돌아갈 곳도 머물 이유도 없어졌어요."

"친구는요?"

"형제처럼 지냈던 이십 년 지기가 있었어요. 어느 날 갑자기 내가 살고 있던 애리조나로 찾아오더니, 간다는 말도 없이 몰래 사라지더군요. 당시 내 전 재산이었던 2천 달러와 함께요."

지구 위에 살고 있는 인간은 날 때부터 중력을 받아왔다. 당겨짐에 저항하고 순응하면서 자신만의 안정적인 생존방식을 습득해나간다. 그러므로 어느 날 갑자기 연줄이 툭 끊어지고 훨훨 날아가는 것은 결코 즐거운 일만이 아니다. 무중력상태에서는 뼈조차 정교한 배열에 변화가 생겨 고통을 느끼게 된다. 우리는 가벼워지지만, 동시에 공허해지며, 어렵사리 습득한 생의 방식을 송두리째 상실하는 아픔을 느낀다.

로버트를 만나기 전에 몇몇 연줄이 끊어진 사람들을 만난 적이 있었다. 당연히 그들은 정상적으로 사람을 들이거나 관계를 맺는 데 어려움을 겪었다. 반쯤은 너무 쉽게 들였고, 반쯤은 아무도 들이지 못했다. 로버트 또한 끊어진 연줄을 새로이 심을 토양을 찾고 있었다. 쉽지는 않아 보였다.

"나도 스와힐리어를 배워야겠죠. 그래도 지금 상황은 무척 양호한 거예요. 서투르게나마 메리가 영어를 할 줄 아니까요. 나는 태국에서도 오랫동안 자원봉사를 했는데, 그때 한 고산부족 아가씨와 약혼을 한 적이 있었어요. 그 아가씨는 단 한 마디도 영어를 알아듣지 못했지요. 그래서 난 태국어뿐 아니라, 그 부족어까지 익혀야만 했어요."

나는 왜 그 약혼이 깨어졌는지, 혹은 그녀와 메리 말고도 또 약혼한 사람이 있었는지 궁금하지는 않았다. 어쩌면 그가 곧이어 이렇게 말했기 때문일 것이다.

"메리와 약혼하겠다고 했을 때, 학교의 동료들은 모두 날 미쳤다고 했어요. 하지만 난 그들의 말에 귀 기울이지 않았죠. 내가 귀 기울이는 것은 내 심장이에요. '이거다!'라고 느낄 땐 알 수 있지 않나요? 그럼 가는 거지요. 만약 그게 틀린 선택이었다면 실수였음을 인정하면 되는 거예요. 나는 실수를 두려워한 나머지 선택조차 하지 않는 유형의 사람은 아니에요."

우리가 심장에 정직하게 반응하지 않는 법을 배우는 것, 사실 그것은 어른이 되는 과정과 동일하다. '절제'나 '인내'라는 고무적인 이름으로 불리기도 하고 '억압'이나 '위선'이란 어두운 이름으로 불리기도 하는 과정. 그러나 모두가 다 육중하고 진지하게 살아갈 필요가 있을까? 심장에 정직한 이들의 경박함을 만날 때 막힌 숨통이 트이는 느낌을 받는 것도 사실이다. 심장에 정직한 이들은 적어도 계산하지 않는다. 계산은 심장 박동을 '안정'적으로 뛰게 하기 때문이다. 연금이나 월급처럼. 심장에 정직한 자들이 좋는 건 불안정한 박동이다. 마음을 앗아가거나, 설레게 하거나, 뜨겁게 사로잡는 것들. 사랑에 빠질 때, 그래서 그들은 배우자의 학력이나, 국적, 혹은 재산 유무 같은 것들을 계산에 넣지 않는다.

누군가는 '계산하지 않는' 경박함으로 인해 상처를 입게 될지도 모를 고산족 처녀나 마사이족 처녀를 걱정할지도 모르겠다. 홀로 남아 주변인의 시선을 견뎌야 하는 '메리'들을. 그러나 제3세계 여성의 삶이 얼마나 고달픈 것인지 알고 나면, 그 또한 기우에 불과하다는 것을 인정하게 된다.

"메리는…… 참 가여운 여자예요. 사실 그녀에겐 두 살 된 딸이 있지요. 전 남자 친구에게서 생긴 아이예요. 임신을 했다고 알렸을 때…… 그 자식이 뭐라고 했댔지? 맞아. '내 알 바 아니다. 네가 알아서 해라!' 어이가 없지요. 아프리카에서 여자로 산다는 것은 정말 거지 같은 일이랍니다. 밭일을 하고 집안일을 하고 아이를 낳고 육아를 도맡고 술에 절어 사는 남편의 맥줏값을 대죠. 그런데 그 남편들은 절대 콘돔 따위는 쓰지 않으니, 아무리 죽어라 일해도 형편은 나아지지 않는 거예요. 메리는 주변의 비난을 혼자 감수해야 했어요. 혼자서 낳고 혼자서 키워야 했죠. 힘든 나날이었습니다."

로버트가 메리의 손을 잡고 그녀의 이마에 자신의 이마를 댔다. 그녀는 또 예의 미소를 지을 뿐이었다. 안도하고, 행복해하면서.

메리에게 물었다.

"마사이라면서요? 부모님들은 로버트를 어떻게 생각하세요?"

"해피, 아빠는 로버트를 좋아하세요."

"언제나 저렇게 말한다니까요. 내가 인사하러 갔을 때 아버님은 그저 '들어와' 하시고 좀 웃으시고 음식을 권하셨을 뿐인데."

하지만 로버트는 싫지 않은 얼굴이었다. 나는 그에게 물었다.

"어떤 음식이었나요?"

"관광화되지 않은 진짜 마사이 부족들이 사는 곳이었어요. 소를 잡았지요. 신기했어요. 피 한 방울 나지 않게 소를 잡던걸요. 스타킹을 벗기듯이 가죽을 벗기고 나서, 한 방울도 낭비 없이 피를 모조리 받아내더군요."

마사이들이 목숨줄처럼 아끼는 값비싼 소를 잡았다니, 미래의 사위로서 환대를 받긴 받았나보다.

"로버트, 당신 아버지는요? 그와도 연락을 하고 지내나요?"

"가끔요. 이제 남은 단 한 명의 가족이니까요. 아버지는 거의 문맹에 가깝지요. 교육을 못 받은 것과 인종차별주의자인 것이 반드시 일치한단 법은 없지만, 아버지는 수동적인 의미에서 인종차별주의자가 맞아요. 그래도 내가 메리를 소개하는 편지와 사진을 보냈을 때, 글을 못 쓰시니까 여자친구에게 부탁해서 이런 답장을 보내오셨어요. '네가 누구랑 결혼하든 상관하지 않겠다. 네게 잘 해주는 여자라면'."

언뜻 따뜻하게도, 차갑게도 여겨지는 답장이었다.

"가족들의 죽음은 나를 허무주의적 불교신자로 만들었어요. 모든 것이 다 지나갈 뿐이라고, 좋은 차도 집도 결국 죽음 앞에서는 무의미할 뿐이라고. 그러고 나니, 어떤 관계도 깊어지지가 않았어요. 하지만 메리를 만난 뒤로 나는 깊이 맺는 관계와 그 변화에 대해 생각하지 않을 수 없게 됐어요."

"그렇겠지요. 부담과 책임, 원치 않는 변화에 대해서도 기꺼이 받아들이게 하는 것이 사랑이니까요."

나이가 들수록, 사랑의 정의는 단순해진다. 십대에 빚는 사랑의 정의가 거대한 금빛 천사의 형상을 하고 있다면, 이십대에는 거기서 금빛을 벗겨내고 날개를 떼어낸다. 그리고 삼십대가 거의 다 끝나는 중년의 지점에 이르면, 천사의 척추만이 남는다. 서로의 최고점과 최저점을 겪고 나서도 여전히 서로를 필요로 한다는 사실 앞에 겸허해지고 다시 정중해지며, 주는 것에도 받는 것에도 감사하게 된다. 제아무리 보잘것없는 것을 주고받더라도.

메리와 로버트는 더 외로웠고 더 힘들었던 만큼, 더 일찍 천사의 척추를 손에 쥔 것 같았다. 메리가 로버트의 왼팔에 얼굴을 대자, 로버트가 오른손으로 그녀의 얼굴을 감싼다. 서로가 서로를 응시하는 시선에 감사함이 가득하다. 자리를 피해줘야 할 시간이다. 나는 잠시 주변을 둘러보고 오겠다며 일어섰다.

내가 되돌아왔을 때, 아이가 보이지 않았다. 메리가 걱정 말라며 방 쪽을 가리켰다.

"우리 침대에서 자고 있어요. 여기 의자에서 잠들었길래 로버트가 옮겼어요."

나는 고마움을 표한 뒤 방으로 가 들여다보았다. 까맣게 그을린 어린 망아지가 잘 정리된 파란 침대 시트 위에 숨소리도 내지 않고 잠들어 있었다. 위아래로 들썩이는 동그란 배 위로 로버트가 덮어준 담요가 있다. 뺨에 입을 맞추고 나오니 어느새 빗줄기가 굵어졌다.

로버트와 메리, 그리고 나는 마주보고 앉아 앞으로의 일정에 대해 이야기했다. 로버트와 메리는 며칠 뒤 아루샤로 돌아간다고 했다. 로버트는 한동안 더 학교에서 자원봉사를 할 계획이라고 했다.

"오스트레일리아 여성이 세운 학교예요. 탄자니아에 왔다가 아이들의 열악한 환경을 보고 떠날 수 없다고 해요. 그녀는 돈도 없었고, 그저 다 허물어져가는 방 한 칸짜리 흙집에서 무작정 동네 아이 셋을 가르치기 시작했대요. 그러다 잠시 고국에 다니러 갔는데, 우연히 방송에 출연했답니다. 그때 여러 시청자들이 크고 작은 돈을 기부하거나 스폰서로 나서주었나봐요. 학교는 기하급수적으로 발전하게 되었죠. 당신이 아루샤에 가서 그 학교를 보게 되면, 후우~, 아마 기절할걸요. 탄자니아 기준에서만 좋은 시설이 아니라 우리 기준에서도 좋은 학교시설이니까요. 지금은 학생 수가 1천 명에서 딱 열한 명 모자란답니다. 학생을 뽑을 때는 두 가지를 봐요. 정말로 가난한 집의 아이인지, 그리고 학업에 대한 의지가 강한지. 이미 학교에 대한 호평이 자자해서 매년 입학시즌이 되면 수 천 명이 몰려들어요. 담장을 무너뜨릴 듯이요. 부모들을 위한 대기 라인을 엄격하게 만들어놓지만 소용 없어요. 아무리 설명을 해도 합격하지 못할까봐 불안한 나머지, 무조건 먼저 밀고 들어와야만 한다고 생각하는 거죠. 아이의 미래, 나아가 생명이 오롯이 합격 여부에 달려 있으니까요."

우리는 잘 모른다. 지구 이편에서 단지 아주 조금씩 나누어주는 것이 지구 저편에서 얼마나 위대한 변화를 만들어내는가를. '안다'면 아마 조금 더 나눌 것이다. 우리는 화성의 소식을 듣듯 아프리카의 소식을 전해듣는다. 화성에 물이 없는 것이 충격적이지 않듯, 아프리카에 물이 말라가는 것도 그다지 충격적이지 않다. 화성에 생명체가 없다고 추정하는 것이 어렵지 않듯, 아프리카의 어린 생명들이 굶거나 병들어 죽어가는 것도 더이상 뉴스가 되지 못한다. 넘치는 정보는 우리를 비인간화시켰다. 정보의 홍수 속에서 우리는 '자동차세 인상'과 '소말리아서 100명 사망'에 대한 기사를 등가로 간주하고 클릭한다. 가슴은 빈약해지고 머리는 비대해졌다.

하여, 이제 우리가 '아는' 것은 이런 것들이다. 신상 구두가 나왔다. 저 집의 파스타는 먹어줄 만하다. 개네 아파트는 우리 것보다 평수가 크다⋯⋯.

좀처럼 비가 그칠 것 같지 않았다. 잠에서 깬 아이가 바이올린케이스를 열었다. 아침나절 몬테소리학교에 가서 꼬마 숙녀들을 위해 연주한 뒤, 로버트의 게스트하우스로 내처 들고 온 것이었다. 사랑하는 두 연인 사이에 서서 미뉴에트를 연주하기 시작했다. 조금씩 어둠이 내리고 있었다. 양철 지붕을 때리는 빗소리와 커튼을 흔들어놓는 바람의 촉감이 서투른 미뉴에트의 선율을 달콤하게 다듬어주었다.

헤어질 시간이 다가왔음을 알면서도, 메리가 남은 찻물을 내 찻잔에 조금 더 부었다. 로버트가 말했다.

"알아요. 갈 시간이죠."

나는 고개를 끄덕였다. 그러나 일어서지는 않았다. 메리가 갑작스럽게 물었다.

"찻물이 다 식었어요. 더 가져올까요?"

이제 곧 조명 없는 루쇼토의 밤은 칠흑같이 어두워질 것이었다. 세인트유진스호스텔까지는 꽤 먼 거리였다. 하지만 나는 단 한 번뿐인 오늘을 위해, 짧은 하루 동안 사심 없이 털어놓은 상처와 위로를 위해, 이렇게 대답할 수밖에 없었다.

"그래요, 우리 딱 한 잔만 더 하죠."

제프리

잘못도 네 생의 귀중한 일부야

— 제프리

산자락마다 뭉실뭉실한 구름이 손에 잡힐 듯 내려앉았다. 막 빗물이 씻어낸 루쇼토의 풍경은 물청소를 마친 듯 정갈했다. 바닥에 고인 빗물까지도 정수기로 걸러 낸 물 같았다. 나는 웅덩이 속에 발을 넣고 발가락을 꼼지락거려보았다. 몇 걸음 걷고 나서 또 웅덩이 속에 발을 넣었다. 그렇게 걷다가 한 로컬 남성의 곁을 지나게 되었다. 그는 시장 근처의 게스트하우스 테라스에 홍차 상자를 올려놓고 연필 드로잉을 하고 있었다. 실물을 종이 위에 옮겨내는 솜씨가 예사롭지 않아 보였다.

"화가신가요?"

"예. 이 홍차 회사의 패키지를 디자인하고 있어요."

그가 그리고 있던 누런 연습장을 펼쳐 여러 스케치를 보여주었다. 물자가 귀한 아프리카에서는 간판도 포스터도 모두 사람의 손으로 그려진다. 사진이나 인쇄물로 된 광고물은 극히 드물다. 저 막강한 '코카콜라'만 빼고. 따라서 여기서 '잘 그린다'라는 것은 사진처럼 '똑같이 베껴낸다'라는 것과 동의어일 때가 많다.

"어디서 그림을 배웠나요?"

"혼자서요."

"와, 대단하시네요. 상품 디자인 외에 당신만의 그림도 있나요?"

"집에 몇 점 있어요. 실은 나만의 그림을 그릴 충분한 시간을 확보하기 위해 이런 광고일을 떠맡는 거지요. 돈을 좀 모은 뒤에 '크리에이티브' 한 나만의 그림을 그리고 싶어요."

그의 이름은 제프리 매튜였다. 마흔다섯 살. 고등교육을 받지 못했다고 했지만, 그때까지 만난 아프리칸 중에 가장 지적인 영어를 구사했다. 고개를 약간 쳐들고 저 멀리 우삼바라 산봉우리에 시선을 고정시킨 채, 가장 정확한 어휘를 내면에서 찾아 길어 올리는 사람처럼 신중하게 말을 이어갔다. 나는 그가 홍차 상자를 엎어놓은 테라스 난간에 걸터앉고 말았다.

"2년 동안은 한 독일인과 달에살람 그리고 이곳에서 일했어요. 가족계획과 에이즈 예방을 위한 포스터 작업이었지요. 그건 정말 '크리에이티브' 한 일이었어요. 스위스 삼림협회에서 주최하는 대회에 출품해서 상금을 탄 적도 있었어요. 이 홍차 광고를 하게 되면 포스터, 간판까지 합쳐 450달러 정도의 연간 수익을 올릴 수 있을 거예요. 여기선 적지 않은 돈이니, 한동안 내 그림에 집중할 수 있기를 바라죠."

나는 도시에서 미술품을 접하며 느꼈던 아쉬움을 이야기했다.

"달에살람이나 잔지바 같은 곳에는 미술상점이 참 많았어요. 그런데 화풍은 두세 가지로만 한정되어 있더군요. 화가들이 자기 것을 그린다기보다 정해진 것을 그리게끔 훈련되는 식인 것 같았어요. 해서 시간이 흐르면 똑같은 관광지의 그림 같아 눈길이 가지 않게 되었지요. 몇몇 상점만이라도 개성 있는 아프리카 화가의 그림을 전시하고 판매해보면 어떨까 하는 생각을 했어요. 그런 곳에 가서 활동할 계획은 없나요?"

"그래요. 루쇼토는 사실 예술가에게 좋은 환경은 아니지요. 아십니까? 루쇼토는 매우 폐쇄적인 곳이에요. 미신이랄까, 전통적인 부족종교랄까, 그런 게 오늘날까지도 횡행하는 곳이죠. 아직도 주술사가 후계자 없이 죽거나 하면, 각 부족장들이 모인 자리에서 암탉의 머리를 잘라요. 그래서 피가 튀는 방향에 있는 자를 다음 주술사로 추대하지요. 이들의 파워는 막강해서 수많은 기독교 선교사나 무슬림들이 선교를 위해 왔다가도 결국 정착하지 못하고 아루샤나 킬리만자로로 떠나버렸어요. 내가 독일인과 이곳에서 일할 때 동료 루쇼토인들은 독일인이 나를 너무 신임하는 것을 못 견뎌 했어요. 그래서 내가 2주간 모잠비크로 출장을 떠나게 되었을 때, 주술사에게 나를 죽여달라고 부탁했지요. 우연의 일치였는지……, 어떤 일이 일어났는지 아세요? 모잠비크에 도착하여 기차에서 내리자마자 현지 경찰에 체포되어 감옥에 갇히는 불운을 겪게 되었답니다. 영문도 알 수 없었고 이유도 없었지요. 아무리 억울함을 호소하려 해도 경찰은 들으려 하지 않았어요. 그때 유일하게 도움을 준 루쇼토인 친구가 있었어요. 저와 같은 기독교인이었지요. 천신만고 끝에 그 친구 덕분에 감옥에서 나올 수 있었어요. 그 친구는 이후…… 안타깝게도 에이즈로 운명을 달리했지요. 그 일이 있은 뒤 제겐 매일 아침저녁으로 기도를 올리는 것이 하루일과로 자리잡았답니다. 오해와 편협함 때문에 조화롭게 섞이지 못하는 것은 슬픈 일이에요."

그가 말해준 것은 루쇼토의 새로운 면이었다. 그곳이 아프리카의 첩첩산중 마을이란 것을 고려해볼 때 얼마든지 가능한 일이었다. 한국이라는 '합리와 미신이 사이좋게 공존하는' 특이한 공간에서 살고 있기 때문에 더더욱, 나는 그의 말이 황당하거나 얼토당토 않게 여겨지지만은 않았다. 우리는 박사, 기업인, 정치가 등 학식이나 지위 여하를 막론하고 큰 결정에 앞서 무속인을 찾는다. 답답한 일이 생기면 "점 좀 보러 가야겠다" 혼잣말을 하고, 대통령 선거가 목전에 닥치면 유명 무속인들의 예견이 공식적으로 뉴스화될 정도이다. 논리나 과학만큼이나 눈에 보이지 않는 '기운'도 믿는 민족인 것이다. 루쇼토의 산세가 전하는 기운은 막강했으므로, 그것에 길들여진 현지인 여럿이 갓 들어온 외지인 한 명을 모함하고 몰아내는 것은 시간 문제일 것 같았다. 나는 그가 왜 그 모든 어려움에도 불구하고 루쇼토에 남아 있는지 궁금했다.

"아내가 여기 있어요. 아니, 아내였던 사람이라 해야 정확하겠지요. 이혼했으니까요. 아내는 불임이었어요. 아프리카에서 여자가 아이를 못 낳는다는 것은 치명적인 결함입니다. 아내는 힘들어했어요. 나는 위로했지요. 아이는 중요하지 않다고, 없어도 좋다고, 당신이 소중하다고. 그러나 그녀는 자책했어요. 마음의 병이 깊어졌지요. 중증 우울증이 되고 말았어요. 그녀가 먼저 이혼 이야기를 꺼냈어요. 안 된다고 했지요. 주변인들도 나를 찾아와 이혼하라고 성화를 부렸어요. 듣지 않았죠. 그녀는 점점 강력하게 이혼을 원했어요. 일 년 반 동안이나. 나는 그녀에게 물었어요. '내가 문제가 있어 아이를 못 낳는데도 이혼하겠어요?' 그녀는 아니라고 했어요. 하지만 현실은 그렇지 않으니 나를 자유롭게 해주고 싶다고 했어요. 다른 여자를 찾아 행복해질 수 있길 바란다고."

그는 특유의 느릿한 어조로, 구슬을 꿰듯 정성스럽게 말을 이었다. 그래서일까. 그가 "슬펐다"라거나 "고통스러웠다"라거나 하는 감정적인 어휘를 사용하지 않고 간결하게 사실만을 전달하는 데에도, 그의 아픔이 내게 고스란히 전달되었다. 우리는 소중한 것에 대해서만 정성스럽게 말한다. 이혼한 지 이 년이 되었다고 했지만, 아내와의 결혼생활과 이별은 여전히 그의 생에 매우 소중한 무엇인 것 같았다. 그래서 아직도 그것을 놓지 못하고 소중히 감싸쥔 채 말하고 있는 것 같았다.

"사람들은 빨리 여자를 찾아라, 새 가정을 이뤄라 말을 합니다. 그러나 나는 아직도 여기가……."

그는 말을 마치지 않고 가슴에 손을 얹었다.

"그녀는 간호사예요. 길에서 가끔 마주치면 안부를 묻기도 하지요. 재결합의 의사를 그녀에게 몇 번 전했어요. 묵묵부답입니다. 그녀는 아직 내 집에 살아요. 내 수입이 더 나으니까, 내가 새로 살 자리를 구하는 것이 맞다고 생각했지요. 그녀가 일하는 국립병원은 월급이 형편없답니다. 최근엔 내가 월급이 조금 많은 학교에서 일하는 게 어떻겠냐고 제안했어요. 생각해보겠다고 하더군요".

그의 이혼한 아내에 대한 배려는 아프리카라는 것을 생각할 때 파격이었고, 우리 기준에서도 깊은 것이었다. 그가 다음 말을 했을 때, 나는 내가 잃어가고 있는 것들, 혹은 버리려 하는 것들 때문에 명치 끝이 저렸다.

"누군가 당신의 생으로 들어옵니다. 그리고 당신 생의 일부를 이루죠. 그럼 당신은 그와 헤어지더라도 그의 안녕을 기원하게 되지요. 함께하지 않더라도 그가 행복해하는 것을, 성공하는 것을 보고 싶어지는 거예요. 작은 도움이라도 주고 싶어지는 거죠."

내 생의 일부였던 것을 미련 없이 놓아버린 지 오래되었다. 그들 중 일부는 완전히 지워버려서 안녕조차 궁금하지 않은 지 오래되었다. 나는 글씨를 처음 배우는 아이처럼 완전히 지우고 새로 쓰고 또 지우고 새로 쓰며 살고 있었다. 너덜너덜해진 한 페이지를 어떻게든 깔끔히 마무리 지어보겠다고 안간힘을 쓰고 있었던 것이다. 그러나 제프리는 말한다. 잘못 쓴 것도, 밉게 쓴 것도, 모두 네 생의 귀중한 일부라고. 덮지 말고, 지우지 말고, 들춰보며 기도하라고. 네가 기도하는 한 파편은 흩어지지 않고 전체를 이룬다고.

로버트와 제프리. 나는 고원의 마을 루쇼토가 내게 들려준 두 개의 사랑 이야기를 조용히 곱씹어보았다. 묻지 않을 수 없었다. 너의 사랑은?

정직하게 말하자면, 내게는 이제 '사랑' 보다 '관계' 라는 어휘가 더 진득한 것이 되었다. 관계의 지속성이, 그것을 견고하게 하는 노력이, 사랑보다 더 진한 이름이 된 것이다. 한순간 심장을 활활 태우는 감정은 열정의 다른 이름이다. 연소의 뜨거움과 화려한 불길의 전시가 사라진 뒤에 남아 있는 초라한 불씨, 그것을 보살피고 싶은 마음, 실제로 정성껏 돌보는 어려운 행위, 내게는 그것이 사랑의 실체가 되었다. 로버트와 제프리의 사랑 가운데 굳이 꼽자면 제프리 쪽에 가까운 사랑이었지만 그처럼 극진하지는 못해 부끄러운 날들이었다.

제프리와 내게로 아이가 찾아왔다. 루쇼토의 시장에서 산 테니스공을 쥐고 있었다. 백 원짜리 테니스공은 늘 하루를 넘기지 못하고 터져버리기 일쑤였지만, 이삭에게 축구공을 준 뒤로 우리는 아쉬운 대로 테니스공 축구를 하고 있었다. 제프리는 구슬을 꿰는 목소리로 아이에게 이름을 묻고 나이를 물었다. 그리고 미소지었다.

아이는 긴장된 얼굴로 제프리에게서 눈을 떼지 못했다. 실은 그의 이마 가운데에 뾰족하게 솟아난 혹이 있었기 때문이었다. 더는 참지 못하고, 아이가 내 귀를 잡아당기며 속닥거렸다.

"엄마, 이 아저씨는…… 혹시…… 혹시…… 유니콘이야?"

헤어질 때, 제프리가 말했다.

"세인트유진스호스텔에 머문다고요? 그곳에 있는 그림들은 모두 내가 그린 것입니다. 로비와 식당, 객실에 있는 것 모두요."

나는 꼭 그림들을 찾아보겠노라 약속하고 그와 헤어졌다.

그날 저녁, 우리는 조금만 더, 조금만 더 하고 놀다가 뒤늦게 세인트유진스호스텔로 돌아오게 되었다. 막상 한 치 앞도 보이지 않는 어둠 속에 놓이자 당황스러웠다. 아이 손을 꽉 잡고 잰걸음을 걷는데, 뒤쪽에서 헤드라이트 불빛이 보였다. 무조건 세우고 보니 운 좋게도 마지막 달라달라였다. 어렵사리 세인트유진스호스텔에 도착했을 때, 저녁식사는 거의 끝나가고 있었다. 서둘러 접시를 채우러 뷔페식 바 앞에 섰다. 샐러드를 담다 말고 우연히 바 너머의 벽에 걸린 것을 보았다. 과일과 채소를 그린 그림. 나는 조용히 전율했다. 달에살람이나 잔지바에 흔한 훈련된 화가의 그림이 아니었다. 깊고 따뜻하고 흔들림 없는 그의 영혼만큼이나 확고한 한 세계를 지닌 그림이 거기에 있었다. 그 누구에게도 배운 적 없는 그림, 무작정 그리는 것이 좋아 누런 종이를 아껴가며 습득했을 사물의 원형과 디테일이 거기 덩그마니 한데 모여 살아 숨쉬고 있었다. 접시를 내려놓고 그림에 가까이 갔다. 이 그림을 먼저 보고 그를 만났으면 좋았을 것을. 그랬다면 궁핍함에 짓눌린 그의 예술세계에 대해 더 확신에 찬 응원을 보낼 수 있었을 것을……

그 조용한 전율 이후, 내게 루쇼토는 제프리와 동의어가 되었다. 그곳의 빽빽한 나뭇잎 사이를 뚫고 나온 햇살처럼 저 홀로 따사롭게 주변을 밝히던 그. 야만과 전통이라는 배타적인 관계의 그물망 속에서 저 홀로 깊고 그윽했던 그. 좀더 충실한 어휘를 찾기 위해 그가 중간중간 말을 멈추고 바라보았던 거대한 우삼바라산보다 더 먼저, 나는 제프리를 떠올리게 되었다.

당신의 처분만 기다립니다

― 에드문드

루쇼토에서 아루샤로 떠나는 아침. 버스 시간까지는 얼마 남지 않았지만, 아이가 너무 곤히 잠들어 있어 깨우기가 조심스러웠다. 새벽녘 아이는 울음 섞인 비명을 지르며 깨어났다.

"사람들이 엄마를 불에 태웠어! 허엉~!"

얼른 침대로 달려가 꼭 끌어안았다.

"그런 일은 절대 없어! 아주 고약한 꿈이로구나!"

아이는 울먹울먹하다 내 팔을 베고 잠이 들었다. 실은 아이가 악몽을 꾼 그 순간 나도 악몽을 꾸고 있었다. 정체 모를 검은 것에 쫓기고 있었다. 전날 제프리가 들려준 이야기가 떠올라 오싹했다. 웬만한 외지인은 못 견딘다는 '드센' 산기운 말이다. 하지만 아무리 생각해봐도 엄마가 불에 타는 건 여덟 살짜리 악몽 치고는 지나치지 않은가 말이다. 그맘때는 친구가 사탕을 뺏어가 한입도 주지 않고 눈앞에서 끝까지 녹여먹는, 뭐, 그런 꿈만으로도 가위눌리기에 충분하지 않은가, 구시렁대면서 일찍 일어난 김에 짐을 싸기 시작했다.

마리오가 문을 노크한다.

"준비 다 됐나요?"

그녀도 함께 아루샤로 떠난다. 오두막 건축과 관련해서 아루샤에 있는 담당 공무원을 만날 것이라 했다. 지난밤 나는 그녀의 방에 초대되었다. 그리고 방에 들어서자마자 깜짝 놀랐다. 그녀의 침대에 펼쳐진 방대한 서류와 사진들! 마리오는 사랑하는 이에게서 받은 연애편지를 침대 가득 늘어놓은 소녀처럼 상기된 얼굴로 말했다.

"모든 일이 너무나 잘 풀려가고 있어요!"

수도와 전기시설을 얻는 대가로 그녀를 도와주기로 한 이웃마을의 남자는 감동스러울 정도로 많은 자료를 들고 그녀 앞에 다시 나타났다고 한다. 그 지역에 많은 나무와 동물들, 그들의 생태적 특징을 상세히 조사했고, 가장 가까운 상수원과 지반의 특성, 나아가 마을 사람들이 그녀에게 제공 가능한 협조를 빠짐없이 서류화하여 내밀었다고 한다. 그녀는 또 자신이 네덜란드에서 준비해온 것들, 이를테면, 구글어스(Google Earth)로 잡은 우삼바라 정상의 오두막 터 사진, 설계도 및 향후 수년간 지출하게 될 분기별 비용 견적서 등을 내밀었단다. 둘은 무한한 감동과 신뢰를 느꼈다고 한다. 그간 궁금했던 것을 몇 시간이고 이야기하고 또 이야기했다고 한다.

"그를 만나게 된 건 순전히 '아프리칸 드림' 덕분이에요. 이런 거죠. 당신이 한 사람에게 당신의 고충을 털어놓아요. 그럼 그가 당신의 고충에 관심을 가질 법한 사람에게 그것을 또 털어놓지요. 그렇게 가장 잘 해결해줄 수 있는 사람을 찾아 당신의 고충이 급속히 퍼져나가는 거지요. 그리고 마침내 최적의 해법을 지닌 사람이 뜨억 나타나 당신의 호텔 방문을 두드린답니다. 아프리칸 드림이 효과를 발휘하는 데에는 이런 첩첩산중에서도 며칠밖에 걸리지 않아요. 믿을 수 없겠지만, 인터넷보다 빠르고 효율적이랍니다."

마리오는 사진을 들고 한 장 한 장 내게 설명을 해주기 시작했다. 눈은 빛났고 얼굴은 달콤한 피로에 젖어 있었다. 그녀가 늦은 밤에도 잠재워지지 않는 에너지에 휩싸여 열정적으로 은빛 머리를 넘길 때마다, 낮 동안 여러 곳을 뛰어다녔음을 입증하듯 먼지로 뭉친 머리칼들이 덩어리째 일어섰다.

마리오에게 곧 나가겠다고 대답하고서 중빈을 깨웠다. 다시 일어난 아이는 다행히도 한결 밝아진 얼굴이었다.

"아주 좋은 꿈이었어! 아프리카인데 애들 소리가 나서 갔더니 내 한국 친구들이다 있었어! 같이 신나게 놀았어!"

　　마리오와 나, 중빈은 몬테소리센터 앞에서 버스를 기다렸다. 새벽공기가 촉촉하기 이를 데 없었다. 파란 교복스웨터를 입은 소녀가 센터로 들어가려다 말고 중빈을 아는 체했다. 중빈이 바이올린을 연주했을 때 소녀도 거기 있었던 모양이었다.

　　어제 중빈은 쑥스러운 듯, 그러나 애써 의연하려는 듯, 아이들이 지켜보는 가운데 뚜벅뚜벅 교실 칠판 앞으로 걸어나갔다. 긴장한 나머지 화난 사람 같아 보일 지경이었다. 아이들은 호기심이 가득한 얼굴로 중빈을 보았고 나를 보았고 다시 중빈의 바이올린을 보았다. 선생님이 일어서라 하자, 아이들이 일제히 "선생님! 우리는 일어섭니다!" 하며 일어났다. 선생님이 인사를 하라 하자, 이번에는 "안녕하세요! 방문해주셔서 감사합니다!" 기계적으로 합창했다. 다시 앉으라 하자 "선생님! 우리는 앉습니다!" 하고 앉았다. 선생님의 엄한 지시와 익숙하지 않은 단체 외침은 당황스러웠다. 그러나 이후 몇 차례 더 다른 학교를 방문하면서 그것이 한꺼번에 여러 아이를 돌봐야 하는 기숙학교의 현실적 특징이라는 것을 알게 되었다.

　　중빈은 최선을 다했고 아이들도 기계적이지 않은 미소와 박수를 보내주었다. 연주 뒤 우리는 아이들의 기숙사로 안내되었다. 잘 정리하지 않는 내 침대보다 열 배는 깔끔한 침대들이었다. 침대마다 소녀들의 이름이 붙어 있었고 후원으로 보내졌을 인형들이 하나씩 놓여 있었다. 예상보다 훨씬 훌륭한 시설이라 적잖이 감동하였고, 하나뿐인 인형들에 닳도록 손때가 묻어 있어 뭉클하였다. 부모가 없는 어린것들의 외로움과 불안함을 밤마다 고스란히 받아냈을 인형들……

　　버스가 오지 않자, 중빈이 센터 앞 잔디 위를 데굴데굴 구른다. 어제도 녀석은 같은 곳에서 강아지처럼 몸을 비볐다. 방금 연주를 마친 바이올린을 곁에 던져두고서, 자신이 아이들 앞에서 해낸 일에 대해 스스로 설명하기 힘든 성취감과 기쁨에 젖어 외쳤다.

　　"엄마도 이렇게 누워봐! 진짜 좋아! 아마 심장이 터질 거야!"

　　버스가 달리기 시작하자, 푸르디푸른 산내음이 입을 틀어막듯 밀려든다. 새로운 굽이를 돌 때마다 부지런한 산마을 사람들이 새로 딴 과실이 가득한 자루를 이고 지고 걷는다. 버스가 청과물시장에 섰다. 여인들이 차창 밖에서 순박한 얼굴로 과일쟁반을 들어올린다. 자두와 사과, 바나나와 토마토……. 모두 차고 싱그럽다. 작지만 향기롭고, 시지만 달콤하다. 오래도록 과육을 입에 머물게 한 뒤에야 느릿느릿 혀끝에 퍼지는 은근한 달콤함이다.

여인들은 사라고 내게 눈짓을 하고 안 산다 하면 우기듯 한 번 더 눈짓을 한다. 그리고 이내 우긴 것이 부끄럽다는 듯 웃으며 눈을 내리깐다. 여인들 뒤에는 더불어 일찍 일어난 어린것이 양손에 차파티를 쥐고 우갈리를 마셔가며 저 혼자 야무지게 아침식사를 한다. 어린것의 곁에는 팔려고 내놓은 오이가 나란하고 오이가 가득 담긴 자루 곁에는 이웃 동무처럼 아무렇지도 않게 구름이 내려앉아 있다.

여섯 시간 뒤 우리는 아루샤에 도착할 것이다. 이제 바부가 아루샤의 터미널에 나와 있을 거란 기대 같은 건 하지 않는다. 그렇다고 돈을 몽땅 날렸다고 생각하지도 않는다. 그와는 어떻게든 연락이 될 것이다. 비록 약속한 것처럼 훌륭한 사파리는 아닐지라도 사파리 또한 어떻게든 진행이 될 것이다. 나는 어느새 아프리카식으로 사고하고 아프리카식으로 계획하고 있었다. 버스는 계곡을 돌고 돌아 평야지대를 향해 내려갔다.

터미널에서 레게머리를 한 청년이 중빈과 나를 알아보고 손을 흔들었다.

"바부가 보냈어요. 에드문드라고 합니다."

그는 대절한 택시에 중빈과 나를 태웠다. 그리고 무척 저렴한 여인숙 급의 게스트하우스에 우리를 데려다놓았다.

"사파리 전날, 당신은 우리 여행사에서 제공하는 안락하고 멋진 게스트하우스에서 머물게 될 거예요."

바부의 말이 귓가에서 윙윙거렸다. 나는 파리를 쫓듯 손을 들어 그의 말들을 털어버렸다.

에드문드는 우리를 게스트하우스에 딸려 있는 식당으로 안내했다. 내 체격의 네

배쯤 되는 아가씨가 사람 좋은 미소를 지으며 주방으로 들어가더니, 아주 싸고 맛있는 치킨야채덮밥을 만들어냈다. 중빈은 밥을 먹자마자 동네 아이들과 테니스공 축구를 시작했다. 에드문드는 곧 사장이 올 거라면서 내내 곁에 앉아 있었다. 물론, '곧' 온다는 사장은 식사를 마치고도 한참이 지나도록 오지 않았다. 크게 상관은 없었다. 어차피 아루샤에서는 사파리 외에 달리 할 일도 없었으므로. 기다리는 동안 에드문드가 그동안 가이드했던 고객들의 사진을 보여주었다. 그의 주된 업무는 사파리가 아니라 킬리만자로 트레킹가이드라고 했다.

"스무 살 때부터 여행업에 종사했어요. 관광 전문학교에 일 년을 다녔고, 졸업 뒤육 개월 정도 포터 생활을 했습니다. 포터로서 충분히 힘이 센지를 입증해낸 뒤에야 투어가이드가 될 수 있거든요. 한때는 달에살람과 잔지바를 오가는 페리 운전을 했는데, 세계 각지에서 오는 다양한 사람들을 만나고 싶어 직종을 바꾸었어요. 지금은 아주 만족합니다. 사람도 만나고, 산도 가고, 돈도 버니까요."

그가 보여준 사진 속에는 고글을 쓰고 온갖 장비를 갖춘 근육질의 산사나이들도 있었지만, 산하고는 거리가 멀어 보이는 세자릿수 몸무게의 아가씨도 있었다.

"누구나 킬리의 정상까지 올라갈 수 있어요. 포기하지만 않는다면요. 이 아가씨의 경우는 정말 정말 오래 걸렸어요. 하지만 해냈지요. 이런 경우는 돈이 많아야 해요. 트레킹은 일당으로 계산하는 거니까요. 장비와 식량, 가이드, 포터, 팁, 심지어 입장료까지 모두 다요."

킬리의 단독 *트레킹은 금지되어 있다. 반드시 여행사를 통해 최소한 한 명의 가이드, 한 명의 포터를 동반해야 한다. 포터와 가이드의 주수입은 월급이 아니라 팁이다. 여행사에서 포터와 가이드를 대하는 태도가 "알아서 벌어라. 너 말고도 많다" 식이기 때문에, 가이드와 포터들은 팁에 의존할 수밖에 없다.

한참 뒤 사장 고프리가 왔다. 말쑥한 검은 양복에 흰 와이셔츠 차림인 그는 거래에 능한 사람의 느긋함과, 시간상 그날의 마지막 '건수'가 될 나를 빨리 구워삶아 좋은 실적으로 하루를 마감하고픈 초조함 사이를 부지런히 오갔다. *금액이 컸으나, 신용카드

*가장 인기 있는 킬리 트레킹 코스인 마랑구 코스(Marangu Gate-Mandara Hut-Horombo Hut-Kibo Hut-Uhuru Peak)에 드는 비용은 하루 평균 150달러. 적당한 팁은 4박 5일 기준 가이드 일인당 60 달러, 포터 20달러 정도.

사용은 여전히 불가능했다. 그는 먼저 내가 가진 달러를 챙기고 다음으로 여행자수표를 가져갔으며, 그리고도 부족한 부분을 마지못해 탄자니아실링으로 채우려들었다. 반면, 남은 여행을 위해 적절히 달러를 보유해야 했던 나는 되도록 은행에서 인출이 가능한 탄자니아실링으로 지불하고자 했으므로 둘 다 적정한 환율 문제를 놓고 오랫동안 설왕설래해야만 했다.

마침내 이야기가 끝났을 때 고프리는 나를 자신의 지프에 태워 은행 앞 현금인출기에 데려다놓았다. 합의된 만큼의 실링을 인출해서 그에게 건넸다. 그는 매우 기분이 좋아 보였다. 핸들을 잡은 채 누군가와 핸드폰으로 수다스레 통화를 하며 휘파람을 불었다. 고프리는 나와 중빈, 에드문드를 게스트하우스에 내려놓고 내일 사파리가 시작될 것이며 아침 일찍 데리러 오겠다는 말을 남기고 휑 하니 사라졌다.

뭐…… 그런 식이다. 생전 처음 보는 그가 내 돈을 왕창 가져갔으나 '내일 아침 오겠다 하면 오겠지' 하는 식. '정확한 계산' 보다 '적절한 감' 에 의해 움직이는 것이 오히려 이곳에서는 이성적인 선택이 된다.

에드문드는 특별히 할 일이 없다면서 우리에게 뭘 할 거냐고 물었다. 나는 더 어두워지기 전에 인터넷카페에 가겠다고 했다. 그는 좋은 곳을 알고 있다며 안내를 자청했다. 아루샤는 한때 동아프리카연합의 본부가 있던 곳으로서, 중심가에는 체증이 일어날 만큼 교통량도 상당하고 꽤 높은 호텔 건물도 더러 눈에 띄었다. 뿐만 아니라 세렝게티, 마냐라호수국립공원 등과 인접해 있어 거의 모든 사파리가 이곳에서 계획되고 시작된다. 말하자면 탄자니아의 관광 '수도' 인 것이다. 관광 수도가 늘 그러하듯, 갓 도착한 여행자에게 말도 안 되게 싼값으로 사파리를 시켜주겠다며 유인하여 돈을 들고 튀는 삐끼들이 많은 것으로도 악명 높으니 유의할 일이다. 항상 안전한 것은 적정한 가격에 기대기. 요행수를 바라면 반드시 무리가 따른다.

에드문드와 인터넷카페를 찾아 가는 불과 이십여 분 동안, 두 번 정전이 되었다가 전력이 복구되었다. 늘 있는 일이라 아무도 동요하지 않는다. 수많은 사람들이 어둠 속에서 발을 밟거나 부딪히지 않고도 찬찬히 가던 길을 가고 먹던 밥을 먹었다. 다시

* 텐트에서 자는 캠핑 사파리의 경우 일 인당 하루 평균 150달러 정도. 입장료나 팁 등 제반비용이 포함된 가격이다. 어린이는 어른의 50~70퍼센트 정도. 하지만 어디까지나 평균일 뿐, 원하는 일정과 서비스의 질, 협상능력에 따라 차이가 생긴다. 국립공원 안팎의 오두막에서 머무는 럭셔리 사파리도 있다 (최하 하루 600달러 이상).

거리가 환해지고 상점에 놓인 텔레비전이 켜지면 아프리카 각국 소식을 전하는 뉴스에서 남아공 대통령이 전력난의 심각성에 대해 피력했다.

에드문드는 자가발전시설이 있는 인터넷카페에 나를 데려다주었다. 카페 앞에는 포켓볼을 치는 청년들이 있었다. 중빈은 곧바로 이 게임에 매료되었다.

"난 여기 앉아 있을게. 엄마 메일 체크하고 와."

도시, 첫날 밤, 여흥을 즐기는 청년들. 썩 내키는 조합은 아니었지만 그러자고 했다. 에드문드가 그 청년들 가운데 한둘에게 안부를 물은 뒤 자신이 중빈과 함께 있겠다고 했기 때문이었다. 인터넷 스피드는 괜찮았다. 그런데 문득 고개를 들어보니 에드문드가 어느새 들어와 점원 아가씨와 이야기를 나누고 있는 게 아닌가. 나와 눈이 마주친 에드문드가 걱정 말라는 듯 턱을 쳐든다.

아프리칸이 말없이 턱을 드는 것엔 여러 의미가 있다. 처음 만난 사람이 들면 "안녕!"이란 뜻이다. 내가 뭔가 실수를 했을 때 들면 '괜찮다'란 뜻이다. 우리네처럼 '저것 좀 봐'란 뜻이기도 하고 때론 '고맙다'란 말을 대신하기도 한다. 만약 버스에서 우리 뒤에 앉은 여인이 자기 창문이 열리지 않아 우리 창문으로 씹던 과일을 버리려다 차안으로 떨어진다면, 그래서 아이가 온통 씹던 과일을 뒤집어썼을 때 턱을 쳐든다면, 젠장, 이건 '미안하다'라는 뜻이다.

나가보니 어느덧 포켓볼을 치던 청년들이 모두 앉아 있다. 그리고 그들 중 한 명의 무르팍에 중빈도 앉아 있다. 녀석은 신이 났다. 한글로 "하나, 둘, 셋"을 가르쳐주고 있었다. 따라하는 청년들 발음이 시원찮으면 "아이, 참!" 하면서 고개를 젓고 처음부터 다시 시작했다. 청년들도 중빈에게 스와힐리어로 '하나, 둘, 셋'을 가르쳐주었다. 중빈이 따라하면 그들은 껄껄 웃으면서 고개를 끄덕끄덕했다. 한국어 선생은 끝까지 엄격하게 굴었고 스와힐리어 선생은 시종일관 너그러웠다.

에드문드는 계속 우리를 따라다녔다. 저녁을 먹으러 게스트하우스의 식당으로 돌아왔을 때도 마냥 앞에 앉아 있었다. 그러면서 신경 쓰지 말라고 했다. 자신도 어차피 그 게스트하우스에 머문다면서. 그러나 어찌 신경이 쓰이지 않겠는가? 내가 그에게 같이 먹겠느냐고 묻자, 그가 기다렸다는 듯이 음식을 주문했다. 중빈과 내가 건너뛴 디저트까지도 그는 알뜰하게 시켜먹고 내 계산서에 함께 올렸다. 저녁값 같은 건 아무래도 좋았다. 정작 내가 불편한 것은 그의 태도였다. 할 말이 있는 것도 아니고 인간적인 호기심 때문도 아니면서, 그는 예의와 결례의 경계를 잘 모르는 사람처럼 함께 있으려 들었다. 킬리의 가이드로 일하면서 정당한 임금을 받는 대신 팁에만 의존하는 데서 굳어진 태도 같았다. 나는 쿠키를 들고 있는 주인을 바라보는 강아지 같은 그의 눈길이 부담스러웠다.

중빈이 식당에서 잠이 들었다. 내가 아이를 안고 방으로 옮기려는데 게스트하우스의 주인이 물어볼 게 있다며 나를 불렀다. 에드문드는 얼른 내 품에서 줄줄 흘러내리는 아이를 받아들고 자신이 침대에 뉘겠다고 했다. 잠시 후 방으로 돌아갔을 때, 아이는 침대 가운데 곱게 누워 잠들어 있었다. 그것은 고마운 일이었으나, 에드문드가 창백한 형광등 불빛 아래 앉아 나를 빤히 바라보고 있는 것은 어이없는 일이었다. 이밤에, 내 방에서, 뭘 더 바라는 걸까? 그는 내가 맥주 한 잔을 하자고 하면 좋다고 할것이고, 나가달라고 하면 그 또한 알았다고 할 것이다. 화가 치밀었다가 이내 슬퍼졌다. 그의 눈에 비친 나는 달러가 든 전대를 차고 하룻밤 그의 앞을 스쳐가는 수많은 아루샤의 뜨내기 가운데 하나였고, 저녁 한 끼이거나 맥주 한 병이었으며, 이제 나의 눈에 비친 그는 전대에 달라붙은 파리처럼 스스로 존엄성을 거세하고 말초적 생존에만 충실한 무엇이었다. 나는 그가 내다버린 존엄성을 대신 주워들고 그에게 되돌려줄 수 있기나 한 듯 최대한 예의를 갖춰 말했다.

"오늘 당신이 보여준 친절에 감사합니다. 그런데 밤이 늦었고 내일은 사파리가 시작되니 좀 쉬고 싶군요. 괜찮으시다면 이제 좀 자리를 비켜주셨으면 좋겠습니다."

그는 말 잘 듣는 아이처럼 자리에서 일어났다. 나는 문을 걸어잠그고 침대에 누웠다. 길 위에서 만났던 수많은 에드문드가 떠올랐다. 헐값에 자존심을 팔고 푼돈에 곁을 서성이며 쉽게 이름을 바꾸고 서슴없이 거짓을 늘어놓던 사람들. 함부로 경멸하거나 비난할 수 없으면서도, 마음으로부터는 한시바삐 떨쳐내고 싶었던 그 많은 만남의 순간들을. 가난이 가장 쉽게 인간을 내모는 지점에서, 그 지점까지 무저항으로 내몰려간 인간들의 나약한 얼굴들을……

오늘 에드문드에게 '내'가 꼭 내가 아니었어도 상관없었듯, 내게도 '에드문드'가 꼭 에드문드로 다가오는 것은 아니었다. 우연히 더 절망적인 상황에서 내가 에드문드의 얼굴을 하고 있었을 수도 있다. 우연히 더 희망적인 상황에서 에드문드가 내 얼굴을 하고 있었을 수도 있다. 저마다 불리하거나 유리한 상황 속에서 적응하고 변화한다. 누군가를 판단하기에 앞서 이해해야만 하는 이유가 거기에 있다.

그대로 잠이 들었던가보다. 탄자니아 북부의 싸구려 게스트하우스에서 눈을 떴을 때 커튼 뒤로 새벽이 푸르게 스며들고 있었다. 막바지 남은 어둠 속에서 모기 한 마리가 내게 마지막 진격을 가하고 있었다. 사물의 경계를 모호하게 밝히는 새벽빛 때문이었을까. 아니면 여행의 반 토막에서 느끼는 피로 때문이었을까. 끝까지 한 방울의 피를 포기하지 않는 그 까만 모기와, 몇 달러를 위해 빌붙는 에드문드와, 몇백 달러를 호주머니에 넣고도 또다른 위안을 찾아 먼 곳을 떠도는 나의 정처 없음이…… 솔직히 내게는 무엇이 더 낫다 할 것 없이 똑같아 보였다.

동물들이 사람을 먹여살린다

— 마사이

"야호!"

중빈은 눈을 뜨는 것과 동시에 외쳤다. 나는 아이의 달뜬 얼굴이 귀여워 미소지었다. 아이는 내내 종알거렸다.

"어젯밤 코끼리랑! 물소랑! 사자랑! 코뿔소랑! 치타랑! 오늘 다 보게 해달라고 기도했어!"

사파리를 하는 사람들이 꼭 보고 싶어하는 동물 '빅 5'. 아이는 그 다섯 동물들을 딱 한 번 듣고 그 자리에서 외워버렸다. 운 좋은 사람들만 다 볼 수 있다는 '빅 5'를 첫날 다 보길 바라다니, 욕심도 과하시지.

예상처럼 지프가 제시간에 와서 우리의 짐을 실었다. 운전사는 앤드류였다. 가이드도 맡게 될 거라 했다. 지적이고 믿음직해 보이는 사람이었다. 앞으로 펼쳐질 사파리의 첫번째 좋은 조짐이었다.

시내 부근에서 부족한 사파리 물품을 조달받는다며 차를 세웠다. 일본인 한 명이 다가와 인사를 했다. 우리와 같이 사파리를 하게 될 거라 했다. 마코토. 훤칠한 키에 영화배우라고 해도 믿을 외모. 새 직장으로 옮기기 전 삼 주간의 여유를 이용해 아프리카로 왔다고 했다. 그의 아프리카행은 처음이 아니어서, 대학졸업 후 2년간 가나의 전기도 수도도 없는 곳에서 화학 선생님으로 자원봉사를 했다고 한다. 사파리의 두번째 좋은 조짐이었다.

"일본인들은 아프리카 같은 곳으로 여행 오려 하지 않아요. 내가 쉬는 동안 아프리카에 가겠다고 했을 때 회사동료들은 미쳤다고 했어요."

무슨 말인지 단박 알 수 있었다.

"이렇게들 묻지 않나요? 대체 너는 왜 사서 고생을 하니?"

마코토가 내 말에 크게 웃었다.

"맞아요. 맞아요."

곧이어 두 명의 오스트레일리아인이 도착했다. 그레이엄과 크리스티. 그들과도 인사를 나눴다. 런던에서 살고 있으며 결혼을 앞둔 커플이었다. 크리스티는 대뜸 중빈의 바이올린이 궁금했다. 사파리와 바이올린이라니? 동네 아이들과 축구를 하고 그 앞에서 바이올린도 연주한다는 이야기를 간략히 들려주었더니, 둘 다 아무 대답도 하지 않고 멍하니 있다. 한참만에 크리스티가 느릿하게 말했다.

"……그 모습을…… 눈앞에 그려보려고 애를 썼는데…… 잘되지 않네요."

그들에게는 우리의 여행방식이 이해하기 힘든 모양이었다. 삼 개월씩이나 아프리카를 여행하면서도 "고작 삼 개월뿐이기 때문에 로컬들과 어울릴 시간 같은 건 없었어요"라고 크리스티가 말했을 때, 나는 다섯 명의 정원이 다 채워진 이번 사파리 그룹 속에서 누구와 더 많은 이야기를 나누게 될지 예상할 수 있었다.

마지막으로 가장 중요한 식재료를 들고 요리사가 나타났다. 콘스탄틴. 젊고 발랄한 그는 단걸음에 휘리릭 지프 지붕에 올라가더니 모든 짐들을 차곡차곡 쌓고 주렁주렁 매달고 로프로 확실하게 매듭지은 뒤 덮개로 덮었다. 우리는 그렇게 첫번째 목적지인 마냐라호수국립공원으로 향했다.

중빈의 인내심이 바닥을 드러냈다.

"아직도 멀었어?"

약 오 분 간격이었다. 지프의 창밖으로는 드넓은 초원이었다. 듬성듬성 나무가 있고 그 그늘 아래 빨간 망토를 두른 마사이 남성들이 마사이 스틱을 들고 소를 모는 것이 보였다. 앤드류가 십 분 휴식을 알리고 차를 세웠다. 화장실과 식당이 저쪽에 보였고 수십 명의 마사이족이 한아름씩 수공예품을 들고 새로 들어오는 차를 에워쌌다. 그레이엄이 화장실에 가겠다고 하자, 크리스티가 얼굴을 찡그렸다.

"자기 혼자 갔다 와. 난 내리지 않을 거야."

마코토와 중빈, 나도 차에서 내려 흩어졌기에 마사이들을 피하려던 크리스티는 도리어 그들의 유일한 남은 목표가 되었다. 온갖 구슬 팔찌와 목공예 장식품을 매단 가늘고 긴 검은 팔들이 그녀의 좌석을 향해 뻗어올랐다. 그녀는 급하게 창문을 올렸다. 마사이들도 급하게 팔을 빼냈다. 창문이 완전히 닫힌 뒤에도 마사이들은 갈 길을 잃은 아이들처럼 그 자리에 서서 크리스티를 올려다보고만 있었다. 마코토와 중빈이 화장실에서 돌아오자, 그제야 대열을 흩뜨리고 반쯤은 마코토를 반쯤은 중빈을 둘러 쌌다. 마코토는 한 치의 공간적 여유도 없이 좁혀들어오는 그들 가운데에서 차분하게 물건을 구경했다. 그러고 나서 미안하지만 지금은 살 수 없다며 일본식으로 고개를 숙여 인사하고 차에 올라탔다. 중빈은 키 큰 마사이들 가운데 폭 파묻혀서 아예 보이지도 않았다. 아주 바쁜 모양이었다. 팔과 목에 마구 걸어준 팔찌와 목걸이를 되돌려주느라. 아이는 두 손을 들어올려 설득하는 사람의 제스처를 취했다.

"죄송해요. 하지만 저는 쉬를 하러 내려왔어요. 미안하지만, 좀 비켜주세요."

마사이족은 본래 미적감각이 뛰어난 사람들이다. 뒤통수가 발달한 작은 두상, 큰 키에 길다란 팔다리. 그들의 몸 자체가 놀랄 만큼 아름다울 뿐 아니라, 그 아름다운 몸을 돋보이게 하는 원색적인 액세서리나 염색천 또한 정교하고 화려하기 이를 데 없다. 이전에 아름다움은 그들의 용맹함을 더욱 돋보이게 했던 보조품에 불과했다. 큰 키로는 더 먼 곳을 볼 수 있어 적들의 침입에 효과적으로 대비할 수 있었고 길게 땋아 붉게 물들인 머리는 용사 '모란'이 되었다는 표식이었다.

그러나 오늘날 우리가 객으로서 접할 수 있는 마사이들은 대부분 용맹함과는 무관한 삶을 산다. 동물들이 그들을 먹여살린다. 사파리를 하러 온 사람들에게 사파리를 더욱 리얼하게 해주는 아프리카의 원시적 배경으로서 존재하는 것이다. 그들의 아름다움은 이제 용맹함과 무관하게 아름다움 그 자체로 각광받는다.

혹자들은 목걸이를 팔려고 덤벼드는 마사이들을 보며 이미 마사이 전통이 사라진지 오래라고 눈쌀을 찌푸리기도 한다. 그러나 홍수처럼 밀려드는 사파리 관광객들 사이에서, 우리가 쉽사리 한복을 벗어던지고 기와집을 엎어버렸듯 그들이 턱시도로 갈아입고 콘크리트 카페테리아를 짓는 대신, 여전히 쇠똥집에 살며 마사이 스틱을 들고 어슬렁거리는 것만으로도, 내게는 전통에 대한 무한한 경배인 것처럼 여겨졌다.

차가 출발하자, 마코토가 놀랐다는 듯 말한다.

"JB가 저렇게 많은 마사이들에 둘러싸여서도 하나도 겁먹지 않네요. 만약 일곱 살짜리 보통 일본아이가 그 상황이었다면 겁에 질려 엄마를 찾거나 울었을 거예요."

"여러 차례 비슷한 경험을 했어요. 그런데 저런 경험만 했던 게 아니라 저렇게 다가온 사람들과 우정을 쌓는 경험도 한 거죠. 그 와중에 기분 나쁘지 않게 거절하는 법을 터득한 것 같아요."

마냐라호수국립공원을 삼십 분쯤 남겨두고 길이 좋아졌다. 탄자니아 그 어디에서도 볼 수 없었던, 검은 타르가 깔끔하게 깔린 새 길이었다. 로버트가 했던 말이 생각났다.

"정확한 수치인지는 모르겠지만, 전 대통령이 다른 나라로 들고 튄 돈이 약 3천만 달러라고 해요. 또 당신이 여행사에 내는 사파리 비용의 이십 퍼센트는 공무원들이 가만히 앉아 떼어 갈 겁니다."

나도 모르게 중얼거렸다.

"머니로드……."

크리스티가 말을 받았다.

"Yeh……. Safari money road…….(예…… 사파리 돈으로 만든 길이군요)"

깔끔한 새 길을 달리면서, 적어도 이 정부가 돈을 벌어 '쓰는 데'가 있다는 것만으로도 약간의 위로가 되었다. 그 길이 외국인들만을 위해 열려 있다는 것이 어쩔 수 없이 또 씁쓸하였다.

27

이건 정말 울고 싶을 만큼 좋구나

— 마냐라 호수

마냐라호수국립공원 옆 캠프장에 도착했다. 아담한 공원 같은 곳이었다. 잔디밭이 펼쳐져 있고 아기자기한 가로숫길, 조그만 수영장이 있었다. 사파리를 떠나온 사람들이 느리고 한가한 발걸음으로 잔디를 디딜 때마다 기분 좋은 초록 향기가 공기 중에 가득 차올랐다.

앤드류와 콘스탄틴이 더 좋은 자리를 차지하기 위해 곧바로 지붕에서 짐을 내렸다. 어릴 적부터 캠핑을 하며 자랐다는 크리스티와 그레이엄은 개인 텐트를 따로 가져왔으므로 자신들만의 보금자리를 설치하러 먼저 사라졌다. 앤드류는 사파리의 총지휘자로서 처리할 것이 많았으므로, 이제 콘스탄틴 혼자서 나머지 사람들을 위해 세 개의 텐트를 설치해야 했다. 그리고 또 요리 준비를 하러 뛰어가야만 했다. 흥정을 할 때 바부와 고프리는 이구동성으로 말했다.

"우리 여행사는 완벽히 준비합니다. 당신은 손 하나 까딱하지 않아도 돼요. 요리도, 텐트도, 그저 뒷짐지고 계시면 모든 것을 우리가 알아서 합니다."

그렇게 말함으로써 돈을 더 챙겼다. 나는 콘스탄틴의 셔츠를 흥건히 적신 땀을 보면서, 이제 곧 텐트 치는 법을 배우게 되리란 걸 알았다. 그들이 더 챙긴 돈은 내가 캠핑을 배우는 수업료로 지불한 것이라 생각하면 마음이 편할 터였다. 나는 역시 콘스탄틴을 보고 있는 마코토에게 입을 열었다.

"일본이나 한국이나 캠핑 같은 건 학교에서 가르쳐주지 않죠."

마코토도 상황을 눈치챈 모양이었다.

"맞아요. 나는 한 번도 텐트를 쳐본 적이 없어요."

"별로 쓸 일도 없는 수학공식 같은 건 참 열심히도 가르쳐줬는데."

"그러게요. 그런 걸 암기하느라 많은 시간을 보냈어요. 그러고 다 잊었지요."

그와 나는 동시에 고개를 끄덕였다. 비슷한 교육제도를 지닌 탓에, 한집에서 자란 오누이처럼 대화가 통했다.

"우리는 열심히 돈을 벌고, 놀러갈 때면 시설이 완비된 호텔이나 콘도로 가서 돈을 써요. 놀러 가서 텐트를 쳐야 한다면 '또 일을 해?' 라고 생각할 거예요. 바삐 사는 우리에게 '논다' 는 것은 무언가를 새로 만들며 즐거움을 창조하는 것이 아니라 즉석에서 돈으로 즐거움을 소비하는 것이죠."

"네. 더 소비하기 위해 더 벌고 그러다 보니 더 바빠지고…… 악순환이에요."

"그럼…… 이제 우리 콘스탄틴에게 가서 한 수 배워볼까요?"

마코토가 웃었다. 그렇게 우리는 콘스탄틴의 어설픈 늦깎이 조수가 되었다.

한편 마코토와 내가 텐트를 붙잡고 끙끙대는 사이, 중빈은 이미 캠핑에 맛을 들이는 중이었다. 자신이 머물 텐트는 허술한 엄마 손에 내팽개쳐두고, 엉뚱하게도 생면부지의 옆집 사파리 팀으로 가서 그곳의 또다른 요리사에게 찰싹 붙어 텐트 폴을 조립하면서. 그쪽 팀에서는 캠핑을 배우고자 하는 사람이 하나도 없는 것 같았다. 외롭게 여러 개의 텐트를 손보던 요리사는 "내가 할게요! 내가 아저씨를 도울 수 있어요!"라고 의욕적으로 조잘대는 옆집의 꼬맹이가 귀여워죽겠다는 듯 물었다.

"너는 어디서 왔니?"

"한국에서요."

"한국 사람들은 영어를 하니?"

"아니요, 한국말을 해요. 나는 엄마한테 영어를 배웠어요."

"스와힐리어도 배웠니?"

"네! '잠보?' '잠보!' '카리부!' '아싼테!'"

"훌륭하구나."

그는 중빈이 허술하게 박아넣은 폴을 다시 힘주어 박으며 또 물었다.

"탄자니아를 여행하는 동안은 뭐가 제일 좋았니? 해변? 동물들?"

"사람들. 사람들이 좋았어요. 특히 아기들이요."

그가 뜻밖이라는 듯 아이를 그윽이 바라보더니, 환하게 미소지었다.

"네가 그렇게 말해줘서 정말 기쁘구나."

마냐라호수국립공원에 들어섰을 때, 가장 먼저 우리를 맞이한 동물은 원숭이 바분이었다. 그들은 어디에나 있었다. 나무 위에, 풀숲에, 지프가 다니는 길 위에, 때로는 지프 위에! 떼로 몰려다니면서 털을 뽑아주거나, 하품을 하거나, 어린것을 안아주거나, 가지에서 가지로 뛰거나, 데굴데굴 구르며 장난을 쳤다. 심지어 너무나 리얼하여 차라리 민망한 짝짓기까지…….

중빈은 평소보다 삼십 퍼센트 정도 도파민의 분비가 늘어난 것 같았다. 눈앞에 보이는 바분들의 행동 하나하나를 무성영화 시대의 변사처럼 생중계하고 있었다. 아빠 머리 꼭대기에 올라가 방방 뛰고 있는 새끼 원숭이를 보면서는 "애야, 장난치지 마라. 아빠가 힘들지 않니." "아뇨, 아빠. 난 장난치고 싶어요." "위험해! 하지 말라니까!" "그래도 할 거예요! 할 거야! 난 할 거야!" 새끼원숭이가 드디어 아빠 앞으로 굴러 떨어지고 바닥에 있는 통나무에 얼굴을 부딪히자, 중빈, 근엄한 아빠 목소리로 "거 봐라. 다쳤잖니?"

어쩌면 저렇게 자기 이야기를 남의 이야기 하듯 아무렇지도 않게 할까?

곧이어 우아한 털빛을 자랑하는 블루몽키가 나왔다. 완벽한 몸매의 임팔라떼가 나왔고 임팔라의 미니어처 같은 딕딕 세 마리가 팔랑팔랑 뛰어다녔다. 딕딕은 그 뒤를 같이 뛰어다니며 한 번쯤 품에 안아보고플 만큼 귀여운 동물이었다. 지프의 열린 지붕 너머로 중빈과 나, 크리스티가 고개를 내밀고 서서 동물을 발견할 때마다 "저것 보세요!" "이것 보세요!" 탄성을 질렀다. 마코토와 그레이엄은 조용히 앉은 채 우리가 가리키는 곳을 향해 열심히 고개를 돌렸다. 크리스티는 동물 찾아내기의 선수였다. 가장 먼저, 가장 많이 찾아냈다. 동물에 대한 지식도 빼곡했다. 국립공원에 있는 모든 동물의 생태에 대해 모르는 것이 없는 앤드류가 새로운 동물이 나타날 때마다 가장 관찰하기 좋은 곳에, 그 동물이 이동해갈 동선까지 고려하여 세심하게 차를 세웠고, 그때마다 크리스티는 자신이 간직한 동물 상식의 빈칸을 그에게 질문했다. 앤드류는 해박한 지식으로 성실하게 빈칸을 채워넣어주었다. 과묵한 그레이엄은 감탄하는 크리스티의 손을 소중하게 쥐었으며, 마코토는 도쿄의 옛 직장과 오사카의 새 직장 사이에 주어진 이 막간의 황홀을 온전히 받아들이기에는 아직 긴장이 완전히 떨쳐지지 않은 듯 팔짱을 낀 채로 창밖을 바라보며 서서히 마음의 문을 열어가고 있었다.

기린이 나무 사이에서 쓰윽 목을 내밀어 우리를 쳐다보더니 고개를 숙여 잎을 따 먹고 다시 쓰윽 우리를 쳐다보았다. 가까이서 바라본 기린의 무늬는 '인간의 피부란 얼마나 지루한 것인가'라는 생각이 절로 들게 할 만큼 예술적이었으며 긴 목을 좌우로 돌리며 느릿느릿 걷는 동작은 우아함 그 자체였다. 기린의 길다란 목이 완전히 사라질 때까지 앤드류는 숲속에 차를 세워주었다.

조금 더 이동하자 코끼리 가족이 산책 중이었다. 두 형제 코끼리가 장난을 치기 시작했는데 한 녀석이 코를 사용해 다른 녀석을 자꾸만 작은 둔덕 위로 밀어붙이려 했다. 밀리는 녀석이 괴로워했고 미는 녀석은 멈추지 않았다. 잠시 뒤 상아가 조금 더 긴 어른이 다가오더니, 미는 녀석을 냅따 코로 후려쳤다. 밀던 녀석이 '깨갱' 했다. 우리는 와하 웃었다.

한편, 길 건너편에 있던 어미코끼리는 우리들을 보자마자 아기코끼리를 덤불 뒤로 밀어 보이지 않게 했다. 그런데 우리가 머무는 시간이 길어지자 오줌을 싸며 우리 쪽으로 걸어오기 시작했다. 코끼리의 오줌이란…… 폭포수였다. 앤드류가 서둘러 시동을 걸었다.

"코끼리가 따라오고 있나요?"

"네."

앤드류가 액셀을 밟았다.

"아직도 따라오고 있나요?

"아뇨."

그가 차를 세웠다.

"그렇게 오줌을 싸는 건 못마땅하단 뜻이에요. 화가 나고 예민해져 있다는 거죠."

숲길이 끝나니 다시 탁 트인 초록 벌판이 나왔다. 저 멀리 리프트 밸리가, 구름에 정상이 뒤덮인 채 낮게 엎드려 있었다. 초록 벌판 한가운데를 붉은 크레용으로 구불구불 그은 것처럼 가느다란 흙길을 따라 달린다. 달리며 얼마나 광활한 초원인지를 실감한다.

초록이 쉬는 곳에 이르니 뻘처럼 붉은 땅이 나왔다. 그 붉은 땅을 호변으로 삼아, 푸른 마냐라 호수가 시작되었다. 마치 거대한 붉은 접시 안에 들어차 있는 쪽빛 수프처럼. 쪽빛 수프와 붉은 접시의 강렬한 색상 대비를 가장 미학적으로 완화시켜주는 것은 핑크빛 플라밍고의 무리들이었다. 수천 마리의, 열대의 태양 아래서도 녹지 않는 분홍 눈송이처럼, 무리지어 뭉쳤다가 흩어져 날았다가, 다시 살포시 수면 위로 착지하는 플라밍고 무리들. 누가 먼저랄 것도 없이 "아……!" 하고 탄성을 내뱉었다. 누구라도 이곳에서는 죄인 마음이 풀어지리라. 누구라도 이곳에서는 병든 마음이 치료되리라. 크리스티가 앤드류에게 질문하는 것을 멈추었다. 마코토가 팔짱을 풀고 일어섰다.

중빈이 내게 물었다.

"엄마도 동물들이 자유롭게 노는 걸 보니까 좋지 않아?"

실은…… 사파리가 시작된 지 불과 십여 분만에 후두둑 눈물이 떨어져 당황하고 말았다. 거기 이제껏 한 번도 보지 못했던 아름다움이 있었다. 유럽의 어느 고성이 마음을 온통 사로잡을 만큼 아름다웠다면, 사막의 고대 도시 또한 그에 못지않게 아름다웠다. 그 둘 중 어느 것이 더 아름다웠냐고 묻는다면 아마도 우열을 가리기 곤란한 그런 상대적 아름다움이라고 답했으리라. 그러나 사파리가 내게 보여준 것은 그 상대성을 단숨에 뛰어넘는 또다른 차원의 어떤 것이었다. 아프리카에 간다고 했을 때 세계 구석구석 안 가본 곳이 없는 지인이 말했다.

"알게 될 거야. 아프리카가 최고야. 사람이 만들어낸 건 자연만 못해."

그가 옳았다. 후두둑 떨어지는 눈물 속에 깨달았다. 그동안 한 번도 '완전한' 세상을 보지 못했음을. 내가 보았던 것은 인간의 세상이었다. 이미 인간의 손에 의해 일정 부분 거세되고 손질되고 격리되거나 치장된 것들의 세상. 그토록 수많은 동물과 식물이 '인간'이라는 긴장을 조성하는 존재로부터 자유로이 흩어져 거니는 모습을 나는 처음 보았다. 신이 "보기에 참 좋더라" 하셨던 '보기 좋은' 태초의 모습은 아마도 이런 모습이었으리라.

완벽한 무에서 유를 창조해낼 수 없는 인간은 하나의 건설을 위해 반드시 하나를 파괴해 재료를 얻어내야만 한다. 그리고 파괴된 하나를 복구하기 위해 반드시 또다른 하나를 연쇄적으로 파괴해 메워 넣어야만 한다. 인간이 창조해내는 세상은 결코 완벽하게 맞춰지지 않는 퍼즐 조각과도 같다. 그런데 거기 파괴가 시작되기 이전의 감동이 있었다. 완벽하게 잘 맞춰진 퍼즐 한 판이 있었다. 노란 비단을 걸친 새가 길섶에서 포롱포롱 날았다. 빨간 모자를 쓴 새가 새액새액 노래했다. 나는 아이의 어깨를 꼬옥 끌어안으며 대답했다.

"그래…… 이건…… 정말…… 울고 싶을 만큼 좋구나……."

해질녘 캠프장으로 돌아왔다. 잔디 위에 테이블이 차려졌다. 중빈이 미리 준비된 사과주스와 팝콘을 정신없이 먹는 동안 콘스탄틴은 멋진 저녁을 차려내기 위해 분주했다. 나는 그 사이 샴푸를 들고 샤워를 하러 갔다. 화장실은 휴지통이 넘쳐 바닥이 쓰레기장이 되었고 샤워장은 수챗구멍이 막혀 발목까지 물이 올라왔다. 그나마 물은 졸졸 떨어지는 수준이었다. 대충 헹구고 나오면서, 코앞을 밝혀줄 뿐인 우리 랜턴이 거의 무용지물이란 것을 알았다. 캠프장의 어둠 속에서는 적어도 몇 걸음 앞을 밝혀줄 성능 좋은 랜턴이 필요했다. 우리 텐트를 찾다가 기어이 이웃 텐트를 고정시킨 줄에 걸려 넘어졌다. 무릎에서 피가 났다.

아이는 텐트 속에서 캠핑의 즐거움을 노래하고 있었다. 그동안 백 명은 드러누웠을 것 같은 더러운 침낭에 누워서. 바부가 약속한 깨끗한 침낭 같은 건 처음부터 없었다. 두 개의 더러운 침낭 중 그나마 하나는 지퍼가 고장나지 않은 것만으로도 감사해야 할 지경이었다. 내가 시원찮은 랜턴으로 텐트 속 암흑을 밝히며 상처에 약을 바르고 기타 밤에 필요한 물품을 찾는 동안 "어휴, 불편해 죽겠다" 구시렁거리는 것을 아이가 들은 모양이었다.

"엄마, 난 너무 재밌고 좋은걸! 이렇게 텐트를 치고 밖에서 자는 건 여기서밖에 못 하는 거잖아."

암만 더듬어도 아이의 긴팔셔츠가 보이지 않았다. 나는 신경질적으로 랜턴을 가방 이 구석 저 구석 들이대며, 꽉 막힌 대답을 내놓았다.

"아니야. 캠핑은 장소와 장비만 있으면 다른 곳에서도 할 수 있어."

"하지만 동물들 가까이에서, 자연 속에서 캠핑하는 건 여기서밖에 못 하는 거야. 고맙게 생각하고 즐거워해야지. 자꾸 불평하면 어떡해."

"……넵!"

입 딱 닫고 셔츠를 찾아 아이에게 입혔다.

별빛 아래 저녁식사는 멋지고 맛있었다. 어둠을 크게 방해하지 않으면서 테이블마다 조곤조곤 속삭이는 낮은 대화들. 긴 대화 뒤에 이어지는 하품들. 그리고 양치질을 하러 샤워장으로 향하는 발길들. 텐트의 지퍼가 채워지는 소리들. 조금 전까지만 해도 합리적으로 캠핑을 찬양하던 사내아이가 양치질을 안 하고 자도 되는 이유를 비합리적으로 늘어놓는 졸린 목소리……. 그렇게 사파리의 첫밤이 왔다.

자정 무렵 아이가 "엄마, 추워……" 하며 나를 파고들었다. 우리는 넓은 텐트의 한쪽 구석, 지퍼가 성한 침낭에 같이 들어가 부둥켜 안으면서도 뭐가 그리 좋은지 "내일은 더 재밌을 거야" 킥킥거리다 잠이 들었다.

올두바이 계곡

28 파도처럼 지평선이 밀려온다

— 세렝게티

캠프장에서 잠을 깨우는 것은 언제나 새들이었다. 어찌나 많은 새들이 머리맡 근처까지 와 다양하게 우짖는지, 늦잠을 잔다거나 하는 건 불가능했다. 콘스탄틴은 아침 일찍부터 음식을 준비했다. 먹고 치워야 짐을 쌀 수 있을 것이었고 그래야 세렝게티국립공원으로 떠날 수 있을 것이었다. 아침식사는 접시에서 흘러내릴 만큼 가득했다. 팬케익과 토스트, 수박과 오렌지, 코코아와 밀크티, 소시지와 오믈렛.

귀가 아플 만큼 새소리가 쏟아져내리는 나무 그늘 아래서 우리는 다른 팀이 떠나고 난 뒤까지 느긋하게 아침식사를 했다. 영어가 서툰 콘스탄틴은 처음부터 중빈을 '쫑땅'이라 불렀다. 식사 중에 테이블로 와 "쫑땅!" 하더니 중빈의 접시 위에 여분의 소시지를 올려놓는다. 쫑땅이 "예~! 땡큐!" 외치고 콘스탄틴은 씩 웃는다.

세렝게티는 마사이어로 '끝 없는 평원'이란 뜻이다. 케냐의 마사이마라 자연보호지구와 맞붙어 있으나, 국경에 의해 갈라졌다. 동물들만이 오늘날까지도 물을 찾아 자유로이 국경을 넘나들며 이주를 한다. 특히 장관은 누떼의 대이동. 12월에서 5월 사이에는 탄자니아 쪽에서, 7월부터 10월 사이에는 케냐 쪽에서 약 2백만 마리에 이르는 이들과 마주칠 수 있다. 우리가 세렝게티를 찾은 2월은 운 좋게도 누떼의 번식기였다. 매일 8천 마리의 새끼가 태어난다고 했다. 비록 그 가운데 사십 퍼센트가 사 개월을 넘기지 못한다고는 해도.

그러므로 2월의 세렝게티는 그야말로 풍성한 동물의 왕국이었다. 가젤과 임팔라 뿐아니라, 20만 마리가 넘는 얼룩말, 호시탐탐 새끼 누를 노리는 사자와 치타, 새끼를 지키려는 어른 누와 이 맹수들 사이의 치열한 접전까지.

크리스티는 오늘 세렝게티에서 가장 먼저 사자를 발견하는 사람에게 맥주를 쏘자고 제안했다. 모두가 찬성했다. 중빈이 먼저 발견하면 맥주 대신 초콜릿을 안기기로 했다. 중빈은 눈을 부릅뜨고 창밖을 내다보았다. "아무래도 동물박사 크리스티가 먼저 발견할 것 같아" 때때로 불안해하면서. 크리스티가 "오, 저건 뭘까? 앤드류, 차 좀 세워봐요" 할 때마다 중빈은 빨리 사자를 보고 싶은 마음과 초콜릿을 차지하고픈 마음 사이에서 갈등하며 우당탕쿵탕 망원경을 집어들었다.

앤드류가 국립공원 안에 자리한 마사이 마을을 방문하고 싶으냐고 물었다. 마코토와 내가 "물론이죠!" 했고, 크리스티와 그레이엄은 동물을 볼 때와 달리 따분한 얼굴을 했다. 그들은 차 안에서 우리를 기다리기로 했다.

차에서 내리자마자, 영어를 전혀 못 하는 족장이 위엄 있게 서 있고 영어에 능숙한 부족장이 곁에서 돈부터 걷었다. 국립공원 안에 거주할 수 있는 마사이들은 공원 안에서 태어난 이로 제한되어 있었다. 그들은 마을을 방문하는 관광객 일 인당 1만 실링을 받았다. 거의 모든 사파리 지프가 마을을 들렀기에 어찌 보면 가만히 앉아 떼돈을 번다고 생각할 수도 있겠지만, 사실 그들에게는 나름대로 애로사항이 있었다. 지정된 구역에서만 살게끔 허가받았기에 더이상 물과 풀을 찾아다니는 전통적인 유목을 할 수 없었고, 이는 일주일에 한두 차례씩 마을마다 200달러나 되는 거금을 주고 먼 곳에서 트럭으로 물을 조달받아야 함을 의미했던 것이다.

둥근 나뭇가지 울타리 안쪽으로 쇠똥집들이 정연하게 자리했다. 마사이 남자들은 중빈과 마코토를 커다란 나무그늘 아래로 이끌고 동그랗게 에워쌌다. 그리고 혀를 차는 독특한 환영가를 부르며 하늘 높이 점프하는 환영무를 췄다. 서라운드로 울려퍼지는 노랫소리가 엄청나게 큰데다, 트램펄린 위에서 뛰어오르는 듯 하늘로 솟구치는 저

유명한 마사이 점프는 혼을 쏙 빼놓기 충분했다. 어떻게 맨바닥을 딛고 저리 가볍게 솟아오른단 말인가?

이어 그들은 중빈과 마코토에게 마사이 스틱을 하나씩 쥐어주고 노래와 춤을 따라 하라고 종용했다. 도시인의 점프란 얼마나 보잘것없는가? 마코토가 마사이들과 현격히 대조되는 점프를 몇 차례 해냈다. 쑥스럽지만 즐거운 미소를 잃지 않으면서. 이제 중빈의 차례였다. 무리의 가운데서 중빈은 한 손에 스틱을 쥐고 다른 손으로는 "어휴~!" 하며 당혹스러운 듯 머리칼을 한 번 쥐었다 놓았다. 그리고 냅다 뛰기 시작했다. 마사이들이 혀 차는 소리를 높여 더 크게 노래했다.

부족장이 우리를 마사이 집 내부로 안내했다. 마사이 집에는 창문이 없는 대신 지붕 중앙에 구멍이 뚫려 있었다. 또 출입문이 없는 대신 입구의 통로가 구불구불 휘어져 밖에서 안이 보이지 않게 되어 있었다. 당연히 실내가 매우 어두웠다. 실내 중앙에 불이 있었고 쇠고깃국 같은 것이 끓고 있어서 어두운 실내는 매캐했다. 부족장은 지붕 중앙에서 새어들어오는 빛 아래 앉았다. 우리는 나뭇가지로 바닥을 높여 만든 방에 앉았다.

"이 집은 전형적인 마사이 가족의 집입니다. 세 개의 방이 있고 방이 곧 침대입니다. 매트리스 대신 쇠가죽을 깔았지요."

독일의 건축가 고트프리트 젬퍼는 '건축물에 필요한 네 가지 요소는 벽, 불, 지붕, 단壇'이라고 했다. 나는 마치 그 네 가지 핵심요소를 가장 원시적인 질료로써 구현해낸 움막 안에 들어와 있는 듯했다. 그러나 바꿔 말하자면, 그가 말한 네 가지가 그 안에 '충실히' 있었다. 비바람이 칠 때는 불 곁에서 따스함을 느낄 것이다. 먼 길을 걷고 돌아와 쇠가죽 침대 위에 누우면 포근할 것이다. 비록 마사이의 움막은 안과 밖, 자연과 문명 사이에 가장 얇은 간격만이 존재하는 공간이었지만, 그들의 일상 자체가 그 얇은 간격을 넘나들며 이루어지고 있었으므로 그들은 자신들의 공간에 대해 충분히 만족하고 나아가 자부심까지 느끼고 있었다. 부족장은 마사이의 식생활과 의생활에 대해 몇 가지 설명을 덧붙인 뒤 우리를 다시 밖으로 안내했다. 어둠에 익숙해진 눈 속으로 태양광이 창처럼 파고들었다.

환영의 의식은 끝났다. 이제 마사이 여인들과 소년들이 직접 염색한 화려한 천과

장신구를 들고 몰려들어 본격적인 판매에 나섰다. 마코토와 내가 살 기미가 없자, 한 소년이 중빈에게 반쯤만 완성된 마사이 스틱을 들려주었다. 중빈이 고맙다고 하자 낄낄대며 돈을 달라고 했다. 실망한 낮으로 중빈이 되돌려주자 소년이 그냥 가지라고 했다. 중빈이 소년에게 두 번의 포옹을 해주었다. 소년은 당황과 기쁨이 동시에 어린, 묘한 표정으로 얼굴을 일그러뜨렸다. 그러자 또다른 소년이 중빈에게 팔찌를 채워주었다. 이번에는 아름답게 완성된 푸른색 구슬팔찌였다. 중빈이 그 아이와도 포옹을 했다. 그 소년의 곁에 있던 친구가 소년에게 팔찌값을 받으라고 했다. 소년이 됐다고 했다. 대신 소년은 한 번 더 중빈을 세게 끌어안았다.

세렝게티로 가는 길은 메말랐다. 다른 사파리 차량이 앞서 달리기라도 하면 하염없이 먼지를 뒤집어쓰며 그 뒤를 따라야 했다. 그럼에도 먼지 따위에는 아랑곳 않게 되는 것이 '끝 없는 평원'이라는 이름에 걸맞게 지평선 너머 또 펼쳐지는 지평선이 마음을 송두리째 앗아가기 때문이다.

드넓은 바다의 파도가 밀려오고 또 밀려오듯이 세렝게티의 지평선은 그 안을 달리는 깨알처럼 미미한 사람들을 향해 덮치고 또 덮쳐들었다. 세렝게티에서는 누구라도 스스로 작다고 느끼게 된다. 작은 자신이 낼 수 있는 결론 또한 작을 뿐이란 걸 알게 된다. 작은 자신을 붙잡고 지칠 것이 아니라 부단히 큰 것을 내다보며 스트레칭해야 함을 깨닫게 된다. 내키면 큰 것을 향해 정직하게 달려가야 한다는 것도. 달릴 때 숨이 가빠도 깊이 들이마시고 깊이 내쉬어야 한다는 것도. 지평선 뒤에 있는 것은 또다른 지평선이기 때문이다. 더이상 숨쉬기 힘들 만큼 폐가 꽉 차오르면 주저앉기 전에 반드시 기억할 일이다. 지평선이란 우리의 시각적 한계일 뿐, 그 어떤 지평선도 기어이 둥근 지구에서는 서로가 서로를 잇는 그물망의 한 획일 뿐임을. 달리고 또 달린다는 것은 닿고 또 닿아 있는 일임을.

마코토가 감동에 젖은 얼굴로 말했다.

"최고로군요. 일본은 작은 나라이기 때문에 이런 광경이 너무나 낯설고 매혹적이에요."

그가 말한 '최고'는 곧이어 나타난 수만 마리의 누떼로 인해 최고 이상의 최고가 되어버렸다. 지평선을 까맣게 뒤덮고 있는 누떼. 풀을 뜯거나 젖을 빨거나 머리를 맞대고 힘겨루기를 하거나 혹은 그저 가만히 서서 광활한 벌판에 부는 바람을 느끼고 있는 누떼. 중빈이 하나, 둘, 셋…… 누를 세다가 이내 멈추고 그저 입을 벌리고 섰다. 그때 그레이엄이 탄식하듯 외쳤다.

"Oh, my…… It's a LION!(오, 이런…… 사자야!)"

암사자였다. 높은 너럭바위 위에서 잠들어 있었다. 첫 사자였으므로, 그것이 꿈쩍도 하지 않았지만 우리는 모두 숨을 죽였다. "늘 궁금했어요." 그레이엄이 속삭이듯 입을 뗐다.

"사자와 나 사이에 울타리가 없다면 어떤 느낌이 들까 하고…… ."

앤드류가 설명을 덧붙였다.

"배를 보니 방금 사냥을 마쳤어요. 한동안 쿨쿨 자겠는걸요."

중빈이 사냥하는 장면을 놓쳤다며 안타까워하자, 크리스티가 일러주었다.

"JB, 배고픈 사자와 마주치지 않는 것은 행운이란다."

세렝게티의 캠프장은 전날과 분위기가 판이하게 달랐다. 울타리도 없었고 인근 마을도 없었다. 그야말로 벌판 한가운데에 몇 개의 텐트가 모여 있는 것에 불과했다. 앤드류는 우리 텐트가 놓일 자리를 세심히 고민했다.

"이쪽에다 세우세요. 더 바깥쪽은 안 됩니다. 맹수의 공격을 받을 수 있어요."

그는 물을 사용하는 것에 대해서도 주의를 주었다.

"물탱크에 약간의 물이 있어서 사용할 수 있어요. 하지만 흙탕물에 가깝습니다. 먹는 것은 물론, 칫솔을 헹궈서도 안 돼요. 양치질은 생수통의 물을 사용하세요."

휴지가 넘치고 하수구가 막혔던 어제의 캠프장이 얼마나 훌륭한 것이었는지를 깨달았다. 종일 먼지를 뒤집어쓴 머리는 떡이 되었으나, 탱크의 흙탕물로 손발을 씻을 수 있다는 것만으로도 감사해야 했다.

그러나 노을이 내리기 시작했을 때 떡이 된 머리 같은 건 아무래도 좋았다. 캠프장의 모든 사람들이 약속이나 한 듯 카메라를 들고 노을을 향해 조용히 걸어가기 시작했다. 나 또한 그러했다. 시시각각 진하게 변화하는 노을이었다. 한줌의 빛을 버리고 한줌의 어둠을 섞어넣는 과정이 너무나 강렬해서 어느 쪽에 눈을 두어도 사정없이 빨려들었다. 모든 노을이 나름대로 아름다울진대, 아프리카의 이 노을이 그중 가장 아름답다고 한다면 누군가는 반박할지도 모르겠다. 그러나 적어도 그 순간 그곳에서는 아무도 반박하지 않을 터였다. 소리 높여 이야기하는 사람조차 없었다. 모두 마법에 걸린 사람들처럼 노을을 향해 걸었다가 셔터를 눌렀다가 뒤돌아보았다가 다시 걸었다가 할 뿐이었다. 자연이 극진한 아름다움을 보여주면 언제나 말은 거추장스러운 것이 된다. 공감만이 대기 중에 조용히 떠다닐 뿐.

노을은 아이의 마음속에도 어떤 음악을 남긴 모양이었다. 어둠이 내려앉을 무렵 아이가 바이올린을 연주하기 시작했다. 마코토가 아이 앞에 쭈그리고 앉아 한 곡이 끝날 때마다 열렬히 환호해주었다. 그는 아이가 연주하는 모든 선율을 허밍으로 따라했다. 다 암기하고 있었던 것이다.

"내가 세 살 때 형이 생일 선물로 키보드를 받았어요. 형은 거들떠보지도 않았는데 나는 그 키보드가 너무나 좋았죠. 그날부터 한시도 놓지 않고 매일 연주했어요. 그때부터 십 년 동안 피아노를 배웠죠."

둘이는 깜깜해질 때까지 즐거이 음악을 주거니 받거니 했다. 그런데 막상 칠흑 같은 어둠이 내리자 꼬마 뮤지션이 패닉 상태에 빠져 울기 시작했다. 푼수 같은 엄마가 캠핑을 하다 맹수에게 잡아 먹힌 아이 이야기를 크리스티에게 들려준 직후였다.

"이곳은 너무 위험해……, 흐흑……. 나 같은 꼬마가 자기엔 너무 위험해……, 허엉……."

아이가 더는 푼수 엄마 말을 믿으려 들지 않았기에 전문가 앤드류를 동원해야만 했다.

"JB, 바로 저쪽에 임팔라떼가 있단다. 임팔라떼가 왜 여기 있는 줄 아니? 바로 이곳이 맹수가 없는 곳이기 때문이야. 맹수가 없는 곳에만 캠프장을 만들 수 있단다. 걱정마라. 나는 여기서 오랫동안 일했지만 한 번도 아이가 다치거나 한 적은 없었어."

앤드류의 거짓말을 듣고서야 아이가 간신히 울음을 그쳤다. 하지만 내가 화장실에 가는 것만은 끝끝내 허락하지 않으면서 내 옷을 꼭 그러쥔 채로 잠이 들었다.

텐트 안에서 내다본 밤하늘에는 구름이 가득했다. 구름이 갈라지면 숨어 있던 별들이 쏟아질 듯 반짝거렸다. 달님이 빠끔 모습을 드러내기도 했다. 짐승들이 서로를 부르는 듯 멈추지 않고 울부짖었다. 나는 아마 이토록 '야성적인' 밤은 내 생애 처음이자 마지막일 것이라고 생각했다. 저녁식사 때 "내가 이 사람을 위해 이십이 년간 음식을 했어요" "맞아요. 나는 참 행운아지요" 하며 깔깔 웃던 장년부부의 텐트에서 그 야성적인 밤에 도취된 행복한 웃음이 끊임없이 새어나왔다. 부부는 필시 그 밤을 위해 오랫동안 계획하고 아꼈을 것이다.

멀지 않은 곳에서 물소가 그릉대는 소리가 끊이지 않아 귀를 기울였다가 픽 웃고 말았다. 이웃 텐트 중 누군가가 심하게 코를 고는 소리였다. 부엌에서 요리사들이 늦도록 덜그럭대던 설거지를 끝내자, 스와힐리어도 웃음소리도 더는 들려오지 않았다. 밤공기는 차가웠고 더러운 침낭은 포근하기만 했다. 나는 고장난 지퍼를 채우지 못하는 대신 어떻게 몸을 웅크리면 따뜻할지를 궁리하다가 잠이 들었다. 새벽녘에 힘차게 텐트를 때리는 빗소리에 깨어났을 때 묘하게 으르렁대는 짐승의 소리를 들은 것도 같았다.

29 코끼리가 샤워실을 훔쳐보고 있어

— 응고롱고로

아침식사 테이블에서 만난 그레이엄과 크리스티는 하얗게 질려 있었다.

"왜 그래요? 잘 못 잤어요?"

크리스티가 피곤해죽겠다는 듯 대답했다.

"네. 한숨도 못 잤어요."

"왜요?"

"그 소리 못 들었어요?"

"무슨 소리? 아, 그 코 고는 소리?"

"아뇨, 처음엔 나도 그것 때문에 자기 힘들었지만…… 비가 내리기 시작하면서요. 맹수가 으르렁대는 소리가 들렸어요. 캠프장 주변을 어슬렁거리면서 계속해서 "나는 배고파……" 하는 것처럼. 사자였어요! 것도 나중엔 여러 마리였어요!"

내가 설마하는 표정을 짓자 크리스티가 앤드류에게 확인했다.

"앤드류, 사자 맞죠?"

"네. 처음엔 사자였고요, 동트기 직전엔 하이에나 무리였답니다."

그레이엄은 정말로 겁에 질렸던 모양이었다. 아무것도 눈치채지 못한 채 늘어지게 자고 일어난 일본인과 한국인에게 간밤의 공포를 털어놓았다.

"나는 계속 기도문을 외듯 중얼거렸어요. 괜찮아. 우리 텐트가 젤 작아. 지퍼에 자물쇠도 채웠어. 괜찮아. 우리 텐트가 젤 작아. 자물쇠도 채웠어⋯⋯."

　그에게는 미안했지만 나도 모르게 웃음이 터져나왔다. 지퍼의 자물쇠가 무슨 소용인가? 사자가 텐트를 공격할 때 지퍼를 열고 들어온단 말인가? 아무튼 취침신경이 무딘 것도 이럴 땐 해롭지 않다 생각하면서, 크리스티와 그레이엄이 접시 위 음식을 거의 건드리지 않은 채 파리한 손가락으로 찻잔만 쥐고 있는 동안 나는 소시지 두 개, 잼과 버터를 잔뜩 바른 빵, 파파야 두 쪽과 카페라떼 두 잔을 게걸스레 해치웠다.

　지프가 달리기 시작하자 청명한 바람이 불어왔다. 적당한 속도로 거친 땅과 호흡하는 지프의 진동이 온몸으로 퍼졌다. 여행을 계획할 때 사진처럼 선명하게 그려보는 이미지가 있다면, 이번 여행에서는 바로 이 이미지였다. 드넓은 초원, 코끼리, 검붉은 흙. 어렸을 적 보았던 '동물의 왕국'과 성인이 되어 접했던 영화 속에서 수없이 복제되어왔으나, 그렇기에 도리어 비현실적으로만 느껴졌던 바로 그 이미지 속으로 들어와 있었다.

　양편으로는 거침없는 하늘과 땅. 앞뒤로도 거침없는 하늘과 땅. 그동안 비좁은 도시에서 세로로 조각조각 나뉘었던 시야가 가없이 달리는 지평선에 적응하느라 사팔눈이 될 지경이었다. 옆으로 넓게 본다는 것은 '나누는' 기준을 없앤다는 것이었다. 분류하지 않고 판단하지 않는다는 것이었다. 분류와 판단을 멈춘다는 것은 마음에 평화가 찾아드는 일이란 걸 알겠다. 눈을 저 멀리에 두고 저 너머의 아름다움을 꿈꾸는 일이란 걸 알겠다.

　오늘 사파리의 첫 손님은 물소였다. 상처 입고 무리에서 쫓겨난 수컷. 앤드류 말로는 늙고 힘없어진 수컷들이 흔히 대장에게 쫓겨나곤 한다. 피를 흘리면서도 무리를 떠나지 못하고 주변을 배회하는 모습이 안쓰러웠다. 앤드류는 저렇게 쫓겨난 수컷끼리 다시 무리를 이뤄 함께 생의 말년을 떠돌며 보낸다고 했다.

　조금 더 이동했을 때 지프 서너 대가 커다란 나무 근처에 몰려 있는 것이 보였다. 지프들이 몰려 있으면 거기 '빅5' 중 하나가 있다는 뜻이었다. 암사자였다. 역시 배가 불렀고 드러누워 쉬고 있었다. 이번엔 크리스티가 무성영화의 변사를 맡았다.

"어머, 여러분! 한발 늦으셨군요. 조금 전 엄청난 난투극이 있었는데, 제가 그렇게 흥미롭나요? 도무지 시끄러워서 쉴 수가 없네요. 저쪽으로 가보세요. 저보다 훨씬 유명한 제 남편이 자고 있답니다."

사람들은 암사자의 일거수일투족을 바라보며 뭔가 사고를 쳐주길 애타게 고대했으나, 암사자는 가끔씩 고개를 들어 먼 곳을 바라보고 다시 드러눕고를 반복할 뿐이었다. 앤드류는 잠시 기다리다가, '히포 풀'로 이동했다. 말 그대로 하마들이 가득한 연못.

야행성인 하마들은 낮 동안 물속에서 가만히 가만히 휴식을 취하고 있었다. 서로가 서로에게 육중한 머리를 맞대거나 할 뿐 가만히 가만히. 졸졸졸 흘러넘치는 연못물 가운데서 가끔씩 웬만한 사람은 한입에 꿀꺽 삼킬 만큼 커다랗게 입을 벌려 하품을 할 뿐 가만히 가만히. 나도 그들 곁에서 한참을 꼼짝 않고 앉아 있었다. 아, 히포풀은 천국이로구나. 저토록 근심 걱정 없이 종일 한가할 수도 있다니. 저들이 저 체격을 유지할 수 있었던 비결은 따로 있었구나.

내 멋대로의 생각은 곧 뒤집어졌다. 히포 풀에서 오 분이나 벗어났을까? 악어떼가 있었다. 병든 하마를 사정없이 뜯어먹으면서. 산 채로 몸이 조각조각 뜯기는 하마를 바라보기란 괴로운 노릇이었다. 그럼에도 나는 그 드문 광경 앞에서 눈을 떼지 못했다. 아이 또한 잔인한 상황을 납득하기 위해 스스로 설명이 필요한 모양이었다. 항변하듯 말한다.

"악어도 먹어야 살잖아."

"응."

"사자도 먹어야 살잖아."

"그래."

"그러니까 저건…… 악어가 잘못하는 건 아니야."

"맞아."

우리는 먹고 먹히면서 생태계의 수가 균형을 이룬다는 것, 악어가 먹다 남긴 것은 새들도 먹고 물고기도 먹을 거라는 것, 자연에서 태어나 자연이 준 것을 먹고 자란 생명은 죽을 때 가진 것을 남김없이 자연에 되돌려주게 되어 있다는 것에 대해 조금 더 이야기를 나눴다.

　캠프장으로 돌아오는 길. 누가 사내아이 아니랄까봐 아이는 조금 전까지만 해도 가슴 졸이며 바라보았던 것을 홀라당 소화시켰다. 그리고 신나게 스펙터클영화를 생중계하기 시작했다.

　"두 마리 악어가 슬금슬금 접근합니다! 앗, 드디어 그중 하나가 하마 한쪽 다리를 물었습니다! 이때 언덕 위에서 다가오는 세번째 악어……"

　돌아가 친구들을 만나면 얼마나 과장해서 떠벌릴까? 콧구멍을 벌름거리며 침 튀길 중빈과, "내가 봤단 말야~!" 한마디면 악어가 하마를 튀겨먹었대도 곧이곧대로 믿어줄 귀여운 만 일곱 살 아이들의 초롱초롱한 눈망울이 떠올랐다.

　이동을 위해 텐트를 걷었다. 다음 목적지는 응고롱고로 보호지구. 마코토는 척척 텐트를 갠 뒤 우리 텐트를 걷는 것까지 도와주었다.

　"고마워요. 이젠 당신도 캠핑을 갈 수 있겠군요."

　마코토가 흡족한 얼굴로 고개를 끄덕였다. 세렝게티의 대평원을 다시 빠져나가는 동안, 어제 우리가 들어왔던 길로 지프들의 행렬이 이어졌다. 앤드류는 운전을 하면서도 마지막 순간까지 우리들에게 더 다양한 동물을 보여주기 위해 부지런히 양옆을 살폈다.

　덜컹하는 소리와 함께 차가 멈췄다. 뒷바퀴에 펑크가 난 것이다. 바퀴를 교체하는 동안 앤드류는 미안해했지만, 우리는 쾌재를 불렀다. 오직 지프로만 건너갈 수 있게끔 제한되어 있는 평원을 드디어 직접 발로 밟아볼 수 있게 되었던 것이다. 중빈은 페트라의 로마식 극장에서 그러했고, 팔미라의 아고라에서 그러했듯, 세렝게티의 평원 위에서도 일단 쉬부터 하였다. 마코토는 내게 자신의 카메라를 내밀고 지평선 한가운데 서서 두 팔을 벌리는 포즈를 취했다. 앤드류는 타이어를 가는 동안 맹수라도 나타날까 틈틈이 주변을 살피며 사뭇 긴장하는 눈치였으나, 온몸에 유해 환경호르몬이 잔뜩 들어있는 도시인들은 대평원 안에서 마냥 기뻤다. '저렇게 유기농 얼룩말과 누떼가 잔뜩 있는데, 왜 우리같이 더러운 도시 것들을 노리겠어?' 도시인다운 계산 속에 안심하면서.

차가 다시 출발했다. 노랗게 스러지는 저녁햇살 속에서 마사이들이 타박타박 걸어 집으로 돌아가고 있었다. 그중 서넛이 온종일 평원의 녹음 속에서 말갛게 씻긴 얼굴로 우리를 향해 손을 흔들었다.

응고롱고로 보호지구에서 우리가 짐을 내린 곳은 심바캠프장이었다. 정말로 심바가 내려다보며 포효했을 성싶은 분화구 높은 기슭에, 몇백 년 동안 그 분화구만을 지켜보며 세월을 인내했을 것 같은 거대한 나무가 중앙에 있었다. 지프에서 내린 우리는 제일 먼저 나무 아래로 가서 심바처럼 저 멀리 분화구를 내려다보았다. 이를테면 백두산 꼭대기에서 천지天池를 내려다보며 캠프를 하는 것과 같았다. 그것도 물을 마시는 사자와 얼룩말과 플라밍고와 코끼리로 가득한 천지를. 우리는 '세상에! 이건 너무 심하게 멋지지 않아?' 하는 얼굴로 서로를 바라보았다.

마코토가 물었다.

"어디에 텐트를 칠 거예요?"

나는 점점 사파리가, 캠핑이 좋아 죽을 것만 같았다. 아이처럼 생글생글 웃으며 대답했다.

"아무 데나!"

아무리 표정관리를 하려고 해도 자꾸만 웃음이 나오고 또 나왔다. 마코토의 도움을 받아 나무 근처에 십 분 만에 뚝딱 텐트를 치고 침낭을 펼쳤다. 이제 더러운 침낭에서 폴 폴 올라오는 냄새는 정겹기만 했다. 누군가 지퍼가 멀쩡한 새 것으로 바꿔주겠다 하면 부둥켜안고 "안 돼요!" 외칠 것만 같았다. 이대로 할머니가 될 때까지 샤워도 양치질도 제대로 못한 채 집시처럼 떠돌며 캠핑만 하라고 해도 "좋아요!" 외칠 것만 같았다.

"코끼리다!!"

누군가 소리쳤다. 사람들이 텐트 밖으로 나왔다. 부엌에서 요리를 하던 이들까지도 모두 튀어나왔다. 진짜 코끼리였다. 수컷이었다. 겁도 없이 캠프장 안으로 들어와 물탱크에 코를 박고 물을 마시고 있었다. 녀석은 목이 몹시 말랐는지 사람들을 보면서도 탱크에서 코를 빼내지 않았다. 하지만, 몹시 흥분한 게 분명했다. 마냐라 호수에서 흥분한 암컷이 쉬를 했듯이 녀석도 쉬를 했다. 그런데 녀석의 그것이 너무나 거대해서 녀석을 둘러싸고 있던 모든 관중들이 민망해지고 말았다. 한 요리사가 소리질렀다.

"다리가 다섯 개야!!"

사람들이 왁자하게 웃었다. 백인 청년이 이어 외쳤다.

"What a BOY(굉장한 '남자'인걸)!!"

그날 저녁 내내 녀석은 '남자'인 것을 끝끝내 입증하려 들었다. 샤워를 하다 말고 여자들이 뛰쳐나왔던 것이다.

"코끼리가 샤워장 뒤에 있어요!! 창문으로 샤워하는 걸 노려보고 있어요!!"

말썽꾸러기 녀석은 여자들의 누드를 실컷 보고도 한동안 더 캠프장 언저리를 누비고 다녔다. 끝까지 녀석을 쫓아다닌 것은, 물론, 중빈이었다.

모든 소동이 가라앉자 밤이 찾아왔다. 별도 달도 없는 밤이었다. 인적이 텐트 안으로 사라진 시각, 나는 거대한 나무 아래 서서 위를 올려다보았다. 수백 년 동안 키워온 겹겹의 가지와 잎새 사이로 검푸른 밤이 먹물처럼 촉촉이 스며들었다. 분화구 안을 세차게 맴도는 바람 때문에 몹시 쌀쌀했지만, 그대로 텐트 안으로 들어가지 못하도록 붙잡아두는 강력한 대자연의 유혹 같은 것이 그 바람 속에 녹아 있었다.

극도로 아름다웠던 몇몇 밤들이 연쇄적으로 떠올랐다. 인도의 라다크, 터키의 올림포스, 요르단의 사막…… 거기에 탄자니아의 분화구 응고롱고로가 더해지는 순간이었다. 밤하늘은 영원할 것이었고, 나무는 다시금 몇백 년을 살 것이었으며, 나무 아래 서 있는 이 초라한 존재는 짧은 세월을 이 밤처럼 서성이다 사라질 것이었다.

평면이던 밤하늘이 반구로 휘어지면서 늦도록 서성이는 초라한 존재를 향해 자애로운 손길을 내밀었다. 작고 초라한 존재는 잠시나마 영원을 맛보기 위해 반구의 중심으로 빨려들어갔다.

응고롱고로에서 천천히 걷기

앤드류

그의 영어는 완벽했고

그의 체격은 다부졌다.
그가 너른 어깨를 곧게 펴고
까다로운 질문에 막힘 없이 완벽한 대답을 내놓을 때마다
나는 괜스레 자랑스러웠다.

그는 킬리만자로의 산골에서 태어났다.
가난한 차카족 가정이었지만
운 좋게도 구호단체와 연결된 후원자가 있었다.

후원자가 있었기에 고등학교를 졸업한 뒤에도
대학에서 2년간 더 관광학을 공부할 수 있었고
3년간 필드에서 발로 뛴 뒤
자동차면허를 취득해 정식으로 가이드가 될 수 있었다.
나라 밖으로 나갈 가능성이 없으니
여러 나라 사람들을 만나고 배우기 위해 가이드가 되었다고 했다.

앤드류는 몇 푼의 팁을 위해 표정을 바꾸거나
말을 바꾸는 사람이 아니었다.
자신의 일을 사랑했고
사랑하는 일을 위해 더 노력했으며
더 노력하기에 더 잘했다.
그는 완벽한 프로였다.

내가 아프리카 여행에서 돌아온 뒤 가장 먼저 한 일은
띄엄띄엄 무작위로 하던 후원을
다섯 명의 아이를 위한 정기후원으로 바꾼 일이었다.

다달이 보내는 이 적은 돈이
과연 아프리카의 그 아이에게 어떤 영향을 미칠까
궁금하거나 회의가 드는 사람이 있다면
나는 말하겠다.

앤드류를 보세요

앤드류를 보세요.

30

이들이 바보 같다고요?
그럼 고마워하세요

— 크리스티

사자는 뒹굴뒹굴

얼룩말은 냠냠냠

악어는 꿀떡꿀떡

기린은 긴 목을 쫙

－중빈의 일기

세렝게티가 광활한 벌판이라면, 응고롱고로는 오목하게 파인 분화구다. 세렝게티
에서 동물을 찾아 이곳저곳 달려야 한다면, 응고롱고로에서는 분화구 바닥까지 내려
가기만 하면 된다. 분화구 가운데 호수에서 목을 축이는 것으로 동물들의 하루가 시작
되는 까닭이다.

아침 일찍 식사를 마치고 분화구를 향해 출발했다. 응고롱고로 분화구의 지름은
약 20킬로미터, 높이는 약 600미터. 앤드류가 경사가 급한 비탈길을 신중하게 운전해
내려갔다. 분화구에 괸 아침안개가 온몸에 젖어들었다. 커다란 그릇에 고인 구름 속으
로 한 발짝씩 들어서는 느낌이었다. 가슴이 두방망이질을 쳤다. 뭐라 표현하기 어려운
내음이 확 끼쳤다. 할아버지의 벽장 속에서 고문서를 꺼낼 때 나는 냄새 같기도 했고,
망아지가 갓 태어난 밤 외양간에 들어서는 내음 같기도 했다. 오래된 화산재가 퇴적되

어 짐승들의 발굽으로 다져지면, 그곳의 새벽은 이런 내음이로구나! 나는 숨조차 함부로 쉬지 못한 채 이제 펼쳐질 풍경이 내 생애 최고의 장관이 되리란 걸 직감했다.

앤드류가 호숫가 옆에 차를 세웠다. 아침이슬을 잔뜩 머금은 연둣빛 잔디 위로 축제 다음날 아침 흩어져 있는 색종이처럼 들꽃들이 무더기 무더기 피어 있었다. 들꽃들을 따라 시선을 이동하면 호수에 닿았다. 호수 가장자리에서 수천 마리의 플라밍고들이 분홍날개를 너울거렸다. 구름은 아직도 분화구 속에 고여 있어 플라밍고들이 조금만 높이 날아오르면 구름과 닿을 것이었다. 뒤를 돌아보면 공작 한 쌍이 자신의 깃털이 얼마나 화려한지도 모른 채 고개를 숙여 묵묵히 아침식사를 채집하고 있었다. 옆을 돌아보면 얼룩말떼가 아무렇지도 않게 지프 곁으로 왔다가 길을 건너 멀어졌다. 그들의 우아한 걸음걸이는 풀섶을 디딜 때조차 또각또각 소리가 날 것 같았고, 그때마다 매우 육감적인 엉덩이가 리드미컬하게 흔들렸다.

신이 거대한 그릇에 가장 아름다운 것들을 따로 담아 조화롭고 생명력 가득한 정원을 만든다면 꼭 이것과 같으리라. 가슴속 딱딱한 각질로 덮인 부분까지도 부드럽게 으깨지는 느낌이었다. 낮은 구름이 으깨진 부위를 감싸안고 그곳에서 새살이 돋도록 촉촉이 어루만졌다. 그저 감사한 마음이 솟고 또 솟아나는 풍경이었다.

"사자예요!"

크리스티가 저 멀리 풀숲을 가리키며 외쳤다. 차들이 이미 그곳으로 몰려들고 있었다. 솔직히 나로서는 아직도 '빅 5'를 선호한다는 것이 이해하기 힘들었다. 이렇게 아름다운 신의 정원에 와서 할 일은 몇몇 덩치 큰 볼거리를 찾는 것이 아니라, 구석구석 거닐며 차별 없이 음미하는 일인 것 같았기 때문이다. 더구나 사자는 한두 차례 긴장을 조성하기엔 훌륭한 동물일지 몰라도, 얼룩말이나 공작새에 비해 결코 아름답다고 할 수 없는 동물이어서 구태여 게으르기로 유명한 요 녀석이 낮잠 자는 모습을 한번 더 보기 위해 다른 동물을 보다 말고 달려가고 싶지는 않았던 것이다.

숫사자 한 마리와 암사자 세 마리였다. 막 얼룩말 한 마리를 잡아 위계에 따라 숫사자가 먼저 먹고 암사자들이 남은 고기를 먹는 중이었다. 사파리 마지막 날 어렵사리 숫사자와 대면한 것이었는데, 나는 웃음이 터졌다. 아, 사자에게도 저마다 다른 얼굴이 있구나. 저 사자는 정말 못생겼구나. 숫사자는 마치 몇 년간 실직 중이어서 할머니에게 구박 받는 삼촌처럼 우울한 얼굴을 하고 있었다. 갈기는 어찌나 더러운지 당장 목욕물을 받아 씻겨서 빗겨 주고 싶었다. 크리스티도 실망한 모양이었다. 한참 조용하다가 한마디.

"모든 사자가 다 용감해 보이는 건 아닌가봐요."

응고롱고로의 분화구 안에는 늪도 있고 숲도 있으며 담수호, 심지어 염전까지도 있다. 담수호 근처에서는 잠시 차에서 내려 산책을 즐길 수 있었다. 사람들이 어여쁜 호숫가에서 물고기를 찾거나 저 멀리 칼데라 능선을 보는 동안 영리한 새들이 주차해 둔 차 속으로 들어가 과자 부스러기 같은 것을 찾아내곤 했다.

내 앞에는 영국 영어를 사용하는 두 가족이 있었다. 아빠들이 자상하게도 아기들을 안고 조금 떨어진 곳으로 가주어 엄마들이 여유롭게 초등학생 정도 되어 보이는 큰 아이들을 돌볼 수 있었다. 그중 엄마와 여덟 살쯤 되어 보이는 아이의 대화가 인상적이었다.

"왜 아직도 입을 내밀고 있는 거니?"

"난 저 물고기에게 쿠키를 좀 나눠주고 싶었을 뿐이야."

"안 된다는 걸 알잖아."

"아주 조금일 뿐인데! 게다가 난 쿠키가 아주 많고! 그게 뭐가 나빠?"

"생각해봐. 사람들은 여기 하루도 빠짐없이 와. 단 하루도 빠짐없이. 그 사람들이 모두 너와 같은 생각을 하고 있다면 어떨까? 물고기들은 언제나 배가 부르겠지. 더이상 먹이를 찾아나서는 수고 따위는 하지 않을 거야. 대신 사람들 그림자가 어른대는 물가에 와서 먹이를 달라고 뻐끔거리겠지. 원래 이끼나 작은 물고기들을 먹던 고기들이 쿠키를 먹고 자란다면 어떤 모양이 될까? 너도 등뼈가 뒤틀리거나 꼬리가 두 개인 물고기 사진을 본 적이 있지? 그런 식으로 물고기들은 사람들에게 자신들의 삶을 의존하게 되고, 이 호수의 생태는 엉망이 되는 거야. 한 장소에서 망가진 생태는 한 장소에서 끝나지 않아. 지구의 생태는 하나이니까. 응고롱고로 전체로 연결되고 세렝게티로 연결되겠지. 그럼 나중에 사람들이 이곳에 와도 아름다운 동물을 볼 수 없게 되는 거야. 바로 그들보다 먼저 이곳에 동물을 보러 온 우리들이 '제대로' 동물들을 아껴주지 않았기 때문에."

아이는 여전히 입을 삐쭉 내밀고 물속의 돌멩이를 만지작거렸다. 그러나 더 반박하지는 않았다. 내게도 비슷한 경험이 있었다. 그러나 뭐든 먹이고 퍼주기 좋아하는 나는 그 엄마처럼 현명하지 못했다.

세렝게티로 가던 길에 잠시 들른 올두바이 계곡Olduvai Gorge에서의 일이었다. 그 계곡은 이백만 년이 넘는 기간 동안 고스란히 퇴적된 화산지층으로 고생물학자나 지리학자에게는 거대한 박물관과도 같은 곳이었다. 우리는 계곡이 한눈에 내려다보이는 휴게소에 자리잡고 콘스탄틴이 건네준 도시락을 먹었다. 벤치 몇 개를 마련해놓은 것이 전부인 그 휴게소는 아무도 들어가지 않는 허술한 박물관을 하나 차려놓고 박물관에 들어가든 안 들어가든 무조건 일 인당 3달러씩을 받았다. 그레이엄은 몹시 불쾌해하며 앤드류에게 정식으로 항의했으나, 사파리 관광객을 봉으로 보는 그런 식의 관행은 일개 가이드인 앤드류의 힘으로 어떻게 해볼 도리가 없는 것이었다.

우리뿐아니라 세렝게티로 달려가는 거의 모든 사파리 인원들이 그곳에서 차를 멈췄다. 달리 점심을 먹을 곳도 화장실도 없었기 때문이었다. 당연히 협소한 휴게소 한쪽 구석은 각종 일회용 용기와 음식물 쓰레기로 가득 찼다. 그리고 또 당연히 계곡의 거의 모든 새들이라 할 만큼 많은 새들이 그곳으로 날아와 바닥에 흩어진 음식 부스러기를 쪼아 먹고 있었다.

도시락을 먹는 동안 중빈은 발밑에서 깡총거리는 온갖 빛깔의 새들에게 매혹되었다. 한입은 먹고 한입은 부러 흘리면서도, 기어이 남은 도시락의 절반을 새들에게 주겠노라고 어미 속 터지는 소리를 해가면서. 마침 우리 앞에는 예쁜 갈색머리 소녀가 머핀을 새들에게 뿌려주고 있었는데, 이어 다른 사람들도 차례로 남은 음식을 새들에게 먹였다. 중빈은 당장이라도 그들에게 동참하고 싶었으나 "밥 먹고 나서!"라는 엄마

말 때문에 꾹 참고 도시락을 비웠다. 그리고 디저트용 크래커를 들고 벌떡 일어나 갈색머리 소녀가 떠난 자리로 갔다.

중빈이 막 과자를 부숴 떨어뜨리기 시작했을 때 공원관리국 직원이 왔다. 그는 화가 난 목소리로 물었다.

"이 아이의 보호자가 누구입니까?"

"저, 전데요."

"이곳에서 새들에게 음식을 주면 장차 어떤 일이 벌어질지 알고 계십니까?"

그는 곧바로 훈계에 들어갔다. 뭔가 부당하다는 생각이 들었다. 나도 알 만큼은 안다. 국립공원에서 동물에게 먹이를 주면 안 된다는 정도는. 다만 이 휴게소는 이미 음식물 쓰레기로 가득 차 있고, 새들도 그것을 알고 있고, 당신 같은 관리자도 알고 있고, 알면서도 개폐식 잔반통조차 마련되어 있지 않고, 하여 새들이 떨어진 것을 먹으나 버려진 것을 먹으나…… 라고 생각했을 뿐이다. 나는 그가 그곳에 머물며 관리하는 사람으로서 한 번 지나가버릴 뿐인 관광객을 상대로 '음식을 버려도 되고 흘려도 되지만 주어서는 안 된다' 라고 모순되게 훈계하는 것보다 할 일이 많을 거라고 생각했다. 실질적으로 새들에게 도움이 될 만한 할 일이. 그저 '먹이를 주지 마세요' 라는 간단한 푯말이라도, '뚜껑 달린 쓰레기통' 이라도, 아니면, '엄청난 돈을 거둬 들이는 것에 비해 '함부로' 방치되고 있기는 하지만, 사실 이곳도 '함부로' 먹이를 주면 안 되는 국립공원이랍니다' 라는 자기 고백이라도. 삐딱한 대답이 튀어나왔다.

"이미 이곳의 새들은 어떻게 먹고살아야 할지를 잘 아는 것 같은데요."

"그렇다고 해서 이 새들에게 먹이를 준다면 상황은 더 나빠질 뿐이지요."

그는 동물보호라는 원론만을 고집했다. 비록 그 일을 위해 고용된 자신의 역할은 쏙 빼놓았지만, 동물보호에 반박할 이 누가 있으리. 그는 내게서 "미안하다. 주의하겠다"라는 말을 듣고 난 연후에야 자리를 떴다. 휴게소의 상황이 개선되는 데에는 오랜 시간이 걸릴 것이었고, 그가 다음 훈계대상자를 찾아내는 데에는 이 분도 걸리지 않을 것이었다. 안타까운 일이었으나, 그 사건에서 한 가지 교훈을 얻었다. '작은' 새 하나라도 진정으로 위하려면 '크게' 생각하고 행동할 것. 행동할 때는 상황에 흔들리지 말 것.

응고롱고로 분화구에서 캠프장으로 돌아와 점심을 먹을 때였다. 크리스티가 마사이들의 식생활에 대해 언급했다.

"생각해봐요. 야채를 전혀 먹지 않고 소의 피를 마신다니."

비아냥대는 투였다. 그녀는 고개를 설레설레 흔들었다.

"게다가 그 집 좀 봐. 왜 창문조차 만들 생각을 못했을까?"

나는 크리스티가 그쯤에서 멈추기를 바라며 대답했다.

"이렇게 뜨겁고 그늘도 없는 곳에선 창문이 없는 편이 나았을지도 몰라요. 또 그들은 유목민이잖아요. 아주 간단하게, 실용적으로 집을 짓기 마련이죠. 늘 버리고 떠나고 또 새로 지어야 하니까. 창문 같은 건 사치일 수도 있어요."

그러나 그녀는 멈추지 않았다.

"이해할 수 없는 건 마사이뿐이 아니에요. 탄자니아 사람들은 아무도 시간을 지키지 않아. '아프리칸 타임'이라고 하는 것 말예요. 불편하고 이해할 수 없는 게 한두 가지가 아니었어요. 바보들! 바보들 같아!"

그레이엄이 약간 당황한 듯했다.

"크리스티, 우린 여행자일 뿐이야. 여기서 시간을 보낸 지 얼마 되지도 않았고. 그 말은 좀 심한 것 같아."

마코토는 불편한 표정이었으나 일본식 예의바름으로 눈을 내리깔고 논쟁을 피했다. 중빈은 이어폰을 꽂고 '해리포터'를 들으며 저 혼자 깔깔대고 있었다. 크리스티는 어쩔 수 없이 나에게 눈을 맞추며 동의를 구하려 들었다.

"내 말이 틀렸나요? 이들이 바보처럼 행동한다는 말이?"

나도 모르게 포크와 나이프를 소리나게 내려놓았다.

"크리스티, 이 세상에 바보 같은 사람은 있어도 바보 같은 나라는 없어요. 서로 다른 문화와 전통이 있을 뿐이죠. 마사이가 창문을 내지 않는 것에도, 아프리카에 아프리칸 타임이 생긴 데에도 다 그만한 이유가 있는 거예요. 당신이 지금 그렇게 된 것처럼, 내가 지금 이렇게 된 것처럼 말이에요. 피치 못할 상황과, 우연과, 그것들이 누적된 역사적 배경 속에서 오늘날 '이 모습'이 된 거라고 생각해요. 우리가 여행을 하는 건

'그 모습'을 제대로 보고 제대로 이해하기 위해서일 거예요. 당신은 동물을 좋아하지만, 이곳에 온 이상 좋아하는 것만 보고 돌아가길 바라는 건 무리예요. 아프리칸 타임처럼 나쁜 것만 보고 돌아가는 것도 불공평하죠. 내가 당신의 좋은 점과 나쁜 점을 다보고 나서야 당신을 제대로 받아들일 수 있고 당신에 대해 올바로 말할 수 있는 것처럼, 여행자는 한 나라를 편견 없이 두루두루 보고 나서야 이러쿵저러쿵 말할 자격이 생기는 거예요. 그게 싫다면 왜 굳이 안락한 집을 놔두고 머나먼 곳까지 가서 고생을 하는 걸까요? 오기 전부터 가졌던 오해와 혐오를 끝까지 버리지 않고 집으로 되가져가기 위해 여행을 한다면 그거야말로 '바보' 같지 않나요? 한번 생각해보세요. 당신이 좋아하는 저 동물들이 어떻게 지구 상에서 유일하게 이곳 아프리카에서만 드넓은 땅을 차지하고 우아하게 거닐 수 있었을까를. 이곳 사람들이 동물들에게 공존을 허락했기 때문이에요. 당신이 사는 런던이나 내가 사는 서울 같았으면 애초에 동물들을 다 내쫓고, 아니, 코끼리 상아는 상아대로 잘라 팔고 사자가죽은 가죽대로 벗겨 판 다음 돈이 안되는 나머지 동물들을 다 내쫓거나 죽인 뒤, 이 큰 땅덩어리를 조각조각 갈랐겠지요. 2차대전 뒤에 서구 열강들이 그랬듯이 내 거야! 아냐, 내 거야! 싸우면서 사고 팔았을 거예요. 그러고는 나무를 몽땅 베고 그 자리에 뭔가 짓고 부수는 난리를 쳤을 거예요. 아마도 동물을 죽이거나 나무를 벨 때 시간 약속 같은 건 잘 지켰겠지요. 아프리칸 타임을 경멸하는 사람들이니까."

홍분하고 말았다. 이렇게까지 일장연설을 늘어놓을 생각은 없었는데, 내게는 화가 나면 갑자기 말이 유창해지는 특이한 버릇이 있다. 크리스티를 보니 얼굴이 하얗게 질렸다. 나는 어조를 누그러뜨리고 간절함을 담아 천천히 말했다.

"나는요……, 크리스티……, 특히 동물을 좋아하는 당신 같은 사람, 이곳 사람들이 '바보 같음'에 한 번쯤 감사해야 한다고 생각해요."

포크와 나이프를 집어들었다. 내가 입을 닫고 나서는 아무도 입을 열지 않았다. 어색한 분위기 속에서 아이 혼자 '해리포터'를 따라 모험을 하며 깔깔거렸다.

아루샤를 향해 응고롱고로를 떠날 때 해가 사라졌다. 구름이 다시 골짜기를 파고

들더니, 이내 빗방울을 뿌렸다. 앤드류가 와이퍼를 켜고 앞유리에 바싹 얼굴을 댄 채 안갯속을 달려나갔다. 먼지 날리던 붉은 흙길이 짙은 자줏빛으로 젖었다. 나는 저 아래 아름답다 못해 성스러운 신의 정원을 마지막으로 보고 싶었으나 뚜껑처럼 내리덮은 구름 때문에 그러지 못했다. 그래도 상관없었다. 이제 나는 세상에서 가장 아름다운 한 곳이 어디인지를 알았고, 그곳이 가슴 꽉 들어차게 선사한 초록빛 감사를 돌아가 사랑하는 이들과 나누고 싶다는 생각만으로도 충분히, 충분히 행복한 까닭이었다.

가난을 얕잡아보지 마!

— 알리

∴

탄자니아를 떠나 우간다로 갈 차례였다. 우리는 아루샤에서 빅토리아호 남부 연안의 므완자까지 버스를 타고 간 뒤 밤 페리를 타고 빅토리아호 서부의 부코바까지 가서, 거기서 다시 버스를 타고 국경을 넘어 우간다에 닿을 계획이었다. 지도를 펼쳐놓고 손가락으로 선을 쓱쓱 그어보면 그럴 듯했다. 그러나 지도 위의 계획은 어디까지나 종이 위의 계획일 뿐이었다. 꿈도 야무진.

먼저 아루샤에서 므완자까지 가는 버스만 해도 그랬다. 탄자니아 북부의 길이 좋지 않아 대개 케냐의 나이로비를 통해 우회해서 므완자에 이른다고 했다. 꼬박 이십사 시간이 걸리는 피로한 여정이었다. 그런데 당시 나이로비는 유혈사태의 한가운데에 있었으므로 그 지루한 여정이나마 선택이 불가능해졌다. 눈물을 머금고 므완자행 비행기표를 끊었다. 한 시간짜리 비행을 하는 비행기는 아무런 설명 없이 네 시간이나 연착했다.

그것은 시작에 불과했다. 막상 므완자에 도착해보니 야간 페리 빅토리아호가 고장이라고 했다. 또다른 페리는 침대칸이 없이 삼등칸으로만 된 페리였다. 그나마 빅토리아호의 고장으로 승객이 몰려 표를 구할 수 없었다. 사실 그 페리 티켓을 애써 구하고 싶지도 않았던 것이 삼등칸으로만 된 페리 값이 조금도 저렴하지도 않아서, 므완자까지 온 비행기 값에 페리 값을 더하면 차라리 처음부터 우간다까지 국제선을 타고 국경을 넘는 것과 별 차이가 없었다.

계산을 하기 시작하자 속이 쓰렸다. 여행 중 시간을 아끼기 위해 돈을 더 쓸 수는 있다. 또 돈을 아끼기 위해 시간을 더 쓸 수도 있다. 그러나 시간과 돈 모두를 낭비하며 '원치 않는' 목적지에 머물러야 할 때 여행자는 바보가 된 기분이 든다. 감금된 바보.

빅토리아호가 언제 수리될지는 아무도 모른다고 했다. "모른다"라는 퉁명스런 한 마디를 듣기 위해 한 시간이나 담당자를 기다렸다. 삼등칸 페리는 이제 며칠 뒤에나 있었다. 방법이 없었다. 다시 짐을 끌고 공항으로 향했다. 우간다로 가는 비행기가 저녁에 있다고 했다. 항공사 직원은 그러나 좌석이 있는지를 당장 확인할 수는 없다고 했다. 기다리라고 했다. 폴레폴레. 택시도 잘 타지 않는 내가 하루에 두 번이나 비행기를 타다니. 불편한 속을 달래는 동안 어느새 '한 시간'이 흘렀다. 중빈이 포기한 듯 미니 오목판을 꺼냈다. 공항 청소부에게 게임의 룰을 가르쳐주었다.

'두 시간'이 흘렀다. 중빈이 목이 마르다고 했다. 손바닥만 한 므완자 공항에는 매점이 하나뿐이었다. 탑승을 앞둔 승객만을 위한 안쪽 매점. 항공사 직원은 내가 티켓이 없으므로 매점에 갈 수 없다고 했다. 그의 곁에는 뜯지 않은 생수병이 여럿 있었다. 그 중 하나를 살 수 없겠느냐 묻자 그는 비굴한 미소를 띠며 판매용이 아니라고 했다. 누가 판매용이 아닌 걸 모르고 물었는가?

'세 시간'이 흘렀다. 직원은 어쩌면 좌석을 구할 수 있을지도 모른다고 했다. 표를 살 돈이 충분하냐고 물었다. 탄자니아실링이 아니면 안 된다고 했다. 우간다로 가는 사람에게 탄자니아 돈이 충분할 리가. 매점이 하나뿐인 시골 공항에 은행이나 현금인출기 같은 것이 있을 턱이 없었다. 달러로 지불하겠다고 했다. 그는 그렇다면 곤란하다고 했다. 아루샤에서는 다들 달러만 달라고 하더니, 므완자에서는 최대 항공사조차 달러를 받지 않는다니!

'네 시간'이 흘렀다. 그는 이제 곧 비행기가 온다고 했다. 지금 돈을 내야만 한다고 했다. 할 수 없다는 듯 그가 안쪽 매점으로 같이 들어가자고 했다. 공항에서 돈을 환전할 수 있는 유일한 곳은 매점뿐이라면서. 비행기가 도착했다. 네 시간 동안 '폴레폴레' 하던 그는 내게 서두르라 다그쳤다. 손바닥만 한 공항의 손톱만 한 매점 주인은 매우 탐욕스러운 얼굴을 하고 있었다. 내가 비행기 티켓값 정도의 달러를 꺼내놓고 환율을 물었을 때 그는 장장 일 분간이나 침묵했다. 그리고 탄자니아 그 어느 곳에서도 들어본 적 없는 최악의 환율을 제시했다. 아마도 곧 떠날 비행기를 잡으려는 가련한 승객을 통해 팔자를 고쳐보려는 모양이었다. 내가 지금 환율을 잘못 들은 게 아니냐는 황당한 얼굴로 항공사 직원을 쳐다보았다. 그는 안됐다는 표정을 지었다. 하지만 지금 돈을 바꾸지 않으면 비행기가 떠날 거라고 했다. 모두 다 나를 쳐다보고 있었다. 이제 그들은 합창하고 있었다.

"대체 갈 거요, 말 거요? 비행기가 떠난다구요!"

매점 주인만 끝까지 입을 앙다물고 자신이 횡재를 할 수 있을지 없을지를 초조히 지켜보았다. 나는 달러를 도로 넣었다. 이제 다시 므완자 시내로 돌아가 짐을 풀고 감금된 바보로 시간을 보내야 한다면 그렇게 하겠다. 그렇게 여행 일정이 뒤틀려버리고 네가 제시한 환율차액 못지않게 밥을 사먹고 잠을 자며 경비를 지출하게 될지라도 그렇게 하겠다. 내가 아무리 멍청하게 므완자에서 방황한다 해도 네 탐욕스런 입에 돈을 털어넣는 멍청이보다는 덜 멍청한 멍청이일 테니까.

거칠게 가방을 끌고 공항 밖으로 나왔다. 항공사 직원이 뒤따르며 한마디 했다.

"그가 너무 심했어요! 오래 기다렸는데……. 미안해요!"

주리고 목마른 아이 손을 잡고 무작정 걸었다. 뭐 이런 날이 다 있나. 다리에 힘이 빠졌다. 택시운전사들이 들러 붙어 시내까지 데려다주겠다며 말도 안 되는 가격을 불렀다. 줄줄이 무시하면서 걸었다. 공항 가까운 곳에 바가 하나 있었다. 허름한 로컬 바. 몇몇 남자들이 낮부터 취해 있었다. 아이 배를 채울 것은 없었으나 냉장고에 물이 있었다. 둘이 한 병씩 손에 쥐고 벌컥벌컥 들이켰다. 생수 가격을 물었다. 또 얼마나 바가지를 씌울래? 하는 투로 물었다. 참하게 머리를 올려 묶은 아가씨였다. 그녀는 수줍게 아주 저렴한 로컬 가격을 말했다. 안도의 한숨이 훅 터져나왔다.

그 바에서 가만히 바라보니 가까운 곳에 승합차가 보였다. 달라달라였다. 다시 들러붙는 택시운전사들을 줄줄이 무시하면서 달라달라로 갔다. 운임을 물었다.

"250실링이요."

나는 그때까지도 흥분해 있었다. 어이없다는 듯 물었다.

"뭐라구요? 달라달라가 2500실링?"

그가 어이없다는 듯 껄껄 웃었다.

"250실링이요."

아……. 나도 어이가 없어 훗, 웃었다. 네 시간 만에 처음으로 웃었다.

찢어진 좌석 앞에 짐을 부렸다. 달라달라가 설 때마다 사람들이 올라탔다. 사람들은 우리와 먼 곳에서부터 자리를 잡았다. 우리 뒤쪽으로 더 자리가 없을 때 빈 물통을 든 소년이 내 앞에 앉았다. 소년은 아무렇지도 않게 내 다리 사이에 자신의 다리를 놓았다. 나와 눈이 마주치자 황급히 기다란 속눈썹을 깔았다. 다시 마주치자 또 내리깔았다. 그러면서도 다리가 닿는 것에는 아무 개념이 없었다. 세번째 눈이 마주쳤을 때 소년이 어색하게 웃었다. 사람들이 더 탔고 소년과 내 다리는 더 바짝 붙었다. 그래도 여전히 아무 개념이 없었다. 그것이 나를 묘하게 편하게 했다. 계산하지 못하는 사람들과 살을 부딪히며 심상히 앉아 있는 일.

드디어 탄자니아에 되돌아온 기분이었다. 드디어 사람들이 보이기 시작했다. 그들의 활력이 느껴지기 시작했다. 조금 전까지 나는 '빠져나가기' 위해 그곳에 존재했다. 피치 못하게 그곳에 존재했다. 아무 소리도 들리지 않았다. 아무도 보이지 않았다. 그러나 이제 나는 '머물기 위해' 그곳에 존재했다. 드디어 므완자에.

나는 소년에게 이름을 물었다. 루카. 내 이름도 말해주었다. 소희. 소년이 수줍게 발음했다. 낯선 이름을 기억 속에 아로새기려는 듯, 소년은 말간 눈으로 나를 바라보면서 고개를 꾸욱 눌러 보였다.

므완자 시내에서 환전을 하고 저녁산책을 했다. 약간 어둑한 로컬 식당에 들어가서 콩요리와 계란, 튀긴 감자로 저녁을 먹었다. 단순한 조리법이었지만 맛있었다. 식당의 텔레비전에서 아시아 지역뉴스를 소개했다. 한국에 대한 것이 있었다. 문화재가 불타는 스틸사진이었다. 동대문인 것 같기도 하고 남대문인 것 같기도 했다. 텔레비전 화질이 엉망이었는데다 스와힐리어여서 정확한 것은 알 수가 없었다.

우리 집은 남대문과 멀지 않은 곳에 있어서, 아이가 아기일 때부터 "남대문이다!" 하며 그 곁을 지나쳤다. "남대문이다!"를 백 번 하는 동안 아이가 걸음마를 배웠고 "남대문이다!"를 천번 하는 동안 유치원을 졸업했다 해도 과장이 아니었다. 우리는 남대문이 '우리 것'인 줄 알고 살았다. 늘 거기에 있는 것인 줄 알고 살았다. 그런데 잠시 자리를 비운 사이 그 웅장하고 아름다운 우리 것이 사라지다니! 우리는 밥을 먹다 말고 기가 막혀 서로의 얼굴만 바라보았다. 중빈이 입을 뗐다.

"난 저게 동대문이면 좋겠어. 엄마는?"

이렇게 황당한 질문이 있다. 동대문과 남대문 중 불에 타도 좋은 것을 골라야 하다니. 모르겠다고 했다. 어느 쪽이든 아주 조금만 탔을 거라고 했다. 하지만 마음속으로는 조금만 소실됐다면 아프리카 뉴스에까지 나올 리가 없다고 생각했다. 어떻게 이런 일이…….

다음날 우리는 우간다의 엔테베 국제공항에 도착했다. 중빈의 첫마디에 웃고 말았다.

"이건 진짜 공항 같네."

탄자니아의 국제공항에 비하면 최신 건물이었다. 입국신고서를 쓰는 동안 중빈은 경찰 세 명과 놀고 있었다. 비자발급료_{단수비자 30달러}를 내고 돌아서니 중빈이 그들 사이에 앉아 손가락으로 '브이'를 만들어 보였다. 환전을 하러 은행으로 가는 길에 아이가 재잘거린다.

"벌써 세 명이나 우간다 친구가 생겼어! 난 어딜 가나 일 분만에 친구를 만드는 재주가 있어!"

은행도 꽤 현대적이었다. 다만 사람이 너무 많아 한참을 기다려야 했다. 깨끗하게 정장을 차려입은 사람들이 질서 있게 줄을 서서 순서를 기다리는 풍경이 페리에 먼저 타기 위해 서로를 밀치던 탄자니아와 사뭇 달라 내심 놀라는데, 내 차례가 되었을 때 행원이 하는 말에 이곳도 크게 다르지 않은 동아프리카임을 실감해야 했다.

"1997년 이전에 발행된 달러는 받을 수 없어요. 은행 방침입니다."

하지만 뒤에 선 정장 차림의 여성이 비판적인 어조로 그의 말에 토를 달았을 때, 나는 다시 한번 놀라고 말았다.

"참 불합리한 방침이에요. 97년 이전에 발행된 돈도 다 돈인데, 은행에서 위조지폐 여부를 확인하지도 않고 무조건 수신을 금지하면 어떻게 돈이 제대로 순환이 되겠어요?"

공항의 식당에서도 차이를 느낄 수가 있었다. 벽에 기대 늘어져 있는 사람이 없었다. 아무도 폴레폴레 하지 않았다. 질서정연하게 자신의 일을 하는 가운데 의사가 소통되고 눈치껏 배려하는 분위기였다. 웨이터 제임스만 해도 그랬다.

"한국 사람들은 빵 대신 밥을 많이 먹지요. 밥을 좀더 갖다드릴까요?"

그는 정말로 조그만 접시에 밥을 더 담아왔다. 내 빈 접시를 보았을 때는 "다 드셨지요?" 물었고 아이의 반쯤만 비워 낸 접시를 보면서는 "저건 아직이네요" 하며 미소지었다. 결국 환대받는다는 느낌의 시작은 사소한 친절과 부드러움인지도 모르겠다.

공항을 빠져나왔을 때 은행에서 눈인사를 나눴던 사내가 다가와 어디로 가느냐고 물었다. 우린 일단 엔테베 시내까지 간 뒤 거기서 수도 캄팔라로, 다시 캄팔라에서 나일강의 시원인 진자까지 갈 계획이었다. 우간다는 '아프리카의 진주'라 불릴 만큼 작은 나라였기에 저녁나절이면 진자에 도착할 수 있을 터였다.

"나는 엔테베에 살고 있어요. 주차장에 내 차가 있는데 그럼 시내까지 태워드릴까요?"

중빈이 외쳤다.

"오, 예~!"

나는 약간 망설였다. 그는 은행에서 내가 환전하는 것을 보았다. 더구나 그다지 호감을 주는 인상도 아니었다. 입을 꽉 다물고 있을 때면 다소 어두워 보였고 간간이 웃을 때면 부자연스러웠다. 내가 망설이는 사이, 그가 앞장섰다. 달려드는 공항의 택시 기사들을 물리치면서 당당히. 중빈이 깡총깡총 뛰며 그 뒤를 따랐다. 에라, 가보자. 나는 또 한번 평균치의 인간성에 기대기로 했다.

달리는 동안, 그가 우리의 일정에 대해 물었다. 그리고 자신의 일에 대해 이야기했다.

"우리 회사는 케냐에도 있고 남아공에도 지사가 있어요. 나는 여러 나라를 돌아다니면서 세일즈를 합니다. 수입도 꽤 괜찮고, 말하자면, 꽤 잘 나가는 비즈니스맨이라고나 할까요."

중빈은 그에게 이름을 묻고 자신의 이름도 알려주었다. 그의 이름은 알리였다. 중빈은 또 그에게 아이가 있느냐고 묻고 그가 말해주는 자녀 두 명의 이름과 나이를 녹음기처럼 따라 말했다. 그리고 에어컨이 나오는 하얀 새 차 안에서 씽씽 지나가는 밖을 내다보며 기쁘게 조잘거렸다.

"벌써 네 명이나 우간다 친구가 생겼어! 난 어딜 가나 일 분 만에 친구를 만드는 재주가 있다니까!"

엔테베 시내까지는 멀지 않았다. 알리는 * '택시파크'에 차를 세우고 수도 캄팔라로 가는 택시가 있는 쪽으로 함께 걸었다. 내가 그에게 감사를 표했다.

"너무나 고마워요. 우간다에 도착하자마자 이런 친절을 받다니."

그는 미소를 띠며 나를 응시했다. 예의 부자연스런 미소를.

"그런 친절을 받았으면, 내가 콜라라도 사먹을 돈을 주는 게 어때?"

몸이 굳는 느낌이었다.

"뭐, 뭐라고?"

이내 속았음을 알았다. 갈라진 목소리로 물었다.

"얼마를 원하는데?"

"1만 우간다실링."

"그러니까…… 네가 한 말은 모조리 거짓말이었구나."

"응. 몰랐단 말야? 나는 택시운전사였어."

나는 할 말을 잃어 입을 다물었다. 거짓말을 한 건 그인데, 내 얼굴이 벌겋게 달아올랐다. 그곳도 다를 것 없는 동아프리카였다. 나는 다시금 돈지갑이었다. 새 나라에 도착한 첫 순간, 여행자가 가장 주의를 기울였어야 하는 순간에 실수를 했다. 다 좋았다. 내가 실수투성이 인간이래도, 돈지갑이래도 관계없었다. 그런데 가슴이 아팠다.

---

* 일종의 버스터미널. 탄자니아의 '달라달라'와 같은 미니버스를 우간다에서는 '택시'라 한다. 가장 대중적인 교통수단.

투박한 가난은 투박하게 관계를 방해하고, 조금 덜 투박한 가난은 조금 더 세련되게 관계를 방해한다는 것이. 가난 앞에서 '관계를 맺는다'라는 것은 이렇게 어려운 것일까. 나는 쉽사리 가난을 얕잡아본 자신이 부끄러워 벌겋게 달아올랐다. 그리고 말없이 서 있었다. 그가 심상치 않음을 눈치채고 양보했다.

"네가 돈을 주지 않겠다면, 알았어. 그냥 가."

이미 망가진 것을, 그는 조금쯤 회복하고 싶어했다.

"캄팔라까지는 3000실링이야. 더 달라고 해도 주지 마."

그러나 회복하기엔 이미 늦었다. 그가 승객들로 가득 찬 택시 한구석에 가방을 올려주었다. 택시가 출발하기 전 내가 간신히 입을 뗐다.

"네가 돈 얘기를 하지 않았다면……, 정말 좋았을 텐데……."

알리는 대꾸할 말을 찾지 못하고 묵묵히 나를 바라보았다. 무어라 단정지을 수 없는 얼굴이었다. 조금 부끄러운 얼굴이었고 조금 뻔뻔한 얼굴이었다.

택시가 출발했다. 잠시 뒤, 내 뒤에 조용히 앉아 있던 아이가 울먹이는 소리로 말을 걸어왔다.

"……그러니까 ……저 아저씬 ……친구가 아니었던 거야. 그렇지?"

깜짝 놀라 뒤돌아보았다. 극도로 혼란스런 얼굴이었다. 아이가 그런 표정을 짓는 것을 나는 한 번도 본 적이 없었다. 배신당한 사람의 상처받은 얼굴이었다. 그러면서도 아직 내 대답을 기다리는 얼굴이었다. '그렇지 않아, 친구였어'라는 대답을. 아이는 자신 없이, 그러나 간절함을 담아 나를 바라보고 있었다.

"……돈을 원했던 거야. 그렇지?"

나는 진짜 대답을 피해 대답했다.

"어쨌든 알리는 돈을 받지 않고 우릴 태워다줬어. 새 나라에 도착한 첫날은 여러 어려움에 처할 수 있는데, 그 정도면 우린 운이 좋은 편이었어."

아이는 입을 앙다문 채 창밖으로 시선을 옮겼다. 내 말에 위로 받은 것 같기도 했고 조금도 위로받지 못한 것 같기도 했다. 다만 어린 깜냥에도 아까운 눈물을 흘리기엔 뭔가 분한 듯, 커다랗게 두 눈을 홉뜨고 있었다. 남은 것은 아이의 몫이었다.

성장하는 지옥

— 캄팔라

우간다는 70년대를 관통한 살인마 이디 아민Idi Amin의 폭정, 그리고 그가 진퇴양난의 상황에서 돌파구를 찾기 위해 일으킨 탄자니아와의 전쟁으로 말미암아 80년대 후반까지 정치·경제적 파산상태였다. 86년 무세베니 대통령의 출현과 함께 회복세로 돌아서기 시작하였으나, 부패한 관료, 에이즈와의 전쟁, 연 300달러에 그친 일 인당 GNP 등이 여전한 난제로 남아 있다.

우간다의 일 인당 GNP는 탄자니아와 비슷하다. 인구도 3천만 전후로 비슷하나, 면적은 4분의 1가량밖에 되지 않는다. 말하자면, 이웃나라보다 훨씬 좁은 땅에서 비슷한 수의 사람들이 비슷한 소득을 일궈낸다는 뜻이다. 당연히 창밖의 풍경은 조밀해졌다. 초원은 사라지고 다닥다닥 붙은 판잣집들이 즐비했다. 사람 사이의 간격도 좁아지고 마찰도 많아졌다. 마찰을 해결하기 위해 더 촘촘한 관계의 룰이 형성되어 있었다. 택시 안에서 차장이 택시 좌석 등받이에 손을 얹으면 등받이에 등을 대고 있던 손님이 살이 닿지 않게 등을 곧추세웠다. 다리 사이에 무릎을 넣는 소년은 사라졌다. 페리 위에 벌러덩 드러누워서 얼굴을 맞대고 토하던 사람들도 사라졌다. 더 많은 시선을 의식하는 더 많은 코드가 발달되어 있었다. 눈에 띄게 많은 여성들이 화장을 했고 가발을 썼다. 공항에서 느꼈던 세련됨은 물질적인 여유에서 온 것이라기보다 그러한 관계의 비좁음 속에서 연마된 것이었다. 더 작고 더 조밀한 나라, 한국에서 온 여행자에게는 어쨌든 친숙한 변화였다.

『론리플래닛 ─ 동아프리카 편』에서는 우간다의 수도 캄팔라에 대한 오리엔테이션을 이렇게 시작하고 있다.

로마처럼, 캄팔라는 일곱 개의 언덕 위에 자리잡고 있습니다. 하지만 로마와의 유사점은 그뿐입니다.

탄자니아의 루쇼토에서 만났던 마리오는 캄팔라에 가보았다고 했다. "어땠어요?" 물었을 때, 그녀는 일단 한숨부터 쉬었다.
"그곳은 엄청나게 성장하고 있어요."
그리고 잠시 쉬었다 말을 이었다.
"……지옥처럼요."
캄팔라를 구성하는 일곱 개의 언덕 상단부에는 넓고 조용한 정원을 가진 상류층들이 산다. 대사관과 일류 호텔들, 국제기구 등이 있다. 중간에는 주요 은행과 우체국, 식당과 가게들이 있다. 하단부에는 싸구려 호텔, 영세한 가게들과 시장, 버스터미널과 택시파크가 있다. 하단부의 표정은 중상단부의 모습과는 극단적인 대조를 이룬다. 찌그러진 미니버스들, 구름처럼 밀치고 밀려가는 사람들, 복잡한 시장, 사기꾼, 소매치기, 신문팔이 소년, 창녀, 내장이 익고 있는 뜨거운 솥, 소리 치는 노점상, 다리 하나가 없는 걸인, 걸인의 남은 무릎에 놓인 신생아, 그리고 그 모든 것을 한데 넣고 부글부글 끓이는 먼지, 먼지, 먼지…….
내가 경험하게 될 캄팔라는, 물론, 언덕 하단부였다. 택시라 불리는 승합차가 캄팔라 시내를 달리는 동안, 나는 마리오가 묘사한 '성장하는 지옥'이 어떤 것인지 한눈에 알아챌 수 있었다. 택시운전사는 내 목적지인 '진자'가 자신의 고향이라고 했다. 캄팔라에는 올드 택시파크와 뉴 택시파크가 불과 300미터 간격으로 떨어져 있는데, 뉴 택시파크에서 승객들이 모두 내릴 때 그는 내게 진자로 가는 택시는 올드택시파크에서 출발한다며 그곳까지 데려다줄 테니 내리지 말라고 했다.

그런데 그 300미터를 통과하는 데 믿거나 말거나 무려 한 시간이 걸렸다. 그럴 수밖에 없는 것이 운동장 크기의 택시파크에 수천 대의 택시들이 들어차 있었고, 그들이 모두 하나의 비좁은 출구로 앞다퉈 나오고 있었던 것이다. 택시파크의 주변도로는 극심한 혼돈 그 자체였다. 서민들은 모두 택시를 이용해 출퇴근을 하는데, 택시파크는 캄팔라 최대의 재래시장 사이에 위치해 있었으므로 그 극심한 혼돈 사이사이로 사람들이 길을 건너고 물건을 사고팔았다. 차와 사람, 오토바이와 자전거가 부딪히는 건 다반사였다. 나는 어이가 없어 입을 쩍 벌렸다. 이런 무질서가 매일 반복된단 말인가? 꽉 찬 자루의 좁은 주둥이에서 쏟아져나오는 벌레처럼 수백 대의 택시들이 똑같은 게이트를 향해 부릉부릉 성난 고개를 들이밀고 있을 때, 내가 운전기사에게 물었다.

"과연 저 입구로 들어갈 수 있겠어? 나도 여행 꽤나 했지만, 이렇게 한자리에 미니버스가 많은 건 처음 봐."

"정말? 난 여행 같은 건 해본 적 없어. 다른 곳은 이렇지 않단 말야? 탄자니아는 어때?"

"거기도 미니버스는 많지. 하지만 넓은 땅에 흩어져 있지. 저 많은 차들이 어떻게 나오고 들어가?"

"대체 뭐가 많다는 거야?"

"저기 수천 대 택시가 들어 있잖아."

그는 조금도 놀랄 게 없다는 표정으로 심드렁하게 대답했다.

"다 나오게 되어 있어."

천신만고 끝에 진자행 택시를 탔다. 그 운전기사가 옳았다. 우리가 탄 택시는 '결국' 무리 없이 파크를 빠져나왔다. 다른 수백 대의 택시들과 5센티미터, 아니 3센티미터, 아니 때론 1센티미터나 될까 말까 싶은 간격으로 붙어 기적적으로 부딪히지 않고 앞을 다투며.

캄팔라를 벗어나 조금씩 녹음이 보이는 외곽으로 들어서면서, 나는 이 세상에서 어린아이와 함께 여행가방을 끌고 걷지 말아야 할 곳이 있다면 바로 캄팔라일 거라고 생각했다. 그리고 우간다에서의 첫날을 캄팔라가 아닌 진자에서 보내기로 한 것은 정말 잘한 결정이었다고 가슴을 쓸어내렸다.

진자로 가는 택시 안에서 중빈이 잠들어 고개를 구십도로 꺾었을 때, 내가 해줄 수 있는 것은 별로 없었다. 차 안은 만원이었고 중빈과 나는 떨어져 앉아야 했던 까닭이다. 대신 중빈을 둘러싸고 앉은 세 명의 여인들이 토론을 벌였다.

"내 핸드백을 애 고개 밑에 받쳐봐."

"아냐, 너무 납작해."

"애 발밑의 여행가방은 어때?"

"꿈쩍도 않잖아. 그리고 저렇게 큰 걸 어디다 올려?"

"내가 옆으로 좀 비켜주면 될 것도 같은데?"

"끄응…… 안 돼. 이 가방은 아예 여기 꽉 껴버렸어."

내심 카메라가방 높이면 딱 맞을 성싶었다. 그러나 나는 '곧 사진 찍을 만한 게 나올 텐데' 생각하며 시침 뚝 떼고 있었다. 어쩐지 현명한 그녀들이라면 내 대신 방법을 강구해줄 것만 같았다. 그녀들이 내 무릎에 놓인 카메라가방을 발견했다.

"그거 줘봐요. 그 높이가 딱 맞아."

앗……! 이, 이거요? 카메라를 꺼내고 주면 높이가 맞지 않을 터였다. 세 명의 여인은 "어서!" 하는 눈빛으로 나를 바라보고 있었다. 주춤주춤 내밀었다. 그녀들은 가방을 아이 고개 밑에 잘 받쳐놓은 뒤 이제 되었다는 듯 안도하고 내게 미소지었다.

"Thank you, ladies!(고마워요, 숙녀분들!)"

감사를 표하고 나니 좀 어이가 없었다. 대체 누가 엄마야?

카메라가방을 달라고 했던 여인이 중빈을 가리키며 묻는다.

"얘는 학교 안 가요?"

우간다인들은 교육열이 높다. 많지 않은 일자리를 더 나은 교육을 받은 이들이 경쟁적으로 차지하기 때문이다.

"다음달에 입학하면 초등학생이 돼요. 지금 여긴 방학인가요?"

"곧 방학이에요. 방학이 세 번 있어요. 2월 말, 8월 말, 12월 말."

"캄팔라의 공립학교 교실엔 보통 학생이 몇 명 정도 있나요?"

"180명에서 200명 정도 있어요."

"시골에 가면?"

"그나마 시설이 부족해서 나무 밑에서 공부하는 아이들도 많아요."

"그래도 제겐 200명으로 꽉 찬 교실보다 나무 밑 교실이 더 낫게 들리는걸요."

듣고 있던 남자 차장이 끼어든다.

"비가 오지 않는다면요."

주변의 승객들이 허허 웃는다. 낙천적인 사람들이다.

캄팔라에서 진자까지는 고작 한 시간 거리. 택시 안 승객들은 대개 캄팔라에 일자리를 두고 출퇴근하는 이들이었다. 진자가 가까워지는지, 차장이 그들로부터 돈을 걷었다. 1달러는 약 1900우간다실링Ush. 환전을 하면 깜짝 놀라게 된다. 모든 돈이 곧 찢어질 듯 낡고 얇아서 한 번 놀라게 되고, 그럼에도 찢어진 지폐를 거의 찾아볼 수가 없어서 두 번 놀라게 된다. 풍경은 어느새 숲을 지나 강을 건너고 있었다. 나일강일 터였다. 차장이 조심스레 거스름돈을 세는 동안 힘없는 돈다발이 찢어질 듯 찢어지지 않고 아슬아슬하게 강바람에 뒤집혔다.

33 예술가이자 청소부이자 천사 같은 엄마

— 스코비아

진자는 우간다의 동남부, 빅토리아호 연안에 위치해 있다. 세계에서 가장 긴 강, 나일강이 여기서 발원하여 아프리카 북부 수단과 이집트를 거쳐 지중해에 이르는 장대한 여행을 하게 된다. 인근 부자갈리 폭포에서는 래프팅과 카약, 번지점프 등이 번성하여, 바야흐로 진자는 동아프리카의 신나는 모험지로 부상하고 있다. 이디 아민 폭정기에 부유한 인도 상인들이 재산을 몰수당하고 쫓겨나 경제적 기반이 약화되기 전까지는 우간다 동부의 부촌이었으며, 지금은 아시아 상인들이 되돌아와 커뮤니티 재건에 힘쓰면서 예전의 입지를 되찾아 가는 중이다.

진자의 첫인상은 조용하고 깔끔했다. 널찍한 길에 녹음이 우거졌고 잘 관리된 인도풍 저택들이 곳곳에 위엄있게 서 있었다. 우리는 첫날밤을 진자 시내의 팀톤호텔에서 보내기로 했다. 한번 둘러나 보자고 그 호텔에 들어섰건만, 널찍하게 펼쳐진 정원 한가운데에 은빛 시소와 회전의자가 떡하니 빛나고 있었기 때문이었다. 중빈이 회전의자에 냉큼 올라타더니 "빨리! 빨리 나 좀 밀어줘!" 함으로써 체크인할 곳을 결정해 버린 것이다.

팀톤호텔은, 말하자면, 게스트하우스보다는 고급이고 본격 호텔보다는 저급인 성격이 애매한 숙박업소였다. 정원과 건물 외관이 모두 아름다운 고저택이었고 대대로 그곳에 살아온 가족들이 정성스럽게 구석구석 돌보고 있었으나, 래프팅을 즐기는 외국인 배낭족들은 시내에서 벗어난 부자갈리 폭포 근처의 값싼 게스트하우스에 묵었고, 리조트를 이용하는 돈 많은 우간다인들은 인근 고급호텔에 묵었기 때문에 손님은 중빈과 나뿐이었다.

고저택 곳곳에 놓인 경대와 옷장들은 품격이 넘쳤지만 낡아서 삐걱거리거나 경첩에 녹이 슬었다. 고급 천으로 마감한 소파는 앉은 자리마다 허옇게 엉덩이 자국이 닳아 있었다. 매트리스 가운데가 함몰된 침대에 앉아 낡은 비단시트를 만지작거리노라면, 묘한 쇠락의 기운에 감염되어 그저 드러누워 한잠 자고 싶어졌다.

나는 중빈에게 다음날 부자갈리 폭포에 가보자고 하고 호텔 밖으로 한 발짝도 나가지 않았다. 손님의 요구를 들어주기보다는 하인의 시중을 받는 것에 더 익숙해 보이는 귀티 나는 주인 아들에게 저녁을 주문한 뒤에, 실로 오랜만에 더운 목욕을 했다. 한때는 번쩍거렸을, 그러나 지금은 쩍쩍 실금이 그어진 낡은 욕조에서.

저녁식사는 컴컴하고 넓은 거실에 차려졌다. 전성기에는 십수 명의 손님을 수용했을 커다란 테이블 한구석에 중빈과 둘이 앉아, 마늘에 절인 우간다 전통 돼지고기 요리를 먹었다. 야채수프와 빵이 곁들여 나왔다. 그중 어느 것도 특별히 맛있지는 않았다. 그러나 어쩐지 아득하고 흐릿한 맛이 매캐한 먼지 냄새가 나는 거실과 잘 어울렸다.

커다란 테이블의 반대편 벽면에는 돌아가신 주인 할아버지의 흑백 초상이 걸려 있었고 그 아래 주인 할머니가 고아한 자세로 앉아 텔레비전을 보고 계셨다. 그 저택에서 평생을 보냈을 할머니는 잊을 만하면 한 번씩 중빈을 향해 고개를 끄덕이셨다. 텔레비전 불빛이 유일한 조명이었다. 흐릿한 불빛 속에서 도마뱀들이 돌아다녔다. 넓은 정원의 풀벌레 소리뿐 고즈넉한 밤이었다. 아이는 사파리만큼이나 진지하게 도마뱀들이 모기를 사냥하는 모습을 지켜보다가, 할머니 곁으로 가 히스토리 채널에서 방영되는 '미국 최초의 전보국'에 대한 다큐멘터리를 지켜보았다. 밤이 더 깊어졌을 때 거실로 내려가보니, 둘이서 다정히 머리를 맞대고 잠들어 있었다.

아침 일찍 부자갈리 폭포를 향해 나섰다. 시내에서 10킬로미터 정도 떨어진 곳이라 '보다보다'를 타고 갈 예정이었다. 가이드북에는 '보다보다'가 오토바이형 택시라고 되어 있었다. 나는 막연히 뚝뚝과 흡사한 탈것을 상상했다. 그래서 길 건너편에서 오토바이가 서고 한 청년이 타라고 했을 때 됐다고 했다. 기다리는 것이 따로 있다고. 부자갈리 폭포 근처에서 잘 생각으로 짐을 모두 챙겨나왔기에 일반 오토바이로는 운전자와 가방 그리고 아이와 나, 모두를 실어나를 수도 없다고 생각했다. 다른 오토바이와 자전거들은 모두 포기하고 지나갔는데, 그 청년은 계속 그 자리에 서서 우릴 지켜보다가 길을 건너왔다.

"대체 뭘 기다리는데요?"

"보다보다."

청년이 어이없어하며 웃음을 터뜨렸다.

"이게 보다보다예요."

젊은 사람이 얄팍한 수를⋯⋯. 나는 확신에 차서 대꾸했다.

"이건 보다보다가 아니야."

"그럼 뭐가 보다보다예요?"

그가 거리의 탈것들을 가리키며 물었다. 그러고 보니 아까부터 뚝뚝처럼 생긴 것은 하나도 보지 못했다.

"⋯⋯오토바이를 개조한 택시."

그가 보란 듯이 엉덩이 뒤편을 가리켰다. 일반 오토바이 안장보다 약간 넓은 뒷좌석이 있었다. 겨우 이거⋯⋯ 였어? 오토바이라면 환장하는 중빈이 쾌재를 불렀다. 그는 아무 문제없다는 듯 뚱뚱한 여행가방을 앞으로 끌어안고 중빈과 나를 뒤에 태웠다. 하긴, 왜 다 탈 수 없다고 생각했을까? 저개발국가에서 대여섯 명이나 되는 식구가 한 오토바이에 타는 것은 일상적인 풍경인 것을.

청년의 이름은 무쏠. 열여섯 살이 되어서야 초등학교를 졸업했다고 한다. 그가 여덟 살이었을 때 캄팔라에서 오던 택시가 트레일러와 부딪혀 스무 명 넘는 승객 전원이 사망하는 사고가 있었는데, 그의 부모님이 거기 타고 계셨다고 했다. 그는 할머니 손

에 자라면서 돈이 있을 때 학교에 가고 없을 땐 쉬었단다. 그렇게 어렵사리 초등학교
를 졸업한 뒤 팔 년째 보다보다를 모는 중이었다.

"후원자가 없으니, 중고등학교는 꿈도 못 꿔요. 하루에 1만 5000실링 정도를 버
는데, 보다보다 주인에게 다 주고 나는 4000실링 가량 갖죠. 도저히 돈을 모을 수가
없어요."

"오토바이를 사려면 얼마나 드는데?"

"2백만 실링약 100만원정도. 아주 낡은 것은 조금 더 싸겠지만. 벌이가 좋은 직장을
잡으려면 고등학교 정도는 나와야 돼요. 우간다에선 사람을 쓸 때 제일 먼저 묻는 질
문이 '어느 학교 나왔어?'니까."

무쏠은 침울하게 말을 이었다.

"내겐 아무런 미래가 없어요……."

그는 다리로 우리의 여행가방을 끌어안고 있었고 아이는 그의 허리를 끌어안고
있었으며 나는 아이의 허리를 끌어안고 있었다. 연쇄적으로 얽힌 포옹 속에서 그의 무
력감이 내게도 그대로 전달되어 왔다. 거대한 흙먼지 구름을 일으키며 트럭이 우리를
앞질렀다. 숨을 쉴 수도 눈을 뜰 수도 없는 흙먼지였으나 무쏠은 익숙한 듯 속도를 늦
추지 않았다. 먼지 구름 속에서 앞으로 살짝 굽은 그의 등은 넓었다. 미래가 없는 무쏠
은 겨우 스물다섯 살이었다.

언덕을 넘고 또 언덕을 넘어 도착한 '나일강의 모험가들 캠프장' Nile River Explorers
Campsite은 밝고 활기찬 분위기가 매력적인 곳이었다. 부자갈리 폭포가 한눈에 내려다
보이는 환상의 테라스 레스토랑이 오른편, 캠핑자들을 위한 너른 공터가 가운데, 왼편
으로는 길다란 샤워장과 도미토리 건물이 있었다. 체크인을 하기 위해 테라스 식당으
로 가자, 커다란 개 두 마리와 고양이 한 마리가 늘어지게 낮잠을 자고 있었다. 래프팅
과 카약에 익숙해 보이는 백인 남성과 흑인 남성이 근육으로 울퉁불퉁한 상반신을 드
러낸 채 중빈의 바이올린을 가리키며 씩 웃었다.

"꼬마 뮤지션, 넌 언제 우리를 즐겁게 해줄 거니?"

물론, 중빈은 그런 질문을 받으면 바로 바이올린을 꺼낸다. '나는 지금 당장이라도 당신을 즐겁게 해드릴 수 있어요' 대답하듯이.

절대음을 찾아 헤매는 일곱 살 꼬마의 가보트17·18c 프랑스에서 유행한 2박자의 경쾌한 춤곡가 부자갈리 폭포 소리에 더해졌다. '이게 뭔 소리?' 하고 낮잠 자던 개 두 마리가 벌떡 일어났다. 수많은 사람들을 만났을 캠프장의 늙은 개들은 웬만한 세상물정쯤 다 꿰고 있다는 눈빛이었지만, 이 희한하게 생긴 물건, 바이올린만큼은 신기한 모양이었다. 그도 그럴 것이 어느 배낭여행객이 우간다의 부자갈리 폭포에까지 바이올린을 들고 왔겠는가? 중빈이 바이올린을 연주하는 동안 커다란 개 두 마리가 중빈을 에워쌌다. 킁킁거리며 현악기의 냄새를 맡았고 바쁘게 움직이는 중빈의 왼손가락을 슬쩍 핥았다. 중빈은 키득키득 웃으며 연주를 멈추지 않았다. 마침내 그중 한 마리가 궁금해 못 살겠다는 듯 "컹!" 짖을 때까지.

도미토리침대당 하루 7달러. 조식 불포함로 우리를 안내해준 것은 스코비아였다. 아이들이란 이층침대를 좋아하기 마련이므로, 이층침대만으로 가득한 방에 들어섰을 때 중빈은 놀이동산에 들어선 양 입을 딱 벌렸다. 그러나 곧 성인들을 위한 그 이층침대에는 제대로 사다리가 달려 있지 않다는 것을 알았고, 사다리가 달린 침대를 찾아 옆방 문을 열어보았으나 이번에는 와들와들 흔들리는 사다리 두 개를 발견했을 따름이었다. 경험으로부터, 중빈은 이런 상황에서 엄마가 "괜찮아. 너도 할 수 있어" 할 뿐 특별한 대책을 마련해주지 않는다는 것을 잘 알고 있었다. 그래서 스코비아에게 직접 당부했다.

"나는 일곱 살 어린이에요. 그러니까 이층침대를 좋아해요. 하지만 다리가 길지 않아요. 사다리가 꼭 있어야 해요. 흔들리는 사다리는 안 돼요. 일곱 살 어린이에겐 위험해요."

스코비아에게는 다섯 살 아들 하산이 있었다. 매일 아침 어린 하산을 떼어 놓고 게스트하우스로 청소하러 오는 그녀는 중빈의 말에 일일이 귀 기울여주었다.

"그래, 네 말이 맞아. 너는 일곱 살이야. 사다리가 필요하지. 네게 꼭 알맞은 침대를 찾아주겠다고 약속하마."

스코비아는 청소를 하다 말고 빗자루를 손에 든 채로 성가신 꼬마 손님을 위해 모든 방의 모든 사다리를 점검해보았다. 그리고 정말로 아이에게 꼭 맞는 침대를 찾아내었다. 그녀는 중빈이 다람쥐처럼 침대 위아래로 오르내리는 것을 기쁘게 바라보며 말했다.

"하산을 낳은 뒤로 세상이 바뀌었어요. 세상의 모든 아이들이 '엄마!' 할 때마다 그게 다 날 부르는 소리처럼 들리게 되었죠."

그것은 정말 기묘한 체험이다. 세상의 모든 아이들 울음소리와 웃음소리가 내 아이의 것인 양 들리기 시작한다. 어느 것도 그냥 지나칠 수가 없다. 그렇게 갑자기 세상과 밀착된다. 세상의 작은 부름과 작은 신음에 심장 한쪽을 붙들린 채로 엄마라는 생을 새로 시작하게 된다. 우간다의 청소부 엄마라고 해서 예외일 수 없었다. 아니, 그녀는 매일 더 많은 어려움을 접하기에 오히려 더 적극적으로 세상과 연대했다.

"청소를 마치면 집에 가서 하산을 돌보고 오후에 다시 와요. 여기서 종이공예품을 만들어요. 여성협동조합 조합원들과 함께요."

스코비아는 청소 도중 빗자루로 도미토리 벽 위를 행진하는 개미들을 쓸어내렸다. 아이가 그것을 보자마자 얼른 "저도 해보고 싶어요!" 했고, 스코비아는 미소를 지으며 빗자루를 넘겨주었다. 아니나 다를까. 아이는 '해보는' 정도가 아니라 캠프장 내의 모든 개미들을 대대적으로 소탕하려들었다. 내가 "이제 제발 빗자루를 스코비아에게 돌려줘!" 외치려 목청에 힘을 잔뜩 주었을 때, 스코비아가 내게 '애들이 다 그렇죠, 뭘' 하는 천사 같은 표정을 지어 보이더니 샤워장 뒤켠에서 새로운 빗자루를 찾아왔다.

스코비아가 오후에 다시 나타났을 때, 캠프장은 화려한 감각의 우간다 공예품들로 가득했다. 실로 뜬 모자와 천으로 만든 가방, 흙으로 염색한 그림, 종이로 만든 팔찌들……. 스코비아는 실처럼 가느다란 띠종이를 돌돌 말아 구슬을 만든 뒤 줄줄이 엮어 아름다운 원색의 목걸이를 만드는 과정을 보여주었다.

"아프리카 여성들은 경제적으로 독립되어 있어야 해요. 남편들이 때릴 때 아이를 데리고 도망쳐나올 수 있어야 하고, 그럴 경우 생활비는 물론 아이들의 학비를 댈 수 있어야 하죠. 일부다처제에 저항하기 위해서도 마찬가지예요. 진자 여성협동조합에서는 여성들에게 공예품 만드는 기술을 가르쳐요. 그리고 판매수익을 나눠 갖는답니다."

스코비아가 공예품을 만드는 솜씨가 너무 뛰어나서 나는 입을 떠억 벌렸다. 그녀는 감각적인 '예술가'이자, 꼼꼼한 '청소부'이자, 천사 같은 '엄마'였다. 아마 천사 같은 '아내'이기도 할 것이다. 묻지도 않았는데 "우리 남편은 참 착한 사람이에요" 하였으니.

어떻게 뙤약볕 아래 그 네 가지 역할이 평화롭게 공존할 수 있는지, 한참 어린 그녀에게 무릎을 꿇고 "언니, 내게 비밀을 좀 가르쳐줘!" 매달리고 싶은 심정이었으나, 나는 그저 말없이 무릎만 꿇었다. 그리고 바닥에 널린 그녀의 1달러짜리 작품들 가운데에서 아낌없이 선물용 팔찌를 고르기 시작했다.

스코비아

34 내려놓을 수 없는 고초를 붙들고

— 부자갈리의 곡 예사

.
.
.

나일강의 모험가들 캠프장은 가파른 산 아래로 계단을 내 나일강에 곧바로 닿을 수 있게 배려해놓았다. 그 계단을 반쯤 내려가면, 세계 제일의 전망을 자랑하는 배낭여행 자들의 샤워실에 이른다. 때를 밀고 거품을 내며 저 멀리 나일강을 내려다볼 수 있는!

계단 끝까지 내려가면, 탁 트인 강물이 나온다. 멀지 않은 곳에서 부자갈리 폭포가 시작됨을 알려주는 거센 물살이 콸콸 흘러가고, 마침 네 명의 로컬 소년들이 그 물살 속에서 카약 연습을 하고 있었다. 그들은 헬멧과 구명조끼, 카누와 노 등 필요한 장비 를 완벽하게 갖추고 수면 위아래서 자유자재로 뒤집어지고 똑바로 서고 다시 뒤집기 를 반복했다. 훈련 자체를 즐기면서 훈련에 집중하는 모습이었다.

열여섯 살 라티푸와 열여덟 살 로니가 넋을 놓고 구경하는 우리에게 손을 흔들었다.

"들어와봐요! 재미있어!"

헐, 저 급류 속으로? 계속 뒤집어지며 물을 먹으러? 아님, 휩쓸려 내려가 폭포의 제물이 되러?

소년들이 잠시 물기를 말리러 나왔다.

"너희들, 정말 대단하구나!"

"별거 아니에요. 무서워할 것 없어요."

"어떻게 안 무서울 수가 있어? 너희들은 저 급류가 아무렇지도 않아?"

내 나이의 절반도 되지 않는 로니가 나보다 더 어른스럽게 웃으며 말해준다.

"난 여섯 살 때부터 수영을 했어요. 엄마가 나일강가에서 빨래를 하면 옆에서 혼자 할 일이 없으니 물속에 들어가 논 거예요. 물은 나와 가장 친한 친구인 셈이죠."

"저 장비들은 다 어디서 났어?"

이번엔 라피푸가 대답했다.

"레저회사에서 장비를 공짜로 줘요. 우리가 알아서 연습을 하면, 나중에 실력을 보고 전문 카야커로 뽑지요. 나는 중학교를 그만두었어요. 내년에 전문 카야커가 되면, 일이 있는 날 하루 2만 실링을 벌 수 있으니까. 돈을 모은 뒤 학교로 다시 돌아갈 거예요. 자그마치 2만 실링이요! 좋은 직장 아닌가요?"

"좋은 직장이네!"

"우리 부모는 농부예요. 칠 남매나 두셨죠. 그러니까 제힘으로 생활해야만 해요. 나는 루소가 부족이요. 진자에 특히 많은 부족인데, 루소가 말을 써요. 그런데 카야커가 되어 관광객들을 상대하기 위해 영어를 열심히 배우고 있어요. 돈을 많이 모으면 택시를 사서 운전사가 되고 싶어요. 그게 어렵다면 자동차 정비공도 좋겠죠."

소년들이 카약 연습을 하는 곳에서 멀지 않은 곳, 그러니까 강 가운데 섬처럼 돌출된 바위 위에는 아까부터 남자아이 하나가 머물러 있었다. 열두어 살쯤 되어 보이는 아이는 분명 제힘으로 급류를 거슬러 그곳에 도달했을 것이다. 아이를 도와준 것은 노란 석유통 하나였다. 이곳 아이들에게 석유통은 책가방보다 더 소중한 무엇이다. 머리에 이고 다니며 물을 나를 때 반드시 필요한 무엇, 거친 물살 위에 몸을 띄울 때 반드시 필요한 무엇. 아이는 바위 한가운데 앉아, 카야커들을 바라보거나 물속을 바라보며 시간을 보내다가 생각난 듯 다시 석유통을 한쪽 어깨 아래 끼고 급류 속으로 들어갔다. 그리고 잠시 뒤 바위의 다른 편으로 아슬아슬하게 솟아올랐다.

'내겐 미래가 없어요'라고 말하던 무쏠과 달리 로니와 라피푸에겐 미래가 있었다. 하고 싶은 것과 되고 싶은 것이 있었다. 미래란, 그리로 다가갈 구체적인 수단과 목적이 주어질 때만 존재하는 시제인지도 모른다. 수단과 목적을 찾지 못해 암담한 이들에게 미래란 허공과 다름없다. 떨어지고, 떨어지고, 또 떨어진다. 다만 어두운 오늘의 반복일 뿐이다. 그러나 한줄기 빛을 잡고 나아가는 이들에게 미래는 길이다. 발밑에 놓인 단단한 길, 한 발자국이 다음 발자국을 이끄는 길.

우간다의 전력 공급율은 삼 퍼센트. 세계 최악이다. 해가 지면 한 치 앞도 보이지 않는 진자의 가난한 마을에서 어떤 젊은이는 가까스로 빛을 잡았고 어떤 젊은이는 허공 속으로 떨어지고 있었다. 그리고 또 어떤 어린아이는 둘 중 무엇이 자신의 미래가 될지 알지 못하는 채, 석유통을 품에 안고서 일 없는 오후를 급류 속에 내맡기고 있었다.

캠프장 앞에는 로컬 식당이 있었다. 우리 기준에서는 다 쓰러져가는 초가집이었고 그들 기준에서는 평범한 시골식당이었다. 아이 손을 잡고 들어가니, 식당 주인을 비롯 다섯 명의 로컬들이 우리를 뜨악하게 쳐다본다. '네가 과연 여기서 먹을 수 있겠어?' 하는 표정이었다. 또는 '너처럼 들어왔던 외국 애들 다 다시 나갔거든?' 하는 표정이기도 했다. 무리도 아니었다. 캠프장이 코앞인데, 구내식당에서는 한 끼에 적어도 8천 실링 정도 했으므로 돈 없는 배낭객들이 툭하면 이곳에 고개를 들이밀어 먹을 만한 것이 있는지를 살폈을 것이다.

때마침 한 쌍의 배낭여행자들이 식당에 들어왔다. 먹을 게 뭐 있느냐고 물은 뒤 흙바닥으로 된 식당 내부와 손가락으로 밥을 먹는 로컬들을 묘한 시선으로 둘러보더니 실수를 한 사람들처럼 서둘러 나갔다. 주인 아주머니는 자신이 만들어낸 일용할 양식 앞에 미간을 찌푸리고 도망쳐버리는 식의 모욕은 사양하겠다는 듯 방어감이 잔뜩 밴 몸짓으로 내게 물었다.

"넌 뭐 먹을 건데?"

메뉴판이고 뭐고 없었으므로 마침 두 청년들이 먹고 있던 접시를 가리켰다. 쇠고기스튜, 붉은콩, 그리고 밥이었다. 주인 아주머니는 뭔가 곤란하다는 듯 중얼거렸으나, 나와 눈이 마주치자 그대로 나가버렸다. 알아서 주겠지. 청년들 옆에 앉았다. 전문 카야커들이었다. 카약을 연습하던 소년들이 바라던 미래였다. 크고 다부지게 완성된 몸에 엄청난 직업적 자부심까지 더해져, 청년들이 고개를 뻣뻣하게 들고 나를 쳐다볼 때면 청둥오리처럼 물속에서 뒤집어지며 연습에 열중하던 소년들보다 고작 서너 살 더 많은 젊은이들이란 것이 잘 실감나지 않았다.

청년들과 대화하는 사이, 콩과 밥이 나왔다. 주인 아주머니는 외국인인 걸 배려하여 포크도 함께 가져다주었다. 쇠고기스튜는 청년들이 자리를 뜨고 아주머니가 그들의 접시를 치운 뒤에야 나왔다. 그런데! 나는 대번에 알아볼 수 있었다. 넓은 접시에 달랑 쇠고기 두 조각이 들어 있고 국물만 잔뜩 부어져 나온 그 스튜는…… 청년들이 먹다 남긴 그 고기의 모양 그대로였다. 그제야 아주머니가 곤란하다는 듯 중얼거린 내용을 알아챘다. 바로 "스튜는 더 없는데……"였다.

청년들의 밥풀까지 인심 좋게 묻어 있는 고깃덩어리 두 개를 놓고 삼십 초쯤 망설였다. 이런 생각이 들 때까지. '처음부터 같이 먹은 셈 치지, 뭐…….' 끝까지 오손도손 대화를 나누며 같이 먹을 수도 있었지만, 우리가 조금 늦게 도착한 것뿐이다. 눈 딱 감고 먹기 시작하니 맛은 나무랄 데 없었다. 고기를 찢어 아이 포크에 올려놓았다. 속으로 생각했다. 흠흠, 중빈아, 포크는 좀 살살 빨아라. 식사를 마치고 나오니 잔디 위에 카야커 청년들이 앉아 있었다. 같은 음식을 나눠먹은 사이라 생각하니 친밀하게 느껴졌다. 그들이 물었다.

"음식이 어땠어요?"

"잘 알면서~!"

내 대답에 그들이 어리둥절한 표정을 지었다.

"좋았단 뜻이야!"

나는 혼자 쿡쿡 웃었다.

부자갈리 폭포. 가이드북에는 이 거친 물살 속에서 거친 삶을 이어가는 사람들에 대한 이야기가 있었다. 즉, 우간다인들이 많이 찾는 관광지인 부자갈리 폭포에 가면 관광객 중 한 명이 예의 그 노란 석유통을 폭포 꼭대기에 던진다는 것이다. 뒤이어 그 가장 세찬 급류 속으로 로컬 남성 한 명이 뛰어들어 떠내려가는 석유통을 잡기 위해 안간힘을 쓰는데, 그가 성공적으로 이것을 잡아 물밖으로 나오면 5천 실링을 받는다고 했다. 이 석유통의 영어명은 제리캔이기에, 이 남자는 제리캔맨으로 불린다. 가이드북에서는 여러 줄 더 할애해 강조했다.

뛰어든 남성은 한순간의 실수로 사망할 수 있습니다. 이처럼 극단적으로 위험한 생계 활동이 장려받아서는 안 될 것입니다. 당신의 5천 실링을 다른 것을 위해 아끼십시오. 아니면, 그들이 그렇게 스스로를 휙 던져버리지 않고도 가족을 돌볼 수 있도록 차라리 그냥 5천 실링을 주십시오.

내가 폭포를 더 잘 보기 위해 가장자리에 섰을 때, 정말로 노란 석유통이 폭포 꼭대기에 던져졌다. 그와 동시에 검은 몸뚱이도 던져졌다. 검은 몸뚱이가 노란 통을 향해 다가갔다. 팔을 뻗었다. 물살이 그를 밀쳤다. 거품 속에 잠겨서도 팔을 굽히지 않았다. 검은 몸뚱이가 물속에 사라졌는데도 똑바로 편 팔만은 그대로였다. 잡아야 했다. 그 순간 노란 통은 5천 실링이었다. 그 순간 노란 통은 그의 생명이었다. 머리가 다시 물 밖으로 나왔다. 나무토막처럼 단단히 뻗은 팔이 노란 통을 잡았다. 짧은 순간이었다. 가장 격렬한 물살 속이었다. 내 머릿속이 까마득해졌다. 그는 이제 여유롭게 폭포 가장자리로 벗어났다.

밖으로 나온 제리캔맨은 수영복조차 입고 있지 않았다. 무릎 밑 길이의, 대대로 물려 입은 것만 같은 누런 면바지에서 하염없이 물방울이 떨어졌다. 터번을 두르고 불룩 배가 튀어나온 인도인이 만족스런 미소를 지으며 그에게 지폐 한 장을 내밀었다. 진짜 부유층의 대부분이라는 인도인 가족이었다. 그들은 간만의 나들이가 몹시 즐거운 듯, 거칠게 중빈을 들어 자신의 어린 딸 옆에 세워놓고 사진을 찍었다. 그리고 나를 보며 샐샐 웃었다. 석유통을 든 남자는 그들 너머의 바위로 가서 털썩 주저앉았다.

아슬아슬한 생의 곡예는 그로써 끝난 것이 아니었다. 뒤이어 요란한 호루라기와 타악기 소리가 들려왔다. 응원가에 흔히 쓰이는 네 박자의 선동적이며 연속적인 비트였다. 돌아보니, 모두 셋이었다. 폭포 곁에 서서 한 명은 굵은 막대기로 땅을 내리쳤고,

한 명은 구슬이 들어 있는 납작한 통을 흔들었다. 남은 한 명이 주인공이었다. 다른 두 명이 들고 있는 타악기에 맞춰 쉼 없이 파란 호루라기를 불어젖히는 곡예사. 그의 두 다리는 종이처럼 팔랑거렸다. 그러나 팔만큼은 엄청나게 굳건하였다. 그는 길고 두툼한 막대기를 세워 중심을 잡고 놀라운 팔힘으로 그것을 타고 올라갔다. 땅에 뿌리 박힌 나무처럼, 막대기는 꿈쩍도 않고 그를 지탱했다. 아니, 막대기가 몸의 일부인 양 그가 완벽하게 중심을 잡아냈다. 꼭대기에서 온갖 포즈를 취한 뒤 다시 두 팔만으로 막대기를 타고 내려왔다. 속전속결이었다. 거칠고 다급한 응원가가 멈추지 않았고, 그 또한 바닥에 내려와서도 쉬지 않았다. 힘없는 다리를 어깨 위로 접어올리고 팔굽혀펴기를 하거나, 바닥으로 늘어뜨린 채 가슴근육을 움직여 보이거나, 다시 다리를 두 팔에 엮어 구르거나 일어나 앉거나 엎드린 채 춤을 췄다. 극도로 쇠약한 다리와 극도로 강인한 팔이 만들어낼 수 있는 모든 묘기가 쏟아져나왔다. 그 힘든 동작을 하는 와중에도 호루라기 소리는 계속되었다.

다시금 내 머릿속이 까마득해졌다. 그곳은 나일강의 시원이었다. 동식물들이 자연에 맞춰 진화하듯, 내게는 카약을 배우는 소년이나 석유통을 잡으러 뛰어드는 남자나 다리가 불구인 곡예사나 모두 나일강을 곁에 두고 그것이 불러들이는 것들에 맞춰 진화해나가는 질긴 인류사의 한 부분처럼 보였다.

나일강의 시작 지점이 그토록 격렬할진대, 이제 수단을 지나고 이집트를 지나서 지중해에 이르도록 이 세상에서 가장 긴 생명의 물줄기를 붙들고, 각양각색의 내려놓을 수 없는 고초를 붙들고, 또 하루의 비루함을 견디며 살아나갈 사람들의 아득한 수를 생각하니, 어쩔 수 없이 눈시울이 뜨거워졌다.

호루라기 소리가 멈췄다. 걷지 못하는 곡예사 대신 북을 치던 친구가 동전통을 들고 돌았다. 바닥이 잘 가늠되지 않는 깜깜한 동전통 속으로, 나는 찢어질 듯 찢어지지 않는 우간다 지폐를 떨어뜨렸다.

우리에게 빛을 쏘았어!

— 해롤드의 아이들

진자 시내에서 몇 가지 볼일을 보고 캠프장으로 돌아가는 길이었다. 밤이었다. 달무리가 무지개 링처럼 보름달을 둘러쌌다. 시내를 벗어나자 전기가 사라졌다. 대신 군데군데 등유로 밝힌 램프가 있었다. 사방 수십 센티미터도 채 밝히지 못하는 빛임에도 동네사람들은 램프 주변에 모여 앉았다. 아이들도 아무런 불편 없이 소리 높여 서로를 불렀다. 떼지어 잡고 흩어지며 뛰어놀았다. 우리가 탄 보다보다의 불빛이 근방에서 가장 밝은 조명이었다. 간혹 차가 지나가면 오토바이의 헤드라이트 앞은 온통 붉은 먼지로 뿌예졌다. 그때마다 운전사는 여기저기 패인 길에서 넘어질까 브레이크를 단단히 잡고 깊이를 가늠할 수 없는 먼지의 장막 속으로 느리게 느리게 더듬어 나아갔다. 보다보다의 헤드라이트를 향해 날벌레가 덤벼들면 그 어떤 흉측한 벌레라도 찬란히 빛나는 반딧불이가 되었다.

드물게 자가전력으로 불을 밝힌 상점이 나타나기도 했다. 어둑한 불빛 속에서 젊은 이발사가 노인의 머리를 짧게 밀고 있었다. 눈을 내리깐 이발사의 신중한 얼굴과 그의 손에 고개를 의탁하고 눈을 감은 노인의 실루엣이 누우런 불빛을 받아 섬세하고 따뜻한 화풍의 그림을 그려내고 있었다. 나무집 액자 속에 들여다놓은 인물화처럼.

언덕을 만난 보다보다가 필사적으로 그릉거렸다. 유난히 낡은 보다보다였다. 운전사는 오후 내내 우리를 따라다녔다. 내가 시내에서 일을 볼 동안 굳이 기다릴 필요가 없다고 몇 번을 말해도 듣지 않았다.

운전사를 만난 건 점심을 먹고 난 직후였다. 시내에 가기 위해 도미토리를 나서자마자, 캠프장 입구에서 대기 중이던 보다보다 운전사들이 귀신같이 눈치를 채고 벌떡 일어나 "어디 가요?" "내 거 타요!" 일제히 외쳤다. 그런데 그중 한 명이 드디어 만났다는 듯 환히 웃으며 손을 흔들고 방방 뛰고 춤을 추었다.

"나예요! 나! 오래 기다렸잖아요!"

입구까지는 좀 거리가 있어서, 내가 크게 물었다.

"무쏠이에요?"

그는 더 요란하게 방방 뛰고 춤을 추었다.

"맞아요. 무쏠! 나 무쏠이야!"

아이와 나는 반갑게 그의 뒷자리에 올라탔다. 가면서 찬찬히 보니 그의 운동화가 어제와 달랐다. 오토바이도 달랐다. 그는 내리막길 어느 집 앞에서 "잠깐만요" 하고 서더니, 이우는 햇살 속에서 그를 반기며 달려오는 두 꼬마에게 동전을 주었다.

"사촌이야? 할머니하고 둘이 산다며?"

"내 애들이야."

"결혼했어? 그런 얘긴 없었잖아."

"결혼했어."

"몇 살인데?"

"서른."

"이런…… 당신, 무쏠 아니잖아?!"

그가 헤헤헤 장난스럽게 웃었다. 거짓말을 농담이라 생각하는 우간다식 유머에는 정말 익숙해질 수가 없었다. 그의 진짜 이름은 해롤드였다.

동아프리카를 여행하는 동안 나는 종종 '못 알아보는' 실수를 했다. 특히 남자들은 빡빡 깎은 동일한 헤어스타일에 특징 없는 옷차림이어서 더 어려웠다. 어두운 조명과 피부색 때문에, 밤에 잠깐 만났던 사람을 낮에 다른 장소에서 다른 역할로 만나면 못 알아볼 확률이 백 퍼센트였다. 해롤드와 무쏠이 나란히 서서 나를 불렀다 해도, 나는 아마 더 목청 높여 무쏠이라 우기는 쪽이 진짜 무쏠이라 믿었으리라.

해롤드는 고작 십여 분 뒤면 우리를 내려주고 되돌아와 아이들을 만날 수 있을 텐데도, 아까 동전을 주었던 집 앞에 멈춰 서서 다시 이름을 불렀다. 램프조차 밝히지 않은 깜깜한 집안에서 잠도 자지 않고 아비의 부름을 위해 대기 중이었다는 듯, 아니, 아비가 부르면 자다가도 벌떡 일어나 반길 수 있다는 듯 예의 두 강아지가 뛰어나왔다. 함박 같은 미소를 짓는 아이들의 흰 이만이 보름달빛을 받아 정겹게 환했다. 아이들은 제 아빠를 향해 웃는 동시에 스스럼없이 중빈의 손을 덥석 찾아쥐고 새처럼 지저귀었다.

"할로! 하아유?"

내 손도 덥석 찾아쥐고 지저귀었다.

"할로! 하아유?"

그리곤 제 아빠가 몇 마디 하자 군말 없이 다시 집으로 뛰어들어갔다. 저토록 정겨운 강아지들의 환대일진대 그 어떤 아비라도 십여 분을 못 견디고 그 앞에 보다보다를 멈출 것이다.

보다보다가 출발하자 중빈이 기쁨에 겨워 외쳤다.

"They are beaming at us(쟤네들이 우리에게 빛을 쏘았어)!!"

'빛을 비추다'란 뜻도 되고 '환히 웃다'란 뜻도 되는 'beam'이란 단어가 내게는 정말 정확한 어휘인 것처럼 생각되었다. 칠흑 속에서 튀어나온 아이들의 웃음 속에 빛이 있었으므로. 어둠 속에서 반가운 것이 나오면 기쁨은 두 배가 되는 법이다. 중빈은 생각할수록 손을 덥석 쥐고 지저귀던 아이들이 예뻤던 모양이었다. 몇 번이나 더 아이들에 대해 이야기하고 싶어했다.

"세상에서 제일 장난꾸러기 얼굴을 하고 있었을 거야!!"

보이진 않았지만, 그렇게 말하는 녀석의 얼굴이야말로 둘째가라면 서러울 장난꾸러기의 얼굴을 하고 있을 터였다. 예쁘고 귀한 것을 만났을 때의 감동으로 마음이 붕 떠서, 나 또한 그 보드라운 손길과 재잘거림의 여운을 오랫동안 붙잡았다.

어둠을 짚어 집으로 가는 여인을 지나쳤다. 그녀는 종일 머리를 감쌌던 스카프를 벗어 세심히 아기의 몸 구석구석을 덮어주고 마지막으로 높이 들어올려 입을 맞췄다. 거의 모든 마을사람들이 달빛 속에 나와 있는 것 같았다. 달빛 속에서 자연스럽게 거닐고 이야기를 나눴다. 사파리에서 손전등이 시원찮아 투덜거리다 기어이 넘어졌던 걸 생각하면, 문명화된 도시인으로 사는 동안 어둠 속을 거니는 기능이 퇴화된 것이 분명했다. DVD와 컴퓨터 모니터에 파묻혀 밤의 속삭임을 듣지 못하게 된 것이다. 그런데 이들은 밤 속에 까맣게 묻혀 이야기를 나누고 있었다. 흙이 씹히는 야식을 나눠 먹고, 먼지를 뒤집어쓴 서로의 어깨에 기대 하루치의 사연을 주고받으면서.

거기, 우리가 가진 것 가운데 어느 것 하나 제대로 소유하지 못한 사람들이 어둠 속에 '불편' 하게 스며들어 있었다. 거기, 우리가 이미 잃어 다시는 회수할 수 없는 것을 고스란히 소유한 사람들이 어둠 속에 '단란' 하게 스며들어 있었다. 그 밤, 보다보다를 타고 왁자한 웃음소리 사이를 달리며 내가 가슴 속에 담아둔 것은 단란함이었으나, 더 높은 곳에서 더 먼 곳까지를 내려다보던 달님은 동전의 양면처럼 맞붙은 '단란' 과 '불편', 그 두 가지 진실을 골고루 비추고 있었을 것이다.

밤새 하드록이 귓청을 흔들었다. 자고로 래프팅이나 번지점프 같은 '모험'을 사랑하는 배낭여행객들에게 인기 좋은 곳 치고 고요한 밤을 예약할 수 있는 곳은 없다. 대신 고요한 아침은 예약할 수 있다. 밤새 맥주파티를 즐긴 이들이 늦잠을 자니까. 이른 아침, 테라스 식당에서 내려다본 나일강은 아직 깨지지 않은 주변의 고요 속에서 더욱 우렁찼다. 간밤의 파티에 동참하지 않은 몇몇 여행자가 레스토랑 테라스에 매트를 펴고 아침 요가를 하고 있었다. 저 아래 물안개를 날리며 세차게 흘러가는 나일강과 느릿느릿 자세를 바꾸는 그들의 정적인 동작은 아름다운 대조를 이뤘다. 중빈이 끼어들어 "헛둘! 헛둘!" 팔굽혀펴기를 하기 전까지는.

잠시 뒤 그날의 래프팅 그룹이 출발했다. 대형트럭 뒤를 개조하여 양편 좌석에 사람들이 앉고 가운데에는 장비를 실었다. 중빈과 나도 트럭에 올라탔다. 래프팅이 아닌, 플로팅floating하러. 래프팅이 급류를 타는 장거리여행이라면, 플로팅은 급류가 시작되기 전까지의 느린 물살 위에 가만히 앉아 있기만 하면 되는 단거리여행이었다. 구명조끼는 지급되지만, 노도 헬멧도 주어지지 않는 간단한 여행. 비용으로 보나 난이도로 보나 우리 수준에 딱이었다. 바꿔 말하자면, 우리 빼고는 아무도 신청하지 않은 시시한 모험이었다.

그러나 중빈은 이 시시한 모험에 잔뜩 긴장하였다. 특히 래프팅 시작 전 틀어준 DVD를 본 뒤로 초긴장 상태에 돌입했다. 홍보용 DVD는 모험을 앞둔 사람들을 더 효과적으로 자극하기 위해서 가장 물살이 거센 폭포 근처에서 배가 뒤집히고 사람들이 비명 지르는 순간을 과장되게 포착하여 편집한 것이었다. DVD를 보는 사람들의 반응은 다양했다. "오, 재밌겠는걸!" 하는 사람과 "제발, 누가 저것 좀 꺼줘!" 하는 사람, 남의 일처럼 묵묵히 커피를 마시는 사람……. 나는 그 소란스런 미국식 쇼가 몇 번이나 반복해서 재생되는 것이 견디기 힘들었지만, 중빈은 같은 장면을 몇 번이고 또 보아줄 열의가 있는 것 같았다. 얼굴이 파래졌다 하얘졌다 하면서. 내가 몇 번이나 이름을 불러도 아이는 전혀 듣지 못했다. 사람들이 구명조끼를 입고 헬멧을 쓸 때 중빈도 부지런히 헬멧과 조끼를 걸쳤다. 강사가 중빈에게 여러 차례 일렀다.

"그거 벗어도 돼, 꼬마야."

중빈도 여러 차례 우겼다.

"안 벗을 테야. 절대! 절대! 나는 죽고 싶지 않아요!"

우리 보트엔 중빈과 나 그리고 현지인 강사 피터, 셋뿐이었다. 다른 보트엔 의기충천한 10인의 남녀가 타고 있었던 반면, 우리 보트의 남는 자리엔 그들을 위한 음식과 추가장비가 적재되었다. 여러 모로 폼 안 나는 플로팅이었다. 가다가 우리를 내려주고 나면 피터 혼자 물품공급을 맡을 터였다. 고요한 수면 위에서 다른 보트와 가까워질때면 피터가 놀리듯 외쳤다.

"지옥에서 봅시다, 친구들!"

첫번째 급류가 다가왔다. 중빈과 나의 비명을 타고 보트가 부드럽게 미끄러졌다. 중빈은 깨달았다. '별거 아니구나!' 그러자 언제 겁에 질렸냐는 듯 마구잡이로 외쳐대기 시작했다.

"지옥에서 봅시다, 친구들!!"

창백한 얼굴을 한 채 노를 꼬옥 쥐고 있는 아가씨들한테까지도 골고루.

"지옥에서 봅시다, 친구들!!"

꼭 그것 때문은 아니었겠지만, 잠시 뒤 캐나다 아가씨가 무서워 도저히 할 수 없을 것 같다며 포기를 선언했다. 보트의 균형을 맞추기 위해 그녀의 남자친구 또한 포기해야만 했다. 이제 낙오자 두 명이 더해져, 우리 보트는 본격적으로 폼이 안 나게 되었다. 캐나다 아가씨는 그 먼 곳까지 와서 래프팅을 할 수 없게 된 남자친구에게 미안해 어쩔 줄을 몰라했다.

"정말 괜찮겠어요? 너무나 너무나 미안해요."

남자친구는 영화에서나 볼 법한 닭살 신사였다.

"당신과 함께 래프팅을 할 수 없다면, 차라리 안 하는 편이 나아요."

그녀는 보트에서 입었다는 손가락 상처를 내게 내밀었다.

"난 정말 겁쟁이에요. 손가락이 다친 순간 오직 한 가지 생각만 나는 거예요. '난 못해! 난 못해!' 하고……."

내가 위로했다.

"언젠가 기회가 오겠지요. 뭐, 첨부터 이 보트에 타고 있는 사람들도 있는걸요. 그것도 헬멧까지 쓰고."

다행히 중빈은 듣지 못했다. 보트가 또다른 급류를 향해 성큼 다가가고 있었기 때문이었다.

플로팅이 끝났을 때, 중빈은 무척 아쉬워했다. 그리고 퍽 중빈다운 일기를 남겼다.

플러우팅은 왜 이렇게 짧을까.
이렇게 짧으면 재미가 없잖아.
재미가 없으면 하루가 길게 느껴진다고 하는데
난 그렇지 않다.
— 중빈의 일기

로니

해롤드의 아이들

36

도망치고 싶어, 아주 먼 곳으로

— 미리엄과 수잔

진자에서 캄팔라로 다시 돌아왔을 때, 우리가 체크인한 호텔은 '투어리스트호텔
(관광자 호텔)'. 전세계 어딜 가나 반드시 서넛쯤은 있을 법한 이름의 그 호텔이 낙점된
이유는 오직 한 가지였다. 다음날 서부의 부뇨니 호수로 떠날 계획이었는데 그 호텔이
택시파크와 버스스테이션(버스터미널) 가까이에 위치했다는 것. 택시파크는 절대 머물
고 싶지 않은 곳이었지만, 한편으로는 매우 우간다스러워서, 그것도 펄펄 끓는 우간다
스러워서 솔직히 한 번 더 자세히 보고 싶은 곳이기도 했다. 두 번은 말고 딱 한 번만.

투어리스트호텔 프런트데스크에서 일하는 아가씨의 이름은 미리엄이었다. 내가
한국에서 왔다는 말을 듣자마자 서슴없이 말했다.

"한국 남자와 결혼하고 싶어요. 소개 좀 시켜주세요."

"왜 한국 남자죠?"

"한국은 멋진 나라잖아요. 남자들도 멋질 거예요."

"우간다 남자는 어떤데요?"

대답하는 데 일 초도 망설임이 없다.

"사기꾼들이죠. 아프리카 남자들은 모두 사기꾼들이에요."

그녀가 밝히는 사기꾼인 이유는 경제적·성적·인간적으로 다방면에 걸쳐 있었다.

"결혼하면 여자들에게 돈을 벌어오라고 하죠. 자기들은 아무하고나 자면서요. 더

구나 어찌나 거짓말을 잘하는지요."

호텔 아래는 캄팔라에서 가장 유명한 나카세로 시장이었다. 전국에서 모인 천여 명의 농부들과 그들보다 훨씬 많은 농산물 자루들이 엄청난 홍정 소리 속에 벌려져 있었다. 그 시장의 전체 풍광을 카메라로 잡기 위해서는 프런트데스크 너머의 창문이 좋아 보였다. 내가 넘어갈 수 있겠느냐 묻자 그녀는 "그럼요" 하며 문을 열어주었다. 뒤이어 내가 택시파크의 전경도 잡을 만한 곳이 있느냐고 묻자, 그녀가 친절하게도 매니저에게 사정을 이야기하고 열쇠를 받아 어느 빈방으로 나를 데리고 갔다. 하지만 그녀가 그 방의 커튼을 젖혔을 때 거기선 택시파크의 꼬릿자락만이 보였다. 그녀는 새로이 제안했다.

"저기 높은 건물 보이죠? 내 친구가 저 호텔에서 일하고 있어요. 저 건물 꼭대기에선 분명 택시파크가 잘 보일 거예요. 친구에게 미리 연락을 취해놓을 테니, 제가 일을 마치면 가보기로 해요. 아홉 시쯤요."

빈방의 자물쇠를 도로 채우며 그녀가 간절함을 담아 물었다.

"그런데…… 난 정말 한국에서 일하고 싶어요. 한국에 내가 일할 만한 곳이 없을까요?"

저녁을 먹으러 시장 부근을 걸었다. 캄팔라 로드 위쪽의 고급 레스토랑들을 뒤로하고 용강로처럼 뜨거운 아래쪽으로 걸었다. 캄팔라의 대표적인 두 시장, 오위노 시장과 나카세로 시장에는 없는 것이 없었다. 한국에서 온 밍크담요가 인기였고 세계 각지에서 온 헌 옷들도 새 옷처럼 손질되어 팔리고 있었다. 정육점 쇠꼬챙이에 걸린 소의 몸통은 더위 속에서 파리떼와 싸우고 있었으며, 큼지막한 자루에서 흘러넘친 귤과 패션프루트가 인파의 발길 속에 으깨졌다. 시골에서 청과물 자루를 들고 온 농부들은 나카세로 시장에 짐을 부리고 다 팔 때까지 집으로 돌아가지 않는다고 했다. 짐을 푼 그자리에서 노숙하면서.

덩치 큰 아케이드 건물들 사이로 노점상들이 진을 치고 앉아 있었다. 한 손에 살아 있는 닭을 들고 다른 손에 핸드폰을 든 신종 아낙이 길을 건넜고 멋진 가발에 배꼽티를 입은 아가씨가 상점 앞에서 누군가를 기다렸다. 팔꿈치 밑으로 팔이 없는 소녀가 보도 위에 자리를 깔고 전화기와 나란히 앉아 있었다. 사람들이 전화번호를 말하면 팔꿈치로 번호를 눌러 전화를 걸어주는 일종의 묘기이자 밥벌이였다.

곁의 여자 행상은 밥상만 한 좌판에 수십 가지 물건을 늘어놓고 팔았다. 손톱깎이, 담배, 빗, 플라스틱 팔찌, 우간다 국기문양 목걸이…… . 먼지를 가득 뒤집어쓴 그것들 옆에 똑같이 먼지를 뒤집어쓴 어린 딸이 인형을 안고 있었다. 사람도 헌 옷으로 만족해야 하는 곳에서, 행상의 어린 딸이 안고 있는 바비인형은 당연히 벌거벗고 있었다. 다리와 머리가 없는 인형이었다.

여자아이들이 인형을 좋아하는 이유는 다양하겠지만, 그중 첫번째는 자신을 투사하여 역할놀이를 할 수 있기 때문이다. 두번째는 예쁘기 때문이다. 혹은 예쁘게 만들 수 있기 때문이다. 다리가 없는 인형은 그래도 괜찮다. 여전히 역할놀이가 가능하고 예쁠 수도 있기 때문이다. 그러나 머리가 없는 인형은 다르다. 생존 자체가 불가능한 신체조건을 가진 몸에 나를 투사하는 기분은 어떤 것일까? 그로테스크한 부위만을 지니고도 그것을 어여삐 여길 수 있는 절박한 상상력. 나는 바비인형이 일곱 개나 있는 중빈의 친구를 떠올리며, 행상이 팔고 있는 팔찌 가운데 하나를 샀다. 그리고 그것을 행상의 어린 딸 손목에 끼워주었다. 행상이 '뭐, 이런 또라이가 있나?' 하는 눈으로 나를 보았다. 행상은 내가 돌아서는 즉시 팔찌를 빼서 도로 좌판 위에 올려놓을지도 모른다. 그래도 할 수 없고, 그렇지 않는다면 더 좋을 것이다.

조금 다른 이야기지만, 탄자니아의 아루샤에서 자원봉사를 하고 있는 로버트와 관리들의 부패에 대해 이야기를 나눈 적이 있었다. 돈을 기부할 때 그 돈이 순수하게 필요한 이들의 손에 가닿을까를 의심하지 않을 수 없는 상황에 대해. 로버트는 말했다.

"현실을 받아들여야겠죠. 부패가 없다면 이토록 가난하지도 않을 테니까요."

그러므로 삼십 일치의 양식을 기부하는 기부자는 적어도 이십 일치, 혹은 십오 일치, 혹은 그보다 적은 양식만이 전달된다 하더라도 전무한 것보다 낫다는 것에 의의를 두어야만 한다. 기부란 합리적인 수학이 아니라 '무조건적'인 것이며, 기부를 통해 '누군가의 형편이 나아진다'라는 단순한 사실에 동의할 때에만 가능해지는 것이다.

방으로 돌아와 아이를 씻기고 있는데 전화벨이 울렸다. 미리엄이었다.

"소희, 내가 부탁을 좀 해도 될까요?"

"뭔데요?"

"당신 이름으로 호텔 레스토랑에서 저녁을 먹었으면 하는데요."

"뭐라고요?"

그녀는 같은 말을 반복했다. 부끄러움 같은 건 없었다. 보지 않아도 그녀의 얼굴이 보이는 듯했다. 필시 아루샤의 여행가이드 에드먼드가 내 방에서 나를 기다릴 때와 비슷한 얼굴일 것이었다. 하지만 그녀는 훨씬 나은 교육을 받고 더 좋은 직장을 가진 커리어우먼이 아닌가. 나는 우리도 시장의 싼 식당에서 저녁을 먹고 올라온 참이며, 이런 식의 부탁은 좀 곤란하다고 했다. 그녀는 그냥 물어본 것뿐이라면서 알겠다고 이해한다고 했다. 전화를 끊기 전, 나는 그녀에게 택시파크의 사진을 찍었으니, 다른 호텔에서 일한다는 친구에게 따로 부탁하지 않아도 되겠다고 했다. 미리엄은 아쉬워했다.

"당신에게 물어볼 것이 참 많았는데⋯⋯. 내가 지금 잠깐 당신 방으로 올라가면 안 될까요?"

"지금 아이를 씻기고 있어요. 나도 씻고 빨래를 해야 하고⋯⋯. 그럼 이렇게 하죠. 빨래를 마칠 즈음엔 아이가 잠들 거예요. 그때 잠깐 내려갈게요."

내가 빨래를 마치기 전까지, 그 길지 않은 시간 동안 미리엄은 네 번이나 더 전화를 했다. 마지막 통화에서 그녀는 다급하게 당부했다.

"지금 누가 데리러 와서 그 차를 타고 가야만 해요. 더는 기다릴 수가 없어서 야간 근무를 하는 수잔에게 당신에게 묻고 싶은 이야기를 전해놓았어요. 이따 꼭 내려와서 그녀를 대신 만나주세요. 그리고 반드시 당신의 연락처를 남겨주세요. 꼭이에요, 꼭!"

빨랫줄을 창가와 침대머리에 묶고 빨래를 너는 동안, 창틈으로는 낮보다 조금도 덜하지 않은 소음이 넘실거렸다. 그중 가장 견디기 힘든 것은 나카세로 시장 바로 옆 술집에서 울리는 음악소리였다. 유행 중인 우간다 대중음악인 것 같았는데, 백 번이고 천 번이고 반복적으로 틀어댔다. 캄팔라 로드 이남지역을 모두 덮어버릴 만큼 크게 틀어댔다. 매우 본능적이고 선정적인 리듬의 반복이었다. 감성과 이성이 제거되고 살만 남은 음악. 끊임없이 듣는 이를 충동질하고 어둠의 천박한 구석으로 내모는 음악.

술집 앞에는 수십 명의 남자들이 출입구 쪽을 향해 반원을 만들며 서 있었다. 반원의 한가운데에서는 한 로컬 여성이 춤을 추고 있었다. 등이 드러난 흰색 홀터넥 탱크탑과 주름이 많은 미니 플레어스커트. 뚱뚱하달 만큼 두툼한 팔다리와 거대한 가슴 그리고 엉덩이가 대부분 드러났다. 그녀는 새로 건전지를 갈아끼운 흔들인형처럼 빨래가 시작되기 이전이나 끝난 이후나 지친 기색 없이 엉덩이를 흔들었다. 주름이 많은 미니스커트가 아슬아슬하게 펄럭거렸다. 똑같은 음악, 똑같은 춤, 오직 늘어난 남성 인파만이 시간의 추이를 말해주고 있었다.

아이가 잠든 뒤에 프런트데스크로 내려갔다. 수잔은 나를 보자마자 연락처부터 받아적었다. 그녀도 미리엄만큼이나 내게 묻고 싶은 것이 많았다. 아니, 그녀와 미리엄의 질문이 사실은 동일했다. 한국 남성들의 아프리카 여성에 대한 생각, 한국에서 일자리를 얻는 방법, 외국인 노동자에 대한 처우, 그리고 그들의 보수…… 수잔이 말했다.

"내 월급은 150달러예요. 그런데 우리 집 한 달 전기요금이 170달러죠. 온 가족이 다 일을 하니까 나눠서 낼 수 있지만, 만약 혼자 살아서 집세나 수도세 등도 내가 부담해야 한다면 도저히 생활이 불가능한 액수예요."

우간다는 석유도 석탄도 나지 않는다. 그런데 수력발전시설은 영국 식민지 시절 그대로이다. 부족한 전력을 디젤로 얻다보니 고비용이 된다. 가난한 사람들은 전기를 꿈꿀 수조차 없다. 공장도, 병원 응급실도, 연구소도 어둠과 함께 멈춰야 한다. 도저히 발전을 이룰 수 없는 구조다. 현재 계획단계에 있는 부자갈리 댐 건설이 중요한 이유도 여기에 있다.

"젊은이들의 육십 퍼센트 이상이 실업자예요."

나는 창 너머 술집 방향을 가리켰다.

"그렇다면 저 젊은이들은 뭔가요? 어디서 유흥비를 마련하는 거지요?"

"저 남자들 실업자 맞아요. 돈이 없어서 들어가지 못하는 거예요. 막상 안으로 들어가면 대부분 여자뿐이죠. 창녀들이요. 하루치 남자를 찾아 돈을 벌려고 혈안이 되어 있답니다. 저런 클럽은요, 이십사 시간 영업을 해요. 월요일부터 월요일까지요. 일년 내내 절대 쉬지 않아요."

저녁을 먹으러 나갔을 때 거리에서 '도대체 저 여인은 지금 저 차림새로 어디에 가는 걸까?' 싶을 만큼 눈에 띄게 치장한 로컬 여성들과 여럿 마주쳤다. 곱슬머리를 부풀려 사자갈기처럼 띄우고, 아프리칸 특유의 대담한 색감으로 눈과 입술을 강조한 뒤 역시 원색적인 옷으로 검고 육감적인 몸매를 드러낸 여인들. 그들이 곁을 지나고 나면 향수 한 통을 들이부은 듯 조야한 향기가 한동안 거리에 떠돌았다.

"한국엔 창녀가 없어요?"

"내가 알기로 매춘이 없는 나라는 없어요. 그래도 드러나는 정도는 다를 수 있지요. 이를테면, 한국에서는 스스로 매춘부임을 드러내며 거리를 활보하지는 않아요."

수잔은 내 쪽으로 가까이 숙이며 말했다.

"쟤네는 결코 부끄러워하지 않아요. 더 밝은 곳을 찾아다니며 더 눈에 잘 띄어 더 많은 돈을 벌려 하죠."

우간다는 비무슬림들까지도 일부다처제를 행해왔다. 방만한 성생활의 결과는 80년대에 무려 전국민의 이십오 퍼센트가 에이즈에 감염되는 가공할 수로 드러났고, 이후 지속적인 예방활동을 통해 오늘날 약 육 퍼센트의 감염률로 낮출 수 있었다. 그래도 여전히 우간다는 에이즈로 인해 가장 고통 받는 국가 가운데 하나이다. 동아프리카의 에이즈 고아 2백만 명 가운데 1백만 명이 우간다에 있으며 6만 명 가량이 감염된 채로 산다. 그럼에도 아직 에이즈 관련 의료행위는 비밀스럽게 이루어진다. 아무도 에이즈환자임을 알리고 싶어하지 않기 때문이다. 가족들은 에이즈환자의 죽음을 '결핵'이라는 병명으로 덮고, 여성들은 맞거나 쫓겨나는 것이 두려워 감염되었다는 사실을 숨기며, 감염된 남성들은 콘돔을 거부한다.

나는 술집 앞 하얀 탱크탑을 입은 여성을 에워싼 남성들을 생각했다. 술집은 나카세로 시장 바로 곁이었다. 달리 잘 곳도 없이 몇 날 며칠 노숙을 하며 농산물을 파는 시골 총각이 바로 옆 술집에서 춤을 추는 여성의 유혹을 견딜 확률은 얼마나 될까? 전기도 들어오지 않는 시골의 농부가 이십사시간 멈추지 않는 이 도시의 자극에 대항해서, 저 육체뿐인 음악에 대항해서 자신을 수호하고 애써 판 농산물값을 가족의 품으로 되가져갈 확률이.

수잔은 내게 물었다.

"왜 애를 데리고 다녀요? 유모를 쓰면 되잖아요."

나는 한국에서 보통 사람이 유모를 쓴다는 것이 쉽지 않은 경제적 이유를 설명했다. 그리고 여행이란 좋은 배움이어서 아이와 함께 여행을 하는 것을 마다할 이유가 없다고 이야기했다. 수잔은 내 말을 잘 이해하지 못했다. 그녀는 평생 여행을 해보지 못했고, 우리가 다음날 향하는 부뇨니 호수조차 어디에 있는지 알지 못했다.

미리엄과 수잔처럼 완벽한 영어와 지적 소양을 갖춘 우간다의 젊은이들에게는 인터넷 교육이 절실해 보였다. 정치나 사회 같은 구조적 한계를 뛰어넘어 바깥 세상과 만날 수 있는 유일한 방편은 그것뿐일 것이다. 아프리카에는 예쁜 수공예품이나 질 좋은 차와 커피가 많았다. 게다가 제초제를 사거나 화학사료를 살 돈이 없기에 모든 농산물이 저절로 '유기농산물'이다. 그러나 선진국에 유기농산물을 팔기 위해서는 그들 기준에 부합함을 증명할 수 있는 각종 테스트를 거쳐야 한다. 이들에게는 이런 절차를 거칠 돈이 없다. 스스로 활로를 개척할 힘이 없는 것이다. 수잔은 언젠가 차※를 외국 기업에 팔아 꽤 괜찮은 수익을 올렸던 경험을 얘기하며 잠깐 눈을 빛냈다.

"하지만 일이 잘되니까 그 외국기업이 직접 차를 사버렸어요."

수잔이 말을 멈추자, 다시 음악이 파고 들었다. 밤새 똑같이 선정적인 창밖의 풍경과, 밤새 똑같이 선정적인 음악 속에서 전기료보다 적은 월급을 위해 졸린 나날을 견디는 청춘……

"나는 그냥 피곤할 뿐이에요. 낮과 밤이 뒤바뀐 채 보내는 하루하루에 지쳤을 뿐이에요. 부뇨니 호수 같은 델 여행하고 싶다는 생각도 들지 않아요. 여행은 돌아오는 거잖아. 난 돌아오고 싶지 않아요. 도망치고 싶어. 이곳이 아닌, 아주 아주 먼 곳으로."

미리엄

방으로 돌아와 늘어진 빨랫줄을 고쳐매기 위해 창가로 갔다. 믿을 수 없게도, 하얀 옷의 여성은 그 자리에서 그 자세 그대로 춤을 추고 있었다. 반원은 조금 더 커진 듯도 했고, 짝을 찾아 조금 흩어진 듯도 했다. 내 힘으로 소음은 어찌해볼 도리가 없었기에, 대신 커튼을 내렸다. 일곱 개의 언덕에 자리잡은 캄팔라, 그중 캄팔라 로드 아래쪽을 가득 메운 뜨거운 한숨이 내 입에서도 새어나왔다. 암담한 미래를 비춰줄 가느다란 빛줄기를 찾아 더듬듯, 나는 깊이 잠든 아이 손을 찾아쥐었다. 늦도록 잠이 오지 않았다.

나카세로 시장

37 폭주족이 안내한 신비로운 아름다움

— 부뇨니 호수

빨래가 바싹 마른 정오 무렵에야 호텔을 나섰다. 목적지는 부뇨니 호수. 점점이 섬이 흩뿌려진, 우간다에서 가장 아름다운 호수이다. 캄팔라에서 여섯 시간 거리인 카발레까지 버스를 타고 가서 다시 보다보다를 이용해야 한다. 나는 카메라가방을 어깨에 메고 차파티 도시락을 여행가방 손잡이에 묶어 끌었다. 아이는 축구공과 바이올린을 맡았다. 탄자니아의 펨바에서 이삭에게 축구공을 준 뒤로 내내 축구공 구경을 못했던 아이는 캄팔라에서 새로 산 공을 신줏단지 모시듯 품에 안았다.

카발레행 버스는 뉴택시파크 너머의 버스스테이션에 있었다. 그런데 그만 길을 잘못 들어 올드택시파크로 들어서고 말았다. 결국 세상 최악의 길, 올드와 뉴택시파크를 두루 뚫고 그곳에 닿아야 했다. 사람들이 인해를 이뤘다. 길은 패이고 구정물이 고였다. 택시미니버스들이 사람들을 스치듯 지나갔다. 실제로 부딪히고도 부딪힌 사람의 항변을 모르는 체하며 나아갔다. 뒤돌아보며 "엄마한테 붙어!" 외치는 내 목소리가 점점 커졌다. 그러다 고개를 돌려보니 중빈 앞으로 택시 한 대가 후진을 한다. 아이와 차 사이 벌어진 간격은 고작 30센티미터. 차는 계속 뒤로 움직인다. 20센티미터, 10센티미터……. 비명을 지르며 아이 이름을 부른다. 아이가 엉거주춤 뒤로 한 걸음 물러난다. 다시 차가 뒤로 움직여 그 한 걸음을 파고든다. 어차피 인파를 향해 '알아서 피하쇼!' 식으로 움직이던 차였다. 차 바로 뒤에 놓인 아이는 인파의 벽 속으로 더 파고들지 못한다. 아이다운 공포에 질려 그 자리에 섰다. 차가 아이를 건드린다.

순식간에 벌어진 일이었다. 내게 어디서 그런 힘이 났는지 모르겠다. 내내 무거워질질 끌던 가방을 한 손으로 번쩍 들어올려 차의 전면을 후려쳤다. 운전사가 차를 멈췄다. 그러더니 별일 없다는 듯 다시 슬금슬금 앞으로 나아가려 했다. 가방을 차 앞으로 던져 길을 막았다. 출입문을 열어젖히고 올라탔다.

"야, 운전사! 너 지금 뭐하는 거야!!"

내 목소리에 그렇게 찢어지는 하이톤이 있었는지 나도 몰랐다. 운전사가 황급히 뒤를 돌아봤다.

"네가 내 아들을 쳤잖아!! 그리고 그냥 가?"

늘 '말없이 치여주는' 사람들만 상대하다가, 그는 말문이 막힌 듯했다. 눈에서 불꽃이 튀기는 나를 몇 초간 입을 쩍 벌리고 쳐다보다가, 간신히 소리를 냈다.

"쏘…… 쏘리."

가뜩이나 혼잡한 거리가 성난 외국인 어미를 보려는 사람들로 더 발 디딜 틈 없어졌다. 차에서 내려 가방을 집어드니, 헐, 내가 기세 좋게 가방을 집어던진 곳은 하필 시궁창이었다……!

아이는 다치지 않았다. 그럼에도 내가 진정을 되찾는 데에는 좀 시간이 걸렸다. 우리는 도저히 2열횡대가 불가능한 곳에서 가능한 한 바싹 곁에 붙어 걸었다. 낡은 택시의 배기관에서 크릉크릉 뱉어낸 매연이 바닥을 치는 순간마다 엄청난 먼지 소용돌이가 두둥실 일어나 숨통을 조였다. 할 수만 있다면 콧구멍과 귓구멍을 죄다 닫아버리고 싶어졌다. 그 와중에도 지나치는 이들이 "할로!" "치나(중국인)!" "재패니(일본인)!" 불러댔다. 심지어 나를 붙잡고 '전신경'을 사라고 억지를 쓰는 아저씨까지 있었다. 아니, 내 가방에 전신경 들어갈 자리가 있어 보인단 말이지!

문득 아이를 내려다보니 양미간을 잔뜩 찌푸린 채 걷고 있었다. 작고 힘이 없으니 계속 어깨가 밀쳐지거나 뒤로 밀려나면서. 벌개진 얼굴이 안쓰러웠다. 나는 생각을 고쳐먹기로 했다. 콧구멍을 되려 활짝 열어 크게 숨을 들이키고 마음을 가라앉혔다. 그래, 어차피 좋은 차를 대절해가는 여행이 아니라면, 그럼에도 가기로 한 길이라면, 조금 다르게 받아들여보자. 우리는 지금 캄팔라에 있고 이 상황은 지극히 캄팔라적인 것이 아닌가? 소음 속에서 소리 지르다시피, 그러나 웃는 낯으로 아이에게 말을 걸었다.

"이건 마치 도시 정글 탐험을 하는 것 같네! 빽빽한 사람 나무와 버스 동물 사이를 빠져나가는 것 같아!"

아이의 벌건 얼굴에 배시시 웃음이 어린다. 이렇게 쉽게 기분전환을 해주다니. 녀석, 아직은 고마운 나이임에 틀림없다.

"울 아들, 정말 잘 따라오는데! 이렇게 힘든 길을 씩씩하게 헤쳐나가다니 대단하구나! 진짜 자랑스러워! 엄마가 축구공 들어줄까?"

아이가 일 초도 망설이지 않고 고개를 젓는다. 아, 그래, 새 공이지.

"그럼 바이올린 들어줄까?"

이 초 정도 망설이고 고개를 젓는다. 기특한 것, 다 컸구나.

"중빈아! 캄팔라의 택시파크는 분명 세계에서 가장 복잡한 곳 가운데 하나야! 그러니까 오늘 네가 이곳을 잘 뚫고 나가면 세상 그 어떤 길도 잘 헤쳐나갈 수 있단 뜻이야! 자, 조금만 더 힘을 내보자!"

아이에게 한 말이 결국 내게도 부메랑이 되어 돌아왔는지, 간신히 카발레행 버스를 찾아냈을 때 몸은 녹초가 되어 있었지만 마음은 해냈다는 성취감으로 뿌듯하기까지 했다. 우리는 이미 카발레에 도착하기라도 한 듯 안도하며 넓지 않은 좌석에 몸을 부렸다. 차 안은 어린 새떼의 지저귐으로 가득했다. 소리의 근원을 찾아 찬찬히 둘러보니, 선반 위 꾸러미들 사이에 병아리 상자 두 개가 놓여 있었다. 자신들이 어디로 가는 줄도 모르고 병아리들은 종알대고 또 종알댔다. 유치원 소풍 버스처럼 시끄럽겠구나!

차파티 도시락을 열었다. 차파티에서 돌이 씹히면 '음, 돌이구나' 하며 삼켰다. 며칠 전 아이 입에서 유리가 나온 적도 있었기에, '피만 안 나면 돼' 심상히 속으로 중얼거렸다. '아니, 피가 나도 많이만 안 나면 돼' 다시 고쳐 중얼거렸다. 차파티에 얹혀진 비프 소스가 소의 고기가 아닌 간으로 만들어진 것임을 알았을 때에도 역시 심상히 중얼거렸다. '살코긴 줄 알았는데 살 안쪽 장기로구나. 어쨌든 비프는 비프니까.' 보아하니, 아이도 돌 씹는 일쯤은 내게 보고조차 하지 않고 담담히 해치우는 듯했다. 처음에 우리를 놀라게 했던 많은 것들을 우리는 이제는 굳이 입 밖으로 꺼내지조차 않고 있었다. 대신 쓸데없는 말들로 대화를 메웠다.

"중빈아, 이 버스가 탄자니아 버스보다 낫지 않냐? 창문 열 때마다 젖 먹던 힘까지 내지 않아도 되고."

"글쎄…… 엄만 그런 거 같아……?"

그게 그거란 식으로 아이가 심드렁히 대답한다. 그렇게 우리도 서서히 아프리칸이 되어가는 것이었다. 어느새 여행의 마지막 주에 접어들었다.

버스는 두 시간째 떠나지 않았다. 드물게 신선한 바람이 불어올 때면, 노란 병아리 털이 분분히 날렸다. 병아리 상자 바로 밑에는 재킷 차림의 남자가 앉아 있었다. 젊은 엄마 아빠가 신생아에게 자신의 꿈을 담듯, 저 병아리들의 재잘댐에도 재킷을 입은 남자의 꿈이 담겨 있을 것이다. 그 꿈이 제대로 펼쳐지기 위해서는 일단 병아리들이 카발레까지의 여섯 시간을 잘 견뎌주어야 할 것이다. 병아리들이 숨을 쉴 수 있도록 박스에는 구멍이 여럿 뚫려 있었다. 사내는 쉼 없이 야윈 손을 올려 구멍으로 빠지는 자그만 발들을 하나하나 보살폈다.

어둠이 내렸다. 차는 아직도 달리고 있었다. 중빈은 MP3로 '해리포터'를 들었다. 외우도록 들었다. 가위바위보로 손목 때리기 게임도 했다. 차창으로 달려온 청년에게서 구운 바나나를 사먹었다. 차는 점점 산악지대를 달리고 있었다. 오후 내내 다양한 풍경을 지나쳤다. 흙집을 지나고, 또 흙집을 지나고, 때로 시멘트 벽돌집을 지나쳤다. 간혹 큰 건물이 있는 도시도 지나쳤다. 재봉틀을 돌리는 아이를 지나쳤다. 장난처럼 노동처럼 할머니와 함께 절구공이를 들고 곡식을 찧는 아기를 지나쳤다. 맥주회사 로고가 찍힌 천막 아래, 공간활용을 극대화하며 긴 나무벤치에 나란히 앉은 남자들의 엉덩이를 지나쳤다. 휘영청 달이 솟았다. 밝고 둥근 달이었다. 도시와 도시 사이에선 그것이 유일한 빛이었다. 달은 지나치고 또 지나쳐도 다시 버스 곁으로 돌아와 빛을 내려주었다. 아이가 "엄마 멀었어? 죽을 것 같다" 하고 한숨을 쉬었다가, 다시 조용히 앉아 MP3를 들었다. J. K. 롤링을 향한 나의 사랑도 깊어갔다.

버스는 실내등조차 켜지 않고 달렸다. 버스가 서면 어둠 속 아무나를 향해 "여기가 카발레예요?" 하고 물었다. 그럼 누군가 조그맣게 "아니에요"라고 대답했다. 그 누군가를 향해 "얼만큼 더 가야 해요?" 물었다. 누군가는 또 조그맣게 "가까워요"라고 대답했다. 한참 뒤 버스가 다시 서면 같은 질문을 반복하고 누군가는 여전히 "가까워요"라고 반복했다. 예정된 도착시간이 한참 지났다. 버스는 굽이굽이 산길을 계속 달렸다. 나는 더이상 묻지 않기로 했다. 어둠 속 목소리의 주인공이 누구든 때가 되면 내게 알려줄 것이다. 그러길 바란다. 경사진 산비탈이 푸른 달빛을 받아 부뇨니 호숫가에 많다는 계단식 논의 실루엣을 어렴풋이 보여주는 듯도 했다. 다 왔는가 싶어 일순 긴장했지만 그러고 나서도 버스는 한참 달렸다. 나는 달빛을 좇던 고단한 눈을 감았다.

드디어 카발레. 우리가 버스에서 내리자, 어둠 속에서 십여 명의 청년들이 보다보다를 끌고 달려들었다. 오버랜드 캠프장에 가자고 하자, "1만 실링!" "기름값이 비싸서 그 밑으로는 안 돼!" "거기가 여기서 장장 몇 킬로미터나 떨어져 있냐 하면……" 하고 두서없이 외친다. 잠자코 서서 고개를 젓고 있자니, 검은 잠바를 입은 청년이 내게 얼굴을 들이민다.

"5천 실링!"

다른 청년들이 뒤늦게 외친다.

"3천 실링!"

5천 은 내가 처음부터 적정하다고 생각한 가격이었다. 검은 점퍼의 보다보다에 덥석 올라탔다. 아이에게 힘주어 말했다.

"형아 꼭 끌어안아!!"

그는 터프한 운전자였다. 달 밝은 밤에 폭주족 뒤에 매달려 울퉁불퉁 산길을 올라갔다. 깊이 패인 곳이 많아 그의 속도라면 언제라도 오토바이가 전복될 위험이 있었다. 그런데도 그는 패인 곳쯤은 다 외고 있다는 듯 굽이굽이 산길에서도 전속력으로 휘어졌다.

키 큰 나무 위에 얹힌 달빛 외에는 아무것도 볼 수 없고 인적이라고는 아무도 없는 산속, 청년이 갑자기 오토바이를 세운다. 그리고 가만히 있다. 채 일 분이 안 되는 시간, 가슴이 쿵쾅쿵쾅 뛴다. '여기서 왜 세우는 거야? 강도로 돌변하는 거 아냐?' 한쪽 뇌는 그렇게 생각하며 카메라가방으로 내려칠 준비를 하고, 다른 쪽 뇌는 '오토바이 시동이 갑자기 꺼진 걸 거야. 중고 오토바이에 흔히 있는 일이잖아. 아직도 이런 상황에서 쫀단 말이지……' 생각하며 그의 다음 반응을 기다린다. 그는 설명 없이 이내 시동을 걸었다. 휴우…….

산꼭대기에 이르자 저 멀리에서 카발레가 꽤 큰 도시임을 알리는 불빛이 은은하게 반짝거렸다. 내리막이 되자 옆으로는 낭떠러지였다. 운전사는 내 부탁으로 속도를 늦췄으나, 폭주족은 속도를 늦춰도 일반인 기준에서 여전히 폭주족이었다. 중빈과 나는 목숨줄이나 되는 양 그의 검은 점퍼를 꽉 붙들고 뒷자리에서 엉덩이를 튕겼다.

미친 속도로 내리꽂다시피 달린 지 얼마 지나지 않아 호수가 보이기 시작했다. 짙은 어둠 속, 호수는 산의 검푸른 그림자에 둘러싸여 있었고 호숫가에 둥글게 자리잡은 몇몇 캠프장에서 설치한 조명만이 호숫물에 반사되어 은은히 흔들렸다. 낮은 조도의 조명은 호숫물의 어둠을 깨뜨리지 않으면서, 도리어 물 위에 뜬 별처럼 호수의 어둠을 체화하고 있었다. 디즈니영화에서 밤의 요정들이 나타나 원무를 추는 마을의 풍경인 양 그윽하고 평화로웠다. 온통 초록향이었던 대기를 뚫고 민물 내음이 확 끼쳤다. 아이가 "아……!" 할 뿐 아무 말도 하지 못했다. 지나치게 아름다우면 신비로워지는 법이다. 신비로움은 말을 넘어서는 법이다. 나는 말더듬이처럼 "오, 이건……. 오, 이건……"하며 고속 보다보에서 튕겨져 올랐다. 그리고 역시 튕겨져 나오려는 심장을 애써 누르며 그 신비로운 호수를 향해 달려 내려갔다.

그러나 막상 날이 밝았을 때, 호수는 간밤의 감동처럼 신비롭지 않았다. 그저 고요하고 잔잔했다. '마법의 장소, 어떠한 묘사도 거부한다'라는 『론리플래닛』의 표현이 조금은 과장스럽게까지 느껴졌다. 부자갈리의 다이내믹한 풍경과 물살을 본 직후여서 더 대비가 되었는지도 모르겠다. 더구나 오버랜드 캠프는 우리가 머물기에 '너무' 좋았다. 정원 구석구석 인위적인 손길이 닿지 않은 곳이 없었고, 오버랜드 로고가 새겨진 조끼를 입은 사람들이 들락거리며 시종일관 험상궂은 얼굴로 관리 중이었다. 출입구는 총을 든 경호원이 이십사 시간 지키고 있어서 우리를 로컬들과 확실히 격리시켰다. 우리는 아침식사를 마치고 곧바로 짐을 옮겼다. 더 저렴하고 개방적인 옆 캠프장으로.

아이가 동네 아이들과 축구를 하러 나간 사이, 나는 캠프장 아래쪽으로 내려갔다. 나무로 만든 작은 방파제가 있었다. 방파제 끝에는 조그만 정자와 테이블이 있었다. 달리 할 일도 없어 거기에 앉았다. 물 위에 앉아 있는 것 같았다. 아무 일도 일어나지 않았다. 원한다면 아무 일도 벌어지지 않게 하며 몇 날 며칠을 보낼 수 있는 곳인 것 같았다. 멍하니 있었다.

카누 서너 개가 방파제 곁에 있었다. 나무 속을 파내 만든 지극히 원시적인 카누로서, 이곳 로컬들에겐 자동차와 같은 존재였다. 바람이 불면 카누가 눈에 띌 듯 말 듯 건들거리면서 서로를 노크했다. 똑똑똑. 똑똑똑. 정오를 노래하듯이. 젖은 이끼가 한낮볕에 마르는 냄새가 났다. 멀지 않은 물가에 연보랏빛 수련이 고혹스럽게 피어 있었다. 새끼 염소 두 마리가 수련 가까이 와 물을 마셨다. 가장자리에 괸 물조차 투명했다.

크고 불규칙적인 모양의 호수에는 작은 섬들이 아름다이 흩어져 있었다. 잊을 만하면 한 번씩 카누들이 느릿느릿 섬과 섬 사이를 오고 가, 그 자그만 섬들에도 사람이 살고 있음을 알렸다. 섬 너머에는 산이 펼쳐졌다. 산은 계단식 논밭으로 개간되어 있었다. 계단식 논밭이란 매우 지혜롭고도 강도 높은 노동의 터전이어서 보는 이를 전율케 하지만, 단순히 심미적인 측면에서도 충분히 감동스럽다. 장이 서면 저 논밭에서 거둬들인 농산물을 가득 실은 카누들이 호수를 가로지르리라.

작은 새 한 마리가 내가 앉은 테이블 너머에 내려앉았다. 조심스럽게 주변을 살피다 깡충 뛰어내려 물을 한 번 쪼았다. 호수면이 완벽히 고요해질 때마다, 바람이 장난을 걸어오는 아이처럼 잘디잔 물살을 후우 불어 내 쪽으로 밀어보냈다. 태양이 놓치지 않고 움직이는 물살 위에 은빛 가루를 뿌려주었다. 매 순간 달라지는 물의 이동과 정지, 빛의 흡수와 반사, 고요함과 그 고요를 흔들어 놓는 또다른 고요……

그제야 알 것 같았다. 어떤 여행지는 도착하자마자 여행자를 손아귀에 움켜쥔다. 반면, 어떤 여행지는 여행자가 정지한 채 기다려야 한다. 이동을 거듭하던 여행자에게 더 차분해질 것을 명한다. 고여 있을 것을 명한다. 부뇨니 호수는 후자였다. "네가 내게 뭘 보여줄래?" 묻는 여행자에게 "일단 앉아봐"라고 말하는 곳. 아니, 말조차 하지 않고 의자 하나를 쓰윽 내밀 뿐인 곳. 나는 그제야 '어떠한 묘사도 거부한다'라는 그곳에서 들숨과 날숨이 교차하는 속도를 터득한 것 같았다. 부뇨니 식으로 호흡하자, 비로소 부뇨니가 나를 그 안으로 들여보내주었다. 때마침 커다랗게 바람이 불어, 키 큰 나무의 이파리들이 열기구처럼 크게 부풀어올랐다 가라앉았다. 낯선 여행자의 입장을 축하해주기라도 하듯,

노을이 하늘을 붉게 물들였다. 마을 선착장이 있는 호숫가로 내려가는 길, 올라오는 사람들이 너나 할 것 없이 삶은 옥수수를 들고 있었다. 알고 보니 선착장에서 방금 장이 파했고 시장한 사람들이 마지막 떨이 옥수수를 하나씩 들고 집으로 향하는 길이었다. 순박한 사람들은 호기심 어린 눈으로 우리를 바라보며 끝끝내 망설이다 어깨가 스칠 만큼 가까워질 때에야 "할로"했다. 도시에서처럼 손짓하여 부른다든가, 아니면 마구 들이대며 "Where are you from?" 묻는 무례한 사람은 없었다. 우리를 지칭하는 말도 "치나"나 "재패니" 대신 "무중구(외국인)" 한 단어로 통일되었다. 그들에겐 아시아나 황인종이란 개념이 없었다. 나는 그저 '다른' 외국인이었다. 내가 백인이라고 해도 북유럽 출신이라 해도 믿을 터였다.

새빨간 스웨터를 걸친 여학생 한 무리가 카누에서 내려 곳곳으로 흩어지며 원색의 꽃처럼 동네를 장식했다. 호숫물은 하늘만큼이나 붉었다. 기억조차 나지 않았다. 그처럼 천지간이 다 붉은 놀을 본 것이 대체 얼마 만인지.

소 한 마리가 선착장 부근을 거닐었다. 중빈은 우간다 소를 특별히 사랑했다. 이곳 소들은 유난히 길고 날카로운 'ㄴ'자 뿔을 가졌는데, 그 뿔이 한국에서 즐겨보던 『마법천자문』의 혼세마왕을 닮았기 때문이었다.

"이제 알았어! 혼세마왕은 우간다 출신이었어!"

우간다에 도착하자마자 아이는 중대한 발견을 한 듯 외쳤다.

"이름도 소 같지 않아? 호온~세에~마아~왕~!"

소 같은 이름이 어떤 건지 알 수는 없었으나, 중대한 발견에 초를 칠 수도 없는 노릇이어서 그냥 "그런 것도 같다"라고만 했다. 아이는 곧바로 소가 있는 쪽으로 갔다. 나는 사람들이 있는 쪽으로 갔다.

장날에만 상인으로 변신하는 농부 몇몇이 아직 어슬렁대는 사람들을 향해 꾸러미를 반쯤 여미다 말고 열어놓았다. 내가 꾸러미 가운데에서 쌀튀김을 하나 집어들자 젊은 아낙이 해맑게 웃는다. 어제 저녁 그녀의 부엌에서는 종일 기름냄새가 진동을 하고 유난히 많은 재가 날아다녔을 것이다. 그녀 곁 할머니 등에 업힌 아기가 종일 엄마를 기다리다 심술이 날 대로 났다. 바락바락 폭발한 울음이 멈추지 않는다. 할머니가 엄마에게 아기를 턱 안기자 엄마가 서둘러 불어오른 젖을 꺼내고 아기는 그제야 잠잠해졌다.

내가 바나나와 토마토를 산 것을 끝으로 농부들이 짐을 꾸려 떠났다. 그림처럼 아름답게 저녁물살을 가르면서. 카누가 물살을 가르는 소리조차 내지 않아서 더더욱 진품만 같은 그림 속으로. 부뇨니는 아직 외부인들의 발길에 의해 마을 특유의 전통적인 경제활동이나 풍경이 훼손되지 않은 드물게 귀한 곳이었다. 마음을 씻는 것에도 방법이 있다면, 그것은 분명 고요한 호수 위에 노를 저으며 멀어지는 조각배의 뒷모습을 오래오래 바라보는 일일 거라고 나는 생각했다.

38

당신이 119를 불러줄 수 있나요

― 럭키

럭키는 아침 일찍부터 우리를 기다리고 있었다.

"카누를 가져왔어요. 가서 리차드에게 기다리지 말라고 할까요?"

리차드는 어제 저녁 선착장에서 만났던 청년이었다. 오늘 아침 그를 만나 카누를 타기로 했었다. 내가 그 약속을 할 때 럭키가 곁에 있었다. 열세 살 소년, 럭키는 영어를 잘해서 리차드와 나 사이의 통역이 되었다. 그런데 리차드가 사라지자마자 럭키가 "우리 할아버지도 카누가 있어요. 내일 가져올까요?" 하고 물었다.

"그럴 수 없어. 약속은 약속이야. 너도 다 지켜보지 않았니? 내일은 토요일이어서 너도 학교에 가지 않으니, 원한다면 같이 리차드의 카누를 타고 놀자."

내 말에 럭키는 그러겠다고 했다. 하지만 내가 "선착장에서 리차드와 함께 만나자"라고 했을 때는 고개를 저었다.

"나는 당신이 머무는 캠프장으로 직접 가겠어요."

럭키는 내가 그러라고 할 때까지 끝끝내 우겼다. 그리고 이른 아침, 캠프장 정문 앞에서 자기 카누를 가져왔다고 하는 것이다. 내가 학교에 가지 않는 날이니 놀자고 했던 것은 얼마나 사치스런 생각이었던가. 럭키는 중빈이 느러터지게 밥을 먹는 내내 정문을 떠나지 않았다. 내가 리차드와의 약속을 상기시키자 럭키가 말한다.

"리차드는 오지 않을 거예요."

"네가 어떻게 알아? 선착장에서 만나기로 했으니 일단 그리로 가봐야지."

럭키는 나를 데리고 직접 선착장으로 갔다. 리차드는 없었다. 나는 문득 어제 통역을 맡았던 이 꼬마가 리차드를 미리 보내버렸을지도 모른다는 생각이 들었다. "그 여자가 맘을 바꿔 오지 않겠다고 전해 달래요"라든지, 맘만 먹으면 둘러댈 방법은 얼마든지 있었을 터였다.

"자, 이제 내 카누를 타세요."

그 모든 의심을 뒤로 하더라도, 럭키의 카누를 탈 수는 없었다. 내 수영은 서툴렀고 중빈은 아예 수영을 하지 못했으므로, 만약의 경우를 생각해서 성인이 노를 젓는 카누를 타고 싶었던 것이다. 럭키가 말했다.

"나는 노를 잘 저어요."

"네가 노를 잘 젓는 건 알겠어. 하지만 네가 노를 잘 젓지 못해 네 카누를 타지 않는 게 아니야."

"5천 실링이면 돼요. 아니, 4천 실링으로 해드릴게요. 어른들 카누는 더 비싸요!"

안됐지만, 하는 수 없었다. 나는 몇 차례에 걸쳐 럭키에게 그의 카누를 탈 수 없는 이유를 설명하고 잘 달래 돌려보냈다. 대신 캠프장에 있는 카누를 타기로 했다. 비용은 8천 실링이었지만, 유아용 구명조끼도 제공되었으므로 망설일 이유가 없었다. 언제나 친절한 직원 프레드가 말했다.

"그런데 내일 단체손님이 와서 모든 직원들이 바빠요. 직원은 아니지만, 대신 당신에게 꼭 맞는 가이드를 구해드릴게요. 잠깐만 기다리세요."

우리가 캠프장의 호숫가에서 기다리는 동안, 이사이라는 소년도 카누에 올라탄 채 누군가를 기다리고 있었다. 우리 옆방에 머물고 있는 커플이 세 시에 자신의 카누를 타기로 했다면서. 커플은 멀지 않은 곳에 누워 일광욕을 즐기고 있었다. 스파게티와 과일주스가 그들 곁에 놓여 있었다. 묘한 커플이었다. 늙은 백인 남자와 스무 살이나 되었을까, 숨막히는 미모의 흑인 아가씨. 이사이는 오전부터, 그러니까 커플이 카누를 타겠다고 한 순간부터 카누에 앉아 있었다. 모자도 없이. 신발도 없이. 점심도 먹지 않고. 시계도 없이. 오후 세 시란 시각은 이사이에게 의미가 없었다. 고객을 확보했다는 것만이 의미로웠다. 커플이 일광욕을 하다 잠이 들어도, 뒤늦게 깨어 "오늘 못 가겠다" 해도 이사이는 "괜찮다"라고 할 것이다. 달리 할 수 있는 말도 없었으므로. 그런 구조였다.

프레드가 나타났다.

"카누를 몰 가이드를 구했어요. 가이드에게는 3천 실링만 주시고, 나머지 5천 실링은 나중에 프런트에 내시면 됩니다."

프레드 뒤에서 몸집 작은 누군가 고개를 내밀었다. 럭키였다!

결국 럭키에게 5천 실링을 주고 그의 카누를 타는 대신, 캠프장에 5천 실링을 내고 카누와 구명조끼를 구한 뒤 럭키에게 3천 실링에 노를 젓게 하는 셈이 되었다. 이런…… !

럭키는 부뇨니의 아이들이 다 그러하듯, 좁은 카누에서 날아다녔다. 중빈은 너무 재밌다면서 냉큼 흔들거리는 카누에 앉았다. 나로 말하자면…… 엉금엉금 기다시피 올라탔다. 카누가 슬쩍 기우뚱하기만 해도 질겁을 했다. 카누가 느릿느릿 호수 중앙을 향해 나아갔다.

그런데 희한하게도, 카누가 기우뚱할 때뿐 아니라 중심을 잘 잡고 있을 때조차 나는 불안하기 짝이 없었다. 방수가 전혀 되지 않는 카메라가방 때문만은 아니었다. 카누가 야기하는 불안은 좀더 근원적인 것이었다. 현대문명이 거세된 것에 몸을 의탁할 때 오는 불안. 카누라는 탈것에서는 의지할 동력이 따로 없었다. 오로지 노를 젓는 사람의 균형감각과 근력 그리고 노를 다루는 기술에 의해 나아갈 따름이었다. 운이 좋다면 '바람' 정도가 추가적인 동력이 될 뿐.

그런데 바람은 우리를 자꾸 뒤로 밀었다. 게다가 노를 젓는 사람은 어린아이였다. 어린아이가 통제하기에는 지나치게 크고 무거운 카누였다. 카누는 계속 제자리였다. 럭키가 찡그리며 나를 돌아다봤다.

"바람이 너무 세요. 이 카누는 너무 커요."

당연한 이야기겠지만, 나의 생활은 '엔진'에 익숙한 현대인의 그것이다. 자전거를 빼고는 무엔진의 탈것을 이용해볼 기회가 거의 없는 생활. 그나마 기어 달린 자전거는 나무 속을 파낸 카누에 비하면 로켓만큼이나 현대적인 물건이라 부를 만했다. 엔진에 익숙한 생활에는 익숙한 속도와 안정성이라는 게 있기 마련이다. 버튼 하나만 누르면 쉽게 도달하는 속도와 안정성. 그것에 익숙한 자는 '버튼을 눌러서' 되지 않을 때 당황한다. 내가 달에살람에서 메일을 보낼 때 그랬던 것처럼. 그리고 '온몸을 써도' 나아가지 않으면서 깊은 물 한가운데서 흔들흔들 하고만 있을 때 공포에 가까운 불안을 느낀다.

저 멀리 계단 밭에 구름 그림자가 드리웠고 거센 바람을 따라 물결이 잘게 빛을 부수며 흩어졌다. 그 아름다운 풍광 속에서 럭키는 감당할 수 없는 노동으로 땀을 흘렸고, 나는 적응되지 않는 카누의 원시성에 땀을 흘렸다. 오직 중빈 혼자 바람과 카누의 흔들림을 즐기며 깔깔거렸다. "지금껏 내가 해본 것 중 가장 재밌어!"로 가사를 만들어 철없이 노래를 부르며. 힘에 부친 럭키가 내게 물었다.

"노를 저을 줄 알아요?"

"아니."

"그래도 해보세요. 꼼짝도 않잖아요."

나는 완전히 얼어 있어서 카메라가방을 내려놓고 노를 잡을 엄두조차 나지 않았다. 한참 뒤에 도저히 안 되겠다 싶어 천천히 손을 뻗었다. 그 순간 조금이라도 배가 기우뚱했다면 나는 아마 비명이라도 지르고 말았을 것이다. 그런데 신기한 일이었다. 노가 손아귀에 들어오자마자, 하쿠나마타타, 마음에 평화가 찾아왔다. 럭키에게 의지할 때는 그토록 불안하더니, 선무당 칼자루 휘두르듯 노를 젓기 시작하자 도리어 편안해지는 것이었다. 어쩌면 방관과 참여 사이에 놓인 것, 그것이 불안인지도 모르겠다.

배가 바람을 이기고 조금씩 앞으로 움직였다. 요령이 없어서 더 그랬겠지만 금세 어깨와 팔이 아팠다. 이렇게 힘든 걸 저 조그만 것 혼자 해내고 있었다니. 아프리카 아이들이 대부분 그러하듯 럭키의 팔다리는 앙상했다. 노를 움직일 때마다 앙상한 팔다리에 두드러지게 발달한 근육이 맺혔다 풀리고 맺혔다 풀렸다. 나는 럭키가 노질을 멈쳤을 때조차 보탬이 되는 것인지 방해가 되는 것인지도 모른 채 마구 노질을 했다. 그러면서 물었다.

"럭키, 네 가족은 어떤 사람들이니?"

"누나가 둘, 남동생이 하나 있어요. 아빠는 캄팔라에서 온 강도들에게 죽었어요. 엄마는 교육을 전혀 받지 못한 분이에요. 돈도 거의 벌지 못하시죠. 누나는 중학교에 가지 못했어요. 나도 내년이면 중학교에 가야 할 텐데 모르겠어요…… 방법이 안 보이니까……."

"저런, 안 됐구나……." 외에 섣불리 말을 앞세울 수 없었다. 그런데 럭키는 아무렇지도 않게 말을 이었다.

"나는 의사가 될 거예요."

소년의 꿈에 비해 현실은 너무 작았다. 럭키는 매우 무표정하게 말을 이었다. 이 아이는 하나의 표정 속에 여러 감정을 가둬두는 것에 익숙하구나.

"왜냐면 의사가 필요한 사람은 많으니까. 강도한테 당한 우리 아빠처럼."

그러나 캠프장의 매니저 던은 나중에 고개를 저으며 말했다.

"강도라뇨? 그렇지 않아요. 럭키 아빠는 에이즈로 죽었어요. 시골 농부들은 진자나 캄팔라에서 창녀들과 자고 흔히 에이즈에 걸려요. 또 지금은 도로건설이 한창이어서 남성 노동자들이 남편을 잃은 가난한 시골 아낙들에게 에이즈를 퍼뜨리고 있지요. 아이들은 여덟아홉씩 낳았는데 남편이 없으니 값싼 제안에도 쉽게 몸을 팝니다."

럭키가 카누 앞머리에 서서 노를 저으며, 예의 무표정한 얼굴로 내게 물었다.

"당신이 날 도울 방법은 없을까요?"

거친 바람 속에서, 가이드로 나선 아이의 선을 넘은 질문은 이상하리만큼 자연스러웠다. 마치 "내가 이렇게 다쳤는데 당신이 119를 불러줄 수 있나요? 당신에게는 전화가 있잖아요" 하는 것처럼. 우리는 캠프장으로 되돌아가고 있었다. 바람으로 보나 카누 크기로 보나 더 나아가는 것은 무리였다. 럭키는 아침 일찍 카누를 가지고 왔을 때처럼 치밀하게 나를 파고들었다.

"한국엔 언제 가나요?"

"3월 초에."

"3월 초 언제요?"

"3월 2일쯤."

"좋아요. 그럼 그때 내가 편지를 쓸게요. 메일 주소를 가르쳐줄래요?"

쉬지도 않고 럭키의 질문이 나를 향해 덤벼들었다. 쉬지도 않고 바람이 얼굴을 향해 덤벼들었다. 숨이 막혔다. 카누의 기우뚱거림이 다시 나를 흔들기 시작했다. 캠프장이 멀게만 느껴졌다. 어깨가 욱신거렸다. 그러나 정작 가장 견디기 힘든 것은 뾰족한 수를 찾아내지 못하는 무력감이었다. 내게는 마지막 주를 위한 경비와 그곳에서 아무짝에도 쓸모없는 신용카드밖에 없었으므로 당장 럭키를 도울 수 없었다. 돈이 넉넉히 있다 하더라도 여행자가 현지 아이에게 일회성 현금을 주는 것은 매우 어리석은 선택이다. 또 럭키에게는 따로 계좌가 없었으므로, 내가 돌아가 119에 전화를 걸기란 쉽지 않을 것이었다. 이 아이는 얼마나 많은 사람들에게 전화를 걸어달라고 요청했을까? 그중에 누군가는 한두 번 전화를 걸어줬을까?

한 달에 6만원이면 럭키는 기숙사가 딸린 중학교에 간다. 소년이 꿈을 계속 꿀 수 있는 비용이다. 혹은 우리나라의 분위기 좋은 식당에서 한 끼 식사비용이다. 꿈꾸기가 멈춰지고 그대로 나이를 먹으면, 럭키는 진자의 보다보다 운전사 무쏠처럼 처연하게 말할 것이다. 내게는 아무런 미래가 없어요……

캠프장으로 돌아온 럭키는 자신이 제대로 카누를 몰지 못한 것 때문에 전전긍긍했던 모양이었다. 내가 팁을 건네자 그제야 아이다운 환한 얼굴을 했다. 중빈과 럭키는 뛰어놀기 시작했다. 그러다 럭키가 맨발을 다쳤다. 엄지발가락 살점이 깊이 패였는데 좀처럼 피가 멈추지 않았다. 내가 가방에 있던 연고와 반창고로 치료해준 지 얼마 지나지 않아, 나이든 백인 남자와 젊은 흑인 미녀가 드디어 카누를 타러 나섰다. 이사이는 그때까지도 꼼짝 않고 카누에 앉아 그들을 기다리고 있었다. 럭키는 즉각 중빈과 하던 놀이를 멈추고 친구를 도우러 호숫가로 뛰어내려갔다. 다친 발을 절룩이면서.

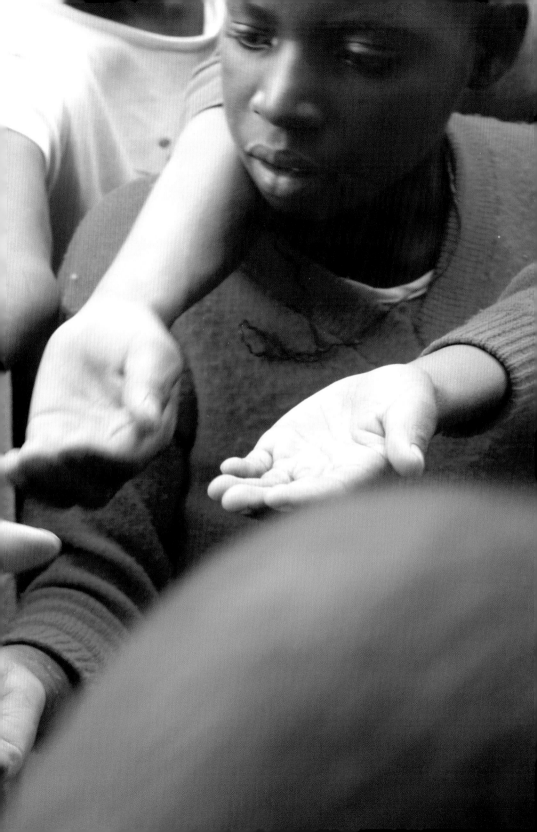

SHARON

몬테소리센터 기숙사

댄의 고아원

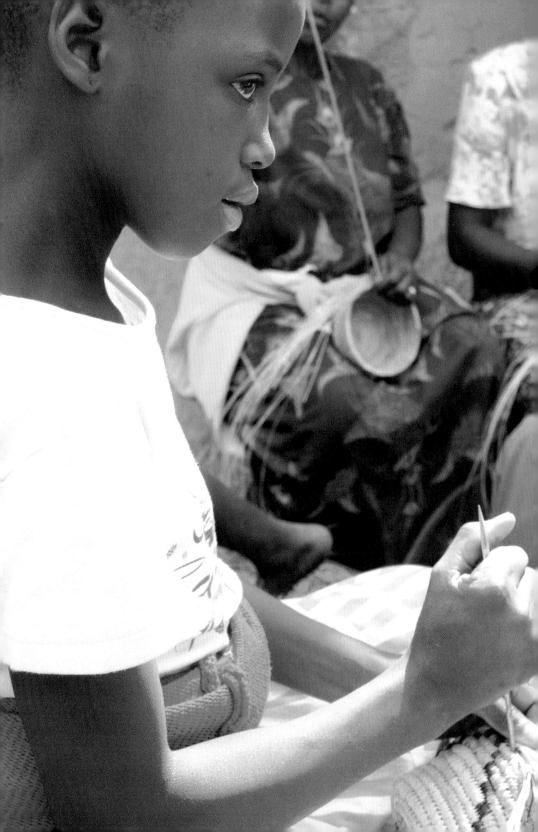

운영하는 것일까, 갈취하는 것일까

39

— 던

부뇨니는 우간다의 서남쪽, 르완다와 접경지역이다. 부뇨니에서 르완다의 수도 키갈리까지는 네 시간 정도. 캄팔라보다 가까운 거리이다. 1994년 르완다에서 투치족과 후투족 사이에 저 끔찍한 제노사이드가 벌어졌을 때 우간다의 접경지역 부뇨니에는 수많은 난민들이 몰려왔다. 내가 캠프장의 프레드에게 자원봉사를 할 고아원을 찾는다고 말했을 때, 프레드는 "글쎄요"로 운을 뗐다.

"여긴 고아원이 너무 많아서요. 여기서 오 분 거리, 십 분 거리, 십오 분 거리……, 가는 곳마다 고아원이 하나씩 있을 겁니다. 참, 매니저 던에게 먼저 말해보세요. 그도 고아원을 운영하고 있으니까요."

부뇨니에서는 양친을 잃은 아이들뿐 아니라, 한부모 슬하의 자녀들까지도 고아라고 통칭하고 있었다. 고아가 되는 주된 이유는 역시 제노사이드와 에이즈였다. 한부모 슬하의 아이들은 고아원에 살지 않고 통원하면서 때때로 점심을 얻어먹거나 한부모가 집을 비울 일이 있을 때만 임시로 잠을 잤다.

잠시 후, 던이 헐레벌떡 뛰어왔다. 손에 서류뭉치가 들려 있었다. 첫번째 서류에는 '키아바힝가 고아원'이란 표제가 있었다.

"고아원을 찾으신다고요? 제가 원장으로 있는 키아바힝가를 소개해드릴게요. 우리 고아원에는 55명의 초등학생과 16명의 중고등학생이 있어요."

그는 총 71명의 명단을 보여주었다.

"그런데 고아원은 따로 없어요."

"고아원 건물이 없다는 뜻인가요?"

"아니오. 건물은 있는데, 지금 거기 아무도 살고 있지 않다는 뜻이에요."

가난한 고아원이라면 변변한 건물이 없을 수도 있다. 그런데 건물이 있으면서 71명이나 되는 고아들을 수용하지 않고 있다면, 그들은 어디 있는가?

"고아원에서 지정한 동네의 보호자 집에 흩어져 살고 있어요."

이해하기 힘들었다. 다들 먹고살기 힘든데, 누가 누구를 보호한단 말인가? 분명 노동을 제공하면서 더부살이를 하고 있을 터였다. 어린 식모들, 어린 일꾼들. 좋게 말하면 오갈 데 없는 아이들이 지붕을 찾은 것이고, 나쁘게 말하면 학대받으며 노동을, 때로는 성까지도 제공하는 것이다. 고아원 건물이 있으면서도 아이들을 보내고 건물을 비워둔 채로 둔다는 게 이상했다.

"그럼…… 아이들이 없으니, 제가 자원봉사를 하고 싶어도 할 수가 없겠군요."

"아쉽게도, 그렇습니다."

그렇다면 그가 내게 원하는 것은 명백했다. 그가 가져온 나머지 서류들은 외국인이 보내온 편지와 수표, 그리고 그의 은행계좌에 입금된 돈의 내역 같은 것들이었다. 외국인들이 그에게 보내온 편지들은 절절했다.

던, 당신이 그곳에서 하고 있는 숭고한 일에 조금이라도 보탬이 되고 싶습니다.

던, 최근 나는 실직을 당했어요. 정말로 미안하지만, 당분간 나는 전과 같이 당신을 후원할 수 없을 것 같아요. 그래서 오늘 내가 가진 예금의 전부를 인출해 당신에게 보내기로 했습니다. 이 1천 달러는 내가 당신에게 존경을 표하고 아이들에게 사랑을 표하는 작은 선물입니다.

던은 내게 보여준 서류들 가운데 '가장 중요한' 계좌번호가 빠져 있으니, 내가 받아적을 수 있게 자신의 통장을 들고 오겠다며 일어섰다. 내 마음은 갈팡질팡했다. 이 외국인들은 뭘 믿고 이렇게 돈을 보낸 것일까. 저 종이쪽에 불과한 71명의 명단? 아니야, 이 선한 외국인들이 모두 바보일 리는 없잖아. 고아원을 볼 수 없다고 해서 던이 고아를 돕는단 사실을 의심한다면, 외국에 있는 사람들은 어차피 고아들을 볼 수 없으니 후원 같은 걸 해선 안 된다는 얘기가 되잖아.

던이 통장을 들고 왔다. 그가 번호만을 보여주기 위해 살짝 통장을 열었을 때, 그러나 그만, 나는 보고 말았다. 외국에서 부쳐진 돈은 모두 당일로 귀신같이 인출되어 있었다. 나는 던이 '운영'하는 것이 아니라 '갈취'하고 있다는 쪽으로 다시 기울었다. 던이 내 맘을 꿰뚫고 있기나 한 듯 제안했다.

"지금 저랑 나가시죠. 고아원 아이들은 따로 살지만 주말만 되면 모인답니다. 끔찍한 과거의 기억을 가진 아이들은 자꾸 몸을 움직이게 해야 해요. 그래야 아픈 과거를 잊고 현재에 충실할 수 있게 되지요. 우리는 주말마다 감자도 캐고 바구니도 만듭니다. 같이 점심도 먹고 놀지요. 마침 주말이고 아이들이 모여 있어요. 가서 보시죠."

스무 명 남짓한 아이들과 대여섯 명의 어른들이 고아원 앞 공터에 모여 있었다. 여자들은 애 어른 할 것 없이 미완의 바구니를 무릎에 놓고 앉아 있었다. 그들은 잡담을 나누고 있다가 던과 내가 나타나자, 갑자기 고개를 숙이고 열심히 바구니를 엮었다. 내부적으로 연출된 것은 제아무리 자연스런 외양을 하고 있다 해도 밖으로 비어져나오기 마련이다. 내가 비록 의심의 눈초리를 늦춘다 해도. 아니, 사실 늦춘 정도가 아니라 나는 격렬히 던을 믿고 싶었다. 외국인들의 절절한 선의가, 던이 내 앞에서 흘리는 땀이 좋은 것을 위해 베풀어지기를 그 누구보다도 바라고 있었다. 악의가 선의를 잡아먹지 않기를, 간교한 재주가 진실한 나눔을 가로채지 않기를, 다른 그 어떤 순간도 아닌, 다른 그 어떤 장소도 아닌, 가장 배고프고 헐벗은 이들이 눈앞에 앉아 있는 그 순간 간절히 염원하고 있었던 것이다. 염원이 부정된다면, 나는 무릎이 꺾일 것 같았다. 더이상 험한 길을 걸어다니며 세상은 아름답다고 노래하지 못할 것 같았다.

동아프리카 여행 내내 들고 다녔던 풍선과 학용품, 모기장과 헌 옷가지를 내놓았다. 지나친 결핍 앞에서 함부로 내놓지 못하고 내내 들고 다니다가 마지막 여행지에서 자원봉사를 하며 자연스럽게 나누는 것이 좋겠다 생각했던 물품들이었다. 그런데 던이 아이들을 보여주겠다고 나를 이끄는 바람에 빈손으로 나타날 수가 없어 갑작스레 꺼내 들게 되었던 것이다. 보잘것없는 선물이 삽시간에 사라졌다. 아이들은 색색의 풍선을 아껴 아껴 불었다. 불고 또 불기 위해 매듭 같은 건 짓지 않았다. 풍선을 부는 동안 잘 웃지 않던 아이들이 웃었다. 속도 없이, 그 모습이 보기 좋았다.

던이 사용하지 않는다는 고아원 건물로 나를 안내했다. 나는 그 건물이 사용할 수 없을 정도로 낡은 것이기를 바랐다. 기대는 보기 좋게 배반되었다. 새 건물이었다. 튼튼했고 널찍했으며 깨끗했다. 그가 점심을 함께 먹는다는 부엌을 보여주었다. 재가 하나도 날리지 않은 아주 깔끔한 부엌이었다. 조리의 흔적은 없었다. 나는 아프리카에서 불씨가 꺼져 있는 부엌을 처음 보았다. 그렇게 깨끗한 접시들도 처음 보았다. 새것 그대로였다. 감자만 여러 개 전시되어 있었다. "우리는 오늘 감자를 먹을 거예요." 던이 말했다. 가장 큰 감자를 집어들어 그의 얼굴에 던지고 싶었다. 부엌 옆은 바구니 전시실로 쓰였다. 여자들이 만든 공예품들이 보기 좋게 진열되어 있었다. 그는 특유의 달변으로 여자들이 만든 바구니가 팔리면 그 이익을 여자들에게 환원한다고 했다.

여기까지가 그가 외국인들을 안내하는 코스였을 것이다. 거기에도 기부영수증이 한가운데에 있었다. 어디에나 그가 돈을 받았다는 증거가 있었다. 하지만 어디에도 그가 아이들을 위해 돈을 썼다는 증거가 없었다. 깨끗한 전시실에 불과한 고아원 건물을 뺀다면.

던은 영어를 매우 잘했고 무엇보다도 설득력 있게 말을 할 줄 알았다. 오래전 우간다에 자원봉사 하러 온 유럽인들과 함께 일했다고 했는데, 그때 필요한 지식과 데이터들을 확보한 것 같았다. 이를테면, 당시에는 분명히 존재했으나 이제 더는 존재하지 않는 71명의 명단과 같은. 그리고 이 '사업'의 비전을 보았을 것이다. 이를테면, 외국인들은 등신같이 순순히 지갑을 연다는. 끝끝내 내 지갑이 열리지 않자 던의 얼굴이 일그러졌다.

나는 거기 모인 여자들이 모두 자고도 남을 텅 빈 건물을 빠져나오면서, 한쪽 무릎이 꺾였다. 오늘 모인 이들이 얻은 것은 감자도 뭣도 아닌, 불어봐야 배만 고픈 풍선에 불과할 것이다. 그래도 그들은 던이 호출하면 또 모여 같은 광경을 연출할 것이다. 아무것도 없는 것보다는 풍선이 낫기에. 아무도 불러주지 않는 것보다는 모여 웃는 것이 낫기에. 그렇게 던의 배를 불려줄 것이다. 한 번 꺾인 무릎은 아무것도 신뢰할 수 없었다. 아까 나눠가진 중빈의 옷가지들은 이제 내가 사라지면 도로 환수되지 않을까? 던에게는 중빈보다 두어 살 어린 아들이 있었으므로. 꺾인 무릎으로 터덜터덜 걸었다. 그때 알았다. 세상에서 가장 힘든 것은 아무것도 가지지 못한 것이 아니다. 아무것도 믿지 못하는 것이다.

그대로 걸었다. 중빈은 이제 곧 흩어질 던의 고아원 아이들과 축구를 하고 있었기에 혼자 걸었다. 내가 떠나올 때, 온 동네 사람들이 중빈의 베이비시터라도 되는 양 "JB! JB!" 하고 아이의 이름을 불러대고 있었다. 나는 아이에게 축구가 끝나면 캠프장으로 돌아가 있으라고 일러두었다. 아직 무릎이 꺾이지 않은, 남은 한쪽 다리로 걸었다. 더러운 기분이었다. 그대로 하루를 마무리할 수가 없었다. 불신의 상태에서 멈출 수는 없었다. 뒤에서 얼굴이 둥그런 청년이 걸어오고 있었다. 그에게 물었다.

"혹시, 여기 고아원 없나요?"

정말로 고아원은 오 분 거리마다 있었다. 청년이 자신도 고아원에 산다며 바로 저 위에 있다고 했던 것이다. 나는 그를 따라 산을 타고 올랐다. 중턱까지 올랐을 때, 매우 젊은 청년이 작업복에 흙을 잔뜩 묻히고 나타났다. 얼굴이 둥그런 청년은 내게 작업복을 입은 청년이 고아원 원장이라고 했다.

"댄입니다. 고아원 건물을 짓는 중이라……. 마침 오늘 인부들이 못 오게 돼서 제가 직접 일하고 있었어요. 죄송합니다. 꼴이 이 모양이어서."

아, 그러나 나는 그의 꼴이 그 모양이어서 눈물이 날만큼 반가웠다. 그는 나를 자신의 고아원으로, 연출되지 않은 광경 속으로 안내했다.

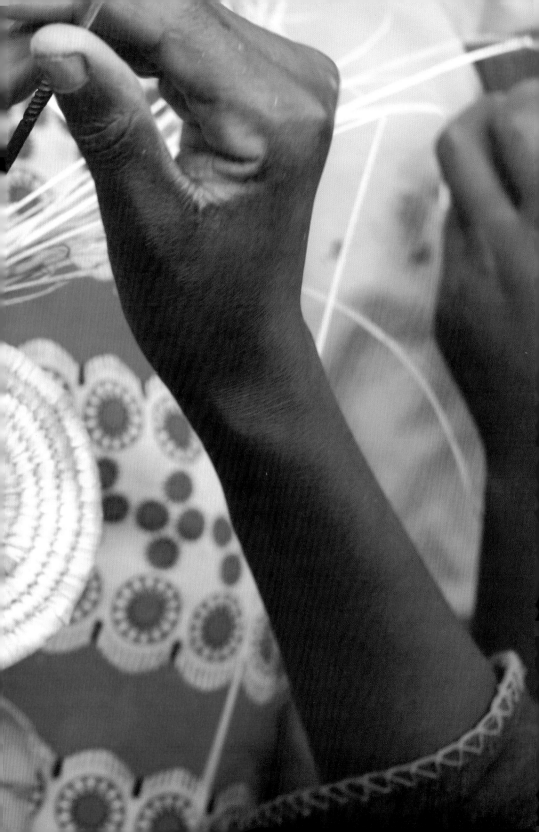

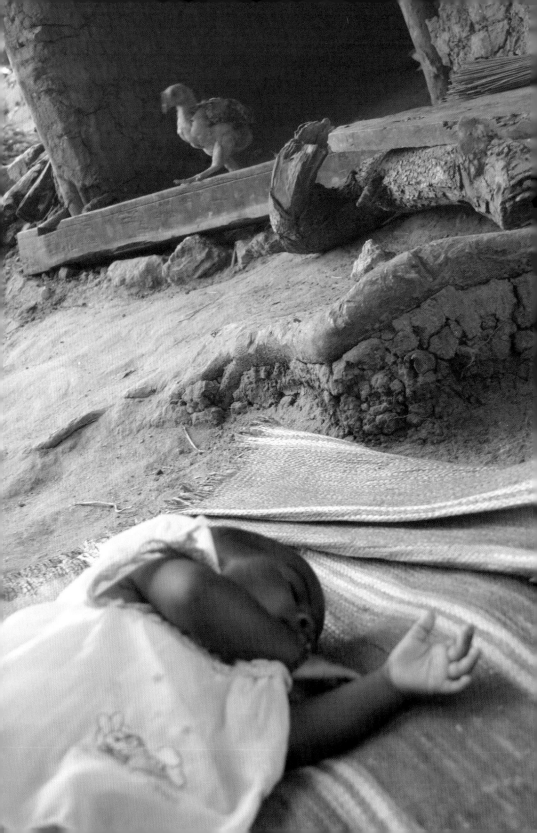

40

우린 2만 실링어치를 논 거야

— 턱수염 사내

"우리 형제들도 고아였어요. 큰형이 고아원을 시작했지요. 고아원을 운영해서 동생들과 사촌들을 고등과정까지 교육시켰어요. 큰형이 죽고 나서는 제가 고아원을 맡았지요. 지금은 열다섯 명이 살아요. 할머니와 사촌들, 그리고 여섯 명의 고아들이 있습니다. 여기서 사는 여섯 명은 오갈 데 없는 고아들이고, 주말에 오는 한부모 아이들을 합치면 서른 명을 훌쩍 넘기죠. 아이들에게 좀더 넓은 공간을 제공하고 싶었는데, 마침 한 미국 여성이 건축비를 부담해주셨어요. 올 가을 완공되면 와보실 겁니다."

그는 내게 건축 중인 건물을 보여주었다. 건물이 완성되어가는 만큼 그의 자부심도 커가는 중인 것 같았다. 그다지 넓지 않은 두 개의 방과 두 방을 연결하는 현관. 던의 고아원에 비하면 매우 왜소한 그것에 심는 그의 계획은 큰 것이었다.

"이 커다란 방에는 삼층침대를 채워 넣을 거예요. 그럼 적어도 12명이 잘 수 있겠죠. 저쪽 방도 마찬가지고요. 이쪽은 여자애들, 저쪽은 남자애들이 쓰게 할 거예요. 그러려면 아이들을 관리하는 사감도 한 명 있어야겠죠. 반드시 여자 사감이어야 해요. 소녀들을 성적 학대에서 보호해야 하니까요."

댄은 꿈꾸는 눈을 하고 말했다.

"저 아래를 좀 보세요!"

기우는 햇살이 호반을 눈부시게 빛나게 하고 있었다.

"정말 멋진 고아원이지 않나요?"

건축 중인 건물 윗편에 그들이 현재 사용하는 건물이 있었다. 댄의 할머니와 얼굴이 둥그런 청년, 관리를 맡는 이웃 아저씨, 두 명의 소녀, 댄의 사촌형제 부부와 그 아기가 우리를 맞았다. 그는 방을 보여주었다.

"뭐, 좀 초라합니다. 그래도 이 방엔 매트리스가 있고요. 이쪽 방은 없어서 아이들이 바닥에서 자야 합니다. 매트리스를 마련하는 것도 원장인 제게는 급히 해결해야 할 과제죠."

다음은 부엌이었다. 큰 솥에 고구마를 삶고 있었다. 옆에는 넓적한 돌이 있었고 거뭇한 밀겨가 흩어져 있었다. 믿을 수 없게도, 그러나 다시 생각해보면 당연하게도, 그들은 수백 년 전과 똑같이 밀을 넓적한 돌에 올려놓고 공이가 될 만한 다른 돌로 치고 밀어서 도정하고 있었다.

"이렇게 얻어낸 밀가루를 호숫물에 섞어 끓여먹어요. 끼니가 되기도 하고 식수가 되기도 하죠."

건물 뒷곁으로는 채소밭이 있었다.

"로버트라는 아주 영리한 아이가 있어요. 아까 바구니 만든 것을 보고 감탄하셨죠? 그 애 솜씨예요. 사내 아이인데도 손재주가 좋고 못하는 것이 없답니다. 그 애가 여기 터를 채소밭으로 활용하자는 아이디어를 냈어요. 지금은 건기라 볼품없지만 우기에는 제법 여러 채소들이 자라나는 곳이죠. 로버트는 내년에 중등과정에 들어가야 하는데, 휴…… 아직 후원자가 없어요."

우간다에서 초등교육은 무료이다. 고아원에서 의식주와 학용품을 제공해준다면 고아라도 쉽게 초등학교를 다닐 수 있다. 그러나 대부분 기숙사 생활을 해야 하며 학비도 높은 중고등과정은 후원자가 있어야 한다. 댄의 고아원에서는 형제와 사촌들을 중고등학교에 보내고 있었다. 패밀리 비즈니스로서 운영되는 사설고아원의 실정이자 한계일 터였다. 정부가 고아들을 돌보지 않고 운영자 자신조차 고아인 상황…….

"아이들과 함께 만들었어요."

그는 정성스럽게 지어진 닭장을 보여주었다. 나무로 틀을 짜고 흙으로 이겨 세운 꽤 큰 닭장이었다. 창문에 그물까지 덧대어져 있었다.

"언젠가 형편이 되면 닭을 키우려고요."

닭이 없는 닭장은 고요했다. 댄이 문을 열어 보이자, 낮동안 들어차 있던 열기가 매캐한 내음과 함께 빠져나갔다. 기분이 묘했다. 아이들이 하나도 없는 마을을 걷거나, 철거를 앞둔 대합실에 홀로 앉아 있으면 그런 기분이 들까? 닭장을 만드는 동안 그들은 어떤 희망을 가졌을까? 닭장이 비어있는 동안 그들은 어떤 절망을 가졌을까? 산 위의 작은 고아원, 그들의 외로운 고립과 힘겨운 노력이 목젖을 뜨겁게 했다.

"내가 닭을 살게요. 여기서 사는 아이들 수대로. 여섯 명이라고 하셨나요?"

댄의 얼굴이 환해졌다.

"네! 여섯 명이요. 아이들이 아주 좋아하겠군요. 닭마다 아이들 이름을 붙여 돌보게 하겠어요. 닭이 알을 낳으면 그걸 팔아 용돈을 마련할 수 있게끔요."

나는 다음날 중빈과 함께 다시 고아원을 찾기로 했다. 봉사라고 해서 대단한 것을 약속한 것은 아니었다. 그저 함께 시간을 보내면서 중빈과 내가 잘 하는 것을 조금씩 꺼내 나누면 될 터였다. 또 장날이 되면 댄과 닭을 사러 선착장에 가기로 약속했다.

캠프장으로 돌아왔을 때 중빈은 축구를 끝내고 마을 남자들과 테라스에 앉아 있었다. 그중 턱수염을 기른 남자가 중빈의 어깨에 손을 올린 채 내게 과시하듯 말했다.

"JB는 내 친구야!"

턱수염은 중빈의 손을 잡고 나를 향해 흔들었다. 아까 축구할 때 그를 본 기억이 났다. 처음부터 중빈에게 유난히 친절했다. 그는 중빈을 무르팍에 앉히고 뒤에서 끌어안거나 입을 맞추며 온갖 과장된 애정표현을 했다. 중빈이 해맑게 웃었다. 그가 보란 듯이 목소리를 높였다.

"내가 하루 종일 애를 봐줬어. 우린 정말 즐겁게 놀았어. 2만 실링어치는 놀았을 거야."

듣는 순간, 그의 무릎에서 아이가 해맑게 웃고 있는 것이 소름끼쳤다.

"중빈, 이리 나와!"

내 목소리가 엄한 것에 아이가 깜짝 놀랐다.

"왜?"

턱수염이 눈치없이 또 끼어들었다.

"나에게 2만 실링을 주면, 내가 고아원에 갖다줄게."

던이나 프레드로부터 내가 고아원을 찾는다는 말을 전해들은 모양이었다. 혹시라도 돈을 주지 않으면 아이에게 해코지라도 할까 싶어, 나는 프레드에게 정색을 하고 물었다.

"프레드, 이 사람 진심으로 돈을 요구하는 거예요?"

프레드가 웃으며 고개를 저었다. 턱수염에게선 술 냄새가 났다.

"중빈, 뭐해? 빨리 나오라니까!"

턱수염은 여전히 아이의 손을 꼭 잡고 '마이 프렌드'를 연발하고 있었다. 아이가 갈등하는 얼굴로 턱수염을 바라보며 웃었다가 굳었다가 다시 나를 보았다. 아이를 빨리 그에게서 떼어 내기 위해 단도직입적으로 말했다.

"그 사람은 좋은 친구가 아냐. 좋은 친구인 척하는 것뿐이야."

캠프장을 빠져나와 단둘이 되었을 때 아이가 걸음을 멈추고 의문이 가득 담긴 얼굴을 쳐들었다.

"왜 그 아저씨가 좋은 친구가 아니야?"

그는 바로 이웃에 살고 있었다. 우리가 여기 머무는 동안 언제라도 중빈과 다시 마주칠 것이었다. 아이를 돈으로 보는 사람과 아이가 관계를 맺어선 안 된다. 사실, 그것은 늘 저개발국가를 여행하면서 로컬들과 밀착된 시간을 보내는 아이가 처한 위험 가운데 가장 큰 것일지도 몰랐다. 나는 냉정히 사실을 전하기로 했다.

"대가를 바라고 너와 놀았기 때문이야."

"2만 실링어치를 논 거?"

"그건 많이 재밌게 놀았다는 뜻이기도 하지만, 그러니까 엄마한테 돈을 달란 뜻이기도 해."

"하지만…… 하지만……"

아이는 고개를 떨어뜨렸다. 마침 럭키와 이사이가 파인애플을 사서 집으로 돌아가고 있었다. 두 아이와 이야기를 하는 동안 누군가 중빈을 뒤에서 끌어안았다.

"오, 내 친구!"

턱수염이었다. 중빈이 얼른 그를 뿌리치고 내 뒤에 숨으며 외쳤다.

"아저씬 내 친구라고 했잖아! 하지만 그런 척 했던 거뿐이야! 사람들이 친절할 때마다 결론은 항상 같아! 돈! 돈! 돈이야!!"

외침의 끝은 울부짖음이었다. 턱수염은 당황했다.

"난 종일 놀아줬고 하니……."

아이는 내 품에서 흐느끼고 있었다. 나도 화가 날 대로 났다. 던의 전시관 같은 고아원과, 짓밟힌 외국인들의 선의와, 닭이 없는 닭장만으로도 충분한 하루였다. 알코올 중독자가 아이를 사로잡아 술값을 뜯어내려들지 않아도 이미 충분한 하루였던 것이다.

"내가 당신한테 놀아달라고 했어?"

"아니."

"그런데 왜 돈을 요구해? 것도 애한테 계속 '난 네 친구다' 말하면서."

"돈이 없다면 안 줘도 돼."

"이 사람아, 돈이 있어도 안 줘! 나는 지금 돈 얘길 하는 게 아냐. 당신이 술값을 벌어볼 요량으로 아이에게 접근해 마음을 다치게 했단 얘길 하는 거야. 지금 애 우는 거 안 보여?"

턱수염은 흠칫 놀란 표정을 했다. 그제야 그가 무릎을 꿇고 아이와 눈높이를 같이 했다.

"미안하다. 정말 미안해. 돈은 받지 않을게. 울지 마라."

중빈이 눈물을 훔쳤다.

"……괜찮아요."

하지만 그러고도 한참 동안 아이는 어깨를 들썩거렸다.

중빈은 말이 없었다. 이제 그만 울고 싶은데 잘 되지 않는 모양이었다. 고인 눈물을 떨어뜨리지 않으려 눈을 크게 뜨고 자꾸만 허공을 향해 시선을 올렸다. 우리는 식당에 나란히 앉아 저녁식사를 기다리고 있었다.

"너, 괜찮니?"

"……아까 못된 동네 형아들이 나를 괴롭히고…… 자기 공이라 우기고…… 일부러 내 허벅지를 공 대신 찼을 때…… 그 아저씨가 나한테 페널티킥을 하게 해줬어. 난…… 참 고마웠어……. 내가 그 공을 차니까…… 일부러 넘어지는 흉내를 내서…… 날 웃게 했어……."

아이는 여전히 그의 친절을 생각하고 있었다. 힘들 것이다. 지금 내가 힘든 만큼 아이도 힘들 것이다. 그러나 우리가 힘든 것은 여행 중 하루일 뿐이다. 이들은 여기서 이렇게 살고 있다. 좀처럼 눈물이 마르지 않는지, 아이가 눈을 뒤룩뒤룩 굴리며 하늘을 쳐다보았다. 노을이었다. 호반을 둘러싼 사람들이 다시금 반복한 하루치의 가난한 소요와 무관하게, 한 번 더 찬란한 노을이었다.

"얘길 들어보니 나쁜 사람 같지는 않네. 누구나 술에 취하면 판단이 흐려져. 너를 귀여워하고 좋아한 것은 틀림없는 사실일 거야. 단지 우리가 더 잘 사는 나라에서 온 외국인이니까 돈 욕심이 난 거겠지."

두 접시의 볶음밥이 우리 앞에 놓였다. 나는 숟가락을 들었다. 고아원 부엌에서 보았던 시커먼 밀가루죽이 떠올랐다. 어떤 이들에게 허락된 미각이란 없다. 오직 먹을 수 있는 것과 없는 것이 있을 뿐이다. 숟가락을 도로 내려놓고 한숨을 쉬었다. 아이도 비슷한 생각을 하고 있었던 모양이다. 테이블 건너편에서 퉁퉁 부은 눈을 끔벅거리며 말한다.

"엄마, 아프리카를 여행하는 건 참 어려워."

"맞아. 우리가 어렵게 사는 사람들 사이를 다니고 있기 때문이야. 정말…… 쉽지 않구나."

우리는 잠시 침묵했다.

"하지만 우리가 그들보다 풍족하다고 해서 문제가 없는 건 아니야. 우리나라에서는 늦은 시간까지 돈을 벌고 공부를 하기 위해 가족이 함께 시간을 보내지 못하니까."

"응, 난 아빠가 덜 일하고 조금만 벌었으면 좋겠어."

"그래. 이곳 사람들은 우리와 정반대의 어려움이 있는 거야. 일하고 싶어도 일자리가 없어서 시간이 남아돌아. 돈을 못 버니 속상한 마음에 술을 먹고 시간과 젊음을 탕진하지. 적당한 행복을 찾아간다는 건 어쩌면 세상에서 가장 힘들고 어려운 일인지도 몰라."

심각한 이야기는 그쯤 하고 나는 아이에게 재미난 이야기를 지어 들려주었다. 중빈은 아이다운 회복력으로 곧 밝은 얼굴이 되었다. 그리고 종일 축구를 한 꼬마답게 볶음밥 한 접시를 뚝딱 비웠다.

달 없는 밤이었다. 칠흑 같은 어둠을 더듬어 캠프장으로 돌아왔을 때, 매니저 던이 특유의 수다스러움과 친절함으로 우리를 맞아주었다. 문에 열쇠를 꽂는데 중빈이 속삭인다.

"엄마, 난 아무래도 던이 고아들을 위해 좋은 일을 할 것만 같아. 엄마는 어때?"

녀석, 아까 럭키가 "던은 외국인이 돈을 주면 혼자 꿀꺽 해요"라고 한 말을 들은 모양이었다. 작은 가슴으로 끙끙 고민을 하고 있었던 모양이었다.

"엄마도 그러길 바래."

그리고 엄만 너라는 꼬마가 이 여행에서 더이상 마음을 다치지 않기를 바래…….

달 없는 밤의 풀벌레들이 호숫가의 조약돌들처럼 나직이 달그락거렸다.

부뇨니에서 천천히 걷기

바바라

네 얼굴을 깊숙이 응시하노라면,
세상 어떤 단단함도 부드러워졌어.
세상 어떤 모남도 둥글어졌지.

십중팔구 에이즈이거나 학살이었을 부모의 죽음,
혹은 네가 처한 결핍과 노동이
누구도 피해갈 수 없는 '생로병사' 가운데
그저 하나일 뿐이라 생각하게 만드는 의연함이
열 살, 네게 있었어.

너는 이미 알고 있었어.
꽃 같은 미소를 지으며 맞으면
모두 다 꽃이 되는 걸.

너는 꽃을 꺾듯이 너보다 큰 무쇠솥을 닦고
꽃을 꺾듯이 호숫가에 가 물을 길어왔지.
꽃잎을 따듯 구박과 잔소리를 담고
꽃잎을 쓸 듯 벼룩이 문 자리를 어루만졌어.

살아 있음과 살아남음이
가장 소중한 감사임을
너는 알고 있었어.

내게 아프리카의 얼굴을 하나로 꼽으라면
그건 단연 네 얼굴이란다.
구하지 않고
질문하지 않고
견디는 것이 생의 근원이 되는
안쓰러우면서도 대견한 얼굴.

구하고
원하고
욕망하는 것이 생의 근원이 되는 우리로 하여금
뒤틀린 숨을 멈추게 하고
자성의 손거울을 들여다보게 하는 얼굴.

바바라,
열 살 네가 참지 못하는 것은
미소밖에 없지.
꽃보다 어여쁜
그 미소밖에 없지.

여섯 마리의 암탉, 여섯 명의 고아

테라스 식당에서 아침을 먹는 동안, 옆방 커플이 호숫가로 내려갔다. 흑인 여자는 하얀 나이트가운을 입었고 백인 남자는 수영복 차림이었다. 아침 바람이 꽤 서늘했으나, 노년의 남자는 잠에서 깨자마자 물에 뛰어들 작정인 것 같았다. 일광욕 데크에 서서 두 팔을 앞으로 내밀더니 천천히 "하나, 둘, 셋……" 한다. 곱슬머리를 길게 땋아 레게 스타일로 늘어뜨린 그의 미녀 친구가 하얀 나이트가운이 벌어진 사이로 검고 긴 다리를 내밀고 누운 채 그를 바라본다. "……아홉, 열!" 커다란 물대포 소리와 함께 그가 사라졌다. 몇 초 뒤 그가 수면 위로 고개를 내밀며 "우후!" 즐거운 탄성을 지른다. 여자친구도 박수를 쳐준다.

　테라스에서 내려오다 그와 마주쳤다. 그가 먼저 말을 걸었다. 내가 한국 사람인 걸 알자, 매우 반가운 미소를 띄었다.

　"삼십 년쯤 전에 한국에 간 적이 있었어요."

　"아, 그래요? 어땠나요?"

　"사람들이 참 친절했지요. 외국인이 드물어서, 내게 다가와 팔에 난 털을 만져보기도 했답니다."

　"한국은 빠르게 변했어요. 삼십 년 전이 지난 지금은 그때와 완전히 다른 모습일 거예요."

"그때도 이미 한국은 많이 발전한 상태였어요. 빌딩들이 꽤 높았고 차량도 많았으니까요. 사람들의 친절함만은 그대로였으면 좋겠군요. 지금도 잊혀지지 않는 기억이 있어요. 내가 서울에 머무는 동안 여행자수표책을 잃어버린 거예요, 통째로. 그런데 다음날 내가 사는 곳으로 누군가 그걸 찾아다주었지 뭐예요. 그 일대에 외국인이 나뿐이어서 찾을 수 있었다고 하더군요. 외국인을 찾아 수소문하고 다녔던 거지요."

지금 같으면 상상도 할 수 없는 일이다. 삼십 년 전의 한국인들이 상상할 수 없었던 것을 오늘날 우리가 누리고 살 듯, 오늘날 우리가 상상도 할 수 없는 것을 삼십 년 전 그들은 나누고 살았던 모양이다. 그는 벨기에인이었다. 르완다의 수도 키갈리에 살면서 살사를 가르친다고 했다. 키갈리에서 부뇨니까지는 멀지 않은 거리이므로 휴양차 자주 온단다. 춤선생답게, 환갑이 훨씬 넘은 나이에도 군살 한 점 없이 늘씬한 몸이었다. 조금 전 아침 다이빙을 보았다고 하자, 그가 자신의 심장을 가리켰다.

"내 주치의가 매일 아침 찬물에 다이빙하는 것이 심장에 좋다고 해서요."

뭐, 즐거운 인생이다. 여자친구와 사십 년 넘게 벌어지는 나이 차를 극복하려면 남다른 노력이 필요하겠지. 나는 그보다 제노사이드 이후의 르완다가 궁금했다.

"아주 안전합니다. 그 어느 때보다, 현재 아프리카의 그 어느 곳보다 안전하다고 할 수 있어요. 모두가 조심하기 때문이지요. 법을 어기거나 폭력을 행사하는 것에 민감해져 있으니까요. 하지만 사람을 사귀기는 정말 쉽지 않아요. 마음의 문을 열지 않기 때문이지요. 후투족과 투치족은 오랜 기간 동안 서로 친구였어요. 말하자면 친구가 친구를 죽인 거지요. 친구가 내 부모를 죽이고 내가 친구의 부모를 죽인 거예요. 르완다는 예부터 '천 개의 구릉으로 이루어진 나라 (The Land of a Thousand Hills)'라고 불려왔어요. 그 모든 언덕 꼭대기마다 1천 구의 시체가 쌓였어요. 매일매일, 1백만 구가 될 때까지요. 2백만 명이 나라를 떠나 난민이 될 때까지요. 그러니 마음의 문을 열고 친구가 되기란 불가능한 일이 되었죠. 당신이 키갈리에 간다면, 거기 머무는 동안 아무 문제도 없을 거예요. 그러나 아무 친구도 사귈 수 없을 거예요. 나는 그들이 믿음을 새로 배우기까지 오랜 시간이 걸릴 거라고 예상합니다."

사실 르완다를 그렇게 만든 것은 그의 조상들이었다. 아니, 그가 40년대에 태어났고 그의 조국 벨기에가 르완다를 놓아준 것은 62년이므로, 그와 동시대인들이었다고나 해야 할까. 벨기에인들은 아프리카에서 유럽인들이 흔히 그러했듯, 효과적으로 식민지를 통제하기 위해 종족차별을 정책화했다. 어우렁더우렁 살던 후투와 투치에게 종족을 구분하는 신분증을 지급했고, 투치를 후투의 머리 위에 올려 지배세력으로 이용했다. 후투족은 농노와 다름 없는 처지로 전락했다. 나중에 투치족이 벨기에로부터 독립하려 하자, 벨기에는 투치를 집어던졌다. 그리고 후투를 다시 투치의 머리 위에 올려 지배하게 했다. 이 와중에 수많은 투치족이 살상되었다. 벨기에는 가만히 지켜보기만 했다. 돌이킬 수 없는 증오와 복수의 씨앗을 심어놓은 것이다. 망명한 투치족이 공세를 펴기 시작했다. 후투족은 '100일 학살'을 명했다. 1백만 명이 총살되고 화형되고 교살되었다. 상해, 강간, 테러를 당한 피해자들을 뺀 수였다. 유엔은 르완다에서 보이는 조짐에 관심을 기울이지 않았다. 르완다가 전세계를 경악에 빠지게 한 다음에야, 시간이 흐를 만큼 흐르고, 후투와 투치가 서로를 죽일 만큼 죽인 다음에야, 국제사회는 조치를 취하기 위해 엉거주춤 일어섰다.

그는 후투와 투치의 대립에 대해서만 언급했을 뿐, 벨기에의 역할에 대해서는 언급하지 않았다. 나는 딸보다 어린 르완다 여성을 거느린 그가 정말로 자신의 동료들이 그 모든 불행에 의도적으로 밑거름을 주어왔고 그 끔찍한 열매를 웃으며 따먹었다는 사실을 모르는지 궁금했으나, 묻지는 않았다. 짧은 만남이었고, 짧은 만남이고 싶었다.

아침햇살이 마을 구석구석을 더듬을 무렵, 중빈과 나는 산 위에 있었다. 댄이 어제와 달리 양복을 말끔히 차려입고 우리를 맞았다. 그의 뒤로 두 명의 소년이 있었다. 한 소년은 구덩이 안에 들어가 있었고 다른 소년은 밖에서 돕고 있었다. 언제부터 팠는지 이미 구덩이가 소년의 키보다 깊었다. 구덩이 안에 들어가 있는 소년이 바로 로버트였다. 댄이 영리하다고 했던.

"화장실을 만드는 거예요."

댄이 양복바지 주머니에 손을 찔러넣은 채 설명했다. 로버트는 흙투성이였다. 낫과 비슷한 걸로 구덩이의 벽을 때려 부수면 흙이 고스란히 로버트의 발치에 쌓였다.

깊이는 충분했고 이제 지름을 넓히는 중인가 보았다. 일요일 아침, 낮을 들고 키보다 깊은 구덩이 안에 들어가 파묻혀가는 '영리한' 소년의 모습은 묘하게 거북했다. 정작 어른인 댄과 내가 발치 아래 소년을 내려다보고만 있었기 때문에 더더욱.

얼음을 녹이는 햇살처럼, 소년이 내 쪽으로 돌아서서 환하게 웃어주었을 때에야 내 굳은 낯이 펴졌다.

"반갑다, 로버트. 네 이야길 많이 들었어. 못하는 것이 없더구나."

"반갑습니다."

"얘는 JB야."

"반갑다, JB."

"어, 나 이 형아 알아. 어제 럭키 형아랑 있었어."

댄이 물었다.

"럭키를 아세요? 그 아이도 곧 올 거예요. 가족이 있어서 여기 살진 않지만 주말을 함께 보내곤 한답니다."

럭키와는 아무래도 특별한 인연인 듯했다. 가는 곳마다 럭키의 구역이었다. 댄이 주머니에서 손을 빼내, 새로이 광을 낸 구두에 묻은 흙을 털며 말했다.

"위쪽으로 가시죠."

댄의 사촌 가족, 고아원 일을 돕는 이웃 아저씨, 아이들을 가르치는 얼굴이 둥근 청년, 댄의 할머니, 그리고 열 명 남짓한 아이들이 모두 우리를 기다리고 있었다. 다른 아이들이 낯선 우리를 향해 단단한 시선을 던지는 반면, 바바라가 제일 먼저 곁에 와서 어제와 다름없이 따사롭게 웃었다. 그 아이를 꼬옥 끌어안았다. 바바라는 어제, 말하자면, 지구를 도는 달처럼 시종일관 내 곁을 맴돌면서 눈이 마주칠 때마다 미소를 보내곤 했었다. 내가 산을 내려가다 말고 뒤돌아보았을 때에도, 돌아볼 줄 알았다는 듯 마지막까지 한자리에 서서 예쁘게 웃고 있었다.

바바라도 로버트만큼이나 분주해 보였다. 재투성이 손으로 부엌을 들락날락하면서 뜨거운 솥이나 노란 물통을 날랐다. 땀을 훔칠 때면, 이마와 콧잔등에 잿자국이 남았다. 어른들은 모두 처마 아래 한가하게 앉아 있었다. 댄이 다시 설명했다.

"오늘은 바바라가 음식 당번입니다."

나머지 아이들은 식물의 줄기를 엮어 만든 돗자리에 앉았다. 럭키가 늦지 않게 도착해 돗자리 한쪽을 차지했다. 중빈과 내가 그 앞에 섰다. 댄이 아이들 이름을 빠르게 열거했다. 중빈과 나도 간단히 소개를 했다. 중빈이 축구공을 내려놓고 바이올린을 꺼냈다. 너댓 살쯤 되어 보이는 꼬맹이가 벌떡 일어나 축구공을 향해 돌진했다. 꼬마의 행동이 맘에 들지 않는 듯, 중빈은 심히 못마땅한 표정으로 연주를 시작했다. 갓 여덟 살이 된 아이에게 '나눔'이란, 모름지기 그런 한계를 지니고 있었다.

아이들은 반쯤의 인내심과 반쯤의 호기심으로 생전 처음 들어보는 클래식을 끝까지 열심히 들어주었다. 다음으로, 내가 '반짝반짝 작은 별'을 가르쳐주었다. 아이들은 노래를 따라 하기도 전에, 누런 종이공책을 펴고서 들입다 가사부터 적기 시작했다. 내가 그럴 필요 없다고 해도, 적지 않는 아이는 댄이 지적했다. 아직 이들에게 '배운다'라는 것은 '쓴다'와 동의어인 듯했다. 아이들이 가사를 적을 동안, 예의 꼬맹이는 미친 듯이 고아원 마당을 누비며 공을 차댔다. 중빈은 당장 그리로 달려가지 못하는 것이 분해서 여전히 입을 내밀고 있었다.

몇 번 합창을 한 뒤 한 명씩 앞으로 나와 노래를 했다. 중빈이 반주를 맞췄다. 역시 로버트와 럭키가 가장 빨리 배웠다. 바바라는 반 정도 부르고 반 정도 웃었다. 노래 시간이 끝나자, 중빈이 기다렸다는 듯 축구공을 향해 돌진했다. 다른 아이들은 모두 바이올린을 중심으로 몰려들었다. 아이들은 매우 질서정연하고 소중하게 악기를 다룰 줄 알았다. 로버트와 럭키는 금방 소리를 내는 원리를 터득하고 몇몇 음을 찾아내기도 했다. 바바라는 내 권유에 못 이기는 척 쑥스럽게 웃으며 활만 잡았다 내려놓았다.

바이올린 탐색이 끝나자, 남자아이들이 너나 할 것 없이 축구공을 향해 달려갔다. 나는 남은 어린아이들과 여자아이들의 얼굴을 공책에 그려주기 시작했다. 얼굴을 그리는 동안, 아이들은 내 눈을 쳐다보았다. 그래야 한다고 내가 요구했기 때문이었다.

초상을 그릴 때, 대부분의 아이들이 처음엔 다른 곳을 쳐다본다. 오직 사랑을 많이 받고 자라 자존감이 높은 아이들만 상대방의 눈을 잘 들여다본다. 눈을 들여다본다는 것은 존재와 존재가 동등하게 서로를 인정하는 일이기 때문이다. 당연히 고아원의 아이들은 내 눈과 마주칠 때마다 불에 덴 듯 눈을 깜빡거렸다.

첫번째 모델 아이가 어색하게 내 앞을 지키는 동안 다른 아이들이 내 뒤에 서서 점차로 완성되어가는 그림을 보며 킥킥대기 시작했다. "비슷하다" "웃긴다" "이상하다" 제각각 평을 냈다. 모델 아이는 궁금해졌다. 그래도 부끄러워 벌떡 일어나 그림을 훔쳐보지는 못했다. 나도 일부러 중간에 그림을 보여주지 않았다. 대신 "네가 자꾸 다른 곳을 쳐다보는 대신 내 눈을 똑바로 바라보면 정말로 널 닮은 그림을 그릴 수 있다"라고 유혹했다. 아이는 어렵사리 내 눈을 쳐다보았다. 그때를 놓치지 않고 자꾸 미소를 보냈다. 아이의 눈 깜빡임이 잦아들었다. 눈에 힘이 빠지고 눈매가 부드러워졌다. 나를 향한 시선이 완전히 안정될 무렵, 엉성하나마 첫번째 초상화가 완성되었다.

그림을 건네주자, 모델 아이가 나를 보고 미소지었다. 한번 긴장을 푼 아이는 내 곁에 찰싹 달라붙어 다음 아이의 그림을 지켜보았다. 똑같은 과정을 다시 시작했다. 첫번째 아이보다 두번째 아이가 더 쉽게 눈을 맞댔고, 두번째 아이보다 세번째 아이가 더 쉽게 눈을 맞댔다. 그 마주침의 순간이 좋았다. 마주침이 겹쳐 변화가 일어나는 순간이 좋았다. 눈빛이 엉킨다는 건 마음이 엉킨다는 뜻이다.

"내일 오셔서 우리와 식사를 하고 가세요."

댄이 어제 그렇게 말했을 때, 나는 초대가 고마우면서도 살짝 걱정했다. 안 그래도 넉넉지 않은 음식을 축내는 것이 아닌가 하고. 그 점심시간이 되었다. 바바라가 더 바쁘게 움직였다. 부엌에서 감자가 포슬포슬 익었을 때의 고소한 향내가 진동했다. 나는 부엌을 들여다보았다. 까맣게 그을린 실내, 까맣게 그을린 솥에서 노랗게 익은 감자가 나오고 있었다. 옆에선 바쁘게 접시를 닦고 있었다. 그런데, 헐……! 그 접시를 닦는 물이 내가 한 번도 본 적 없는 새카만 물이었다. 호수는 저 아래 있고, 세수도 건너 뛰는 마당에 끼니 때마다 설거지 물까지 깨끗하게 실어나르기는 어려웠을 것이다.

자동적으로, 내 뇌가 어미 모드로 돌아섰다. 중빈이 저 접시에 먹어도 괜찮을까? 아이도 나도 위장이 튼튼한 편이어서 여지껏 깔끔 떨지 않아도 탈없이 잘 싸돌아다녔지만, 물만큼은 언제나 병에 든 생수를 사서 마셨다. 과연 아이가 저 먹빛 물에 내성이 있을까? 갓 서른여덟이 된 어미에게 '나눔'이란, 모름지기 그런 한계를 지니고 있었다.

나는 댄이 기분 나쁘지 않도록, 그러나 체질상 거짓말하는 표를 있는 대로 내면서 더듬더듬 말했다.

"댄, 아무래도…… 우린…… 우린 아침을 먹은 지 얼마 되지 않았고…… 많지 않은 음식을 나눠먹는 것도…… 그것도 신경이 쓰이고……."

댄이 내 얼굴을 똑바로 바라보았다.

"아이들은 당신이 우리와 식사를 하고 간다고 알고 있어요. 많은 기대를 하고 있었죠. 감자는 충분해요. 그러니 아무 걱정 말고 제발 식사를 하고 가세요. 우리가 대접할 수 있는 건 이것뿐이로군요."

"……네!"

그리고 열심히 생각했다. 나는 어렸을 때 코딱지를 많이 파먹고 자랐어. 중빈도 요즘은 좀 덜해졌지만 작년 재작년 내내 코딱지를 파먹었어. 게다가 그동안 설거지하는 것을 보지 못해 그렇지, 이미 여러 번 저런 접시에 담긴 음식을 먹었던 게 분명해. 우린 할 수 있어!

익힌 감자와 붉은 콩이었다. 댄과 우리 것은 따로 담았고 아이들은 커다란 쟁반에 한꺼번에 담아 둘러앉아 손으로 먹었다. 접대용인지 댄과 나, 중빈에게만 포크가 주어졌다. 배려를 생각해서 사양하지 않았다.

그런데, 아, 그토록 단순하고 완벽한 음식이란! 콩 특유의 풋풋한 향이 입안에 퍼지면서, 동시에 감자 특유의 보드라운 전분이 혀를 덮었다. 제초제도 화학비료도 없이 자연과 농부의 손길만으로 자라, 장작 숯불에 서서히 익힌 그 음식에 가미된 유일한 양념은 소금이었다.

어제 그들에게 허락된 미각은 없다고, 오직 먹을 수 있는 것과 없는 것이 있을 뿐이라고 생각했던 나는, 우리들이야말로 각종 과도한 양념과 화학성분 속에서 진정한 미각을 잃어가고 있는지도 모른다는 생각을 했다. 그리고 언제 그들의 식량을 걱정했냐는 듯, 어른 주먹만 한 감자를 다섯 개나 먹어치웠다. 그래도 댄은 더 먹지 않는다며 섭섭해했다. 나는 너무 잘 먹었다며, 오늘의 셰프 바바라를 또 꼬옥 끌어안았다.

바바라가 노란 꽃을 잔뜩 꺾어오더니, 줄기를 연한 꽃대궁 속으로 꿰 체인을 만들어 연결했다. 솜씨 좋은 아프리카 여인들답게 다른 소녀들도 모여들어 이내 노란 꽃팔찌와 목걸이, 귀걸이를 만들어냈다. 아직 손이 무딘 여자아이는 머리에 그냥 꽃을 줄기째로 꽂기만 했다. 워낙 촘촘한 곱슬머리라 꽂는 자리마다 풀로 붙인 듯 꽃이 고정되었다. 너무 신기해서 내가 와하 웃었다. 소녀들은 꽃이 자꾸 흘러내리는 내 머리가 신기한지 와하 웃었다.

안 되겠다 싶었는지, 바바라가 화환을 만들어 내 머리에 얹어주었다. 하나 더 만들어 중빈 머리에도 올려주었다. 웃음꾸러기 바바라는 이제 한가해진 듯 내 곁에 오래 머물렀다. 안을 때마다, 바바라의 내음은 생활에 치여 진하고 비릿했다.

댄이 농부를 데리고 왔다. 그에게 닭이 있으니 장날까지 기다리지 말고 오늘 닭을 사는 게 어떠냐는 것이었다. 내가 좋다고 하자, 농부가 사라졌다가 눈 깜짝할 사이에 닭을 들고 나타났다. 모두 펄펄 뛰다 못해 훨훨 날아오를 것 같은 닭들이었다. 약속한 여섯 마리의 암탉 외에 장닭 한 마리를 샀다. 특히 장닭은 어찌나 무시무시하게 크고 힘이 좋아 보이던지 매일 달걀 여섯 개를 받아내는 데 아무런 문제도 없을 것 같았다.

나는 댄에게 여섯 아이들이 누구누구냐고 물었다. 어제 말한 대로 고아원에서 사는 아이들에게 한 마리씩 안기고 "이 닭은 너의 것이며 잘 보살펴주기를 바란다"라고 당부하기 위해서였다. 그렇게 하지 않으면 아이들은 닭들이 모두 댄의 것이라고 생각할 지도 몰랐다. 미안한 노릇이었지만, 솔직히 나는 내가 떠나고 난 뒤를 확신할 수가 없었다.

댄이 앉아 있는 아이들 가운데에서 급하게 세 아이와 바바라를 일으켜세웠다. 그리고 조금 망설이다가 럭키와 로버트를 바바라 곁에 세워 여섯을 채웠다. 그는 아이들에게 얼른 닭을 한 마리씩 안기며 "자, 이건 네 거다!" 하고 말했다. 아이들이 함지박만

하게 입을 벌렸다. 그런데 럭키가 그곳에 살지 않는다는 것은 나도 아는 사실이었고 댄도 아침에 밝힌 바 있었다.

"럭키가 여기 사는 게 맞나요?"

그렇게 물어본 것이 시작이었다. 댄이 뭔가 들통난 사람처럼 당황하면서 럭키로부터 닭을 빼앗았다. 그리고 옆의 다른 아이를 일으켜세우며 어색하게 말했다.

"사실은…… 얩니다. 제가 좀 헷갈렸군요."

럭키가 털썩 주저앉아 무릎 사이에 얼굴을 파묻었다. 그리고 흐느껴 울기 시작했다. 나는 럭키의 어깨를 감싸안았다.

"댄, 당신은 같이 사는 아이도 헷갈리는군요……."

그는 정말로 헷갈렸을 수도 있고, 원아들의 수를 부풀렸을 수도 있다. '단정 짓지 않기.' 그것은 일상 중에도 언제나 어려운 일이었으나, 아프리카 여행 중에는 특히 어려운 일이 되었다.

해가 기울 무렵, 아이들과 작별하였다. 바바라가 가장 먼저 선뜻 안겼고 나는 내가 줄 수 있는 힘을 다해 그 아이를 안았다.

"바바라, 너는 경이로운 아이야. 언제나 지금처럼 스스로 힘을 내 살아가기 바란다."

영어를 잘 못하는 바바라가 내 말을 이해했는지 한 번 더 환하게 웃었다. 그러나 이해하지 못했다 해도 바바라는 꼭 그렇게 웃었으리라. 아이들이 산 위에 서서 내가 사라질 때까지 내려다보았다. 나도 자꾸 뒤돌아보았다. 안 그래도 작은 고아원이 시나브로 더 작아졌다. '작다'는 것은 '안쓰럽다'와 동의어라는 걸, '작아진다'는 것은 '이별한다'와 동의어라는 걸, 나는 한 번도 경험해보지 못했던 사람처럼 아프게 가슴에 새겼다.

댄이 맥주를 한잔 하겠다며 우리를 따라 내려왔다. 그는 어느새 운동화와 청바지를 입은 젊은 청년의 모습이 되어 있었다. 그가 내게 감사를 표하는 동시, 바투 붙어 은근한 목소리로 말했다.

"사실, 아이들에게 가장 시급한 건 숟가락이랍니다. 보셨다시피 아직도 손으로 먹고 있는데 위생상 좋지 않지요."

나는 그가 닭으로 끝내지 않으리라고 예상하고 있었다. 그래, 숟가락……. 아이들에겐 숟가락이 필요하지. 아이들에게 필요한 건 너무나 많지. 내가 숟가락의 가격을 묻자마자, 잘 짜인 연극무대의 등장인물처럼 또다른 사내가 불쑥 숟가락 뭉치를 들고 나타났다. 나는 넉넉하게 숟가락을 사도록 했다. 아이들 수만큼만 사면 댄과 그의 사촌 가족에게만 차지가 돌아갈 것이기에.

댄이 닭을 고를 때 농부에게 그러했듯 숟가락 장수에게 매우 고압적인 자세로 숟가락이 튼튼한지 묻고 하나하나 구부려 보는 것을 지켜보는 동안, 피로가 몰려오기 시작했다. 예상한 일이 일어나는 것뿐이었는데도, 나는 피로해졌다. 아마 숟가락으로도 끝나지는 않을 것이다. 숟가락 장수가 사라지자 댄이 만족스런 미소를 띠며 다시 내게 바투 붙었다.

"고마워요. 아이들이 무척 좋아할 겁니다. 그런데 사실 숟가락만큼이나 시급한 것은 매트리스랍니다."

나는 걸음을 멈췄다.

"댄."

그도 걸음을 멈췄다.

"그만 하세요."

그는 당황하지 않았다. 어쨌든 닭과 숟가락을 얻었으므로, 내 말처럼 '그만 하면' 될 일이었다. 이것이 그가 사는 방식이었다. 그런데 정작 나는 그만 할 수가 없었다. 아마도 럭키가 울던 순간부터였을 것이다. 나는 무언가를 그만 할 수가 없었고, 그것을 억누르느라 피로하고 또 피로했다. 결국 계속하고 말았다.

"정말로 숟가락을 살 수가 없었나요?"

"네?"

"정말로 숟가락을 하나도 살 수가 없었나요?"

그가 맥주를 마시러 가기 위해 바꿔 신은 신발은 새것과 다름없는 나이키 운동화였다. 아이들은 모두 시커먼 물을 마신다. 아이들은 모두 맨발이었다. 그는 해명했다.

"나는 고아원 원장이에요. 원장의 품위에 맞는 의복이 필요하죠. 아이들 학교를 가거나 할 때면 제대로 된 정장이 필요합니다. 후줄근하게 입고 다닐 수는 없는 노릇이에요."

그러나 운동화를 신고 학교에 갈 일은 없을 터였다. 나이키 운동화 한 켤레면, 평범한 다른 운동화 한 켤레와 아이들 슬리퍼 몇 짝을 더 살 수 있다는 것에 그도 동의했다.

"고작 닭 몇 마리를 주고 당신에게 이러쿵저러쿵 참견을 늘어놓을 생각은 없어요. 그럴 자격도 없다고 생각합니다. 다만 일러주고 싶어요. 당신이 고아원을 위해 아이들에게 쓰는 돈을 아낀다면, 당신 고아원은 점점 어려워질 거예요. 대신, 당신이 아이들을 위해 많은 걸 헌신하고 있다는 것이 드러날 때, 사람들은 아무런 의심이나 걱정 없이 기꺼이 많은 걸 기부할 수 있을 겁니다. 말하자면 상호보완적인 거죠. 당신이 아이들을 물심양면으로 지원하면, 사람들이 당신 고아원을 지원하게 되는 거예요."

댄은 놀란 얼굴로 나를 쳐다봤다.

"아, 그렇군요! 그런 생각은 미처 못했어요."

나는 댄에게 큰 이야기 하길 멈추고, 아주 작고 구체적인 부탁을 했다.

"댄, 약속해주세요. 적어도 한 달에 두 번은 아이들에게 계란을 먹이겠다고."

그는 잠시 대답을 못한 채 나를 응시했다. 아주 먼 곳에 있는 사람을 보는 것처럼 눈을 가늘게 뜨고. 한참만에 그가 대답했다.

"그래요. 꼭 그럴게요."

"고마워요."

그것으로 되었다. 언젠가 댄이 늙은 닭을 팔아치우든, 잡아먹든, 그동안 아이들이 계란을 먹으면 되었다. 나는 댄이 그 정도는 지켜줄 사람으로 생각되었다. 암탉만큼 그를 믿을 수는 없었어도, 계란만큼 그를 믿을 수는 있었다. 적어도, 서른 알 중 두 알의 계란만큼은. 피로감이 사라졌다. 그제야 나는 '그만' 할 수 있었다.

아동학대? 우린 다 그렇게 커!

— 댄

· · ·

댄과 헤어져 캠프장으로 돌아오니, 중빈과 세 소년이 놀고 있었다. 그중 로버트와 럭키가 나를 보자마자 일러바치듯 말했다.

"저 고아원에는 여섯 아이가 살지 않아요!"

"뭐라고?"

"한 명만 살아요. 바바라. 나머지 애들은 전부 우리처럼 왔다 갔다 하는 애들이에요."

"로버트, 너는?"

"나도 저기서 살지 않아요. 난 저 아랫집에서 살아요. 할머니랑 형제들이랑 같이요."

"그런데 왜 댄은 여섯 명이 거기 산다고 했지?"

럭키가 대답했다.

"거짓말쟁이니까요. 당신이 가고 나면 우린 그 닭을 구경도 할 수 없을 거예요."

"그래선 안 되지. 닭은 너희들을 위한 것인데……."

럭키가 나섰다.

"그렇다면 우리에게 닭을 직접 주셨어야 했어요."

로버트도 나섰다.

"아침에 제가 땅을 파는 걸 보셨죠? 그는 우릴 부려먹기만 해요."

심장이 튀어나올 것처럼 쿵쾅거렸다. 나는 간신히 이성을 붙잡고 아이들에게 반문했다.

"그렇다면…… 그가 정말 그런 사람이라면…… 왜 너희들은 거기 모이는데?"

럭키가 미간을 찌푸렸다.

"그걸 정말 모르세요?"

로버트가 소리 지르듯 대답했다.

"달리 갈 데가 없으니까요! 거기 가면 아까처럼 감자와 콩을 주기도 하니까요!"

어쩌면 그쯤에서 두 아이에게 닭을 한 마리씩 사주고 "잘 키워라!" 하며 돌아서는 것이 내가 할 적정한 일이었는지도 모르겠다. 그러나 나는 어느새 계단을 뛰어올라가고 있었다. 참을 수 없는 것이 끓어올랐다. "나쁜 자식!" "나쁜 자식!" 나는 댄을 향해 중얼거렸다. 무릎 사이에 얼굴을 묻고 흐느끼던 럭키의 모습과 "달리 갈 데가 없으니까요!" 외치던 로버트의 얼굴이 발걸음을 세차게 밀어붙였다. 종종거리며 어른들 몫의 밥까지 하던 바바라, 빈둥거리는 댄의 형수 대신 내내 댄의 조카를 업고 있던 소녀, 마구잡이로 세웠던 여섯 명의 아이들, 연극무대에서처럼 적시에 나타난 농부와 숟가락 장수, 로버트의 키보다 높던 똥통 구덩이……. "바보!" "바보!" 나는 내 자신을 향해 중얼거렸다. 사기꾼 던이 있는 세상에는 비교적 양심적인 댄도 있는 거라고 생각했다. 서른 개의 계란이 있는 세상은 없어도 두 개의 계란은 있는 세상이라고 생각했다. 그래야 한다고…….

동네 남자들만 모여 있는 술집 앞에서 댄을 불렀다. 댄이 어안이벙벙한 얼굴을 내밀었다. 우리는 조금 한적한 곳으로 갔다. 나는 거두절미하고 물었다.

"댄, 당신 고아원에서 사는 아이는 바바라 한 명뿐이라면서요?"

"그게 무슨 말이에요?"

"어떤 동네 사람이 일러줬어요. 당신 고아원에서 사는 진짜 고아는 한 명뿐이라고!"

"누가 그랬어요?"

"그건…… 말할 수 없어요! 어쨌든 진실을 말해주세요."

"여섯 명 맞아요! 그건 나도 알고, 우리 가족도 알고, 동네 사람들도 다 아는 사실이에요!"

"거짓말하지 말아요. 그 말을 듣고 나서 당신을 찾으러 오는 길에 우연히 로버트를 만났어요. 그 애한테 어디서 자느냐고 했더니, 자신은 고아원에서 자지 않는대요. 할머니와 자기 집에서 잔대요."

"그, 그 애는…… 가끔 집에 가서 자기도 해요. 어제 매트리스가 없는 방을 보여드렸죠? 로버트는 자기 매트리스가 없다고 언제나 불만이에요. 그래서 툭하면 집에 가서 자죠."

"그렇다면 럭키는 뭐죠? 왜 당신은 처음에 럭키가 거기서 잔다고 했다가 말을 바꿨죠? 닭까지 줬다가 빼앗다니 잔인했어요. 어떻게 같이 사는 아이를 헷갈릴 수가 있죠?"

"닭을 줬다 빼앗은 건 잘못……. 아……!"

댄이 응수를 멈추고 호수를 바라보았다. 그의 얼굴은 분노로 비틀려 있었다.

"이제야 알겠어요. 당신에게 고아가 한 명뿐이라고 말한 사람이 누군지. 럭키죠? 그 녀석 내가 닭을 빼앗았다고 앙심을 품은 게 분명해요. 없는 얘기를 지어내 분풀이를 한 거죠. 여기 계세요. 내가 결백을 증명하기 위해 당장 그 녀석을 데려오겠어요."

"아이들을 여기 끼어들이지 말아요! 럭키는 이 일과 아무 상관이 없어요. 이건 당신과 내 문제예요. 아니, 당신과 당신 양심의 문제예요. 이 일로 아이들을 괴롭힌다면 가만두지 않겠어요!"

그러나 불러올 것도 없이, 럭키와 로버트가 이미 조금 떨어진 곳에서 우리 대화에 귀를 쫑긋 세우고 있었다. 댄이 그쪽을 향해 무어라 소리를 질렀다. 그에게서 한 번도 들어본 적 없는 거칠고 위협적인 목소리였다. 나도 지지 않고 소리쳤다.

"영어로 얘기해요!"

댄이 차오르는 것을 꾹꾹 누르듯 힘겹게 목소리를 바꿔 럭키와 로버트에게 말했다.

"자, 이제 이분께 우리 고아원에 몇 명의 고아가 있는지 말씀드려."

그리고 그는 자신 있다는 듯이 아이들의 목소리가 들리지 않는 곳으로 갔다. 원치 않는 삼자대면이 되었다. 로버트가 내 눈을 피하며 더듬더듬 말했다.

"나는…… 고아원에서 자기도 하고…… 자지 않기도 해요. 자지 않는 날이 더 많지만."

"그래, 알겠다."

럭키도 내 눈을 피해 맨발로 땅을 파고 있었다.

"럭키, 너도 내게 할 말이 있니?"

"실은…… 고아원에 사는 고아는…… 하나보다는 많아요. 그 아장아장 걷던 아이도 거기 살고……. 셋인가……? 넷인가……?"

"댄이 무서워서 말을 바꾸는 거니? 겁먹지 마라. 이 일은 내가 너희들에게 조금도 피해가 가지 않도록 처리할 테니. 난 그저…… 이제 그만 진실이 알고 싶구나."

럭키는 '피해가 가지 않도록'을 다르게 해석한 모양이었다. 얼굴이 환해지더니 곧바로 불었다.

"솔직히 고아가 하나뿐이라는 건 과장이었어요."

그리곤 흥정을 하는 사람처럼, 당당하게 고개를 쳐들었다.

"만약 내가 지금 진실을 말하면 닭을 주실 건가요? 내겐 정말 그게 중요해요."

튀어나올 만큼 쿵쾅거리던 심장이 '딱' 멈췄다. 양쪽 무릎이 다 꺾였다. 나는 그 자리에 털썩 주저앉았다. 아이들이 겁내는 건 댄이 아니라 닭을 가지지 못하는 것이었다. 수호하고 싶었던 것도 진실이 아니라 닭이었다. 오늘 하루는 처음부터 닭이었고, 끝까지 닭이었고, 닭이 전부였다. 계란 따위엔 아무도 관심 없었다. 고아들의 수 따위에도 아무도 관심 없었다. 한 마리라도 닭을 더 갖기 위해 어른 아이 할 것 없이 처절하게 거짓의 칼을 휘두르는 곳에서, 등신같이 어리숙한 나 혼자 우왕좌왕하며 계란과 고아들의 수를 세고 있었던 것이다.

일어섰다. 어쩔했다. 어제 던이 한쪽 무릎을 꺾었을 때와는 차원이 달랐다. 아이들, 아이들, 나는 언제나 아이들을 믿었다. 덮어놓고 믿었다. 아이들이 거짓말을 한다면 그 또한 어른들의 잘못이라고 생각했다. 그 순간 럭키와 로버트의 거짓말조차 순전히 그들만의 잘못이라고 생각되진 않았다. 그런데 입을 떼도 소리가 나오지 않았다.

힘들여 끌어내야 했다.

"……럭키, 네 대답은 되었다. 이제 고아원에 몇 명이 사는지는 별로 의미가 없구나. 어쨌든 닭은 고아원을 위해 그대로 두는 게 좋겠다."

럭키가 상심한 고개를 떨궜다. 나는 그대로 돌아서서 댄에게로 갔다. 멀지 않은 그곳까지 가는 것이 십리 길보다 멀게 느껴졌다. 일단 아이들을 보호해야 했다.

"댄, 미안해요. 괜한 소란을 일으켰군요. 아까 캠프 근처에서 만난 어떤 남자의 말을 듣고 흥분했지 뭐예요. 아마도 그 사람, 술에 취했나 봐요. 이해해주기 바래요. 아이들이 모두 말해주었어요. 여섯 명이라고."

나는 더이상 댄에게 토를 달지 않기로 했다. 적어도 그가 아이들 말처럼 형편없는 위선자가 아니라면, 그것으로 족했다. 거기서 문제를 마무리 지어야 했다. 댄의 비틀린 얼굴이 제자리로 돌아왔다.

"그랬군요. 알겠습니다. 정말 어이가 없어서……. 어떻게 그런 거짓말을 지어낼 수가 있는 건지."

"술 취한 사람의 말이었어요. 부디 마음에 두지 말아주세요."

조금 더 그의 마음을 풀어주고서 악수를 하고 헤어졌다. 아이들이 가지 않고 나를 기다리고 있었다.

"너희들이 내게 거짓말을 한 것은 실망스러웠다."

아이들이 눈을 내리깔았다. 그러나 나는 이제 길게 할 말이 없었다.

"댄에게 너희들이 한 달에 두 번은 계란을 먹을 수 있도록 해달라고 말해두었으니, 그럴 수 있기를 바래."

결국 지나가는 사람으로서 내가 챙길 수 있는 것은 계란뿐이었다. 그 잘난 계란뿐이었다. 오지랖 넓은 나만 뒤늦게 그것을 깨달았을 뿐, 처음부터 그런 것이었다.

"댄은 계란을 주지 않을 거예요!"

"줄 거야. 약속했어."

"계란을 주지 않으면 어떻게 하죠? 당신에게 편지를 쓰겠어요!"

"그래, 그러렴. 나도 댄에게 당부의 편지를 쓸게."

하지만 편지는 쉽게 찢어질 뿐이다. 계란 껍질조차 깔 수 없다. 욱신거리는 마음으로 작별인사를 했다. 아이들은 멀어지는 내게 작별인사를 하지 않았다. 대신 뒤에 대고 소리쳤다.

"댄은 계란을 주지 않을 거예요!!"

터덜터덜 방으로 돌아왔다. 해일처럼, 무력감이 엄습해왔다. 침대에 주저앉았다. 나도 모르게 입술을 깨물었다. 그것을 시작 버튼으로 눈물이 흐르기 시작했다. 달리 도리가 없었다. 그 순간 할 수 있는 것이 하나도 없어서, 가난에 대항해서도, 거짓에 대항해서도, 할 수 있는 것이 하나도 없어서, 오직 할 수 없는 것들만이 눈덩이처럼 거대해져서, 도리어 내가 할 수 있는 유일한 일은 이제 피할 곳 없는 아이처럼 울음을 터뜨리는 일뿐인 것 같았다. 정말로 아이처럼 엉엉 소리내어 울었다. 많은 생각들이 두서없이 쏟아졌다.

처음 카누를 타던 날, 럭키는 자기 카누에 날 태우기 위해 먼저 선착장으로 가서 리차드라는 청년을 보내버린 것이 분명했다. 이제 내가 아는 럭키는 그 정도 거짓말은 밥 먹듯 할 아이였다. 하지만 그 아이는 맨발이다. 발을 다쳐도 제 몸보다 몇 배나 큰 카누를 몇 시간이고 그만 하랄 때까지 몰고 2천 원도 안 되는 팁을 받는다. 아비는 에이즈로 죽었다. 그렇다면 어미도 에이즈로 죽어가는지 모른다. 무척 영리하지만, 학비가 없다. 이곳에서 영리함이란 거짓을 지어내는 데 소용될 뿐이다. 눈물이 앞다퉈 솟아나와 손바닥으로도 다 닦이지 않았다.

댄은 처음부터 고아들의 수를 늘렸다. 고아들은 짐작컨대 셋이나 넷이었을 것이다. 아무래도 좋았다. 댄은 겨우 스물한 살이다. 나이키가 신고 싶었다. 우리나라에서는 두 돌만 돼도 신는 그 망할 나이키를, 보나마나 짝퉁 '메이드 인 차이나'였을 나이키를 신었다고 오늘 떠돌이 관광객에게 비난을 받았다.

내게 꽃귀걸이를 걸어주던 어린 여자아이도 생각났다. 그 아이의 가녀린 무릎에 있던 상처도 생각났다. 한눈에 보아도 오랫동안 아물지 않아 곪는 상처였다. 파리가 자꾸 피가 괸 상처에 앉았다. 그 파리를 잡아서 다리를 하나씩 하나씩 뜯어 죽이고 싶었다. 아이는 내 손을 놓지 않고 해맑게 나를 쳐다봤다. 중빈이라면 데굴데굴 구를 그 정도의 상처는 아이에게 있어도 없는 것이었다.

고아원에서 내려올 때 나를 따라왔던 이웃 남자도 떠올랐다. 성장한 딸의 신분증을 내밀었다. 이 아이는 남편 없이 두 아이를 키우고 있습니다. 도와주십시오. 어제 나를 만났던 그는 간밤 내내 고민했을 것이다. 내일 고아원에 오는 외국인이 딸을 돕도록 하려면 어떻게 하는 것이 가장 효과적일까? 어쩌면 어젯밤 딸이 사는 곳으로 가 신분증을 받아왔는지도 모른다. 딸은 가까운 곳에 살고 있었을까?

감당할 수 없는 눈물이었다. 주먹으로 두 눈을 꾹꾹 눌렀다. 처음으로 온전히 타인을 위해 울고 있다는 것을 알았다. 결국, 내 삶은 그런 것이었다. 이기적이고 평이한 삶이었다. 나의 고통도 참으로 견딜 만한 것이었다. 내가 흘렸던 눈물은 불안의 눈물이었을 뿐 절망의 눈물은 아니었다. 내가 거짓을 말하지 않고 도덕과 인내의 시험에서 항상 승리했다면, 그것은 내가 도덕적이거나 인내심 있는 사람이었기 때문이 아니다. 다만 운좋게도 거짓을 말하기 전, 도덕과 인내가 한계에 다다르기 전, 구원받고 또 구원받는 삶이었기 때문이었다. 나는 그런 세상에서 태어나 그런 보호를 받으며 살아온 것뿐이었다.

내가 댄에게 아이들에게 너무 많은 일을 시키는 게 아니냐고 주제넘게 따졌을 때, 그는 도무지 이해할 수 없다는 듯 말했다. "나도 그렇게 자랐어요! 우린 다 그렇게 커요!" 그 말이 귀에서 왕왕거렸다. "아동학대 같은 소린 죽이나 쒀먹으라고 해!" 그렇게 왕왕거렸다. "너 같은 게 뭘 알아?" 그렇게도 왕왕거렸다. 모르기 때문에 울음이 멈춰지지 않았다. 아이들 말을 믿고 댄에게 달려간 것은 성급했지만, 이곳에서는 돕고자 하는 선의조차 상처를 주고 상처를 입지만, 그럼에도 가슴 깊이 아이들을 이해할 수 있었다. 여기선 살아남고자 하는 의지조차 거짓을 통해야 가능해지므로.

두서없는 생각들이 그치고 그저 밑도 끝도 없이 바바라만 떠올랐다. 그 낡은 원피스의 화려한 꽃무늬, 까칠한 손의 감촉, 그리고 소리없는 미소, 미소, 미소. 바바라, 너도 이제 곧 감자 몇 자루에 몸을 팔게 될까? 갑자기 바바라를 안았던 품이 아파서, 송곳으로 찔린 듯 너무 아파서, 나는 숨을 쉴 수가 없었다. 내게 그럴 자격이 없다는 걸

잘 알면서도, 나는 자꾸만 이 엉터리 세상을 향해 돌을 던지고 싶었다…….

그리고 또 아무 생각도 할 수 없어졌다. 해가 저물도록, 나는 그렇게 방에서 아이처럼 엉엉 울고만 있었다.

중빈이 방문을 두드렸을 때, 얼른 일어나 얼굴을 씻었다. 아이에게 저녁을 먹일 시간이었다. 밖으로 나서니, 다시금 활활 타오르는 노을이었다. 하늘 중앙에 호반의 노을이 도로 반사된 것처럼 새빨간 동그라미가 일렁였고, 그 아래 하나 둘 점멸해가는 은비늘 물결을 가르며 물고기처럼 카누가 미끄러져갔다. 선착장에 흔들림 없이 정박된 카누 한 끝에 그림자처럼 까맣게 소녀가 앉아 있었다. '지랄맞게' 좋다는 표현은 이럴 때 쓰는 것인가 했다. 너무나 아름다워 '비현실적으로' 다가오는 풍경을 마주하고서도 '현실적' 삶에 대한 생각이 멈춰지지 않는 내게, 부드럽게 다가오는 듯, 부드럽게 멀어지는 듯, 제자리인 듯, 고즈넉한 흔들림이 쉼 없는 호숫물은 이르는 듯했다.

누가 누구를 가여워하는가. 어리석은 자여, 네 모자란 잣대로 나를 재려들지 마라. 내가 벌여놓은 이 풍광 속에서 너는 그저 뜨겁게 잠시 머물다 가라.

댄의 고아원 부엌

던의 캠프장

아프리카, 그 잦은 방전과 충전

엔테베로 되돌아갔다. 부뇨니에서 국경을 넘어 르완다로 가서 제노사이드 추모관을 방문하고 고릴라 트레킹을 하려던 애초의 계획은 접었다. 금전과 시간이 두루 문제가 되었으나, 무엇보다도, 닭 사건 이후 친구를 만들 수 없다는 그곳이 더이상 궁금하지 않았던 까닭이었다. 궁금하다는 것은 일상을 넘어서는 에너지로 새로움을 끌어안을 수 있을 때에만 가능한 것이다. 닭 사건을 마지막으로 배터리는 또 방전되었다. 휴식과 정리가 필요한 순서였다.

모든 여행마다 배터리가 방전되고 충전되는 주기가 있다. 방전될 때 여행자는 길 잃은 미아가 되고 충전될 때 이름 없는 철학자가 된다. 동아프리카의 주기는 유난히 짧았다. 감격의 눈물이 흐르는 신의 정원과 피로한 창녀들의 춤, 고원의 푸른 내음과 용광로처럼 들끓는 먼지, 시계가 멈춰버린 여유와 단돈 2500원에 목숨을 내던지는 제리캔맨, 아이의 토사물을 견디는 형제애와 눈도 깜짝 않고 하는 거짓말, 마음을 씻어주는 호수와 호숫물에 담근 피 흘리는 발……. 아프리카는 특유의 생명력으로 몇 번이나 배터리가 과열될 만큼 에너지를 채워주었다가도 또 특유의 만만치 않음으로 배터리를 방전시켰다. 매력이 넘치지만 다루기 힘든 애인처럼, 가장 아름다움과 가장 고달픔을 숨차게 번갈아 보여주었던 것이다. 찬란한 자연 속에 놓인 극빈이란, 여행자를 꼭 끌어안았다가 서슴없이 내치는 일이었다.

배터리는 초고속으로 충전되었다가 초고속으로 방전되었다. 아프리카가 세계에서 가장 극심한 전력난을 겪는 곳이란 걸 생각하면, 참으로 아이러니한 일이었다.

엔테베는 우간다가 영국령이었던 초창기 우간다의 수도였다. 바다처럼 드넓은 빅토리아호를 끼고 있어 쾌적한 바람이 불 뿐 아니라 야생동물교육센터와 아름다운 식물원까지 갖추고 있어, 엔테베 국제공항을 이용하려는 목적이 아니더라도 캄팔라의 번잡함에 치인 여행자로 하여금 하루 이틀 여장을 풀고픈 마음을 불러일으키는 곳이다.

우리는 빅토리아호에서 불어오는 시원한 바람 속을 걸었다. 고양이만큼이나 흔한 벨벳원숭이를 구경했다. 나는 아무것도 의도하지 않았고 스케줄조차 짜지 않았다. 아침에 몇몇 가능한 옵션을 아이에게 제시하면, 아이가 그중 하고 싶은 것을 골랐다. 두 명의 여행자에서 한 명의 어린 여행자와 그를 돌보는 보모로 바뀌어 있었다. 방전의 개념 없이 충전만 있을 뿐인 아이가 아침마다 벌떡 일어나 즐거이 하루를 계획해주는 것이 고마워 나는 이끄는 대로 저항 없이 이끌렸다. 이제는 풍경 속에 나를 깊이 담그지 않았다. 더이상 여행자가 아닌 관광객이었다. 닭 사건 이후, 수첩과 펜은 가방에 넣어두었다.

매일매일이 새롭고 행복한 어린 여행자는 제일 먼저 '우간다 야생동물교육센터'를 선택했다. 그곳은 동물원의 외관을 갖추고 있지만 실은 밀렵꾼들에게 잡혀 죽기 직전에 구조된 동물들의 피난처로서, 각국의 지원에 힘입어 세계적 수준의 보호 속에서 동물들이 회복과 재활에 집중할 수 있는 곳이었다.

생태적으로 아름다이 조성된 그곳의 흙길을 걷다가, 운이 좋게도(?) 가장 악명 높은 살인개미떼를 만났다. 큼직한 마냥개미떼. 일개미들이 길을 가로질러 유충을 나르는 대이동 중이었는데, 병정개미들이 몸을 엮어 울타리를 만들어서 그들을 호위했다. 엄청난 수의 일개미들이 어찌나 신속하게 흰 유충을 물고 움직이는지, 처음엔 흰 거품이 많은 시냇물이 흐르는 줄 알고 다가갔다가 질겁을 했다. 코끼리 한 마리도 순식간에 뼈만 남긴다는 마냥개미들.

차세대를 보호하는 중대과업을 수행 중인 병정개미들은 예민해질 대로 예민해져 있었다. 몇 번이나 수상쩍은 관람객의 샌들 위로 뛰어올라 공격을 감행했는데 어찌나 위협적인 악력을 지녔는지 일단 중빈의 고무샌들을 깨문 병정개미는 깊이 박힌 턱을 제 힘으로 빼내지 못하고 그대로 죽어갔다. 물론, 아이는 그 샌들을 벗어던지고 십리 밖으로 도망쳤다.

야생동물교육센터 어디에서나 그늘과 햇살이 매우 로맨틱하게 교차했다. 또 빅토리아호에서 불어오는 선선한 내음은 발걸음을 가볍게 했다. 그러나 연인이나 가족들로 북적거리기 딱 좋은 그곳은, 고요했다. 직원들을 빼면 우리뿐, 그 드넓은 동물센터를 한 바퀴 다 돌도록 관람객은 아무도 없었다. 탄자니아에서 사파리 직전에서야 멀쩡한 '머니로드'를 볼 수 있었듯, 하지만 사파리 내내 탄자니아 관광객을 볼 수는 없었듯, 우간다에서도 동물들을 위한 공간은 전세계의 손길이 닿아 그럴듯하게 펼쳐져 있었지만 그 공간을 거닐 만한 여력이 있는 우간다인은 드물고 또 드물었던 것이다.

우리가 동물을 구경하는 것이 아니라 동물들이 우리를 구경했다. 나무로 만든 놀이기구가 있는 놀이터를 발견한 중빈이 그리로 뛰어갔지만, 사람을 위한 놀이기구의 이음새는 녹슬었고 헐거웠다. 중빈은 거미줄이 잔뜩 쳐진 미끄럼틀 위에서 "이 놀이터는 이상해……" 중얼거리며 서 있었다. 벨벳원숭이 가족만이 쇠락해가는 놀이터에서 드러눕고 젖을 빨고 털을 골라주며 자유로이 노닐었다.

아이가 두번째로 선택한 곳은 응감바Ngamba아일랜드 침팬지 보호구역. 그곳으로 가는 배는 점심 무렵 출발했다. 신청한 다른 인원들, 가이드, 안전요원과 운전사까지 12인승 스피드보트를 꽉 채웠다. 보트가 거대한 빅토리아호를 달리며 속도를 높였다. 때마침 바람까지 거칠어 호수는 말 그대로 바다가 되었다. 물고기를 낚는 흰 새떼와 일렁이는 파도. 자그마한 스피드보트는 고속으로 물살을 헤치며 나아가느라 통통 튀어오르기 시작했다. 덩달아 승선인원들도 튀어오르기 시작했다. 대충 튀어오르는 것이 아니라, 마치 로데오에 출전한 카우보이처럼 떨어지면 엉덩이가 아플 만큼 튕겨지는 것이었다.

가운데 앉은 나는 잡을 것이 따로 없었다. 의지할 것이라곤 바닥에 닿은 발바닥뿐. 발바닥에 있는 대로 힘을 주고 옆의 아이를 바라보았다. 아이는 가장자리 난간을 잡을 수 있었지만, 무게가 얼마 나가지 않아 나보다 5센티미터는 더 위로 튕겨져 오르는 것 같았다. 뜻하지 않은 '놀이'로 인해 녀석은 광란의 도가니에 빠졌다.

"센 파도야! 이리 와라! 약한 파도야! 멀리 가라!"

아이는 목청에 금이 갈 만큼 바락바락 소리쳤다. 십 분, 이십 분, 단 일 초도 쉬지 않고……. 보호구역까지는 오십 분 정도 물살을 헤치고 나아가야 했다. 물이라도 왕창 튀어 올라 사정없이 우릴 적시면 녀석의 흥분은 극에 달했다. 이러다 숨 넘어가지 싶어 제발 좀 진정해달라고 아무리 부탁해도 소용없었다. 아이의 눈은 간신히 나를 향해 열려 있었지만 나를 보고 있지는 않았다. 녀석은 완전히 '돌아' 있었다.

"Smash it!! Bash it!! Crush it!! Break it……!!"

스피드보트가 파도를 부술 때마다 온갖 '때려부수는' 동사가 다 등장했다. 30분을 넘기고 나서는 진정하란 말도 하지 않았다. 최소한 저러다 숨이 넘어가지는 않겠지 하는 선에서 포기했다. 어쩌랴. 다 큰 듯싶다가도 잊을 만하면 한 번씩 '엄마, 난 인간이 되려면 멀었어요' 입증해 보이곤 하는 것을.

다만, 다른 승객들에게 민망한 것만큼은 나도 어쩔 수가 없었다. 그들도 엉덩방아를 찧기는 했지만 다들 근엄한 시선을 물 위로 던지고 있었던 것이다. 녀석의 통제불가능한 광기 상태는 점점 격렬해졌다. 때려 부수는 동사에서 옮겨간 다음 단계는…… 헐, 완전히 오르가즘에 도달한 포르노 주인공들의 대사였다.

"That's it!! That's it!! I love it!! Do it again!! Do it again zillion times……!!(그거야! 바로 그거야! 너무 좋아! 다시 해봐! 무한대로 다시 해봐……!)"

그때였다. 며칠간 방전 상태로 지내던 내게 웃음이 새나오기 시작한 것은. 슬몃 웃는 것으로 시작된 웃음은 양뺨을 귀 쪽으로 밀어 넣더니 종내는 소리를 내기 시작했다. 그리고 멈출 생각을 하지 않았다. 이거 생각해보니 정말 재미있는 노릇 아닌가? 발바닥으로 붙잡고 로데오 하기. 어떻게 물 위에서 로데오를 하며 근엄함을 유지한단 말인가? 더구나 절정에 오른 꼬마의 미친 외침을 듣고?

이제 우리는 한 쌍의 미치광이가 되었다. 급속도로 배터리가 충전되었다. 다시 수첩을 꺼냈다. 통제 불가능한 꼬마 조증환자와 수첩이 다 젖고 볼펜이 날아갈 상황에서 되지도 않은 글씨를 휘갈기는 여자. 뭐 괜찮다. 어쨌든 아이가 게거품을 물고 쓰러지지는 않을 것이고, 내 괴발개발 메모는 어떻게든 기억을 되살려줄 것이다. 그거면 되었다. 기괴한 우리를 쳐다보고 있을 주변 사람들과 절대 눈만 안 맞추면!

"이곳은 음비루 부지바, 적도입니다."
가이드가 갑자기 보트를 멈췄다. 조증의 발원은 모터였는지, 모터가 멈추자 아이도 딱! 괴성을 멈춘다. 신기해서 아이를 바라보니, 두 눈에 초점이 되살아난 것이 비로소 내가 보이는 모양이었다. 녀석은 무슨 일이 있었냐는 듯 멀쩡한 얼굴로 씩 웃는다. 휴…… '돌아' 왔구나!
아무도 입을 열지 않았다. 순식간에 적막강산이 되었다. 물보라가 사라지자 뜨거운 햇살이 도로 피부를 달궜다. 1백여 마리의 물새떼가 보트 주변으로 날아들었다가 뒤집어졌다가 흩어졌다. 지구의 정중앙에 선 느낌은 내게 꼭 그런 것이었다. 고요함과 뜨거움, 그리고 '돌아' 옴. 아이뿐 아니라 나도 돌아왔던 것이다. 웃는 사이, 다시 뜨거운 여행자로, 뜨거운 아프리카로.

44

아프리카의 미래를 담은 섬

- 응감바 아일랜드

*침팬지 보호구역 '응감바 아일랜드'는 아프리카의 빼어난 자연자원에 선진국의 지원이 닿았을 때 어떤 작품이 탄생할 수 있는지를 단적으로 보여주는 사례였다. 섬은 침팬지들의 천국이자, 완벽한 친환경 공간으로 탈바꿈하였다. 태양열만을 사용했고 빗물을 재활용했다. 호변은 원시적인 흙과 연안의 선이 그대로 살아 있었으며, 연안을 조금 벗어나면 아프리카 전통 오두막을 모던하게 개조한 상점에서 공예품을 팔았다. 로컬들의 작품에 침팬지 로고가 더해져 판매되고 있었던 것이다. 이제 로컬들은 침팬지 사냥에 나가거나 농지를 확보하기 위해 침팬지들의 숲을 파괴하지 않아도 되었다.

침팬지는 높은 지능과 60세가 넘는 수명을 지녀 인간에 가장 근접한 동물 가운데 하나이지만, 아프리카에서만 매년 5천 마리의 성인 침팬지들이 '고기'를 노리는 밀렵꾼들의 손에 의해 살해된다. 살해된 침팬지의 새끼들은 애완용으로 팔려가거나 고아로 버려진다. 1998년 응감바 아일랜드에 이들 고아 침팬지들의 보호구역이 만들어지면서, 침팬지들에게는 안전한 집이 생겼고 방문자들은 멸종위기에 처한 이 동물의 중요성을 새삼 깨닫는 기회를 가지게 되었다. 열아홉 마리로 시작된 보호구역의 침팬지 수는 현재 마흔두 마리까지 늘어난 상태.

당일치기 여행은 먹이를 주는 시간에 맞춰 이루어졌다. 숲속에서 자유로이 흩어

---

* 일명 침팬지 섬. 여행사를 통해 사전예약을 한 뒤 한나절이면 다녀올 수 있다.
Wild Frontiers 041-321479, 077-502155

져 노닐던 수십 마리의 침팬지들이 우리가 도착할 때쯤 숲 가장자리 철조망 근처에 나와 서성이면서 먹이를 기다리기 때문이었다. 수컷 대장은 한눈에 보아도 무소불위의 권력을 휘두르는 듯 보였다. 대장이 가까이 가면 모두 피하거나 하던 장난을 멈추고 긴장했다. 이 녀석은 음식이 나올 때까지의 막간을 못 참고 암컷을 움켜쥐고는 짝짓기를 시도했다. 관중들에게 자신의 힘을 과시하기라도 하듯 연달아 두 번씩이나. 수컷 대장을 무서워하지 않는 건 암컷 대장 샐리뿐이었다.

직원이 이름을 부르며 양동이에 담긴 먹이를 던지기 시작하자, 샐리는 양손뿐 아니라 긴 발가락에까지 과일과 당근을 영악하게 움켜쥐고서 아무에게도 빼앗기지 않으려 뒤돌아 먹었다. 먼저 먹은 녀석은 더 달라고 직원에게 주먹을 흔들었고 제대로 못 받거나 하면 옆의 녀석이 귀신같이 앗아갔다. 제 것을 다 먹고 남의 것을 빼앗으려 다툼을 일으키는 녀석, 조용히 혼자 풀숲을 뒤져 떨어진 먹이를 찾아내는 실속파, 그리고 무리의 막내, 아기 침팬지 람보가 있었다. 먹이를 제대로 받기에는 기술이 부족했고 빼앗기에는 힘이 딸렸다. 수풀에서 먹이를 찾아내기에는 지혜도 부족했다. 중빈은 안달이 났다.

"제가 람보 먹이를 주면 안 될까요, 제발, 제발, 제발……?"

사실 보호구역 내의 럭셔리 텐트하루 280달러에 묵는 사람들에게만 먹이를 주는 특혜가 주어졌다. 당일치기 방문객에겐 원칙적으로 먹이를 주는 것이 금지되어 있었던 것이다. 하지만 중빈이 끈질기게 "제발"을 열 번쯤 한 뒤에, 꿈쩍도 안 하던 직원이 양동이 밑바닥에 깔린 과일 몇 개를 슬쩍 아이 손에 쥐어주었다. 아이는 람보를 향해 끓어오르는 애정과, 그것을 제대로 뒷받침해주지 못하는 자신의 던지기 실력 사이에서 안타깝게 부르짖었다.

"람보!! 미안해!! 저쪽이야!!"

엔테베에서의 마지막 날이었다. 저녁산책을 나섰다. 매우 깨끗한 주택가를 걸었다. 영국 식민지 시절 외국인이 거주하다가 정부에게 판 주택들을 정부가 다시 일반인에게 매매한 주택단지라고 했다. 아담한 본채에는 파란색 나무덧문이 달렸고 잘 손질된 정원에는 자그마한 별채를 지닌 집들이 길 양편에 두 줄로 나란했다. 새소리가 단란했고 웃자란 나무울타리를 넘나드는 사람들 말소리가 끼어들고픈 충동을 느끼게 하는 곳이었다.

그 길을 따라 걷고 있는데, 어떻게 우리 마음을 알았는지 목소리가 들려왔다. 마치 노래처럼 흥겨운 운율이 담긴, 울타리 안쪽에서 들려오는 목소리였다. 우리는 안쪽이 보이지 않았지만 안쪽에선 용케 우리를 볼 수 있었던 모양이었다. 어쩌면 아까부터 쭉 지켜보고 있었는지도 몰랐다. 그렇지 않았다면 중빈이 꼭 원하는 '바로 그' 대사를 그렇게 정확하게 노래해줄 수는 없었을 테니.

"이리 와~! 빨리 와~! 같이 축구하자~! 함께 놀자고~!"

중빈의 눈이 행복하게 휘둥그레지더니 두말할 것도 없이 소리가 나는 뜰로 돌진했다. 다섯 명의 사내아이들이었다. 모두 우릴 향해 싱글싱글 웃고 있었다. 어둑어둑해지고 있었기 때문에 아이들의 이목구비보다 흰 이가 더욱 선명했다.

중빈보다 큰 아이는 중빈을 봐주면서 공을 날렸고, 중빈 또래의 아이는 "애걔!" 하면서 공을 날렸으며, 중빈만 끝까지 "어디 한 번 해봐!" 하며 이를 악물고 공을 날렸다. 우리는 부드러운 잔디 위에서 늦도록 뛰어놀았다. 아무리 크게 웃어도 서로의 흰 이가 보이지 않을 때까지.

그것이 동아프리카에서의 마지막 축구였다. 그리고 우리가 받은 마지막 선물이었다.

그날 밤, 다시 '여행자'로 되돌아온 나의 마음은 머묾과 떠남 사이에서 오래 뒤척였다. 동아프리카. 다루기 힘들지만 매력이 넘치는 애인을 떠나기란 쉽지 않은 법이다. 비록 아이의 입학식이 낼모레라 해도. 이심전심이라고, 때마침 아이도 내 맘과 같았나보다. 다음날 가방을 꾸리면서 보니, 삐뚤삐뚤한 글씨로 다음과 같은 일기를 남겨 놓았다.

내일이 그날이구나.
아휴 아프리카를 떠나는 날이구나.
가기도 싫고 안 가기도 싫고
둘 중에서 몰 선택할지 몰르겠다.
—중빈의 일기

나란히 손을 잡고 앞을 보는 일

엔테베에서 두바이로, 두바이에서 다시 대한항공으로 갈아타기 위해 헐레벌떡 게이트를 향해 뛰어갔을 때, 단체 한국인 관광객들이 대기의자에 앉아 있었다. 그들은 이미 여행을 통해 막역한 사이가 된 듯, 앳된 얼굴의 여대생이 지명을 받자 벌떡 일어나더니 원더걸스의 '텔 미' 춤을 추기 시작했다. 뒤이어 한 아저씨가 장난으로 그 아가씨에게 1달러를 주었다. 모두 왁자하게 웃었다.

행복해 보였다. 너무나 부족함이 없어 보였다. 아무도 구멍 뚫린 옷을 입고 있지 않았다. 그들에게선 향기로운 냄새가 났다. 춤을 춘 아가씨의 친구가 아이에게 물었다. 아이가 한 달이 넘도록 한 번도 받아본 적 없는 질문이었다.

"초콜릿 먹을래?"

"네!!"

'엠앤엠즈'였다. 여러 알을 건네려다 세 알이 바닥에 떨어졌다. 코팅된 초콜릿의 탐스런 색깔이 폭신한 바닥의 잿빛 카펫과 강한 대조를 이뤘다.

한 달 남짓 조악한 공산품에 길들여졌던 내 눈에 그것은 아름답고도 낯설었다. 아무도 그 아름다운 것을 줍지 않았다. 주워야 한다고 생각하는 사람은 거기 없었다. 나또한 줍지 않았다. 바바라가 옮겨준 벼룩에 물린 자국을 긁는 동안 아프리카 기준에서 두바이 기준으로 급선회하느라 잠시 헷갈렸으나, 선회는 쉬 이루어졌다. 처음으로 내가 아프리카를 떠났음을 실감했다.

불현듯, 배경 이동이 되었다. 먼지가 잘 이는 흙바닥이었다. 럭키와 로버트가 함께 서 있었다. 럭키와 로버트가 서슴없이 색깔도 예쁜 그것을 주워 입에 넣었다. 차마 아이들을 제지하지 못했다. 이제 녀석들은 두고두고 국경 근방의 고아들에게 '엠앤엠즈'의 맛에 대해 과장되게 떠들어댈 터였다.

마지막 안내방송이 나왔다. 사람들이 양손에 터질 듯 가득 채운 '듀티 프리(Duty Free)' 가방을 들고 일어섰다. 초콜릿을 버려두고 그 대열에 합류하는데, 나도 모르게 명치 끝이 아팠다. 목이 말랐다.

기내 좌석에는 미리 생수병이 놓여 있었다. 중빈이 보고 싶어하는 영화들도 이미 최신 것들로 엄선되어 있었다.

사람들이 일사불란하게 가방을 올렸다. 스튜어디스들이 곱게 화장을 하고 미소를 지으며 걸어다녔다. 모든 것이 빠르고 질서정연했다. 한국이었다. 미리엄과 수잔, 바부와 알리가 오고 싶어하던 나라. 그 어느 때보다 많은 로컬들이 내게 메일 주소를 묻고 자신의 메일 주소를 알려주며 반드시 연락하겠다, 반드시 연락을 달라, 두 번이고 세 번이고 신신당부하던 나라.

아이가 너무도 익숙하게 리모컨을 다루며 모니터를 조정했다. 사람들은 주스를 마셨고 남긴 것은 아낌없이 버려졌다.

모하메드와 에부, 에드문드와 콘스탄틴, 동아프리카에서 만났던 이들의 얼굴이 하나씩 점등되었다가 하나씩 소등되었다. 너무나 큰 간격이었다. 그들은 결코 따라올 수 없으리라. 앞으로 한참을 더 관광객의 호주머니에서 나오는 1달러에 웃고 울며 하루를 시작하고 하루를 마감하리라.

나는 마치 부자 나라에 도착한 누이가 머나먼 고향에 두고 온 헐벗은 동생을 생각할 때 그러하듯 서러워졌고, 분해졌으며, 결국은 미안해졌다……

마지막으로 점등되고 소등된 얼굴은 나일강가에서 만났던 꼬마였다. 까불까불 걸을 때마다 터진 바지 사이로 동그란 궁둥이가 훤히 보이는 꼬마였다. 곱슬머리 위에 노란 병아리를 올려놓고 있었다. 내가 손을 내밀자 아무렇지도 않게 손을 잡았다. 실크처럼 부드러운 손이었다. 우리는 강가에 선 채 앞을 보았다. 이전에는 알지 못했다. 나란히 손을 잡고 앞을 보는 일이란, 서 있어도 조금씩 앞으로 나아가는 느낌이란 걸. 나는 새알처럼 둥글고 따뜻한 아이의 손을 쥔 채 그대로 나아갔다. 아이도 순순히 함께 나아갔다.

물살이 우리를 더 넓고 평등한 땅으로 데리고 갔다. 우리는 한동안 그곳에서 노닐었다.

빅토리아 호

1.

여행에도 단계가 있다.

1단계, 새로운 곳에 가서도 거울을 보듯 '나'만을 보는 것.
2단계, 나를 떠나 '그곳'을 있는 그대로 보는 것.
3단계, 그곳에 있는 것들과 '관계'를 맺는 것.
4단계, 내 것을 나누어 그곳을 더 아름답게 하는 것.

1단계에 있는 여행자는 불만이 많다. 음식은 입에 맞지 않고, 잠자리는 불편하며, 내 습관과 취향이 무시되는 것이 불쾌하다. "역시 김치만한 음식이 없고 한국만큼 편리한 곳이 없어." 투덜대며 집으로 돌아와, 투자한 비용과 남겨진 추억 사이를 저울질한다. 누군가 "여행이 어땠어?"라고 물으면, 추억을 부풀리고 목소리를 높이며 간신히 저울의 균형을 맞추게 된다.

2단계에 있는 여행자는 비로소 눈물을 흘린다. 한국에 '없는' 건축물에 전율하고, 한국에 '없는' 그림 앞에서 목울대가 뜨거워진다. 그는 우물 안 개구리였다고 느낀다. 박물관으로, 식당으로, 새로운 풍광 속으로 바쁜 걸음을 걷는다. 때로 궤도를 이탈한 짜릿함에 빠지고, 때로 고달프게 지친 발을 씻는다. 그래도 그는 아직 다 못 보았다고, 볼 것이 많다고 느낀다. 현실에 지칠 때마다 지도를 펴놓고 '다음엔 어디에 갈까?' 궁리하곤 한다.

3단계의 여행자는 먼저 말을 건다. 미술관의 그림보다 앞에 서 있는 로컬의 눈빛이 마음을 사로잡는 까닭이다. 로컬이 가꿔놓은 작은 화단을 힐끔거리고, 집주인이 아끼는 화초에 대해 설명이라도 하기 시작하면 아예 철퍼덕 주저앉는다. 그는 다른 모습을 하고 있지만 결국은 크게 다르지 않은 '삶의 균등한 요소'들에 감동받는다. 이 세상 어디에 가도 노동하는 아버지의 손이 있고, 어머니의 부드러운 가슴이 있고, 우는 아이를 달래는 불 위의 수프가 있음에 하루하루 경건해진다. 고단한 발걸음은 이제 기도가 된다.

4단계의 여행자는 행동한다. 지구와 자신이 연결되어 있다고 느낀다. 자신의 성장을 위해 수혈을 아끼지 않은 지구를 위해 적으나마 자신의 피를 보태고 싶어진다. 그는 이미 세상의 많은 행복과 불행을 보았다. 더 가지려는 자는 불행했고 나누려는 자는 행복했다. 더 가지려는 것에는 끝이 없었고 나눔은 쉽게 차올랐다. 그는 기도를 넘어서서 집을 짓기 시작한다. 아픈 아이를 씻겨주고 그 집에 들인다. 문은 항상 열려 있다. 또다른 아이, 또다른 아이가 그리로 계속 들어온다. '삶의 균등한 요소'들이 그중 어느 하나의 결핍이나 과잉으로 누군가의 생에 회복 불가능한 상처를 남기지 않도록, 그의 손은 기꺼이 내밀어져 있다. 제자리에서일 수도 있고, 또다른 여행지에서일 수도 있다. 이제 그는 지구와 연결되어 있으므로 떠나도 떠나지 않은 것이고, 떠나지 않아도 떠난 것이다.

2.

당신이 어느 단계의 여행자이든, 아프리카에 가면 평범해집니다.

아프리카는 당신 안에 숨어 있는 네 단계를 고르게 체험하게 하니까요. 그들이 먹던 포크를 닦지 않고 내밀 때 당신은 1단계 여행자처럼 구시렁거리게 되고, 거대한 바오밥나무 위로 무지개가 걸쳐질 때 2단계 여행자처럼 눈물을 흘리게 됩니다. 그런가 하면 곡진한 삶의 이야기를 먼지 털듯 담담하게 풀어내는 여인 앞에서, 당신은 3단계 여행자가 되어 다소곳이 두 손을 모으게 되지요. 그렇게 여행을 마치고 돌아오면……

그때부터가 시작입니다.

당신은 잊지 못하지요. 습관처럼 흐르는 물에 양치질을 하다가도, 더러운 것을 닦기 위해 휴지를 여러 겹 뽑다가도, 그저 거리를 걷다 UNICEF라는 여섯 개의 알파벳만 보아도, 당신의 심장은 멈칫합니다.

당신은 달라졌습니다.

양치컵 속에 든 물은 지구의 강이 되었어요. 휴지는 지구의 나무가 되었지요. 여섯 개의 알파벳은 사랑입니다. 뛰어 노는 여섯 명의 아이입니다. 동시에 1백만 마리의 누떼입니다. 이제 당신은 아프리카를 생각하지 않고서는 지구를 떠올리기 힘들어집니다.

참 신비롭지요? 파리에 다녀온 사람은 파리를 그리워하기 마련입니다. 뉴욕에 다녀온 사람은 뉴욕을 그리워하기 마련이지요. 그곳에 두고 온 과거를 그리워하게 되는 것이죠. 그런데 아프리카에 다녀온 사람은 자꾸만 '지구'를 생각합니다. 지구의 미래를 생각합니다. 그곳에 웅케 남겨진, 우리가 버렸으되 한때 소중했던 것들을 생각하고, 그곳에 슬프게 남겨진, 우리가 조금 더 기름지기 위해 앗아온 것들의 상흔을 생각합니다. 그것들이 치유되고 회복된 미래를 기원하게 됩니다.

당신은 그렇게 아프리카라는 진한 매개로 지구와 연결됩니다. 네번째 단계로 들어서는 것이지요. 이제 행동은 바로 옆방의 문을 두드리는 것과 같습니다. 당신이 두드리지 않아도 지구는 크게 변하지 않겠으나, 두드린다면 분명 더 이로운 곳이 되겠지요.

시작은 아무래도 좋겠습니다.

저처럼 한낱 일상에 지쳐 떠난 자도, 사파리의 낭만을 꿈꾸며 떠난 자도, 일단 그곳에 도착하면 말씀드렸다시피 모두 평범해지니까요. 우리 내면의 뜨겁고 차가운 꿈틀거림들이 극진히 실험받고 여과되어 지구를 생각하는 당신으로 탈바꿈되니까요. 그러므로 만약 당신이 지금 마음의 길을 잃어 먼 곳으로 떠나려 한다면, 아프리카를 권하겠습니다.

꼭 저처럼 못난 당신, 지구를 업고 돌아오겠지요.

"사랑이 필요한 곳에 언제나 월드비전이 있습니다"

월드비전: 가난과 불의의 문제를 극복하기 위해 어린이, 가정, 지역사회와 함께 일하는 기독교 국제 구호 개발 옹호기구로 현재 전 세계 100여 나라에서 1억 명의 사람들을 돕는 세계 최대의 기독교 NGO이다.

월드비전 한국: 1991년까지 해외 후원자들의 도움을 받아오다 '사랑의 빵', '기아체험 24시간' 등의 자체적인 모금활동을 통해 도움을 주는 나라로 전환하여 국내는 물론 전 세계의 도움이 필요한 아동들을 돕고 있다.

사업소개: 국내 저소득 가정과 아동들을 돕기 위해 전국 10개 종합사회복지관과 10개 가정개발센터, 10개의 사랑의 도시락 나눔의 집을 운영하고 있다. 또한 전 세계 42개국 157개의 사업장(2008년 기준)을 통해 '변화를 가져오는 개발사업'을 벌이고 있으며, 국내외의 대형 재난에 대한 긴급구호 및 재건사업을 진행한다.

1. 국내사업
종합사회복지관 및 장애인복지관 운영, 가정개발센터 운영, 사랑의 도시락 나눔의 집 운영
'꽃으로도 때리지 말라' 공부방 운영, 가정방문 목욕서비스

2. 해외사업
지역개발사업: 교육지원사업, 우물물탱크 식수사업, 농업개발, 의료보건사업
아동을 위한 특별사업: 에이즈로 고통 받는 가족과 아동들을 위한 지원, 예방, 여론조성 등의 HIV & AIDS
특별사업, 아동노동자나 거리의 아동, 장애아동 등을 위한 상담 및 교육 등의 특별
사업 등

3. 긴급구호사업
국내외에서 기근, 재난 및 전쟁이 발생할 경우, 빠른 시일 내에 일상에 복귀할 수 있도록 지원

4. 북한사업
만성적인 식량난으로 고통 받고 있는 북한 아동과 주민들을 돕기 위해 1994년부터 활동
북한 최초의 국수공장 설립, 씨감자 생산사업을 통해 북한의 식량자급 도모 긴급구호활동 등

홈페이지 www.worldvision.or.kr 후원전화 02-784-2004

오소희와 월드비전이 함께하는
제3세계 어린이 후원사업

하쿠나 마타타 프로젝트

『하쿠나 마타타, 우리 같이 춤출래?』의 인세 중 50%는 월드비전에 기부되며
제3세계 어린이들의 교육 활동을 위해 사용됩니다.
하쿠나 마타타 프로젝트는 모든 어린이들이 행복한 내일을 꿈꿀 수 있도록 노력하겠습니다.

『하쿠나 마타타, 우리 같이 춤출래?』를 읽고 제3세계 어린이 후원에 참여하고 싶으신 분은
월드비전 사업개발팀의 김동휘 팀장님(02-2078-7210)께 연락을 주십시오.
하쿠나 마타타 프로젝트 전용계좌도 마련되어 있으니 바로 기부하실 수 있습니다.
신한은행 100-006-128295 〈사회복지법인, 월드비전〉

이 책의 인세와 독자 여러분들의 기부로 구성된 〈하쿠나 마타타 프로젝트〉 기금으로
우간다 서부 지역 '키발레'와 라오스 참파삭 주의 '팍세', 에티오피아 노노 지역의 '실크암바',
볼리비아 차얀타 지역의 '포코아타' 등 총 네 곳에 작은 도서관을 꾸리게 됐습니다.
독자 여러분들의 성원에 감사드립니다. 또한 도서관에 비치될 영문 도서를 기증해주시고
포장과 배송 작업에까지 참여해주신 많은 독자 여러분의 사랑과 관심에 깊은 감사드립니다.

저자의 블로그에는 기부에 대해 함께 뜻을 나누고 참여할 수 있는 장이 마련되어 있습니다.
방문하시어 따뜻한 소식과 마음을 나누시길 바랍니다.

551

하쿠나
마타타
우리 같이
춤출래?

ⓒ오소희 2008

| 1판 1쇄 | 2008년 12월 17일 |
| 1판 7쇄 | 2019년 1월 10일 |

지 은 이	오소희
펴 낸 이	김정순
기 획	서영희
편 집	박상경 서영희
마 케 팅	김보미 임정진 전선경
펴 낸 곳	(주)북하우스퍼블리셔스
출판등록	1997년 9월 23일 제406-2003-055호

주 소	04043 서울시 마포구 양화로 12길 16-9(서교동 북앤빌딩)
전자메일	editor@bookhouse.co.kr
홈페이지	www.bookhouse.co.kr
전화번호	02-3144-3123
팩 스	02-3144-3121

ISBN   978-89-5605-314-1 03810

이 도서의 국립중앙도서관 출판시도서목록(CIP)은 서지정보유통지원시스템 홈페이지(http://seoji.nl.go.kr)와
국가자료공동목록시스템(http://www.nl.go.kr/kolisnet)에서 이용하실 수 있습니다.
(CIP제어번호: CIP2008003667)